Die Charaktere und Geschehnisse im Roman sind frei erfunden.
Etwaige Ähnlichkeiten mit lebenden oder verstorbenen Personen
sind rein zufällig.

S. G. Maxwell

Ein Sommer auf der Straße

Roman

Bibliografische Information der Deutschen Nationalbibliothek:
Die Deutsche Nationalbibliothek verzeichnet diese Publikation
in der Deutschen Nationalbibliografie; detaillierte bibliografische
Daten sind im Internet über http://dnb.dnb.de abrufbar

Copyright ©2016 by S. G. Maxwell
Auflage 1 /2016
Umschlagillustration: © S. Mayer
Umschlaggestaltung: © S. Mayer / S. G. Maxwell

Herstellung und Verlag:
BoD – Books on Demand, Norderstedt
ISBN 9 783741 297458

Alle Rechte vorbehalten.

Ich will nicht gehen,
ohne alles gesehen zu haben.
Ich will nicht sterben,
ohne richtig gelebt zu haben.

Kapitel 1

Wenn ich an mein bisheriges Leben denke, dann hätte ich es eigentlich nicht nötig. Meine Mutter Anita Stein ist Lehrerin für Mathematik an der Hochschule und mein Vater Georg Stein ist in der Chirurgie tätig, Fachrichtung Kardiologie. Es hat mir weder an materiellen noch an zwischenmenschlichen Dingen gefehlt im Leben. Ich bekam alles, was ich wollte, ohne lange fragen zu müssen. Mein soziales Umfeld hat mich auch nicht auf diese Idee gebracht. Es mangelte weder an wahren Freunden noch an Beziehungen. Ich war immer ein Blickfang für die Jungs an meiner Schule. Sie mochten meine langen schwarzen Haare, meine stahlblauen Augen und meinen blassen Teint. Den ersten Freund hatte ich mit 13. Meine ersten sexuellen Erfahrungen ein halbes Jahr später. Ja, ich wurde wohlbehütet großgezogen mit liebevollen Eltern und Freunden, auf die ich immer zählen konnte. Die für mich die Hand ins Feuer legen würden, genauso wie ich für sie. Auch jetzt noch mit 19 Jahren und meinem Abitur in der Tasche. Was würden sie alle jetzt sagen, wenn sie mich so sehen könnten? Allein schon bei dem Gedanken würden sie die Hände über ihren Köpfen zusammenschlagen. Sie würden mich für verrückt erklären und wegsperren, bis ich wieder bei klarem Verstand wäre.

Mir ist es ebenfalls bewusst: Dass ich fehl am Platz bin. Ich gehöre nicht hierher. Ich falle auf wie ein bunter Hund und doch hat mich mein innerlicher Antrieb hierher gebracht. Hier wirst du finden, was du suchst. Ich suche Antworten. Antworten auf die Leere in meinem Leben, die ich trotz allem Guten darin empfinde. Egal wo ich bin, wo ich mich aufhalte, dieses Gefühl ist bei mir. Es ist bei mir wenn ich mit Freunden shoppe oder ausgehe. Es war im jährlichen Urlaub mit meinen Eltern bei mir, bei meinen Abschlussprüfungen, sogar beim Sex habe ich diese Empfindung verspürt. Es ist ein lähmendes und bedeutungslos erscheinendes Gefühl, als wäre jeder Tag die ewig gleiche Wiederholung vom Vortag.

Auf was man alles kommt, wenn man sich in seiner Haut und in der Situation, in der man sich gerade befindet, nicht wohl fühlt, schießt es mir durch den Kopf. Plötzlich ist da ein Druck auf meinen Schultern, der mich aus meinen Gedanken reißt. Ich schaue hinter mich und sehe zu einer jungen Frau auf. Sie trägt knallroten Lippenstift, eine schwarze enganliegende Lederjacke und einen Minirock, der ihr kaum über das Gesäß reicht. Ihre langen blondierten Haare weisen einen braunen Ansatz auf.
„Entschuldigung hast du eine Zigarette für mich?" Ihre Hand liegt immer noch auf meiner Schulter.
„Tut mir leid, ich rauche nicht", sage ich und versuche mich aus ihrem Griff zu lösen.
Die Fremde lässt ab von mir. „Ok, trotzdem danke." Ihre Augen wandern auf den freien Fleck neben mir auf der Bank. „Stört es dich, wenn ich mich kurz zu dir setze?"
„Nein", antworte ich ihr bloß darauf. Eilig nimmt sie neben mir Platz und holt unter ihrem Arm eine kleine Tasche hervor. Sie ist mit bräunlichen Flecken übersät und auch nicht schön ausgearbeitet. Ein Billigprodukt für wenig Geld. Ich betrachte sie bei ihrer Suche darin. Sie zieht ein benutztes Taschentuch hervor. „Da ist es ja", meint sie zu sich selbst. Immer noch liegen meine Augen auf ihr. Sie erwidert meinen Blick leicht entschuldigend und fängt an das Taschentuch zwischen ihren Händen zu reiben. „Meine Hände sind klebrig, keine Ahnung wovon."
„Ich hätte Feuchttücher...", gebe ich ohne nachzudenken zurück. „Wenn Sie wollen?"
Ein leichtes Grinsen breitet sich auf ihrem Gesicht aus. „Die wären natürlich besser."
Ich fasse in die Tasche auf meinem Schoß und halte ihr ein rechteckiges, blaues Päckchen entgegen. „Nehmen Sie sich so viel Sie brauchen."
Sie nickt mir kurz zu und zieht eines der Tücher aus der Verpackung. „Danke."
„Kein Thema", versichere ich ihr. „Ich bin übrigens Kati."
„Fiona. Freut mich." Wir geben uns die Hand. Mein

anfänglicher Versuch, die Frau neben mir besser kennen zu lernen, wird von einem heranfahrenden Wagen zunichte gemacht. Eifrig springt Fiona von der Parkbank auf, nickt mir zum Abschied kurz zu und geht dem mintgrünen Kleinwagen entgegen. Ohne ein Wort steigt sie ein. Der Mann sieht um einiges älter aus. Meiner Meinung nach über 50. Er hat kurzes, leicht gräuliches Haar, ist Brillenträger und lässt sich einen Vollbart stehen. Eifrig betrachten meine Augen das Szenario, schon heult der Motor auf und sie fahren los. Es dauert nur kurz, bis sie um die Ecke verschwunden sind.

„Möchtest du das wirklich? Jetzt könntest du noch gehen", sage ich zu mir selbst, als mich ein ungutes Gefühl überkommt. Meine Kopfstimme schaltet sich ein und sagt: „Ja. Ich Katarina Stein bin hier, um als Nutte zu arbeiten." Ein spöttisches Lachen entfährt mir bei dem Gedanken, hier zu sitzen und Selbstgespräche zu führen. Vielleicht bin ich verrückt? Es hat doch überhaupt keinen Sinn, hier zu sein. Die Ferien beginnen ab heute und in sechs Wochen werde ich in Regensburg Medizin studieren. Durch meinem Vater liegt es mir im Blut und ich will ihm nacheifern. Etwas orientierungslos wandert mein Blick umher. Die Situation von eben hat mich verunsichert. Wäre es nicht besser zu gehen? Ich fasse mir einen klaren Kopf. Nein. Ich bin hier, weil mein Leben sinnlos erscheint, weil ich mich tot fühle in allem was ich tue. Ich brauche es und muss hier sein. Ich verwerfe die Gedanken und lasse meinen Blick auf den leeren Bahnhofsplatz gleiten. Es ist ein geräumiger Parkplatz, auf dem über 80 Autos in vier Reihen parken können. Um ihn herum sind Bäume und Sträucher angepflanzt. Vor einer Stunde waren mehr als eine Handvoll Frauen darauf verteilt, jetzt bin ich alleine. Ich hole mein Handy aus der Tasche. Drei Anrufe in Abwesenheit von meiner besten Freundin Kerstin und eine Nachricht werden mir angezeigt.

Hey Süße!
Wo bist du??????
Hast du vergessen dass wir heute unseren Abschluss feiern?

Wir sind bis 11 im Moonlight und danach geht's ins Boomarang.
Byebye
PS: Chris hat auch schon nach dir gefragt Bitch☺

Mmh ... Chris, leider interessiert mich der kein Stück, egal wie sehr er sich um mich bemüht. Er wird nie mehr als einer meiner besten Freunde sein. Wieder spähen meine Augen über den verlassenen Parkplatz. Für heute war es das wohl. Hastig tippe ich eine Nachricht in mein Handy und versende sie.

Heyhey!
Bin schon auf dem Weg.
Bis gleich.
PS: Leck mich Flittchen☺

Als ich mein Handy in meiner Tasche verstaue und von der Holzbank aufstehe, fällt mir ein Mann ins Auge, der sich nicht weit von mir entfernt aufhält und mich mustert. Er steht nur da und starrt. Da er keine Anstalten macht mich anzusprechen, bekomme ich es etwas mit der Angst zu tun. Was will der bloß? Seine Erscheinung hat etwas Gespenstisches an sich. Mit einem unguten Gefühl und seinem Blick im Nacken gehe ich weg von ihm. Komischer Kauz. Nach ein paar Schritten werfe ich einen Blick über meine Schultern und stelle entsetzt fest, dass der fremde Mann mich verfolgt. Mein Gang wird automatisch schneller und mein Herz fängt vor Angst wild zu schlagen an. Seine Schritte werden lauter. Scheiße! Es gibt keine Aussicht auf ein erfolgreiches Entkommen. Meinem inneren Impuls folgend bleibe ich stehen und drehe mich um. Den Kerl scheint mein Handeln genauso zu überraschen wie mich, denn noch ehe mein Körper sich um hundertachtzig Grad gedreht hat, rempelt er mich schon an. Seine Hände greifen nach mir als mein Gleichgewichtssinn mich im Stich lässt.
„Oh, tut mir leid, das wollte ich nicht", sagt er etwas zurückhaltend. „Alles in Ordnung?"

„Ja alles okay." Meine Füße spüren einen sicheren Halt. Ich trete einen Schritt zurück, um mich aus seiner Umarmung zu lösen und sehe ihn an. Mir gegenüber steht ein Mann mit kurzen braunen Haaren, Dreitagebart, vielleicht Anfang 30 und wenn mich mein Gefühl nicht täuscht, hat er eine muskulöse Statur, die ich unter seiner geöffneten grauen Weste zu erkennen glaube. Er sieht wirklich gut aus, aber dennoch... „Was wollen Sie von mir?"
„Wie bitte?", seine Augen weiten sich.
„Warum verfolgen Sie mich? Was wollen Sie von mir?"
Der Mann sieht sich um und kommt einen Schritt näher.
„Sind Sie das, wofür ich Sie halte?" Mit dieser Frage habe ich nicht gerechnet. Meine anfängliche Besorgnis fällt etwas ab von mir. „Sie wollen wissen, ob ich eine Nutte bin?"
„Ja", er nickt mir interessiert zu.
„Sieht man das nicht?" Ich drehe mich langsam um die eigene Achse.
„Nicht eindeutig", gibt er zurück.
„Was verunsichert Sie daran?", frage ich neugierig nach.
„Ihre ganze Erscheinung, von der Designertasche angefangen. Sie wirken ansatzweise wie eine und dann auch wieder nicht. Ich bin hin und her gerissen."
„Sie haben anscheinend gewisse Vorstellungen, was diese Sorte von Frau betrifft", stelle ich keck fest.
„Ich sehe jede Nacht welche von dieser Sorte, von daher, ja, habe ich", ein Lächeln umspielt seinen Mundwinkel.
Ich begutachte ihn prüfend. „Sie sehen gar nicht so aus, als ob Sie es auf diese Art nötig hätten."
„Das sagt die Richtige." Als ich ihm Kontra geben will, kommt er näher auf mich zu, nimmt mich unter seinen rechten Arm und deutet mit dem linken Zeigefinger auf eines der nahestehenden Reihenhäuser. „Dort oben wohne ich."
„In dem weißen Wohnblock mit den zehn Balkonen?"
„Ja, im dritten Stock".
„Also haben Sie gerade aus dem Fenster gesehen und ich bin Ihnen ins Auge gestochen?" Meine Frage ist sarkastisch, mit einem Unterton, den ich selbst nicht einordnen kann.

„So in etwa", antwortet er und lenkt seinen Blick auf mich. Wir sehen uns nur kurz, aber dafür umso intensiver an. Sein Parfum riecht verführerisch herb. Jetzt wird es mir bewusst. Scheiße, ich flirte. Ihm scheint der gleiche Gedanke zu kommen, denn er wirkt genauso verblüfft. Fast gleichzeitig lösen wir uns voneinander, doch die Anziehungskraft zwischen uns ist zum Greifen nah. Ich fühle mich richtig verloren bei seinen Blicken, die mir unter die Haut gehen. Plötzlich taucht ein wachsamer Ausdruck in seinem Gesicht auf. „Wollen Sie zu mir mit hoch kommen?", fragt er unsicher nach.
„Ja", antworte ich wie von selbst.
Seine Lippen verziehen sich zu einem leichten Lächeln. „Ich bin übrigens Thomas. Thomas Winkler." Er streckt mir die Hand entgegen.
Ich ergreife sie. „Katarina Stein, aber meine Freunde nennen mich einfach Kati. Freut mich."
Er nickt mir zu und lockert seinen Händedruck. „Freut mich ebenfalls." Es dauert kurz, bis sich Thomas von mir weg dreht und in die Richtung seines Wohnblocks schaut. „Wollen wir, Kati?" Mist, er meint es wirklich ernst? Leichte Panik überkommt mich. Ich verkrampfe innerlich und habe einen Kloß im Hals, der mir das Antworten schwer fallen lässt. Thomas dreht sich zu mir um und sieht mich verwundert über mein Schweigen an. „Oder möchtest du doch nicht?"
In seinem Blick schwingt ein Anflug von Enttäuschung mit.
„Doch!" Mehr bringe ich in diesem Moment nicht hervor. Bevor mich der Mut verlässt, packe ich seinen Arm und ziehe ihn mit mir. Während des ganzen Weges von der Straße über das Treppenhaus bis hin zu seiner Wohnungstür herrscht Stille zwischen uns. Es gibt auch nicht viel, was wir reden könnten, was zur Situation passen würde. In Thomas Gegenwart fühle ich mich nicht wie eine Nutte. Er gefällt mir und ich würde es ihm übel nehmen, wenn er mich wie eine behandeln würde. Die Tür zu seiner Wohnung geht auf, mit einer fließenden Handbewegung deutet er mir an, voran zu

gehen. Entschlossen trete ich durch die Tür in den dunklen Flur. „Home Sweet Home", durchbricht Thomas' Stimme die Dunkelheit. Ich drehe mich zu ihm um. Im selben Moment geht das Licht an. Er mustert mich. „Liegt es an meiner Wohnung, dass du jetzt noch hübscher bist, Kati?" Er unterdrückt ein Lächeln.
„Kann sein." Mir fällt jetzt ebenfalls auf, dass er noch besser aussieht als zuvor auf der Straße. Seine bräunliche Haut ist mir in dem grellen Straßenlicht gar nicht aufgefallen. Thomas sieht aus wie ein typischer Frauenschwarm. Einer von dieser Sorte, die genau wissen, wie sie sich geben müssen, um bei Frauen landen zu können. Meine Augen wandern durch seinen Flur, die Wände sind weiß und bis auf ein Bild mit der Aussicht auf New York kahl. Vom Boden aus steht ein mir bis zur Hüfte gehender Schuhschrank, daneben eine Garderobe für Jacken, mit Regenschirmhalterung.
Thomas geht an mir vorbei. „Also......", er deutet mit dem Zeigefinger auf die linke Tür vor ihm. „Das ist das Badezimmer." Im Uhrzeigersinn zählt er die weiteren Räume seiner Wohnung auf: „Gästezimmer oder auch mein Büro, Küche, Wohnzimmer und mein Schlafzimmer." Er sieht mich prüfend an, ob ich auch alles verstanden habe.
Ich nicke, gerade jetzt kommt mir sein Badezimmer recht, um mich zu sammeln, gedanklich zu ordnen und etwas frisch zu machen. „Ich werde wohl schnell dein Bad benutzen."
Thomas legt seine Hand auf den Türgriff, drückt ihn hinunter und öffnet die Tür einen Spalt weit. „Nur zu."
Ich husche an ihm vorbei, schalte das Licht im Badezimmer ein und schließe die Tür. Das Bad ist schön geschnitten und groß. Es findet sich Platz für eine Dusche, eine Badewanne, zwei Regale und ein Waschbecken mit großem Spiegel darüber, daneben befindet sich die Toilette. Genau den Spiegel brauche ich jetzt. Mit Adleraugen betrachte ich mich darin. Im Großen und Ganzen sehe ich aus wie vor zwei Stunden, als ich mein Zuhause verlassen habe. Mein Blick fällt auf das kleine Abstellbrett zwischen Waschbecken und Spiegel, wo Thomas seine Parfums aufgereiht hat. Welches

wird er wohl jetzt gerade tragen? Meine rechte Hand will nach dem schwarzen Fläschchen greifen, als es an der Tür klopft. „Alles in Ordnung?", fragt Thomas nach.
Ich ziehe meine Hand zurück, werfe einen letzten Blick in den Spiegel und trete mit meiner Tasche zur Tür. „Natürlich", versichere ich Thomas, als er in ihrem Rahmen steht.
„Dann ist es ja gut. War schon in Sorge." Ein neckisches Grinsen breitet sich auf seinem Gesicht aus. In dem Licht fällt mir sein trainierter Oberkörper unter dem weißen T-Shirt noch besser auf. Er packt meine Hand und zieht mich sanft den Flur entlang. Wieder komme ich in einen Raum, der groß und geräumig ist. Zwei Drittel davon nimmt ein opulentes dunkelgrau gepolstertes Sofa ein, vor dem ein gläserner Couchtisch steht. Meine Aufmerksamkeit fällt auf die Wand dahinter, während alle anderen mit Fotografien oder Ansichten von New York ausgeschmückt sind, hängt an dieser ein großer Flachbildschirmfernseher. Das restliche Drittel ist mit einem langen in schwarz gehaltenem Sideboard ausgefüllt. „Gefällt dir mein Wohnzimmer?", unterbricht Thomas meinen Gedankengang.
„Ja, es ist sehr schön eingerichtet. Bist du ein Fan von New York?" Ich deute auf die Bilder.
„Ja", er lächelt mich begeistert an. „Diese Stadt ist der Wahnsinn."
Ich gehe auf die Bilder zu und betrachte sie eingehend. Auf dem ersten ist die Freiheitsstatue aus der Ferne abgebildet, beim zweiten das Rockefeller Center aus der Luft, das dritte zeigt den Times Square bei Nacht. „Warst du schon mal dort?"
Thomas stellt sich neben mich. „Die sind alle von mir."
„Die Bilder hast du gemacht?" Erstaunen packt mich.
„Ja", er nickt. „Sind toll geworden, nicht wahr?"
„Sie sind mehr als toll", erwidere ich.
„Freut mich, wenn sie dir gefallen", nimmt er mein Kompliment an.
„Wie oft warst du schon dort?"
„Leider nur einmal. Für zwei Wochen. Viel zu kurz, um diese

Stadt richtig auszukundschaften."
„Dann musst du eben nochmal hin." Mein Ton ist rechthaberisch.
„Auf jeden Fall." Thomas wendet sich von den Bildern ab und geht aus dem Zimmer. Ich betrachte sie nochmals eingehend und drehe mich zu seinem Sideboard, das mit Büchern und Topfpflanzen dekoriert ist. Er hat wirklich Geschmack. Thomas gesellt sich wieder zu mir und hält zwei halbvolle Gläser mit klarer Flüssigkeit in seiner Hand. Er reicht mir eines davon. Ohne zu fragen, was wir trinken, proste ich ihm zu. Wodka wäre nicht meine erste Wahl, aber vielleicht lockert er mich ein wenig. Moment mal? Ich setze mein Glas ab und rieche daran. „Das ist ja Wasser???!!"
„Tut mir leid etwas anderes hab ich nicht", entschuldigend zuckt er mit den Schultern.
„Macht ja nichts. Bin sowieso keine Freundin der Happy Hour", entgegne ich lächelnd, um nicht die Stimmung zu vermiesen. Er wirkt immer noch etwas betrübt. „Mir gefällt dein Sofa", wechsle ich schnell das Thema, um ihn abzulenken. „Es sieht sehr bequem und teuer aus."
Sein Blick wandert zur Sitzgarnitur. „Das ist und war es auch", ein Lächeln umspielt seinen Mundwinkel.
„Was arbeitest du überhaupt?", hake ich nach und setze mich auf seine Couch. Mein Glas stelle ich auf dem Tisch ab, während meine Tasche ihren Platz darunter findet.
„Ich bin Technischer Zeichner und arbeite nebenbei jeden Freitag, als Barkeeper im Lenoxx."
„Wirklich?", frage ich irritiert nach. „Heute aber nicht."
„Nein, heute nicht. Mir ging es den ganzen Tag über nicht so gut." Er kommt auf mich zu, stellt sein Glas neben meinem ab und lässt sich lässig auf sein Sofa fallen. „Und du?"
„Ich bin gerade mit meinem Abitur fertig geworden, jetzt genieße ich meine Ferien ausgiebig und danach studiere ich in Regensburg Medizin."
„Abitur? Medizin?" Ungläubigkeit breitet sich auf seinem Gesicht aus.
„Ja, gestern war unsere Abschlussfeier. Mein Vater ist

Chirurg, von daher wurde es mir schon in die Wiege gelegt."
Er sieht mich immer noch etwas argwöhnisch an. Erst jetzt fällt mir auf, wie unlogisch sich das anhört. Eine Prostituierte aus gutem Hause mit Abitur. Einem inneren Instinkt folgend, greifen meine Hände nach der Designertasche.
„Im Ansatz wirke ich wie eine", um ihn an seine Worte von vorhin zu erinnern. Thomas strenger Blick weicht einem süßlichen Lächeln. Mein Gefühl sagt mir, dass er mit sich selbst ringt, ob er mir die Frage nach dem ‚Warum tust du es dann?' stellen soll. Es ist mir egal, ob Thomas sie stellt oder nicht. Ich würde ihm sowieso keine plausible Antwort liefern können. Er würde meine Beweggründe nicht verstehen.
Thomas nimmt sein Glas zur Hand, nippt kurz daran und stellt es wieder an seinen Platz zurück. Für einen kurzen Moment verharrt seine Hand in der Luft. Sein Gesicht ist wachsam auf mich gerichtet, als er seine Hand sanft auf meinen Oberschenkel legt. „Stört dich das?"
Ich sehe ihn leicht verdutzt an. „Nein, tut es nicht."
Es erregt mich sogar etwas. Seine Finger massieren zuerst meine Knöchel, arbeiten sich höher und fahren die Konturen meines Knies nach. Ich betrachte ihn dabei. Mein Blick bleibt bei meinen schwarzen Pumps hängen. Plötzlich ist da ein stechender Schmerz. „Ah!!!", seufze ich und atme schwer ein. In Sekundenschnelle nimmt er seine Hand von meinem Bein. „Alles in Ordnung?"
„Ja, aber diese Schuhe bringen mich noch um." Meine Finger deuten auf die hohen Absätze.
„Ja, die sind mörderisch", pflichtet Thomas mir bei. „Was machen wir jetzt bloß damit?" Sein Ton strotzt vor falschem Mitleid, das mich dazu bringt von meinen Schuhen zu ihm aufzuschauen. Sein Blick ist spitzbübisch. Er packt meine Beine mit einem solchen Schwung, dass mir ein flacher Schrei herausrutscht, und legt sie auf seinen Schoß. „Darf ich?", will er wissen und deutet auf meine Schuhe, die er mir wohl ausziehen will. Immer noch leicht benommen nicke ich nur zustimmend. Behutsam befreit er meine Füße von den Schuhen und betrachtet ihre Innenseite. „War ja klar,

MaryLous." Schmunzelnd legt er sie zur Seite. Meinen verärgerten Blick übergeht er. Thomas winkelt sein linkes Bein an und legt es auf seine Couch, das rechte berührt immer noch den Boden. Meine Füße liegen mitten in seinem Schoß, auf seinen Lenden. Dieses Wissen und wie er meine Füße massiert, erregt mich innerlich. Seine Bewegungen sind sanft kreisend. „Oh Gott, tut das gut", stöhne ich auf und schließe die Augen. Pure Entspannung macht sich in meinem Körper breit. Nach ein paar Minuten ist der Schmerz in meinen Füßen nicht mehr zu spüren. Meine Augen wandern zu Thomas. Sein Gesicht ist leicht errötet, als er den Kopf hebt. Was hat er denn bloß? Ich komme von den Kissen hoch und als sich dadurch kaum merklich meine Füße bewegen, spüre ich Thomas steifes Glied. Oh Shit!!!! Scheinheilig greife ich nach meinem Wasser. Vielleicht hat er es gar nicht bemerkt, dass es mir aufgefallen ist. Keine Sekunde später erhalte ich meine Antwort. Natürlich hat Thomas es mitbekommen, denn er lässt im gleichen Moment meine Füße los und dreht sich ebenfalls weg von mir in Richtung Couchtisch. Sofort schießen mir tausend Gedanken durch den Kopf. Was nun? Wie kommst du aus dieser peinlichen Situation wieder heraus? Ist es denn überhaupt peinlich? Nein, ist es nicht. Thomas gefällt mir. Ich stelle das Glas ab. Bevor mich der Mut verlässt, ergreife ich Thomas Gesicht und küsse ihn auf seinen Mund. Kaum liegen meine Lippen auf seinen, packt er mich mit einer seiner Hände am Kinn und zieht mich an sich heran. Was mit flüchtigen Küssen anfängt, steigert sich schnell zu leidenschaftlichen mit Zunge. Meine Hände vergraben sich in seinen Haaren. Thomas zieht mich auf seinen Schoß. Unser beider Atem ist schwer und als ich sanft an seinem Ohrläppchen knabberte, spürte ich noch intensiver die Erektion in seiner Hose zwischen meinen Beinen. Rhythmisch bewegt er sich unter mir auf und nieder. Wieder küssen wir uns. Meine Hände fassen unter sein T-Shirt und berührten seinen stählernen Körper. „Zieh dein Oberteil aus", befehle ich ihm keuchend.
Ein komischer Ausdruck macht sich in seinem Gesicht breit.

„Lass uns dafür ins Schlafzimmer gehen." Das war keine Frage sondern eine Aufforderung. Mit mir auf seinem Schoß kommt er von seiner Couch hoch. Seine Hände liegen auf meinem Gesäß, während wir uns wieder küssen. Vollkommen überrascht von seiner Kraft weicht mein Kopf zurück.
„Hör nicht auf", bettelt er. Wieder liegen meine Lippen auf den Seinigen, während er mich ins Schlafzimmer trägt.

Ich weiß nicht, was mich aus meinem Schlaf gerissen hat, denn es ist weder ein Wecker, noch sonst ein lautes Geräusch zu hören. Ich schlage die Augen auf und bin hellwach. Etwas orientierungslos wandert mein Blick durchs Schlafzimmer. Ein Kleiderschrank, eine Kommode und ein Nachttisch befinden sich darin. Meine Aufmerksamkeit fällt auf das Fenster im Raum, wo die Jalousien heruntergezogen sind, und durch die sanftes Tageslicht hereinbricht. Wie spät wird es wohl sein? Die Uhr auf Thomas Bettseite kommt mir in den Sinn. Es war kurz nach ein Uhr Samstagmorgen, als ich einen kurzen Blick darauf warf. Keine Sekunde später war Thomas über mir und zog sein T-Shirt aus. Gott, gestern Nacht! Die Erinnerungen daran hallen in meinem Kopf wieder: Das Gefühl seiner Haut auf meiner, die Küsse voller Leidenschaft, der Oralverkehr, der Sex, als er in meinem Mund kam und wir von neuem anfingen, bringen mein Blut vor Erregung in Wallung. Ich halte mir die Hand vor mein Gesicht und atme tief ein. Sie riecht immer noch nach seinem Schweiß. Wir haben uns letzte Nacht völlig verausgabt und sind danach in einen tiefen Schlaf gefallen. Kati, jetzt reiß dich zusammen, du willst wissen, wie spät es ist, tadelt mein Unterbewusstsein mich. Ich drehe meinen Kopf seitlich zu Thomas. Er gibt nur ein leises Schnarchen von sich. Behutsam strecke ich meinen Kopf in die Höhe, um an ihn vorbeisehen zu können. Doch mein Blick bleibt an seinem schlafenden Gesicht hängen. Was für ein Mann! Dieses markante Gesicht, diese kräftigen Oberarme, selbst seine zerzauste Frisur macht Eindruck auf mich. Dieser Kerl wäre mein Traummann!

Ja, wir wissen, er ist perfekt, jetzt schau doch mal auf die verdammte Uhr, mault mein Unterbewusstsein mich nochmal an. Ungern wende ich mich von ihm ab und betrachte die Uhr. Mist, es ist kurz vor zehn! Ich hätte schon vor Stunden zu Hause sein müssen. Meine Eltern machen sich bestimmt schon unnötig Sorgen. Mit einem Satz werfe ich die Decke über mich hinweg. Mir fehlt die Zeit, mich behutsam aus ihr zu schälen und lautlos aus dem Bett zu steigen. Durch mein eiliges Handeln ist Thomas natürlich aufgewacht. Mit geschlossenen Augen dreht er sich auf den Rücken und streckt seine verspannten Oberarme aus. Als er die Augen aufschlägt, bleibe ich erstarrt stehen, denn ich habe weder meinen BH noch mein Höschen gefunden.

„An diesen Anblick könnte ich mich gewöhnen", entgegnet er mir mit einem frechen Unterton. Eilig fassen meine Hände nach dem Bettlaken. „Nein, nicht die schöne Aussicht versperren", sagt er enttäuscht. Ich schrecke einen Schritt zurück, als er sich aufrichtet um nach dem Laken zu schnappen.

„Weißt du, wo meine Klamotten sind?", frage ich und übergehe sein Grinsen.

„Ähm, ich glaube, ich liege auf ihnen – und…", er dreht sich zu seiner Seite des Bettes. „Ja, da sind die restlichen Klamotten von dir und mir." Er hält mein Oberteil hoch.

„Kannst du mir bitte alles zuwerfen?", frage ich süßlich.

„Hol sie dir doch", seine Stimme klingt herausfordernd.

„Nein", antworte ich knapp.

Er sieht mich belustigt an. „Dann werde ich sie dir wohl bringen müssen." Ehe ich etwas erwidern kann, dreht er sich zu seiner Seite des Bettes raus und steht auf. Die Decke gleitet von seinem Körper. Thomas ist wie ich von Kopf bis Fuß nackt und es macht ihm nichts aus. In aller Ruhe sucht er nach meinen Sachen. Man könnte sagen, ich habe einen schönen Rundumblick. Als er nun meine kompletten Klamotten beisammen hat, kommt er auf mich zu und reicht sie mir mit einem selbstgefälligen Grinsen. „Gefällt dir, was du siehst?"

„Das hat es mir gestern schon", gebe ich zurück.
Wie auf einem Präsentierteller hält er meine Kleidung hoch. Er wartet darauf, dass ich meine Sachen nehme, doch wenn ich das tue, muss ich die Decke loslassen. „Du weißt hoffentlich, dass ich nur wenig Kraft brauche, um dir das Bettzeug wegzunehmen, oder?" Ein gewinnendes Lächeln breitet sich in seinem Gesicht aus.
„Das ist mir bewusst. Ich muss dich aber enttäuschen. Ich halte sie nicht vor mir aus Schüchternheit, sondern weil die Zeit drängt und ich deine Reaktion darauf nicht abschätzen kann." Jetzt setze ich mein Siegerlächeln auf.
„Da hast du Recht", er hält kurz inne. Seine Augen betrachten mich hungrig. „Aber lass es uns riskieren." Er wirft meine Sachen aufs Bett und sieht mich herausfordernd an. Ehe ich die Decke loslasse, fällt sie schon zu Boden und genau so lang dauert es, bis mich Thomas in die Arme nimmt und küsst. Eng umschlungen spüre ich seine Erektion an mir. Er streift mit beiden Händen meinen Rücken entlang, während meine Hände seine Pobacken massieren. Sein Glied pocht an meinem Körper. Mit der linken Hand wandere ich sanft von seinem Hintern über seine Hüfte bis hin zu seinem Schritt. Um ihn in die Irre zu führen, fahren meine Finger langsam seinen Pfad der Lust hinauf, vom Schambereich zu seinem Bauchnabel und als er es am wenigsten erwartet, nehme ich seinen Schwanz in einen festen Griff. Für einen kurzen Moment ist er so erschrocken, dass seine Atmung aussetzt. Mit geweiteten Augen starrt er mich an. Als er meinen hämischen Ausdruck im Gesicht bemerkt, packt ihn die angestaute Lust. Ohne zu fragen wirft er mich aufs Bett und ist in Sekundenschnelle über mir.
Gedankenversunken liegt mein Kopf auf seiner Brust. Sein sanfter Herzschlag hat eine beruhigende Wirkung auf mich. Wir liegen so eng zusammen, dass mir trotz fehlender Decke heiß ist. Als meine Fingerspitzen sanft seine Brustwarzen liebkosen, entfährt ihm ein zufriedenes Stöhnen, das mich aus meinen Gedanken reißt. Ich sehe zu ihm hoch und merke, dass er mich die ganze Zeit beobachtet hat. „Weißt du

eigentlich wie sexy das ist, was du da so belanglos tust?"
„Nein", meine Antwort ist kaum hörbar.
„Es ist ein wahnsinniges Gefühl." Er hält kurz inne. „Du bist der Wahnsinn."
„Danke." Sein Kompliment macht mich verlegen.
Er gibt mir einen flüchtigen Kuss auf die Stirn. „Als ob dir das nicht bewusst wäre." Ich ignoriere seinen kleinen Seitenhieb. Mach bloß nicht die Stimmung kaputt, Thomas!
Völlig unbewusst fällt mein Blick auf die Uhr. Der kleine Zeiger deutet auf eins, während der große gerade auf fünf hüpft. Erschrocken fahre ich hoch und löse mich aus seiner Umarmung. „Es ist Mittag vorbei?"
Verwundert über mein Entsetzen schreckt auch er hoch. „Und? Es ist Samstag?" Ich springe hastig aus dem Bett, greife nach meinen Klamotten. „Warum hast du es so eilig?", fragt er verblüfft über meine Hektik. „Es ist Samstag und du hast doch Ferien."
Leicht genervt ziehe ich meinen Minirock hoch. „Ja schon, aber wenn ich daran denke, dass ich seit Stunden zu Hause sein sollte und weder meine Eltern noch meine beste Freundin wissen, wo…", ich breche mitten im Satz ab und hoffe dass Kerstin nicht bei mir zu Hause angerufen hat.
„Das ist natürlich ein kleines Problem." Blanke Ironie schwingt in seinen Worten mit.
Ein missbilligender Blick meinerseits trifft ihn. „So lange du deine Witze machen kannst, fehlt es dir an nichts, was?"
Nun begreift auch Thomas, dass zum jetzigen Zeitpunkt keine Späße mit mir zu treiben sind. Fertig angezogen wende ich mich ab von ihm und gehe zur Tür hinaus Richtung Wohnzimmer. Meine Schuhe liegen immer noch am selben Platz wie gestern. Ich bücke mich und nehme meine Tasche gleich im selben Schwung mit. Während meine Füße in die Pumps hinein gleiten, kommt Thomas durch die Tür. Er hat nichts weiter als seine weißen Shorts von heute Nacht an, die lässig an seinen Hüften hängen. Nachdem ich alles beisammen habe, drücke ich mich im Eiltempo an ihm vorbei. Thomas Unwohlsein auf meine abweisende Art entgeht mir

nicht. Vom Wohnzimmer aus gehe ich zügig ins Badezimmer. Eifrig betrachte ich mein Spiegelbild. Bis auf die Haare passt alles. Schnell mache ich sie mir zurecht. Es kommt mir so vor, als ob die Zeit rasen würde. In diesem Moment ist sie mein größter Feind. Nach einem letzten prüfenden Blick in den Spiegel komme ich in den Flur zurück, wo Thomas bereits auf mich wartet. Meine Anspannung verfliegt etwas bei dem Wissen, bereit zum Gehen zu sein. „Sorry, aber ich muss jetzt wirklich los", sage ich und umarme ihn.
Er drückt mich fester an sich. „Sehen wir uns wieder?"
Darüber muss ich nicht lange nachdenken. „Ja."
Thomas drückt mich erneut fest an sich und gibt mir einen Kuss auf die Stirn. Mein Kopf liegt an seiner blanken Brust und keiner von uns sagt etwas. Ich muss los. „Hast du irgendetwas zum Schreiben da?", durchbreche ich die Stille.
Er lässt ein wenig ab von mir und lacht selbstgefällig. „Sehe ich so aus?" Jetzt muss auch ich lachen, da er kaum Kleidung am Leib trägt. „Aber warte", er greift nach einer seiner Jacken, die an der Garderobe hängen und zieht einen dicken schwarzen Permanent Marker hervor. „Jetzt fehlt nur noch ein Schmierzettel." Er lässt mich los und geht ins Wohnzimmer. Wenn du jetzt nicht aufbrichst, Kati, kommst du niemals hier weg, schießt es mir durch den Kopf.
Ich drehe mich um und drücke den Türgriff hinunter. Bevor ich aus der Wohnung trete, halte ich kurz inne und lege danach den Stift auf dem Schuhschrank ab. Die Tür fällt lautlos ins Schloss. Am Parkplatz vor Thomas Mietshaus vibriert mein Handy in der Tasche. Dafür ist später auch noch Zeit, jetzt ist es wichtig, nach Hause zu kommen. Es vergehen keine fünf Minuten, bis ich die Seitenstraße erreiche, wo mein Auto steht, ein schnittiger Wagen in schwarz. Ein Geschenk meiner Eltern zum bestandenen Abitur. Ich drehe eine kurze Runde, um festzustellen, ob er Kratzer oder Dellen aufweist. Das hätte noch gefehlt! Nein, er sieht genauso aus wie gestern, als ich ihn hier geparkt habe. Ich hole meinen Wagenschlüssel aus der Tasche und drücke den oberen Knopf, der ihn entriegelt. Ich öffne die Tür, steige ein und

werfe meine Tasche gekonnt auf den Beifahrersitz. Vorsichtig wende ich mein Auto auf die Straße.

„War ja klar, wenn es am eiligsten ist, schaltet jede Ampel auf Rot", ärgere ich mich, als ich zum fünften Mal vor einer anhalten muss. Auf den Straßen ist für einen Samstag kaum etwas los, was ziemlich selten der Fall ist. Mit der Stadt im Rückspiegel fährt mein Wagen die letzte Ampel hindurch.

Das Haus meiner Eltern ist nur knapp einen Kilometer entfernt, in einer Siedlung, die angrenzt. Es ist groß und wie die anderen Häuser in weiß gestrichen, mit roten Dachziegeln. Trotz allem unterscheidet es sich durch den gepflegten Garten mit all den blühenden Blumen, die meine Mutter entlang des dunkelbraunen Zaunes angepflanzt hat, dem langen Balkon, der sich fast um die ganze zweite Etage zieht und durch das dritte Stockwerk, das ich mir zur Hälfte mit dem Büro meines Vaters teile. In unserer Einfahrt kommt mein Wagen zum Stehen. Jetzt, wo ich zu Hause bin, überkommt mich leichte Panik. Was wird mich wohl erwarten, sobald ich die Haustüre aufschließe?

„Auf in den Kampf", spreche ich mir selbst Mut zu, greife nach meiner Tasche und steige aus. Von außen sieht alles friedlich aus, als ich den flachen Hügel zur Haustür hinaufgehe, die offen steht. Ein mulmiges Gefühl steigt in mir hoch. Oh Gott, sie werden dich töten. Im Flur stehen drei Koffer. Aber davor schicken sie dich zu den Nonnen auf die Alm. Der Gedanke bringt mich zum Grinsen. Die Vorstellung entspannt mich, daher nutze ich die Chance und gehe, ohne mich weiter selbst verrückt zu machen, hinein. Stimmen, die aus der Küche zu kommen scheinen, dringen an mein Ohr. Hastig folge ich ihnen durch das Esszimmer in die Küche.

„Hey Mum!", begrüße ich sie.

Meine Mutter steht an der Kochinsel angelehnt und studiert die Tageszeitung. Ihr Gesichtsausdruck ist unergründlich, aber sauer wirkt sie nicht.

„Hallo Schatz!", nickt sie mir zu und lächelt dabei.

Damit habe ich jetzt nicht gerechnet, aber vielleicht ist das nur die Ruhe vor dem Sturm. Meine Hände fassen nach der

Kühlschranktür. „Bist du allein?" Ich nehme die Karaffe mit frischen Orangensaft aus dem Kühlschrank. Sie sieht mich irritiert über meine Frage an. „Ich dachte mehr als eine Stimme gehört zu haben", gebe ich ihr zu verstehen und hole zwei Gläser aus dem Schrank, die ich mit dem Saft fülle.
„Dein Vater ist noch hier. - Danke", sagt sie, als ich ihr den Orangensaft reiche.
Kaum nippe ich an meinem Glas, kommt mein Vater schon durch die Tür in die Küche. „Was ist mit mir?"
Ich drehe mich ein weiteres Mal um und greife erneut zu einem der Gläser im oberen Fach. „Deine Tochter wollte wissen, wer noch da ist, außer mir", antwortet meine Mutter.
„Ach, sieh mal an, wer uns doch noch mit seiner Anwesenheit beehrt." Seine Stimme klingt tadelnd, aber sein Gesichtsausdruck ist milde gestimmt.
„Ich weiß nicht, was du meinst", sage ich und strecke ihm sein Glas entgegen. Er nimmt es mir ab und trinkt einen kräftigen Schluck davon.
„Ich dachte schon, wir sehen dich erst nach unserem Urlaub wieder." Dieses Mal ist seine Stimme etwas ernster, aber der Ausdruck ist derselbe wie vorher.
„Genau, wo kommst du überhaupt so spät her?", hakt nun meine Mutter ein. „Bist du bei Kerstin über Nacht geblieben?" Mir fällt ein Stein vom Herzen, sie hat nicht angerufen, zum Glück. „Ja, es wurde schon hell und da habe ich beschlossen, gleich bei ihr zu bleiben, außerdem haben meine Füße geschmerzt." Zumindest das ist nicht gelogen.
Meine Mutter betrachtet meine Pumps. „Gott sei Dank, bin ich aus diesem Alter heraus in dem ich mich mit solchen Schuhen plagen musste", sagt sie erleichtert. Man merkt meiner Mutter ihr Alter nicht an. Sie wirkt eher wie Mitte dreißig als wie dreiundvierzig. Ihre schwarzen Haare trägt sie schulterlang, ihre Figur ist kurvig. Die stahlblauen Augen habe ich von ihr. Wir beide wirken eher wie Schwestern, das bekommen wir auch oft zu hören, wenn wir im Supermarkt einkaufen oder in Modestores shoppen gehen. Sie liebt Hosen und Röcke aus feinem Stoffgewebe - die sind komfortabler als

Jeans meint sie immer - dazu weitgeschnittene Blusen.
Als mein Vater die Spülmaschine aufmacht und das Glas klirrend hineinstellt, werde ich aus meinen Gedanken gerissen. Ich betrachte ihn vor der halbvollen Maschine. Er ist um einen guten Kopf größer als sie und um 6 Jahre älter, er hat kurzgeschnittene braune Haare und eine normale Figur. Zwar wirkt er nicht ganz so jugendlich wie meine Mutter, aber dennoch passen sie perfekt zusammen. Ich leere das Glas mit einem Zug. Nachdem ich es in der Spülmaschine verstaut habe, wird mir sein Gerede bewusst: >nach unserem Urlaub<. Die Beiden fliegen morgen für zwei Wochen nach London, deswegen die Koffer im Flur. Wie konnte ich das nur vergessen? Es ist seit gestern Abend zu viel passiert, der Straßenstrich, Fiona, Thomas, der Sex und die verbrachte Nacht bei ihm, da kann schon das eine oder andere untergehen, beschwichtige ich mich selbst. Plötzlich macht sich ein Gefühl von Sehnsucht in meinem Körper breit, aber es sind nicht meine Eltern, die ich vermisse, sondern Thomas. Diese Erkenntnis lässt mich erstarren. Ich bin keine von diesen Mädchen, die nach nur einer Nacht mit einem Typen verliebt sind. Liebe? Was ist das? Ich habe sie noch nie empfunden. Ich habe noch nie >Ich liebe dich< gesagt. Ich war zwar schon in Beziehungen, aber da kam dieses Gefühl nie auf. Liebe ist mir unbekannt aber trotzdem stehe ich hier mit meinen Eltern und denke an Thomas. Was hat das zu bedeuten?
Mein Vater box mir sanft gegen die Schulter. „Alles in Ordnung, Kleines? Du wirkst abwesend."
Ich schaue in sein besorgtes Gesicht. „Es ist nichts, ich bin nur etwas geschlaucht von letzter Nacht."
Als ich mich zum Gehen aufmache, kommt meine Mutter auf mich zu. „Morgen wird ein extrem stressiger Tag werden, daher haben wir nur noch heute Abend..."
Ich unterbreche sie mitten im Satz. „Ich wäre heute wegen euch sowieso zu Hause geblieben."
„Wirklich?", meine Mutter strahlt über ihr ganzes Gesicht.
„Dann ist es ja gut, und jetzt ab mit dir."

Ich wende mich von den beiden ab und gehe hoch zu meinem Zimmer, lege meine Tasche zur Seite und ziehe mich aus. Aus dem Kleiderschrank ziehe ich ein weißes T-Shirt hervor und kurze Jeansshorts. Auf dem Weg zum Bad kommt mir mein Handy in den Sinn. Ich fasse in meine Tasche und hole es heraus. Sechs Anrufe in Abwesenheit und fünf Nachrichten. Ich drücke auf >Anrufliste<, fünf davon sind von Kerstin und eine von Chris. Ich kann mir schon vorstellen von wem die Nachrichten stammen. Vier sind von Kerstin:

Wo bist du denn?☹
Es ist nach elf und wir sind schon alle im Boomarang.

Warum gehst du nicht an dein Handy?
Ist alles ok?

Wo bleibst du?
Hat dein Auto eine Panne?
Alles andere wäre nicht zu entschuldigen.

Den Abend habe ich mir wirklich anders vorgestellt, Kati.

Scheiße sie ist sauer und wie! Als ich sie anrufen will, fällt mir die ungelesene Nachricht ins Auge. Die Nummer ist mir nicht bekannt.

Hättest du nicht warten können, bis ich zurück bin, anstatt mir die Wand voll zu schmieren????????☺
LG Thomas

Mein Herz macht einen Sprung vor Freude. Hastig verfasse ich eine Nachricht an ihn.

Zu welchem Nutzen?
Jetzt hat zumindest dein Flur etwas Farbe bekommen☺
LG Kati

Ich versende sie und speichere Thomas' Nummer in meinen

Kontakten ab. Etwas angespannt betrachte ich mein Handy. Die Stunde der Wahrheit naht. Wird mir Kerstin den Kopf abreißen nach dem gestrigen Abend? Ich drücke auf das Anrufzeichen. Es dauert nicht lange, schon ist eine genervte Stimme zu hören. „Ich hasse dich."
„Ich habe dich auch lieb, Kerstin", entgegne ich ihr prompt.
„Spar dir das, Kati", ihr Ton ist hart.
Shit! Sie ist immer noch angefressen. „Es tut mir wirklich leid", meine Stimme bebt vor Aufrichtigkeit.
„Das sollte es auch. Was sollte der Scheiß? Erst schreibst du, du kommst und dann gehst du weder ans Handy noch schreibst du zurück. Was hat dich aufgehalten?" Ihr Tonfall ist kein bisschen weicher geworden.
„Keine Ahnung, was mich geritten hat. Ich saß schon im Auto auf dem Weg zu euch", meine Stimme bricht ab. Was soll ich ihr nur sagen?
„Aber?" Wie soll ich es ihr bloß erklären? Hey, ich hab mich als Nutte ausgegeben und bin mit einem fremden Kerl mitgegangen, der mich dreimal Mal gefickt hat.
„Kati?" Scheiße, Kerstin, lass mir noch einen Moment Zeit!
„Kati???" Warte doch noch kurz! „Kati???!!"
„Verdammt! Ich war bei einem Typen, Kerstin", sprudelt es aus mir heraus. Plötzlich herrscht Stille am anderen Ende der Leitung. „Kerstin?", frage ich vorsichtig nach ihr. Keine Antwort kommt zurück. „Kerstin?" Wieder nichts. „Hallo?" Plötzlich schießt mir ein Schwall von Fragen entgegen. „Du warst bei einem Typ? Wie bist du zu ihm gekommen? Kenne ich ihn?", ihre Stimme bebt vor Neugierde. Sie lässt mir keine Zeit auf eine der Fragen zu antworten, schon kommen die nächsten. „Hattest du Sex? Trefft ihr euch erneut? Warum antwortest du mir nicht?"
„Ja wie denn auch, wenn du mich nicht zu Wort kommen lässt", zicke ich. Sofort verstummt sie. Meine Antworten sind kurz und bündig nach einer kleinen Pause. „Ja, ich war bei einem Kerl. Er hat mich angesprochen, du hast ihn noch nie gesehen, ich hatte Sex mit ihm und ein weiteres Treffen steht noch in den Sternen."

Ich kenne Kerstin gut genug um zu wissen, dass ihr das nicht ausreicht, daher warte ich, dass sie mich mit Fragen weiter löchert. „Okay und wie war es?"
„Es war schön."
„Ah schön." Als ob ich nicht wüsste, was dieser Ton bedeutet.
„Schön ist die kleine Schwester von Scheiße", gebe ich zurück.
„Wenn es das war."
„Nein, war es nicht. Es war perfekt. Er wusste, was zu tun ist, und hatte eine Ausdauer, die ich noch nie bei einem Kerl erlebt habe."
„Du schwärmst ja richtig von ihm."
„Setz mir bloß keinen Floh ins Ohr", ermahne ich sie.
„Wie sieht er aus?", fragt sie weiter ohne auf meine Mahnung Rücksicht zu nehmen. Das bist du ihr schuldig, Kati, nachdem du sie gestern sitzen gelassen hast. „Er ist der Wahnsinn, so gutaussehend, so männlich", ich schwärme schon wieder, kommt mir der Gedanke. Die nächsten zehn Minuten reden wir über Thomas. Hier und da vermeide ich ein paar pikante Details. „Wie war es bei euch?" Scheiß drauf, irgendwann muss ich in den sauren Apfel beißen, also warum nicht gleich, vielleicht ist sie milde gestimmt, nachdem ich ihr alles über meinen Abend erzählt habe.
„Er war nicht so befriedigend wie deiner."
Bei dieser Wortwahl fangen wir beide zu lachen an. „Toll, das musstest du jetzt so ausdrücken."
Erneut fangen wir zum Kichern an. „Nein, jetzt ernsthaft", ihre ausgelassene Stimmung ist wie weggeblasen. „Es war Scheiße, Moonlight war gestochen voll, Boomarang hatte einen beschissenen DJ und mir fehlte meine bessere Hälfte."
„Zumindest war Tobias und unsere ganze Truppe dabei", entgegne ich ihr.
„Das machte die Sache auch nicht besser", erwidert sie trocken. „Das sollte unser letzter gemeinsamer Abend werden, bevor ich mit Tobi und seinen Eltern nach Frankreich fliege." Auch Kerstins Abreise mit ihrem Freund und seinen Eltern habe ich vollkommen verschwitzt.

Dieses Jahr fahren fast alle unsere Freunde in den Urlaub, bis auf mich. Ich wollte mir einen entspannten Sommer zu Hause machen mit Shoppen, Relaxen und Allem, was dazu gehört, bevor ich meiner Heimatstadt den Rücken kehre und nach Regensburg ziehe. Auch wollte ich die Situation ausnutzen, das Haus vollkommen für mich allein zu haben. „Wann geht's los bei euch?", frage ich nach.
„Morgen früh fahren wir zu seinen Großeltern, bei denen übernachten wir und am Montagmorgen fliegen wir von München aus nach Paris", rattert sie runter. „Warum?"
„Du könntest noch zu mir kommen", schlage ich ihr vor.
Sie hält kurz inne. „Hört sich gut an. Bis wann?"
„Wenn du willst sofort, muss nur schnell duschen."
„Soso du musst duschen? Wohl eine dreckige Nacht hinter dir gehabt", zieht sie mich auf. Als ich zum Gegenschlag ausholen will, redet sie weiter. „Okay bis gleich", schon hat sie aufgelegt.
Ich werfe mein Handy aufs Bett, packe meine frischen Klamotten zusammen und gehe ins Bad. Es dauert keine halbe Stunde, schon stehe ich angezogen und mit feuchten Haaren im Zimmer. Ich fasse nach meinem Handy auf dem Bett.

☺ ☺ ☺
Ich hoffe die letzte Nacht behältst du auch in so guter Erinnerung wie ich.
LG Thomas

Allein schon beim Lesen der Nachricht wird mir heiß. Er denkt an mich. Ich muss ihn ja wirklich beeindruckt haben.

Vielleicht habe ich sie in besserer Erinnerung als du☺
LG Kati

Ich klicke auf >Senden< und lege mein Handy zurück. Prüfend schweifen meine Augen durchs Zimmer, vorbei an meinem Bett, Richtung TV-Ecke mit der weißen Couch davor und den Regalen voll von DVDs. Ein Film rentiert sich jetzt

auch nicht mehr. Ich gehe an meinem Sofa vorbei zur Balkontür und trete zur Sonne hinaus. Die Wärme und die frische Prise tun meiner Haut richtig gut. Der Moment völliger Entspannung ist nur von kurzer Dauer, denn schon reißt mich Kerstin ins Hier und Jetzt zurück.
„Na? Alles in Ordnung?" Ihre Stimme strotzt vor Ironie, als sie mich in den rechten Oberarm zwickt.
Ich schaue sie selbstgefällig an. „Sicher doch."
„Kann ich mir vorstellen", sie verdreht die Augen und geht in mein Zimmer zurück. Kerstin ist die blonde Variante von mir und ihre Haut ist braun gebrannt. Ich folge ihr durch die Balkontür. Sie macht es sich auf meinem Sofa bequem. Bevor ich mich zu ihr setze, hole ich mein Handy vom Bett und lege es auf meinen ovalen Fernsehtisch, der zwischen uns und dem TV-Gerät steht. Ehe ich sitze, fängt Kerstin an nochmal nach dem gestrigen Abend zu fragen.
„Ich habe dir schon alles erzählt", sage ich leicht gelangweilt.
„Ja, die Kurzversion, aber ich will es genauer wissen", stellt sie klar. „Besonders die schmutzigen Einzelheiten." Sie zwinkert mir zu.
Ein missbilligender Ausdruck macht sich auf meinem Gesicht breit. „Was willst du hören? Es war Sex. Du weißt besser als ich, wie der abläuft." Ich versuche neidisch zu klingen. „Hast ja auch schon Tobi jahrelang."
„Eben", sie boxt mir gegen mein Knie. „Ich brauche Abwechslung."
„Dann kauf dir einen Porno, in dem sie ein Gruppending schieben", antworte ich ihr trocken darauf.
„Das wäre zu billig", stellt sie fest. „Obwohl einen Kerl am ersten Abend gleich ran zu lassen auch nicht besser ist."
„Du musst es ja wissen. Warst du nicht die Schlampe, die Tobi mit ihren Titten und nicht mit der Hand begrüßt hat, als er neu in unsere Klasse kam?"
Sie fasst an ihre Brüste und drückt sie hoch. „Wer? Ich? Ich weiß nicht, was du meinst."
Darüber muss ich lachen. Sie erwidert es flüchtig und sieht mich erneut neugierig an. Erzähl es ihr schon. Sie weiß es ja

bereits, erzähl es noch ausführlicher, aber lass die bestimmten Punkte trotzdem weg. Ich fange von Neuem an von meiner letzten Nacht zu berichten.
Außer Fragen und Einwänden hört Kerstin nur zu und als ich fertig erzählt habe, bringt sie nur ein erstauntes „Wahnsinn!!!", über ihre Lippen.
„Allerdings", stimme ich ihr zu.
„Wahnsinn", sie schüttelt ungläubig den Kopf. „Dreimal?" Ich nicke und grinse selbstgefällig.
„Verdammt, da hab ich eher Grund, neidisch zu sein." Ihr Lächeln verrät jedoch den Witz dahinter. Nachdem wir dieses Thema und meine Ansicht über ein Wiedersehen mit Thomas vom Tisch haben, erzählt sie mir nochmal von ihrem Abend.
„Was ist mit Chris?", werfe ich ein als sein Name fällt. „Hat er oft nach mir gefragt."
„Nein", sie ist verwundert darüber. „Er wollte nur wissen, wo du bleibst. Es war ja eigentlich auch dein Abend." Das war ein Seitenhieb von ihr.
Ich übergehe ihn. „Er hat dir nicht in den Ohren gelegen wegen mir?"
„Nein. Jetzt wo du es sagst fällt es mir auch auf." Kerstin fasst sich grübelnd ans Kinn. „Er war wie früher. Ohne diesen Kati-Ausdruck im Gesicht."
„Lass diese Bezeichnung!", maule ich sie an.
„Warum?" Kerstins Ton strotzt vor Spott. „Wo ist Kati? Kati ist so hübsch? Ich vermisse Kati. Kati, Kati, Kati."
„Wann ist das endlich vorbei???" Ich vermisse den alten Chris. Meinen besten Freund neben Kerstin.
„Das wird schon", beschwichtigt sie mich.
„Hoffen wir es", sage ich erwartungsvoll.
„Weißt du, wen ich gesehen habe?", wechselt sie das Thema. Danach geht es um ihren Urlaub und die Hoffnung darauf, dass Tobias Eltern ihnen auch mal Privatsphäre gönnen. Irgendwann dazwischen klingelt mein Handy, aber ich ignoriere es, da ich mich voll und ganz auf unsere Unterhaltung konzentrieren will. Es ist kurz nach 19 Uhr, als wir uns voneinander verabschieden.

„Lass von dir hören und bring mir was aus Frankreich mit!!", rufe ich Kerstin nach, als sie sich auf den Weg zu ihrem Auto macht.
„Was hältst du von einem Baguette? Franzosen sind doch dafür bekannt. Etwas Passenderes wird es nicht geben", neckt sie mich.
„Ich dachte eher an eine Miniaturausgabe vom Eifelturm", entgegne ich ihr und mache ein paar Schritte auf sie und ihr Auto zu, um nicht so schreien zu müssen.
Kerstin nickt zustimmend. „Alles klar." Sie winkt mir ein letztes Mal zu und steigt in ihren Wagen. Ich schaue ihr bis zur Hauptstraße hinterher und gehe danach ins Haus zurück.
„Wir essen jetzt dann", ruft mir meine Mutter aus der Küche zu, als ich die Treppen hinauf gehe.
„Bin sofort da", antworte ich knapp. Eilig hole ich mein Handy aus meinem Zimmer und lese darin.

Hast du eine Ahnung. Egal wo in meiner Wohnung,
überall erinnert sie mich an dich,
im Besonderen mein Bett.
Aber mal abgesehen davon, du fehlst mir.
Freu mich schon auf das nächste Mal.
LG Thomas

Keine Smileys, es ist ihm Ernst: Thomas vermisst mich. Ich lese die vorletzte Zeile nochmal. >Freu mich schon auf das nächste Mal< Er will mich wieder sehen. Ein breites Grinsen tritt in meinem Gesicht auf. Zufrieden darüber gehe ich die Stufen hinunter und schreibe ihm zurück. Am liebsten würde ich ihm erwidern, dass auch er mir fehlt, aber ich fühle mich unsicher dabei. Wir kennen uns gerade mal einen halben Tag. Ich kann dieses neue Empfinden nicht einordnen.

Ich mich auch.
LG Kati
PS: Beim nächsten Mal sollten wir unter die Dusche gehen☺

Mein PS ist nicht ernst gemeint, aber es sollte ein kleiner Vorgeschmack auf das, was kommen könnte, und eine Art Antwort auf >Du fehlst mir< sein. Ehe das Handy in meiner Hosentasche verstaut ist, piept es erneut. Ich übergehe es und setze mich an den Esstisch, der schon fertig gedeckt ist.
Der Abend verläuft ereignislos. Wir reden über meine Abschlussfeier und wie stolz meine Eltern auf mich sind.
„Wer hätte das gedacht? Ich glaubte schon, du gehst nie vom Gymnasium ab", ärgert mein Vater mich.
„Du musst es ja wissen", gebe ich trocken zurück.
Das Thema wechselt zu ihrem Trip nach London, was sie unbedingt sehen wollen und was nicht.
Für kurze Zeit reden Mum und Dad über die Arbeit und mein Studium. Nach dem Essen holt Dad die Spielkarten heraus. Die Zeit vergeht wie im Flug bei guter Stimmung, denn es ist nach Mitternacht bei meinem zweiten Blick zur Uhr. Meiner Mutter ist die Müdigkeit ins Gesicht geschrieben, während mein Vater immer noch hellwach zu sein scheint. Es vergeht noch einige Zeit, bis auch mein Vater zu gähnen beginnt. „Es wird Zeit ins Bett zu gehen", stellt er fest.
„Da ist uns jemand wohl schon einen Schritt voraus, Dad", belehre ich ihn belustigt.
Wir lenken beide unsere Blicke auf die leicht schnarchende dritte Person in unserer Mitte. „Sie war noch nie ein großer Nachtmensch", witzelt er. „Ein Wunder, dass sie in der Hochzeitsnacht bis nach elf auf war."
„Dad??????", fahre ich ihn irritiert an.
„Was ist denn los?" Durch mein lautes Entsetzen ist nun Mum wach geworden.
„Nichts ist los, Anita, deine Tochter kann nur nicht verlieren", flunkert er ihr unter meinem grimmigen Blick vor.
„Wie spät ist es überhaupt?", fragt sie mit schläfriger Stimme nach und übergeht seine Antwort.
Dad schaut auf die Uhr. „Es ist kurz nach halb drei, Schatz."
Ehe er den Satz beendet hat, schnarcht Mum erneut. „Wir sollten für heute wirklich Schluss machen", wiederholt er.
„Ja sollten wir, bevor ich noch zum Heulen anfange vom

ständigen Verlieren", entgegne ich ihm sarkastisch.
„Es steht ja auch 31 zu 17, Kati", witzelt er, steht auf und hebt Mum hoch. Sie wird weder wach, noch gibt sie einen Mucks von sich. Selbst als er sie durch das Esszimmer zur Treppe hinauf trägt, schlummert sie sanft weiter. Ich betrachte den Spielstand und verziehe das Gesicht. „Ja, für mich Dad!" Mich überkommen Zweifel, ob er es noch gehört hat, denn beide sind schon aus meinem Blickfeld verschwunden.

Kapitel 2

Die Nacht ist sehr kurz für mich, obwohl ich tief und fest geschlafen habe. Es ist 7:33 Uhr auf meinem Handy. Drei Nachrichten sind darauf. Zwei stammen von Thomas.

Ist das eine Frage oder ein Befehl?
Allein die Vorstellung von uns beiden in meiner Dusche erregt mich schon.
LG Thomas

Hast du vielleicht den Mund zu voll genommen, Kati?
Weil nichts mehr kommt?
LG T.

Das hättest du wohl gerne! Meine Nachricht ist überfällig.

Guten Morgen!
Nein, hab ich nicht.
Es war nur der letzte Abend mit meinen Eltern, bevor sie für zwei Wochen nach London fliegen.
LG K.

Ich lese die nächste Nachricht. Sie ist von Kerstin.

Auf ins Gefecht. Drück mir die Daumen, dass wir einen schönen Urlaub haben und dass ich und Tobi noch zusammen sind, wenn wir zurückkommen.
HDL Kerstin.

Die beiden könnte nicht einmal die Pest trennen, soviel steht fest.

Ich wünsche euch einen tollen Urlaub und vergiss nicht: ihr beide passt zusammen wie „Die Faust aufs Auge" romantisch ausgedrückt☺
HDAL Kati

Ich drehe mich im Bett noch einige Male hin und her bis ich aufstehe. Meine Eltern stehen im Flur bereit zu gehen. „Guten Morgen." Mum und Dad schauen zu mir die Treppe hoch.
„Wolltet ihr ohne Abschied fahren?"
Meine Mutter sieht mich verärgert an. „Nein, natürlich nicht. Georg wollte gerade die Koffer ins Auto tragen und ich hätte dich währenddessen geweckt."
Mein Vater nimmt zwei von den drei Koffern und tritt zur Tür hinaus. „Ich wollte ohne Abschied gehen." Seine Belustigung darüber ist bis ins Haus zurück hörbar.
Mum schüttelt nur missbilligend den Kopf, hakt sich bei mir unter und zieht mich ins Wohnzimmer. Unser Wohnzimmer ist groß und stilvoll eingerichtet. In der Mitte steht eine riesige champagnerfarbene Couch mit weißen Kissen, die restlichen Möbel sind dunkelbraun gehalten und ergänzen sich perfekt dazu. An den Wänden hängen Bilder von Blumen und Stillleben, die meine Mutter gezeichnet hat. An einer Wand ist eine komplette Bücherfront hochgezogen und neben dem Fernseher steht eine gläserne Vitrine mit Fotos.
„Was hast du vor in den nächsten zwei Wochen?", hakt meine Mutter ein.
„Keine Ahnung, so wenig wie möglich."
„Gute Idee. Entspann dich nochmal richtig, bevor der Lernstress weitergeht. Du wirst es brauchen."
Dad kommt durch die Tür auf uns zu und zieht sein Portmonee aus der Fronttasche seiner Hose. „So Liebes, das ist für dich." Er reicht mir vier grüne Geldscheine. „Sollte es nicht reichen, nimmst du dein Taschengeld her, wenn wir zurückkommen ersetze ich es dir."
„Danke Mum." Ich gebe ihr einen Kuss auf die Wange. „Danke Dad." Meinem Vater ebenfalls und verstaue das Geld in meiner Hosentasche. Die nächste knappe Stunde sitzen wir noch zusammen und reden einfach über alles, was uns einfällt. Der Abschied fällt uns allen drei schwer.
Nachdem sie gefahren sind, schließe ich die Haustüre hinter mir ab und atme kurz durch. Plötzlich kommt Freude in mir auf. Ich liebe meine Eltern zwar, aber dieses Gefühl, die

nächsten 14 Tage mein eigener Herr zu sein, ist einfach unbeschreiblich. Das Mittagessen lasse ich ausfallen, jetzt kann ich mir alles selbst einteilen. Gegen 15 Uhr mache ich mir ein Sandwich mit Salat, Tomate, Schinken, Käse und bleibe beim Zappen durch die TV-Kanäle bei einem alten schwarzweißen Kriminalfilm hängen. Nachdem das Wort Ende im Bild aufgetaucht ist, beginnt sofort der nächste Teil der Reihe. Die restliche Zeit vertreibe ich mir mit Musik hören. Immer wieder schaue ich auf mein Handy, bis endlich eine Nachricht von Thomas auf dem Display erscheint.

Du hast ein ganzes Haus für dich allein?
Wenn du dich fürchten solltest, kann ich jederzeit vorbeikommen, du musst nur ein Wort sagen.
LG T.

Ich ignoriere meinen innerlichen Drang, ihm sofort zurückzuschreiben. Die Dämmerung bricht herein, als ich anfange mich zurechtzumachen. Ich ziehe einen roten Rock, ein weißes Trägertop und darüber eine schwarze Lederjacke an. Die Uhr schlägt zehn. Ich tippe eine Nachricht an Thomas ein.

Irgendwie habe ich das Gefühl,
dass du kommst, auch ohne dass ich Angst habe☺
Was hast du heute noch vor?
LG Kati

Mit meinem Handy in der Tasche mache ich mich auf zum Auto. Hoffentlich ist heute mehr geboten als Freitag.
Ich schalte das Radio ein und drehe die Musik soweit zurück, dass sie nur die Stille durchbricht, aber meine Gedanken nicht stört. Ich parke mein Auto wie das letzte Mal und gehe mit meiner Handtasche bepackt in Richtung Bahnhof. Er ist menschenleer. Ich schaue auf mein Handy. Eine neue Nachricht.

Ich komme gerne zu dir, egal wegen was, ob es aus Angst ist oder um zu kuscheln.☺
Ich werde heut nicht mehr viel machen.
Bin noch geschlaucht von Freitag und Samstag, außerdem ist morgen wieder arbeiten angesagt.
Du?
LG T.

Ich werde noch anschaffen gehen. Mist, das kann ich nicht schreiben. Ich schaue mich um, es ist immer noch keine von den anderen Frauen zu sehen. Was ist nur heute los? Mein Handy zeigt kurz nach halb elf Uhr an. Wo sind die alle bloß? Alleine hier zu stehen fühlt sich verloren und hilflos an. Meine Aufmerksamkeit fällt auf die Holzbank, wo ich Thomas zum ersten Mal gesehen habe. Meine Augen wandern zum Mietshaus, wo er wohnt, es ist kein Licht darin zu sehen. Vielleicht schläft er schon und ich wecke ihn immer wieder auf mit meinen Nachrichten. Ich packe mein Handy in die Tasche und beschließe, es für heute mit dem Schreiben gut sein zu lassen. Antworten kann ich ihm morgen auch noch. An der Situation hat sich nichts geändert, ich bin immer noch alleine am Parkplatz. Noch 10 Minuten, dann geh ich. Plötzlich höre ich jemanden mit hochhakigen Schuhen hinter mir laufen. Eine dünne Frau mit kurzen blonden Haaren geht an mir vorbei. Alles andere ist nicht zu erkennen. Sie lehnt sich gegen den Laternenpfosten am anderen Ende des großen Parkplatzes. Obwohl die Blondine eine Fremde für mich ist, fühlt es sich sofort besser an hier zu stehen. Es vergehen weitere Minuten und wieder kommt eine über die Straße auf den Platz. Sie setzt sich auf die Bank, die mittig zwischen mir und der Blonden steht, und zündet sich eine Zigarette an. Im Minutentakt fahren Autos an uns vorbei, doch keines davon hält an. Irgendwann kommt ein roter Flitzer um die Ecke gebogen und hält am Punkt genau neben der Holzbank. Die Frau wirft ihre Zigarette weg und steigt auf der Beifahrerseite ein. Mein Handy vibriert erneut in der Tasche. Bevor ich jedoch nachschauen kann, durchdringt ein rasender Motor die Stille. Ein schwarzes Auto hält an einer Straßenleuchte,

gute 15 Meter entfernt von mir. Die Beifahrertür fliegt auf und eine Frau wird gewaltsam aus dem Auto gestoßen. „Gib mir meine Tasche, du Wichser!!", brüllt sie mit weinerlicher Stimme. Beim genaueren Hinsehen fällt mir auf, dass ihre Nase blutet und ihr Gesicht übel zugerichtet aussieht. Als sie zurück ins Auto klettern will, höre ich einen lauten Schrei ihrerseits. Verdammt, was passiert da? Ich gehe auf das Auto zu, als die Stimme der anderen Frau, die vor kurzem noch am Laternenpfosten gelehnt war, an mein Ohr dringt. „Lauf weg, verdammt noch mal! Lauf!!" Ihr Kopf ist zu mir gedreht.
„Aber?" Ich bringe nichts mehr heraus und stehe immer noch wie angewurzelt am selben Fleck. Sie bückt sich, nimmt irgendetwas in die Hand und wirft es auf mich. Es sind lauter kleine Kieselsteine. Ich hebe schützend die Hand vor mein Gesicht. Wieder ist da ihre Stimme. „Lauf!"
Der Steinregen endet, bevor er richtig angefangen hat. Ich sehe wie die Fremde in die entgegengesetzte Richtung läuft und kein einziges Mal zurück sieht. Ich mache es ihr nach und versuche so gut wie möglich das Wimmern und die Geräusche, die aus dem Auto kommen, auszublenden. Mein ganzer Körper ist voller Adrenalin. Erst beim Aufsperren der Autotür fällt mir das Zittern meiner Hände auf. Während der Fahrt starren meine Augen im Sekundentakt in den Rückspiegel. Hat er sie verprügelt? Ist sie tot? Hat er sie dort liegen lassen? Meine Gedanken kreisen nur um dieses Thema. Ich bin zu Hause und fühle selbst jetzt noch keine Sicherheit. Ich komme in mein Zimmer und hole mein Handy hervor, das mir eine Nachricht angezeigt. Stimmt, es hat vibriert, bevor die Hölle am Bahnhof losbrach.

**Hast du vielleicht Lust am Dienstag zu mir zu kommen?
LG Thomas**

Seine Einladung kommt so unerwartet, dass sie mich von dem Vorfall am Bahnhof etwas ablenkt. Ein Glücksgefühl überkommt mich, ihn wiederzusehen.

Ich würde mich freuen.
Was hast du geplant?
LG K.

Ich versende die SMS und mache mich bettfertig. Eine knappe halbe Stunde später kommt eine SMS von ihm zurück.

Das können wir morgen noch ausmachen.
LG und gute Nacht T.

Das hört sich gut an. Er schreibt nichts von Sex. Es könnte ein richtiges Date werden. Der Gedanke an Thomas rückt den heutigen Abend etwas beiseite in meinem Kopf, auch wenn ich ihn immer noch nicht ganz vergessen kann. Ich versuche mich abzulenken und denke an die Nacht mit ihm. Immer mehr entspannt sich mein Körper. Als ich aufwache, ist es hell, aber grau draußen. Es hat heute Nacht geregnet, denn die Fensterscheiben sind von Wassertropfen nass. Die Geschehnisse vor ein paar Stunden haben zwar ihre Spuren hinterlassen, aber ich ermahne mich vorsichtiger zu sein, als die junge Frau und Unnötiges daheim zu lassen, wie meine Tasche und alles, was darin ist. Es ist keine Garantie unbeschadet nach Hause zu kommen, nur eine Vorsichtsmaßnahme, das ist mir bewusst. Ich nehme mein Handy zur Hand und lese mir die neuen Nachrichten durch.

Guten Morgen!
Gut geschlafen und von mir geträumt?
Also ich schon☺
LG T.

Ich schaue auf die Uhr meines Handys. Es ist kurz vor 10.

Hast du von mir geträumt oder von dir.
Deine SMS lässt beide Ansichten zu.
Guten Morgen☺
LG K.

Ich drehe mich aus dem Bett und gehe im Schlafanzug die Treppe hinunter in Richtung Küche, nehme mir Frühstücksflocken und einen tiefen Teller aus dem Schrank und mache die Schüssel halbvoll damit. Ich schütte so viel Milch aus dem Karton, der im Kühlschrank steht, in die Schüssel, dass die gebündelten kleinen Weizenflocken zu schwimmen anfangen. Ich setze mich vor den Fernseher und schalte durch die Kanäle. Bei einem Musiksender bleibe ich schließlich hängen. Nachdem die Schüssel leer ist und das Programm von Musik auf eine Banddokumentation gewechselt hat, schalte ich das TV-Gerät aus und stelle meine Schüssel in den Geschirrspüler. Ich öffne die Türe zum Wintergarten und lasse frische Luft hereinströmen. Der Himmel ist voller dichter Wolken und es ist angenehm kühl. Hoffentlich regnet es heute Abend nicht, wenn ich wieder am Bahnhof stehe. Es wäre der dritte Abend für mich ohne anschaffen zu gehen.
Gegen Mittag bekomme ich eine SMS von Thomas.

Natürlich habe ich von uns geträumt.
Es war aber alles anständig.
Was treibst du?
Habe gerade Mittagspause und esse was.
LG T.

Meine Augen wandern auf den Roman in meinem Schoß. Er handelt von der ewigen Suche einer Frau nach Liebe.

Ich lese gerade und kuschle mich in meine weiche Decke.
Heute ist kein Tag um rauszugehen.
Bist du schön fleißig am Arbeiten?
LG K.

Die nachfolgenden Stunden verbringe ich damit die Spülmaschine auszuräumen, in Klatschzeitschriften zu blättern und, da das Wetter nicht besser aber auch nicht schlechter geworden ist, mit Joggen. Das Laufen hat länger gedauert als angenommen, denn meine Nachbarin, Frau

Bauer, hat mich beim Vorbeilaufen an ihrem Haus angesprochen und auf eine kühle Cola eingeladen. Angefangen von dem Urlaub meiner Eltern bis hin zu dem Besuch ihres Sohnes nächste Woche haben wir alle Themen abgegrast. Wieder zu Hause und viel zu spät dran gehe ich unter die Dusche. Kurz vor 22 Uhr bin ich fertig zu gehen. Ich habe das Gleiche wie gestern an. Einen roten Rock, mein weißes Trägertop und die Lederjacke. Ich kontrolliere noch schnell mein Handy nach Nachrichten, da es nach gestern Abend hier bleibt.

Du kuschelst dich in deine Decke?
Mach mich bloß nicht eifersüchtig☺
Ich bin immer fleißig am Arbeiten.
Schon einen Plan für morgen?
LG T.

Die ersten beiden Zeilen bringen ein Lächeln auf mein Gesicht, das mir aber sofort wieder vergeht. Obwohl es die Zeit zugelassen hätte, habe ich nicht nachgedacht, was wir machen könnten. Mist, das hab ich vollkommen vergessen.

Es war dein Vorschlag.
Also musst du dir was überlegen,
um mich zu beindrucken☺
LG K.

Ich lege mein Handy in die Tasche und lasse beides auf der Schuhbank im Flur liegen. Sorgfältig schließe ich die Haustür hinter mir und gehe zu meinem Auto. In der Seitenstraße stelle ich wie gewohnt mein Auto auf seinen Platz der letzten Tage. Völlig nichtsahnend schießt mir die Situation mit der übel zugerichteten Frau von gestern durch den Kopf. Den ganzen Tag über war ich so abgelenkt wegen Thomas, dass mich der Gedanke jetzt doppelt so hart trifft.
Was passiert heute? Fühle ich mich noch im Stande anschaffen zu gehen? Vollkommen regungslos bleibe ich im Wagen sitzen. Der Schrei hallt in meinen Erinnerungen

wieder. Sei einfach vorsichtiger, Kati! Du musst nicht jeden nehmen, du bist nicht angewiesen auf das Geld, weist mich mein Gewissen zurecht. Tief einatmen und wieder ausatmen. Die Anspannung fällt leicht ab von mir. Bevor ich mich von Neuem selbst wahnsinnig mache, steige ich aus und gehe mit zügigem Tempo auf den Bahnhof zu. Es stehen schon ein paar Frauen dort, als ich mich an den Platz von gestern stelle. Mein Blick wandert auf den Fleck unterhalb der Straßenleuchte. Dort ist es vor knapp 24 Stunden passiert. Das Bild vor Augen und die Geräusche dazu nehmen mich so gefangen, dass mir gar nicht bewusst wird, wie ein Auto vor mir anhält. Die Beifahrertür geht auf und ein Mann lehnt sich zu mir rüber. „Wie viel verlangst du?" Verdutzt über seine Frage kommt kein Wort über meine Lippen. „Wie viel verlangst du?", fragt er erneut. Sein Ton klingt forsch.
Ich habe mir gar keine Gedanken über den Preis gemacht und was ich alles dafür tun werde. „300", gebe ich nach kurzer Pause zurück.
Der Fremde mustert mich eindringlich. „Steig ein."
Ich verwerfe meine Gedanken an gestern und rutsche auf den Beifahrersitz. Der Mann fährt los, noch ehe die Beifahrertür zugeschlagen ist. Er ist älter als 40, hat kurze dunkle Haare und dichte Augenbrauen. Ein leichter Bauch zeichnet sich unter seinem Flanellhemd ab und an der linken Hand trägt er einen Ehering. Es vergehen Minuten, bis von ihm was kommt. „Ich bin geschäftlich in der Stadt und habe ein Zimmer für eine Nacht gebucht."
„Was arbeitest du?", werfe ich neugierig ein.
„Das hat dich nicht zu interessieren!", mault er zurück. „Ich zahle nicht 300 Euro, um mit dir Konversation zu machen."
Der Mann ist zwar unfreundlich, aber ich fürchte mich nicht. Ein verheirateter Kerl, der es sich woanders besorgt und deswegen nichts von sich erzählt. Soll mir recht sein, desto weniger ich weiß, desto besser ist es, sonst fühle ich mich nur schuldig seiner Ehefrau gegenüber. Es ist rein geschäftlich, ohne Sympathie und es gibt kein Wiedersehen danach. Man könnte es fast als anonym bezeichnen. Wenn er mich aus

meinem Leben etwas fragen sollte, werde ich nichts dazu sagen. Weder meinen Namen noch mein Alter betreffend.
„Ich bin David." Seine Augen sind auf mich gerichtet.
„Nenn mich Marlene." Das ist der erste Name, der mir einfällt. Es dauert nicht lange, bis wir vor einem kleinen, völlig verdunkelten Motel anhalten. Es wirkt von außen weder einladend noch komfortabel. Ich lebe zwar schon mein Leben lang hier, aber dieses Motel ist mir vollkommen neu. Der Weg ist einfach vom Bahnhof bis hier her. Immer der Straße entlang den Berg rauf und danach wieder runter. Wenn man die Abkürzung durch den Park nimmt, ist man noch schneller. Ich komme um seinen weißen Kleinwagen rum und folge ihm durch die Eingangstür ins Motel. Die Gänge sind spärlich beleuchtet und es gibt nicht mehr als 10 Zimmer, als wir hinauf in David seines gehen. Er sperrt auf und geht hinein. Ich folge ihm und schließe die Tür hinter mir. Die Atmosphäre wirkt kühl, gar feindselig, ganz anders als bei Thomas. Ich fühle mich richtig unwohl in meiner Haut. Die schäbige Einrichtung besteht nur aus dem Nötigsten: einem Bett und einem kleinen Tisch mit zwei Stühlen. Die Vorhänge sind alt und reichen bis zum Boden hinunter. Ein kleines Bad, dessen Tür offen steht, mit abgenutzten, schlammgrünen Fließen grenzt an.
„Allein fürs Rumstehen zahle ich dich nicht", keift David hinter mir. Meine Aufmerksamkeit wandert zu ihm. Er hat es sich auf seinem Bett gemütlich gemacht. Langsam gehe ich auf ihn zu, ohne den Blick von ihm zu nehmen, sein Ausdruck wirkt hart. Unmittelbar vor ihm bleibe ich stehen.
„Nach dem Aussehen zu urteilen bist du die 300 Euro mehr als wert, aber ob du es auch bringst, ist die andere Frage."
Ich übergehe seine Beleidigung. Je schneller er anfängt desto, schneller bin ich weg von hier. David knöpft sein Hemd auf.
„Zieh dich aus!", befiehlt er mir. Als ich mich aus den Schuhen winden will, fasst er grob an meinen Unterarm. „Die Pumps lässt du an." Eine Minute später bin ich bis auf die Schuhe nackt. Er mustert mich, als ob er mehr erwartet hätte.
„Leg dich neben mich aufs Bett", sein Ton klingt keinen Tick

sanfter. Ich tue, was er verlangt und schon ist er über mir. Seine behaarte Brust kommt zum Vorschein, als er sein Hemd auszieht. Danach öffnet er seine Hose, die er jedoch nur zum Teil von seinen Beinen hinunter zieht. Ehe ich einen klaren Gedanken fassen kann, ist da schon sein Penis auf meinem Schambereich. Eilig beißt er das Kondom mit den Zähnen auf und schiebt es aus der Verpackung. Ohne den Blick von meinem Gesicht abzuwenden, streift David es über sein Glied. Es dauert nicht lange, schon ist er in mir. Hastig fängt er an sich auf mir vor und zurück zu bewegen, während seine Hände meine Brüste kneten und jeden einzelnen Zentimeter meines Körpers befummeln. David liegt auf mir und fickt mich ohne Gefühl. Es ist erniedrigend, der Mann interessiert sich einen Dreck dafür, ob ich mich wohl fühle dabei oder ob es mir weh tut. Dieses Empfinden erinnert mich an die übel zugerichtete Frau von letzter Nacht. Schnell verwerfe ich den Gedanken. Meine Hände liegen auf Davids Rücken, wo anders will ich sie gar nicht haben. Er vergräbt sein Gesicht in meinem Nacken, sein Stöhnen wird schwerer und die Bewegungen stärker. Ein Gutes hat es zumindest: Sein Anblick bleibt mir erspart, ermutige ich mich durchzuhalten. Ich habe keine Ahnung, wie viel Zeit vergangen ist, seitdem er über mich gekommen ist, aber es fühlt sich wie Stunden an. Um mich abzulenken, fange auch ich zu stöhnen an. Seine Stöße werden immer intensiver. Auf einmal schreckt David hoch, er zieht seinen Penis aus mir zurück und hält ihn zwischen meine gespreizten Beine. Kaum hat er das Kondom von seinem Schwanz abgerollt, spritzt er auch schon quer über meinen Körper. Kurz verharrt er in dieser Position und lässt dann ab von mir. Ich bleibe völlig benommen einen Moment liegen und folge ihm danach ins Bad. Er steht unter der Dusche und seift sich gerade ein. Ich blende David aus und befeuchte eines der Handtücher, die lieblos am Waschbecken aufeinandergereiht liegen. Ich säubere mich und gehe danach zurück ins Schlafzimmer. Die Dusche läuft nicht mehr, also ziehe ich mich noch schneller an. Mit einem Handtuch um die Hüfte bekleidet kommt David aus dem

Badezimmer. Er geht vorbei an mir zu seiner Hose, wo er seinen Geldbeutel heraus zieht. 200 Euro hält er mir entgegen.
„Da fehlen 100", gebe ich ihm zu verstehen.
„Wie gesagt, dein Aussehen ist es wert", keift er mich an. „Alles andere bringt nur 200 Euro ein und nicht mal das."
Völlig verdattert schaue ich ihn an. „Du bist nur dagelegen, mehr nicht. Jetzt nimm es und mach dich vom Acker." Sein Ton ist barscher als zuvor.
„300 waren ausgemacht", donnere ich zurück.
Sein Blick strotzt vor Zorn, er kommt auf mich zu, steckt mir das Geld in den Ausschnitt und fasst mich grob am Arm. „Schau, dass du weiter kommst, bevor ich dir gar nichts gebe." Ich bin vollkommen machtlos gegen ihn, währenddessen er mich gewaltsam zur Tür und in den Korridor des Motels schleift. „Sieh zu, dass du Land gewinnst, Schlampe!" Die Tür fällt ins Schloss. Benommen bleibe ich davor stehen. Angst lähmt meinen Körper, die es mir unmöglich macht, in den ersten Sekunden nur einen Schritt zu gehen. Mein Kopf ist leer, das Einzige, was ich empfinde ist ein leichter Schmerz am Handgelenk, der von seinem Griff kommt. Das Licht im Flur geht aus und bringt mich dazu, Richtung Ausgang zu gehen. Ich wandere die Treppe hinunter, vorbei an der Lobby, auf den Parkplatz und als ich mich nach meinen Wagen umsehe, fällt mir ein, dass ich mit David gekommen bin. Es ist ein Fußmarsch von 20 Minuten, die jedoch schnell vergehen, da meine Gedanken um den heutigen Abend kreisen. Ich habe mir selbst geschworen, vorsichtig zu sein und dann ist mein erster Freier genauso ein Typ wie der von gestern. Ich schüttle den Kopf über meine eigene Dummheit. Es gibt Frauen, die das täglich über sich ergehen lassen, nicht, weil sie es wollen, sondern weil sie es müssen, aus finanziellen Gründen. Ich denke an den Grund, der mich hier her geführt hat. Es ist die Suche nach einer Antwort, ich tue es nur deswegen. Ich habe alles und bin auf das Geld nicht angewiesen, schon gar nicht, wenn es von einem Typen wie David kommt. Ich bekomme einen richtigen Hass auf ihn wegen den fehlenden 100 Euro,

die eigentlich ausgemacht waren. Je länger ich darüber nachdenke, desto harmloser wird es. Klar, es war anfangs abstoßend, jedoch gewöhnt man sich mit der Zeit daran und im Grunde geht es mir nur um die Frage: Warum ich eine Leere in meinem Leben spüre? Dennoch sollte dieser Abend eine Ausnahme sein. Ich habe meinen Preis und den will ich auch einfordern. Ich sollte mein Geld verlangen, bevor ich die Beine breit mache, damit so etwas nicht noch einmal passiert. Ich muss mir aber auch selbst eingestehen, dass David Recht hatte. Ich habe nur dagelegen, mehr nicht. Das nächste Mal wird's besser. Fast wie in Trance steige ich ins Auto und fahre heim. An der Kreuzung, die ins Stadtinnere führt, fällt mir ein Schnellrestaurant ins Auge. Ab heute habe ich sturmfrei, ich kann machen, was ich will. Ich fahre auf die Parkplätze vor dem Lokal, steige aus und gehe hinein. Es ist das typische Schnellrestaurant, mit einer Theke, die am Eingang endet und sich bis zum anderen Ende des Raumes zieht. Die Stühle und Tische sind aus Aluminium. An den Wänden hängen alte Werbeplakate und eine Uhr. Es ist nach eins. Außer mir sind noch drei Frauen anwesend und der Kerl hinter dem Tresen. Ich setze mich auf einen der mittleren Tische. Es dauert zwei Minuten, bis der Typ hinter der Theke an meinem Platz erscheint. „Was darf ich dir bringen, Kleines?"
„Nur ein großes Wasser." Er nickt mir zu und geht zurück.
Ich betrachte die anderen Frauen, zwei von ihnen stehen an der Bar und die dritte sitzt zwei Tischreihen entfernt von mir. Meine Aufmerksamkeit fällt auf die Speisekarte am Tisch, sie ist nur aus einem DIN A4 Blatt gemacht.
„Hier dein Wasser, Kleines", er stellt es ab und geht davon.
Seine Wortwahl verwundert mich, bis ich die anderen Frauen genauer betrachte. Sie sehen aus wie ich und sie stehen auch da, wo ich stehe, am Bahnhof. Ich nehme einen kräftigen Schluck von meinem Wasser und lasse den Blick durch den Raum schweifen. Es vergehen weitere 20 Minuten, bis mein Glas leer ist, wir sind nur noch zu dritt im Lokal: Ich, die Bedienung und die Frau vor mir. Mit der Hand in der Luft und meinen Blick auf ihn gerichtet rufe ich: „Zahlen!"

Der Kellner kommt von der Theke hervor auf mich zu.
„Das macht dann 2 Euro und 40 Cent."
Plötzlich wird mir bewusst, dass ich die Tasche samt Inhalt zu Hause gelassen habe. Mein Geld, mein Handy, ich habe gar nichts bei mir. Etwas verwundert über sein offenkundiges Starren auf meinen Ausschnitt schau auch ich an mir herab. Das Geld von David steckt immer noch zwischen meinen Brüsten. Leicht verschämt greift meine linke Hand danach. Es sind zwei Hunderter. Davon halte ich ihm einen entgegen.
„Hast du es nicht kleiner, Kleines", sagt er genervt.
„Nein hab ich nicht, Großer", kontere ich.
Er nimmt mein Geld an sich und macht sein Portmonee auf. Er sucht in den hinteren Fächern nach passenden Scheinen und vorne nach Kleingeld. „Ich kann dir nur auf 50 Euro herausgeben", sagt er weiterhin genervt.
„Das ist nicht mein Problem", gebe ich ihm im selben Ton zurück.
„Warte Paul, ich übernehme das", wirft eine dritte Stimme ein. Die junge Frau, die ein paar Reihen weiter vor mir saß, steht nun an meinem Tisch und sucht nach ihrem Geld in der Tasche. Sie ist schlank, ihre Haare sind blond und kurzgeschnitten, sie trägt ein rotes, bis zu den Knien gehendes Sommerkleid und darüber eine schwarze Jacke.
„Hier." Sie reicht ihm einen 10 Euro Schein. „Da ist meins auch dabei, der Rest ist Trinkgeld." Er nimmt das Geld an sich, nickt mir zu und geht weg von uns.
„Danke", sage ich mit entschuldigender Mine.
„Kein Ding, du kannst es mir beim nächsten Mal zurückgeben." Ich sehe sie irritiert an. „Ich habe dich schon öfter am Bahnhof gesehen", gibt sie mir zu verstehen.
„Oh, wirklich?"
„Ja, du warst Freitag zum ersten Mal dort, dann Sonntag und heute wieder", zählt sie an ihren Fingern der rechten Hand ab. Ich überlege kurz, ja, das waren jeweils die Tage. Habe ich sie gesehen? An jedem Abend war etwas anderes. Freitag war ich zu aufgeregt und habe Thomas kennengelernt. An Sonntag will ich gar nicht denken und heute ging mit David

alles so schnell.
„Darf ich?" Sie deutet auf den leeren Stuhl mir gegenüber.
„Klar, nur zu", antworte ich knapp.
Während sie sich setzt, hält sie mir ihre Hand entgegen.
„Ich bin übrigens Sara."
„Freut mich." Meine Hand fasst nach ihrer. „Marlene."
Ihr Blick ist prüfend auf mich gerichtet. „Wie alt bist du eigentlich?" Ihre Frage ist leicht spöttisch.
„24", entgegne ich ihr prompt.
Sie sieht mich misstrauisch an. „Und wie alt bist du wirklich, Marlene?"
Ich beiße mir verräterisch auf die Lippen, „19."
„Dachte ich mir." Selbstzufriedenheit macht sich in ihrem Gesicht breit.
„Und du, Sara?", frage ich nach.
„Ich bin 27." Ihre Augen schweifen im Lokal umher. Diese Antwort lasse ich gelten, denn ich hätte sie älter geschätzt.
„Warum gehst du auf den Strich?", fragt sie ohne Umschweife mir wieder zugewandt nach.
„Aus den selben Gründen wie du, denke ich."
Mit hochgezogenen Augenbrauen fängt sie zu reden an. „Du bist ohne Job und arbeitest auf der Straße, um nicht aus deiner Wohnung zu fliegen?!"
Bei diesem Geständnis tritt ein verzeihender Ausdruck auf mein Gesicht. „Tut mir leid, das wusste ich nicht."
Sie winkt mit ihrer Hand ab und stellt mir erneut die gleiche Frage. Der Grund ist zu persönlich, daher gebe ich mich ahnungslos. Ablehnend schüttelt sie den Kopf und stützt ihre Arme auf dem Tisch ab. Bevor sie zu sprechen ansetzt, sprudelt es aus mir heraus. „Wie kamst du dazu, als Hure zu arbeiten?"
Sie mustert mich scharf bei meiner Wortwahl, aber fängt sofort zu reden an. „Nun ja ich zog vor 6 Jahren aus Regensburg hierher zu meinem Freund, dann führte eins zum anderen." Ihrem Gesichtsausdruck zu folgen, ist das alles, was ich von ihr dieses Thema betreffend heute hören werde.
Wir sitzen uns schweigend gegenüber.

Ein Schatten huscht über ihr Gesicht. „Was ist?"
„Heute Nacht war wieder beschissen für mich", stößt sie enttäuscht hervor. „Ich muss nochmal zurück."
„Wie lange stehst du immer am Bahnhof?"
„Kommt drauf an, bis drei Uhr in der Nacht, am Wochenende länger, wenn die Kerle aus den Bars oder der Disko kommen. Jetzt, wo Ferien sind, wird es in den nächsten Wochen stetig mehr werden", klärt mich Sara auf.
„Da bist du dir sicher?" Ich sehe sie ungläubig an. „Kannst du in die Zukunft sehen, was die nächsten Wochen bringen?"
Mit einem missbilligenden Ausdruck auf dem Gesicht antwortet sie mir. „Das ist jedes Jahr so. In den großen Ferien fahren viele die ersten Wochen in den Urlaub, dort bleiben sie für sieben oder vierzehn Tage und kommen dann wieder zurück. Es ist zwar jetzt auch etwas mehr geboten, aber kein Vergleich was in zwei Wochen dort los sein wird."
Sie reibt ihre Augen vor Müdigkeit. „Das Problem sind die Bullen, wenn die ihre Kontrollfahrten machen und uns die Tour vermasseln oder uns für die Nacht einlochen."
„Fahren die so oft unter der Woche durch?", hake ich nach.
„Ja, da haben sie mehr Zeit als am Wochenende mit den Randalen und den Schnapsleichen." Sie gähnt und streckt ihre Arme aus.
„Du solltest heute nicht mehr anschaffen gehen, du gehörst ins Bett", rüge ich sie.
Sie verdreht kurz die Augen und schnauft verachtend aus.
„Wenn das so einfach wäre."
„Ist es", merke ich an. „Geh einfach nach Hause. Was macht schon eine Nacht mehr oder weniger aus?"
„Die Welt macht es aus", versichert sie mir. „Was, wenn ich morgen genau so wenig Glück habe? Geh ich dann auch wieder nach Hause und verschiebe es auf die nächste Nacht?", stellt sie mir ironisch die Frage. Ich sitze nur da und höre ihr zu. „Nein, werde und kann ich nicht. Ich muss durchhalten und hoffen, dass ich mehr Glück habe zu einem späteren Zeitpunkt." Sie wirkt richtig betrübt darüber.
„Tut mir leid", sage ich voller Bedauern.

„So ist das Leben." Sie lächelt wehleidig über ihre aussichtslose Situation. „Zumindest meins. Eine falsche Entscheidung führte zur nächsten, die mich schließlich dorthin brachte."
Plötzlich fühle ich mich richtig mies. Sara ist zwar eine Fremde für mich, aber es kommt mir so vor, als hätte ich sie um ihre heutigen Einnahmen gebracht. „Gib mir deine Hand."
Sie zieht verwirrt ihre Arme unterm Tisch hervor. Ich strecke ihr meine Hand, in der sich die 200 Euro befinden, entgegen und lege es auf ihre. „Geh nach Hause, für heute reicht es."
Ihre Augen weiten sich. „Ist das dein Ernst?"
„Klar ist es das, du brauchst es nötiger, glaub mir!"
Sie begutachtet ungläubig die Geldscheine auf ihrer Handfläche. „Nein", sie schaut mich an. „Nein das geht nicht. Bitte nimm es wieder." Ich mache keine Anstalten, mir das Geld zu nehmen und sitze bewegungslos da. Sara hält es mir unter meine Nase. „Nimm es bitte wieder." Ich weigere mich weiterhin und lasse mich in die Stuhllehne zurückfallen. Sie legt es auf den Tisch zwischen uns und schiebt es zu mir rüber. „Danke trotzdem."
Ich lege meine Hand auf die Geldscheine und mache es ihr nach. „Nimm es, habe ich gesagt." Bevor sie widersprechen kann, kommt mir schließlich eine Idee. „Sollten wir uns das nächste Mal wieder treffen, spendierst du mir einen Kaffee dafür, ok?"
„Einer wird dafür nicht reichen", sagt sie trocken.
Ich übergehe ihre Antwort und halte ihr meine Hand entgegen. „Abgemacht?" Ich grinse sie an.
Sie kapituliert. „Ja, abgemacht", und schlägt ein.
Die Stimmung wirkt auf einmal ausgelassen, nachdem wir unsere Hände von einander lösen. „Möchtest du noch etwas?", fragt sie mich, "Ich lade dich ein."
„Wolltest du nicht gehen?" Irritiert schau ich sie an.
Sie hält mein Geld hoch und grinst erleichtert. „Muss ich Gott sei Dank jetzt nicht mehr."
„Ich nehme noch einen Kaffee".

„Das ist aber nicht der, den ich dir noch schulde", fällt sie mir sofort ins Wort. „Der ist erst beim nächsten Mal gültig."
„Okay", stimme ich ihr knapp zu.
„Dann ist es ja gut, warte, ich hole ihn schnell", sie zwinkert mir zu und steht auf.
Während Sara zur Theke eilt, schießt mir die unerwartete Wendung des Abends durch den Kopf. Ich wollte nur einen kurzen Stopp einlegen und jetzt plaudere ich mit einer Frau vom Strich. Sie kommt zurück mit zwei Tassen und stellt jeweils eine vor mir und die andere vor ihr ab. Wir nehmen beide einen kräftigen Schluck, schauen uns an und verziehen gleichzeitig die Gesichter. „Pfui, ist das Abführmittel?" Kommt es mir über die Lippen.
Sara fängt sofort zu lachen an. „Selbst Abführmittel schmeckt nicht so Scheiße."
„Dann müssen sie wohl die abgekocht haben", setze ich noch eins drauf.
„Solange sie nicht von Paul ist." Sara macht eine Kopfneigung Richtung Tresen, wo der Typ dahinter Gläser poliert. Wir brechen beide in schallendem Gelächter aus. Es dauert einen kurzen Moment, bis wir uns beruhigt haben. „Du bist der erste Mensch, mit dem ich hier richtig rede", macht sie mir als Kompliment.
„Du meiner auch, naja ich bin zum ersten Mal hier", gebe ich belustigt zu. Sie erwidert mein Lächeln. „Wie lange kommst du schon hier her?", will ich wissen.
Sara legt ihre Stirn grüblerisch in Falten. „Das dürften über drei Jahre sein." Mit geweiteten Augen sehe ich sie ungläubig an. „Ja, über 3 Jahre", sagt sie erneut.
Ich starte einen zweiten Versuch und frage nochmal nach. „Wie kam es dazu, dass du Anschaffen gehen musstest?"
Wie beim ersten Mal ist ihr Blick abweisend, aber sie fängt zu erzählen an. Sara setzt an jenem Tag an, als die Beziehung in die Brüche ging. Karl, ihr damaliger Freund, hatte das Mietrecht, also warf er sie einfach mit all ihren Sachen aus der Wohnung. Sie kam bei einer Frau aus seinem Freundeskreis unter, aber auch das hielt nicht lange. Sie nahm die erstbeste

Wohnung, die sie fand, leider war diese etwas überteuert. „Ich wollte nur ein Dach über meinem Kopf haben, hielt aber weiterhin nach einer billigeren Option Ausschau", erklärt sie ihre Entscheidung dazu. Dann ging alles rasend schnell. Sie fand keine günstige Wohnung, jobbte abends in einem Biergarten, hatte einen Unfall, der sie über ein halbes Jahr ans Bett fesselte und in den ersten zwei Wochen an ihrem alten Arbeitsplatz als Verkäuferin, bekam sie die Kündigung mit der Begründung, dass sie den Anforderungen nicht mehr gerecht werde. „Es war vorbei", Sara schüttelt ungläubig den Kopf über ihren schnellen beruflichen und sozialen Abstieg. Sie nimmt ihre Cola zur Hand, die wir, während sie das alles erzählt hat, bestellt haben, und nippt kurz daran.
„Was passierte dann?", frage ich kleinlaut und mit einem schlechten Gewissen meine Neugierde betreffend nach.
„Ich fand keinen Job, konnte die Miete nicht mehr zahlen und lebte von Arbeitslosengeld", leiert sie herunter. „Den Rest kennst du ja", sie deutet auf ihre Garderobe.
Ich versuche meine Gefühle zu fassen. Warum passieren guten Menschen immer böse Dinge? Sie deutet mit dem Zeigefinger auf mich, ihr Blick ist starr und ihre Stimme eiskalt. „Verlieb dich nie in einen Kerl. Gib nie dein altes Leben auf, um seins zu leben. Lass mein Schicksal dir eine Lehre sein."
„Ja, das ist...", meine Stimme bricht vor lauter Mitgefühl weg. Ich denke an Thomas, seit dem Verlassen seiner Wohnung halten wir stetig Kontakt und morgen treffen wir uns. Könnte es bei uns genau so enden? Dafür ist es zu früh, belehrt mich mein Unterbewusstsein. Außerdem sind es unterschiedliche Situationen. Sie zog hierher, ich wohne hier. Meine Eltern würden mich noch dazu nie hängen lassen. Nein, ich bin abgesichert. Ich weiß nicht, wie lange wir uns unterhalten haben, aber als Paul mit der Rechnung an unseren Tisch kommt, meint er nur: „Wir schließen jetzt, kommt um sieben wieder." Sara kümmert sich um die Bezahlung, während ich mich zur Uhr umdrehe. Es ist kurz nach 5 Uhr. Ich bin seit vier Stunden mit Sara hier und es war

toll. So toll, dass ich die Zeit komplett vergessen habe.
„Kommst du?" Sie ist schon am Gehen, als sie mich aus meinen Gedanken reißt. Ich stehe ruckartig auf und komme hinter ihr her auf den Parkplatz. Ich ziehe meine Autoschlüssel aus meiner Gesäßtasche und entriegle meinen Wagen. Sara sieht mich überrascht an, wie so oft in der heutigen Nacht. „Du fährst so einen Wagen??"
„Ja." Ich bin etwas verwundert über ihre Frage.
Ungläubig wechseln ihre Augen zwischen meinem Wagen und mir hin und her. „Beim nächste Mal müssen wir wirklich darüber reden, was dich hierher treibt", ihr Gesichtsausdruck spricht Bände.
„Vielleicht weiß ich es ja bis dahin", ich zucke mit den Schultern. „Soll ich dich nach Hause fahren?"
„Nein danke, ich wohne nicht weit von hier." Sara kommt auf mich zu und umarmt mich. „Danke, danke, danke", ihre Stimme bebt vor Aufrichtigkeit. Dass damit nicht mein Angebot, sie nach Hause zu fahren gemeint ist, ist mir sofort klar. „Bis zum nächsten Mal", sie lässt ab von mir. „Du kommst doch wieder?"
„Ja. Natürlich komme ich wieder."
Sie zwinkert mir zu und geht davon. „Bis dann."
Sie geht um die Ecke zum Bahnhof. Ich steige in den Wagen und fahre aus der Parklücke. Auf halber Strecke überkommt mich die Müdigkeit.
Mit schläfrigen Augen ziehe ich mir meine Klamotten aus und leere meine Taschen. Duschen ist mir zu anstrengend, also lasse ich mir ein Bad einlaufen. Ich seife mich ein, wasche mir die Haare und lehne mich zurück. Das Schaumbad beruhigt mich ungemein. Als ich wieder die Augen aufmache, ist das Wasser kalt und der Schaum ist verschwunden. Ich bin eingeschlafen. Hastig steige ich aus der Wanne und nehme mir zwei Badetücher aus dem Regal. In eines wickle ich meine Haare ein, während ich mich mit dem anderen abtrockne. In meinem Kleiderschrank suche ich nach meinem Schlafanzug, der aus einem verwaschenen schwarzen Trägertop und einer grauen Hotpants besteht. Als

ich mich ins Bett lege, scheint die Morgendämmerung schon durch meine Balkontüre. Meine Hand will nach meinem Handy fassen, um es nach Nachrichten zu kontrollieren. Mist! Es liegt immer noch mit meiner Tasche unten im Hausflur. Meine Müdigkeit und die vielen Stufen vernichten die Aussicht auf Erfolg, es zu holen. Mit der Gewissheit, dass mein zweites Treffen sicher mit Thomas ausgemacht ist, schlafe ich ohne Weiteres ein.

Ich schrecke hoch aus einem Traum, der sich um letzte Nacht mit David handelte. Die Erinnerungen daran machen mich sauer. Er hat mich gefickt und um 100 Euro beschissen. >Vom Aussehen allein wäre ich mehr wert gewesen als die 200 Euro< so waren seine Worte. Ich muss wirklich mehr tun, als nur dazuliegen, um dem Preis auch gerecht zu werden. 300 Euro alleine fürs Beine breit machen ist zu viel verlangt. Trotz allem hätte er am Ende nicht so grob sein müssen. 300 Euro. Meine Gedanken kreisen um diesen Betrag. Das ist ein schöner Batzen. Dafür muss ich schon mehr leisten, um es auch verlangen zu können. Bei so viel Geld sollte alles dabei sein. Vom banalen Grabschen über Oralverkehr bis hin zum Sex. Bin ich aber auch dazu bereit? Was ist mit Schlucken? Ich denke an mein bisheriges Sexleben. Ich hatte Beziehungen, aber auch schnelle Nummern. Schlucken war nie ein Problem für mich. Gut für 300 Euro schlucke ich auch. Und wenn nicht jeder das komplette Paket will?, fragt meine innere Stimme nach. Dann kommt es drauf an, was sie wollen. Ich wiege es in meinem Kopf ab. Mit der Hand 30 Euro. Mit dem Mund 50 Euro, schlucken gilt da extra, also 70 Euro. Mit allem Drum und Dran 300 Euro. Ich kenne mich zwar nicht aus, aber finde diese Summe fair. Wem es zu viel ist, der soll es lassen. Jetzt wo ich mir über die Preise im Klaren bin, lasse ich mich auf meine Kissen zurückfallen. David war nicht der Einzige, den ich gestern kennengelernt habe. Ich denke an Sara. Wieder keimt Mitleid über ihre aussichtslose Lage in mir auf. Sie zog mit Vorstellungen von Regensburg hier her, die sich nicht erfüllt haben. Sie hat sich ein besseres Leben erhofft, als Abend für Abend am Bahnhof huren zu müssen. Von links nach rechts drehend sind meine Gedanken immer bei ihr. Je länger ich darüber nachdenke, desto mehr Fragen stellen sich mir. Warum zieht Sara nicht nach Regensburg zurück? Sie hat hier doch niemanden, dem sie etwas bedeutet? Was ist mit ihren Eltern? Sind sie tot oder reden sie nicht mehr mit Sara? Hat sie keine Freunde? Ich muss einfach mehr über sie erfahren. Nicht aus Neugierde, sondern weil ich sie mag und alles besser verstehen will. „Verlieb dich nie, gib nie dein Leben wegen einem Typen auf", sage ich laut zu mir selbst. Sie hat mich gewarnt. Gewarnt davor, so zu enden wie sie. Nicht jeder Mensch ist gleich. Man muss Risiken eingehen im Leben, sonst ist es keins. Bloß weil es ihr so erging, muss es mir nicht auch so ergehen. Wenn das der Fall wäre, würden sich die Frauen am Bahnhof stapeln. Ich schiebe die störenden Gedanken zur Seite und denke an mein Date mit Thomas. Mein Handy liegt immer noch am alten Platz. Nur noch fünf Minuten.

Kapitel 3

Als ich erneut aufwache, brennt die Sonne überraschend hell in mein Zimmer. Jetzt aber los, bevor ich wieder einschlafe. Hastig springe ich aus meinem Bett und laufe die Treppe hinunter. Etwas aus der Puste, nehme ich mein Handy aus der Tasche.

Ich könnte auch etwas kochen?
Müsste nur früh genug Bescheid wissen, dann fahr ich nach der Arbeit noch am Supermarkt vorbei.
Passt dir 19 Uhr?
LG T.

Es ist nach vier. Völlig erstaunt darüber, fast den ganzen Tag verschlafen zu haben, weiten sich meine Augen. Hoffentlich ist es für seinen Vorschlag noch nicht zu spät.

Das wäre eine tolle Idee☺
19 Uhr passt perfekt.
Freu mich darauf.
LG K.

Mit den drei Stunden ist eh nicht mehr viel anzufangen, von daher lege ich einen Film in den DVD-Player ein und studiere meinen Kleiderschrank. Es soll heute ein gemütlicher Abend werden ohne Sex, obwohl ich gegen Schmusen nichts einzuwenden habe. Mir fällt meine schwarze Röhrenjeans ins Auge, die wäre es doch, und dazu meine türkisfarbene Bluse. Beides hänge ich an die geöffnete Tür vom Kleiderschrank. Was könnte dazu passen? Für einen kurzen Moment gehe ich mein komplettes Sortiment an Schuhen durch, die ich oberhalb meines Schrankes in Dreierreihen platziert habe. Die Schwarzen mit den Fünf-Zentimeter-Absätzen passen perfekt. Mein Outfit runde ich mit einer weißen Sommerjacke ab. Ich bin schneller als gedacht und habe noch genug Zeit, mir den Film anzuschauen. Mein Handy kommt mir in den Sinn.

Fast wärst du zu spät gekommen,
bin schon im Auto. ☺
Ich hoffe du magst italienisches Essen.
LG Thomas

Mögen???? Ich liebe italienisches Essen.
Tut mir leid, die letzte Nacht war sehr anstrengend.
Ich bin bis um 19 Uhr bei dir.
Soll ich noch etwas mitbringen?
LG K.

Weg ist die SMS. Plötzlich fällt es mir wie Schuppen von den Augen. Soll ich ihm überhaupt davon erzählen, dass ich am Strich war oder es weiterhin sein werde? Meine Gedanken werden durch eine ankommende SMS unterbrochen.

Anstrengend???? Was hast du gemacht?
Nein, ich habe alles, was wir für heute Abend brauchen.
Bis gleich.
LG Thomas

Verdammter Mist! Er weiß von nichts. Hat Thomas es vergessen? Glaubt er, ich hatte es nie vor, zu tun? Er hat mich nicht für eine Nutte gehalten und auch nicht so kennengelernt. Wir verbrachten eine tolle Nacht, einen tollen Vormittag zusammen und als ich ging, hab ich sogar meine Nummer dagelassen. Er weiß meinen richtigen Namen und vieles mehr aus meinem Leben. Man kann sagen: Ich habe alles falsch gemacht, was man falsch machen kann. Ich wollte an jenem Abend dort als Hure arbeiten. Und jetzt? Jetzt habe ich Gefühle, die ich nicht deuten kann, und Dates mit einem Typen, der perfekt ist. Das war nicht das, was ich wollte. Wütend darüber verfasse ich eine Nachricht.

Ich war auf der Straße.
Hast du vergessen, dass du mich
an meinem ersten Tag beim Anschaffen
kennengelernt hast?

Kurz bevor ich auf >Senden< drücke, packen mich Zweifel. Stell dich nicht so an! Du magst ihn und hast nichts Falsches getan! Du wärst sogar sauer gewesen, wenn er dich bezahlt hätte! Wenn du ihm jetzt diese Nachricht schreibst, ist es vorbei mit euch. Willst du das? Meine Finger drücken auf löschen und tippen eine Neue an ihn ein.

**Ich konnte einfach nicht schlafen,
warum weiß ich nicht.
Gut, dann weiß ich Bescheid.
Freu mich.
LG K.**

Wo wird das nur hinführen? Thomas denkt anscheinend, ich tue es nicht mehr, falls ich es überhaupt je tun wollte. Er glaubt also, dass ich nur zufällig am Parkplatz vorm Bahnhof stand. Was heißt das nun für mich? Soll ich aufhören? Ich denke an die Notwendigkeit des Geldes. Wenn es darum ginge, könnte ich sofort vom Bahnhof wegbleiben. Mein Antrieb ist die quälende Leere in mir. Nein, ich höre nicht auf, das ist meine Erkenntnis. Thomas ist toll, sollte mehr daraus werden, dann werde ich es sein lassen, aber bis dahin kann noch viel passieren. Heute ist erst unser zweites Date. Wer sagt, dass es nicht das Letzte sein wird. Ich schalte den Film aus. Nehme meine Klamotten und gehe ins Bad. Es ist kurz vor halb sieben, als ich zum Gehen bereit bin. Mit meiner weißen Ledertasche mache ich mich in Richtung Wagen auf. Ich wende aus unserer Einfahrt auf die Straße hinaus und fahre eilig los. Man merkt die Schulferien auf den Bürgersteigen und in den Cafes. Für einen normalen Dienstagabend wären zu viele Leute in meinem Alter unterwegs. Meine Aufmerksamkeit schweift hinüber auf den Parkplatz, wo ich gestern noch mit den anderen stand. Es ist noch zu früh am Abend, als dass sie schon wieder hier stehen würden, um sich anzubieten.
Meine Finger suchen seinen Namen auf den Klingelschildern, als ich vor der Haustür stehe. Thomas Winkler, da ist er. Ich habe noch nicht einmal die Klingel gedrückt, schon surrt die

Tür und ich drücke dagegen. In der obersten Etage wartet Thomas bereits in der Tür stehend auf mich. Er lächelt mir zu, als ich im Korridor erscheine. Er ist vollkommen in Schwarz gekleidet mit einem Pullover und einer Sakkohose. Wir umarmen uns und geben uns links und rechts einen Kuss. „Komm herein", mit seinem Blick auf mich geheftet geht er rückwärts. „Du siehst wunderschön aus."
„Das kann ich nur zurückgeben", erwidere ich sein Kompliment und folge ihm in seine Wohnung. Meine Handtasche lege ich auf seinen Schuhschrank. Während ich mich aus meiner Jacke schäle, fällt mir meine Handynummer ins Auge, die immer noch neben dem Türpfosten steht. Meine Mundwinkel ziehen sich unweigerlich nach oben. Als Thomas merkt, wo mein Blick hinführt, stimmt er nur mit einem gedämpften Lächeln zu. „Ich schicke dir die Rechnung für das Überstreichen."
„Ich bezahle sie gerne", mein Grinsen wird breiter.
„Die wird nicht billig", versucht er mich zu verunsichern.
„Allein schon dein angefressener Gesichtsausdruck ist mir einen Hunderter wert." Ich fordere ihn richtig heraus.
Er schnauft verachtend aus, verdreht die Augen und wendet sich von mir ab. Ich folge ihm durch die Tür. Thomas macht sich gerade am Herd zu schaffen. Das letzte Mal hatte ich keine Zeit, mir die Küche anzusehen. Ich lehne mich gegen den Türrahmen und begutachte sie. An der linken Seite des Raumes steht von der Wand gesehen aus ein dunkelbrauner Holztisch mit vier passenden Stühlen, rechts davon verdeckt die komplett in dunkelrot gehaltene Küche die Wand. Auf dem Tisch sind zwei Gedecke gegenüber voneinander platziert mit je einem Wein- und einem Wasserglas.
„Kochst du gern?", brennt mir die Frage auf der Zunge, als ich sein großes Gewürzregal und die ganzen Küchenutensilien entdecke.
Er deutet zum Fenster auf der schräg gegenüberliegenden Seite von mir, auf dessen Sims vier kleine Blumentöpfe stehen. „Es ist ein Hobby von mir."
Ich gehe an ihm vorbei zu dem Fenster und schaue auf die

Kräuter. Er hat Schnittlauch und Blattpetersilie jeweils in einem Topf, die beiden anderen sind mir unbekannt. Ich drehe mich um und deute auf die beiden.
„Das links ist Basilikum und rechts Rosmarin, ob die was in meiner Küche werden, steht noch aus", seine Stimme zweifelt daran. „Willst du was trinken?"
Ich denke an den ersten Abend, als er nichts da hatte außer: „Wasser, wenn du eins hast?"
Ihm fällt mein beißender Tonfall sofort auf. „Leider haben sie mir heute das Wasser abgestellt", scherzt er.
„Dann muss ich verdursten?", gebe ich mich entsetzt.
Er hält seinen Kopf schief und lächelt mich etwas schüchtern an. „Ich habe Wein und Alkoholfreies."
„Ich nehme ersteres."
„Bedien dich", er deutet auf den Kühlschrank.
Ich hole den Wein und eine Flasche Wasser heraus und stelle beides auf den Tisch. Ich schenke mir den Wein ein und halte kurz inne. „Möchtest du auch einen?"
„Ja bitte", Thomas ist so mit Kochen beschäftigt, dass er nicht mal von seinen Töpfen aufsieht. Ich fülle sein Glas halbvoll und stelle die Flasche auf die freie Seite des Tisches. Etwas unnütz verweile ich neben dem Esstisch. „Brauchst du Hilfe?"
„Soweit kommt es noch, ich lade dich ein und dann musst du noch mithelfen", sagt er trocken. „Geh doch schon mal ins Wohnzimmer und such einen Film aus."
„Ok!" Ich wende mich ab und gehe ins Wohnzimmer. Unter seinem Fernseher und daneben sind jeweils Regale mit seiner DVD-Sammlung. Habe ich beide am Freitag bemerkt? Egal, mit den Fingern zähle ich die Titel der Filme ab. Ich bleibe bei einem schwarzen DVD-Rücken mit weißer Aufschrift hängen. Ich liebe diesen Film und ziehe ihn zwischen den anderen hervor. Ungeschnittene Fassung, ein Meilenstein des Horrorgenres, steht auf der Vorderseite. Plötzlich spüre ich fremde Hände an meiner Hüfte und Thomas Kopf, der sich über meine linke Schulter hervor lehnt. Er mustert das Cover der DVD. „Eine gute Wahl, willst du den sehen?"

„Wenn es für dich in Ordnung ist, ja. Ich liebe Scarf."
„Gut", er nickt. „Aber erst nach dem Essen." Er packt meine linke Hand und zieht mich sanft mit sich. Als wir in die Küche kommen, steht das Essen schon am Tisch. Es riecht lecker und sieht wahnsinnig appetitlich aus. Zum Essen gibt es Tortellini in Specksahnesoße mit Champignons und einen gemischten Blattsalat mit Tomate, Gurke und Paprikastreifen. Wir setzen uns. Ich betrachte meinen Teller. Es ist alles so angerichtet wie in einem Restaurant. Thomas hat sich wirklich große Mühe gegeben. Er ist bereit mir zuzuprosten. Ich nehme mein Weinglas zur Hand und wir stoßen an. Es ist ein süßlicher, vollmundiger Wein. Kurz nippe ich daran und mache mich über meinen Teller her. „Einen guten Appetit."
„Dir auch", antwortet Thomas und greift nach seiner Gabel. Während des Essens reden wir über unser beider Leben.
Über unsere Kindheit, Filme und Musik, was wir für Hobbys haben und die Familie.
„Ich bin Einzelkind", beantworte ich seine Frage.
„Ich habe noch einen Bruder, Mark", gibt er mir ohne meine Frage abzuwarten, zu verstehen.
„Jünger oder älter?", frage ich nach.
„Älter, Mark ist 32", er nimmt einen Schluck von seinem Glas. Diese Zahl lässt mich aufhorchen? „Wieso ist er dann älter?"
Thomas sieht mich verwirrt an. „Weil 25 nun mal jünger ist."
„Wer ist 25?", ich bin vollkommen irritiert.
Thomas sieht mich noch verwirrter an als zuvor. „Ich bin 25, Kati."
„Was?" Damit habe ich nicht gerechnet.
„Hast du mich für älter als 32 gehalten?"
Etwas entschuldigend nicke ich. „Ich habe dich auf Mitte Dreißig geschätzt."
Wenn seine Augen es könnten, würden sie ihm vor lauter Starren herausfallen. „Also, ob das ein Kompliment ist, sei nun mal dahin gestellt."
„Im Grunde ist es eins", stelle ich es sofort richtig.
„Inwiefern?", er mustert mich eindringlich.
„Naja, du wirkst viel reifer, als die meisten in deinem Alter,

angefangen bei deinem Job. Die meisten wollen Party machen, ständig um die Häuser ziehen, aber du, du willst etwas in deinem Leben erreichen. Du bist auch vom Charakter und deinen Hobbys weiter als die meisten. Das ist alles positiv und spricht für dich". Ich leere mein Weinglas. Es vergehen einige Sekunden in denen Thomas nichts sagt. Sein Gesichtsausdruck deutet darauf hin, dass er sich meine Erklärung nochmal durch den Kopf gehen lässt.
Sein strenger Blick fällt ab. „Wenn man es aus deiner Sicht betrachtet dann ist es ein Kompliment. Da muss ich dir schon Recht geben."
Meine Mine ist selbstgefällig. „Hab ich dir doch gesagt."
Er lächelt mich an. „Was ist mit deinen Eltern?", fragt Thomas nach, während er weiter isst. „Dein Vater ist Chirurg. Welche Fachrichtung?"
„Kardiologie", bestätige ich ihm.
„Das Herz sozusagen", stellt Thomas fest. „Wie heißt er?
„Georg", und schaue auf mein leeres Glas.
„Deine Mutter?", wirft er ein.
„Anita, ist Lehrerin an der Hochschule." Ich greife nach der Weinflasche und schenke mir nach. „Was ist mit deinen Eltern?"
„Mein Vater ist Autoverkäufer. Er heißt Dominik. Meine Mutter, Sonja ist gelernte Friseuse. Sie arbeitet aber seit Jahren in einer Bäckerei als Verkäuferin." Thomas hält mir sein leeres Glas entgegen.
„Interessant." Ich schenke ihm nach. „Dein Vater ist Autoverkäufer? Was fährst du für einen Wagen?"
„Einen G4 Sports in Silber, und du?", setzt er sofort nach.
„Den neuen Dynamic in Schwarz." Ich schiebe mir eine weitere Gabel Tortellini in den Mund. „War ein Geschenk meiner Eltern zum Abschluss."
Fasziniert darüber schüttelt Thomas seinen Kopf. „Nobel, nobel. Alle Achtung."
Ich grinse verlegen. „Was arbeitet dein Bruder Mark?"
„Er ist Bürokaufmann", gibt er mir zur Antwort und spießt sich die letzten Nudeln auf seine Gabel auf.

Ich schlucke runter. „Versteht ihr euch gut?"
Thomas nickt mehrmals. „Früher nicht. Wir waren einfach zu unterschiedlich. Wie Feuer und Wasser, aber jetzt, jetzt verstehen wir uns super." Die Teller vor uns sind beide leer.
„Hat es dir geschmeckt", will Thomas von mir wissen.
„Es war köstlich, kein Zweifel", gebe ich schwärmend zu.
Seine Mundwinkel ziehen sich nach oben, er freut sich ungemein über mein Kompliment.
„Gibt es noch einen Nachtisch?" Ich bin immer noch hungrig.
Thomas sieht mich skeptisch an, nachdem er die Teller in der Spüle verstaut hat. „Bist du noch nicht satt?"
„Für eine Kleinigkeit wäre noch Platz", gebe ich zu.
„Tut mir leid", er wirkt verärgert. „Ich habe leider kein Dessert vorbereitet. Ich Idiot." Er schlägt sich mit der blanken Hand gegen die Stirn. Sauer über sich selbst lässt er sich auf seinen Stuhl fallen.
Es war nicht meine Absicht ihn zu verärgern. Bis jetzt war es ein sehr schöner Abend und das soll er auch bleiben. Meinem Instinkt folgend gehe ich zum Kühlschrank und öffne ihn. Habe ich doch richtig gesehen. „Milchreis oder Schokoladenpudding?", und nehme beides aus dem oberen Fach, wo daneben eine Packung Orangensaft steht.
„Das ist Fertigware", sagt Thomas angeschlagen.
„Meist aber besser als selbstgemacht", belehre ich ihn.
„Zuerst darf der Gast aussuchen", spaße ich. Thomas versucht ein Lächeln zu unterdrücken. Ok, die Stimmung ist noch nicht ganz am Boden bei ihm. Ich suche mir den Milchreis aus und werfe ihm den Pudding zu, wie einem Hund den Knochen. „Mhm, den kannst du haben", bemerke ich beiläufig und tue so, als ob mir mein falsches Benehmen nicht aufgefallen wäre. Der Pudding schlägt so hart auf der Tischplatte auf, dass es den Becher zerreißt. Die cremige Masse spritzt heraus und saut den Esstisch und zum Teil auch Thomas voll. Im ersten Moment, ist ihm gar nicht bewusst, was passiert ist. Völlig verdattert mustert er mein grinsendes Gesicht. Um eins draufzusetzen, tadele ich ihn noch dazu im eingebildeten Tonfall. „Kannst du nicht

aufpassen."
Jetzt wird ihm bewusst, dass ich ihn ärgern will. Fast in Zeitlupe steht er von seinem Stuhl auf. Seine Hand stützt er auf dem Tisch ab, während ich denn Verschlussdeckel von meinem Milchreis abziehe. „Das hätte ich nicht getan, wenn ich du wäre", sein Ausdruck ist angriffslustig.
„Warum?" Ich fange an die Süßspeise aus dem Becher zu löffeln. „War doch lustig."
Thomas tritt langsam vom Tisch hervor. Wie nebenbei öffne ich die Tür etwas weiter, um sofort sprinten zu können, wenn er auf mich losgeht. Er wendet weder seine Augen von mir ab, noch wird er schneller. Ich stelle den angegessenen Becher Milchreis ab, damit er mich nicht bei meiner Flucht stört. Ich halte seinen wachsamen Augen stand und grinse.
„Das Lachen wird dir noch vergehen", droht er mir.
„Ach, was du nicht sagst. Mir zittern schon die Knie", gebe ich uninteressiert zurück und wende meinen Blick ab. Seine Hände machen sich bereit nach mir zu schnappen. „Du hast nur eines vergessen, lieber Thomas."
Er wirkt verwirrt über meine Anspielung. „Was denn?"
Ich gehe auf ihn zu, lege meine Arme um seinen Hals und küsse ihn. Er ist immer noch verwirrt. Als er jedoch anfängt mich ebenfalls zu umarmen, beiße ich ihn sanft aber mit spürbarem Druck in seine Unterlippe. Er öffnet seine Augen.
„Du musst mich erst fangen", bevor ich den Satz beendet habe, reiße ich mich los und bin schon aus der Küche verschwunden.
„Nichts Leichteres als das", höre ich ihn rufen, aber es dauert eine Weile, bis er mir ins Wohnzimmer folgt. Ich spitze meine Ohren, als ein klirrendes Geräusch ertönt. Als er ins Wohnzimmer kommt, wandern meine Augen zu seiner rechten Hand, in der er irgendwelche Schlüssel hält. Bevor ich zum Nachfragen ansetzten kann, klärt Thomas mich schon auf. „Die Eingangstür zu meiner Wohnung ist abgesperrt. Selbst wenn du hinkommen solltest, du wirst sie nicht öffnen können ohne die hier." Er hält die Hand hoch und deutet auf seine Schlüssel. „Also Kati lass uns spielen, von mir aus auch

die ganze Nacht."
„Findest du das nicht ein wenig unfair?", sage ich trotzig.
Er verkneift sich die Antwort und schüttelt nur den Kopf.
In dem Wissen ihm ausgeliefert zu sein, werden seine Bewegungen schneller. Ich stehe hinter dem Sofa und wechsle meine Position nach vorne und wieder zurück je nach seinem Angriff. Mit einer hastigen Bewegung ist er auf meiner Seite, doch ich kann ihn noch in letzter Sekunde abwehren.
Nun stehe ich an seinem und er an meinem Platz. Wieder fängt er an, sich vor und zurück zu bewegen. Mit derselben Taktik versucht er es erneut. Wieder bin ich um einen Hauch schneller. Wir mustern einander, er links vor der Couch und ich rechts dahinter. In diesem Moment spüre ich wieder das Knistern zwischen uns. Ich strecke ihm die Hand entgegen. „Waffenstillstand?"
„Ok", er greift danach und zieht mich mit aller Kraft über sein Sofa. Ich kann mich so schnell gar nicht wehren, schon liege ich unter ihm auf seiner Sitzgarnitur.
„Was tust du jetzt?", sein Lachen ist teuflisch während er mir meine Hände über meinen Kopf zusammen hält. Thomas hat die besseren Karten in dieser Stellung. Seine ganze Kraft ist in seinen Armen. Ich bin ihm vollkommen unterlegen in dieser Position. Ich spüre seinen Atem auf mir und seine Hüften pressen sich zwischen meine Beine.
Die Lust zu scherzen ist auf einmal wie weggeblasen. „Lässt du meine Hände bitte los?"
Thomas legt seinen Kopf schief und grübelt darüber nach. „Nur, wenn du nett zu mir bist."
„Lass los und finde es raus", antworte ich ihm süßlich. Sein Druck auf meine Arme lässt spürbar nach. Ich winde mich daraus und fasse mit der rechten Hand an seine Wange. Die andere lasse ich über seine Brust streifen. Plötzlich spüre ich etwas Klebriges an meinen Fingerspitzen. Es ist der Pudding auf seinem Oberteil, in den ich hinein gefasst habe. Dass meine Aufmerksamkeit dem Pudding gilt, stört Thomas. Er lehnt sich zurück, bis er frei stehen kann und zieht sein schmutziges Oberteil mit beiden Händen aus. Zum Vorschein

kommt seine stählerne Brust mit dem trainierten Sixpack. Verdammt ist der Typ sexy. Rasch wirft er seinen schwarzen Pullover auf den Boden und ist sogleich wieder über mir.
„Wolltest du nicht nett sein?"
„Bin ich das nicht?", hake ich überrascht ein.
„Nicht, wenn du Nebensächlichem mehr Beachtung schenkst, wie mir." Er nimmt meinen Finger, woran der Pudding klebt, in seine Hand und leckt ihn mit der Zunge ab. Als er fertig damit ist, küsst er mich ohne Umschweife. Meine Zunge erwidert seinen Kuss. Meine Hand fasst von außen an seinen Schritt und massiert seinen Schwanz, der unter meiner Berührung immer härter wird. Ein selbstzufriedenes Stöhnen entfährt ihm. Nachdem er meine Bluse aus der Hose gezogen hat, fasst er unter sie an meine Brust. Für einen kurzen Augenblick löst er seine Lippen von den meinen und atmet tief durch. Meine Augen wandern unruhig im Zimmer umher und bleiben auf der DVD hängen, die ich ausgesucht habe. Wollten wir nicht einen Film ansehen und höchstens kuscheln? Ohne eine weitere Erklärung, spreche ich aus, was ich denke. „Heute möchte ich nicht so weit gehen wie beim letzten Mal." Es klingt abfällig, das wird mir vom ersten Wort an bewusst.
Thomas lässt sofort ab und setzt sich etwas weiter entfernt von mir auf seine Couch. „Ich wollte dich jetzt nicht zu etwas zwingen. Tut mir leid, falls es den Eindruck auf dich gemacht hat." Er schaut auf seinen Pullover, den er abgelegt hat.
Bevor er jedoch aufstehen kann, halte ich ihn zurück. „So war es auch nicht gemeint. Ich fand es letzten Freitag toll."
Misstrauisch betrachtet er mich. „Dann zieh ich mir mal was Sauberes über." Er glaubt mir nicht.
Ich schubse ihn erneut auf die Couch zurück, als er aufstehen möchte, und steige auf seinen Schoß. „Wenn du dir jetzt was überziehst, zerquetsch ich dir deine Eier!" Meine Stimme strotzt vor Ernsthaftigkeit.
Sein Gesicht spricht Bände, er weiß einfach nicht, wie er es mir gerade recht machen soll. „Was willst du Kati?"
„Die Frage ist wohl eher, was du willst", antworte ich kühl.

Er zuckt mit seinen Schultern und weicht mir aus.
„Das ist keine Antwort", sage ich barsch auf seine Reaktion.
Er hält kurz inne und fängt dann an zu reden. „Ich dachte wir machen uns einen schönen Abend mit gutem Essen, einen Film und schmusen."
„Kein Sex", werfe ich ein.
„Nein, das war jetzt nicht geplant." Er legt seine Hand um meine und streicht sanft über meinen Handrücken.
„Warum bist du dann gerade so abweisend gewesen, als ich sagte, es soll nicht zu weit gehen?"
„So wie du es gesagt hast, hatte es den Anschein, dass du nicht mal kuscheln willst."
„Dann hast du es falsch verstanden", meine Stimme ist nur ein Flüstern. Ich betrachte unsere Hände, die inzwischen miteinander spielen.
„Und jetzt?", fragt Thomas nach.
„Lass uns den Film anschauen", entgegne ich ihm. Ich steige von seinem Schoß und nehme den Film vom Tisch.
„Darf ich mir was anziehen?", wirft Thomas nochmal ein, als ich die CD aus der Hülle nehme und sie in den DVD-Player schiebe. Ich werfe ihm einen grimmigen Blick zu.
„Ziehst du deine Bluse auch aus?", fragt er vorsichtig.
Gleiches Recht für alle. Ich knöpfe mein Oberteil unter seinen Augen auf und lege es zur Seite. Thomas legt sich der Länge nach auf seine Couch. „So ist es gemütlicher."
„Und wo soll ich hin?", meine Stimme ist beißend.
„Na, hier her." Mit seiner Hand klopft er sich auf seinen Oberkörper. „Wenn du willst." Ohne weitere Worte komme ich über ihn. Mit meinem Kopf auf seiner Brust ruhend schaltet er den Fernseher ein. Die Wärme von Thomas Körper zu spüren ist ein wahnsinniges Gefühl. Meine Hände zeichnen die Konturen seines trainierten Körpers nach. Er atmet währenddessen immer schwerer ein und aus. Ich höre Thomas Herz rasen. Seine Arme drücken mich noch fester an ihn. Ich bekomme den Geruch seines Parfums in die Nase. Es riecht wie letztens herb. Mit der Zeit normalisiert sich Thomas Herzschlag und wird langsamer, bis er seinen

gewohnten Rhythmus wieder gefunden hat.
Der Film ist jedes Mal aufs Neue ein Erlebnis, besonders in der Uncut-Version, aber leider bekomme ich nicht viel davon mit. Immer wieder wandern meine Augen über Thomas nackte Brust zu seinem Gesicht hinauf, ihm geht es genauso, denn unsere Blicke treffen sich häufig. Des Öfteren fangen wir an, uns zu küssen, und bei jedem Mal wird es leidenschaftlicher und länger. Unsere Hände sind überall auf unseren Körpern verteilt. Ich fühle wie die Anspannung durch seinen Körper strömt bei jeder meiner Berührungen auf seiner Haut. Zufrieden stöhnt Thomas auf. „Das ist ein irres Gefühl."
Doch die Grenze von Petting zu Sex überschreiten wir nicht. Wir kommen ihr nahe, aber wir beide haben uns ein Limit gesetzt, an dem wir festhalten. Der Film ist zu Ende und der Abspann beginnt. Thomas schaltet den Fernseher aus. Ruhe senkt sich über den Raum. „Was hältst du davon ins Bett zu gehen?"
Ich mustere ihn. „Ist das dein Ernst?"
Er bemerkt die Entrüstung in meinem Gesichtsausdruck darüber und setzt sofort nach. „Das war nicht so gemeint, wie du wieder denkst, aber es ist nach elf und ich muss morgen ziemlich früh raus. Mein Bett ist bequemer, als das hier", er deutet auf sein Sofa.
„Ich kann auch fahren?"
„Das ist auch eine Möglichkeit, aber es wär mir lieber, du bleibst und wir kuscheln noch ein wenig, nur nicht hier, sondern im Bett", sein Ton ist ernst.
„Du willst, dass ich bleibe?"
„Ja." Jetzt zu gehen wäre Blödsinn, der Abend war so schön und zu Hause wartet ein leeres Bett auf mich. Außerdem: Thomas will, dass ich bleibe. „Ok, dann bleibe ich hier."
Seine Freude darüber ist ansteckend, denn auch ich muss grinsen. Es dauert nicht lange und wir haben von der Couch in sein Bett gewechselt. Ich habe bis auf meine Unterwäsche alles abgelegt und Thomas hat nur noch seine weißen Shorts an. Eng umschlungen liegen wir auf seinem Bett und machen

da weiter, wo wir aufgehört haben. Irgendwann schlafe ich in seinen Armen ein. Als ich aufwache, ist es so verdammt heiß unter unserer Decke, dass ich schwitze. Ein ohrenbetäubendes Geräusch erfüllt Thomas Schlafzimmer. Nun wird auch er wach, fast wie von selbst streckt er seine Hand nach dem Wecker aus. Ein zufriedenes Stöhnen wiederfährt ihm. „Es ist 6 Uhr." Meiner Meinung nach ist der Wecker viel zu früh gegangen. „Mann, ist mir heiß", stellt nun auch er fest. Er zieht mich näher an sich heran und küsst mich. Ich merke an seinem Gesichtsausdruck, dass er sich über irgendwas ärgert. „Ist alles in Ordnung?"
„Nein, es ist nichts in Ordnung", er ist richtig angefressen. „Ich muss mich jetzt für die Arbeit herrichten, obwohl ich lieber mit dir im Bett bleiben würde."
Er spricht mir aus der Seele. Thomas küsst mich noch einmal und schon ist er auf der Höhe und geht in Richtung Badezimmer. Es dauert nicht lange schon kommt er, nur mit einem Handtuch lässig über seiner Hüfte, ins Schlafzimmer zurück. „Du bist jetzt an der Reihe, ins Bad zu gehen", sagt er mir zugewandt.
„Ok." Ich habe zwar nichts zum Duschen da, werde aber schon etwas finden. Thomas packt meine Hand. „Komm aber gleich wieder, damit ich noch etwas von dir habe."
„Ich beeile mich", meine Worte sind nicht nur so gesagt, sie sind ein Versprechen. Im Eiltempo wasche ich mich mit einem seiner weniger herb riechenden Duschgels, trockne mich ab und gehe ins Schlafzimmer zurück. Es ist leer. Ich ziehe mir meine Sachen an und folge dem Geräusch aus der Küche.
„Guten Morgen schöne Frau", sagt Thomas und setzt den Kaffee auf. Er hat sich eine dunkelblaue Jeans und ein graues Hemd angezogen, seine Haare sind leicht aufgestellt.
„Guten Morgen schöner Mann", erwidere ich ihm.
Er legt seinen Kopf schief und schenkt mir ein sanftes Lächeln. „Möchtest du Kaffee?" Mit dem Zeigefinger deutet er auf die Maschine.
„Nein, danke, ich nehme Orangensaft." Ich setzte mich auf

meinen Platz von gestern und schaue ihn an. Thomas holt den Tetrapack Orangensaft aus dem Kühlschrank, reicht mir ein Glas, macht es halbvoll und stellt es mir hin. Danach gießt er sich aus der Kanne einen Kaffee in seine Tasse und gesellt sich zu mir an den Tisch.
„Was hast du heute alles vor?", fragt er mich, nachdem er einen kräftigen Schluck aus seiner Tasse genommen hat.
„Keine Ahnung, vielleicht ein wenig in die Stadt gehen oder mir zu Hause einen schönen Tag machen." Ich zucke mit den Schultern. „Bis jetzt ist noch nichts geplant."
„Sehen wir uns heute Abend wieder?" Seine Stimme ist etwas leiser als zuvor. Heute wollte ich eigentlich wieder auf den Parkplatz zum Anschaffen gehen. Ich versuche, es enttäuscht klingen zu lassen. „Heute Abend habe ich schon etwas vor, tut mir leid." Ich setze noch einen zerknirschten Gesichtsausdruck auf, um überzeugend zu sein. „Wenn du willst am Donnerstag?"
Er überlegt. „Da geht es bei mir nicht."
„Was hast du vor?", frage ich nach.
„Ich besuche meinen Bruder und seine Verlobte."
Ich denke an die restlichen Tage, die noch verbleiben.
„Vielleicht wird es am Sonntag was?"
„Was ist mit Freitag und Samstag?", wirft er irritiert ein.
„Freitag arbeitest du im Lenoxx und Samstag hab ich es mit einer Freundin ausgemacht, es bleibt nur noch der Sonntag." Missmutig steht er von seinem Stuhl auf und räumt die Tasse in den Geschirrspüler. Ich mache es ihm nach und stelle mich vor ihn. „Ich weiß, das werden vier verdammt lange Tage." Seine Miene wird sofort weicher, nachdem er bemerkt, dass es mir ebenso geht. Er zieht mich an sich und küsst mich einige Minuten intensiv. Als wir aufhören damit, wandert sein Blick auf seine Armbanduhr. „Ich muss jetzt aber wirklich los."
Händchenhaltend verlassen wir seine Wohnung.
Als wir auf den Parkplatz vor dem Mietshaus kommen, deutet er auf seinen Wagen. „Das ist er. Was sagst du? Gefällt er dir?" Ich begutachte den G4 von allen Seiten. Er ist groß,

gepflegt und in Silber. Thomas entriegelt die Türen mit seinem Autoschlüssel. „Schau mal rein."
Meine Hand fasst nach der Beifahrertür. Der Innenraum ist geräumig und sauber. Die Sitze sind aus dunklem Leder.
Ich komme wieder hoch und schlage die Beifahrertüre zu. „Schön und gepflegt."
„Hast du was anderes erwartet?", fragt er ironisch nach.
„Nein. Typen wie du brauchen solche Aufreißerkarren."
„Wie darf ich das verstehen?" Thomas´ Stirn liegt in Falten.
„So, wie ich es gesagt habe. Das ist der pure Angeberschlitten, um Weiber wie mich zu beeindrucken", ich versuche ernst zu klingen. Thomas´ Mine ist starr bei meinen Worten. Ich boxe ihm gegen seinen Oberarm. „Das war ein Witz."
„Ach so", gibt er etwas bockig von sich. „Den habe ich nicht verstanden."
„Das ist genau dein Problem Thomas." Ich lege meine Arme um seine Schultern. „Du bist in allem ein toller Typ. Sexy, smart und vieles mehr, aber", ich lege eine kurze Pause ein, um die Spannung zu steigern. Thomas sieht mich misstrauisch an. „Du kannst austeilen, aber nicht einstecken."
Er grinst argwöhnisch. „Wenigstens du kannst es." Er packt mich an meinen Hüften und zieht mich an sich. Im gleichen Moment küssen wir uns.
„Guten Morgen Thomas!", höre ich plötzlich eine Stimme hinter mir. Verschreckt lösen sich meine Lippen von den Seinigen. Ein älterer Mann mit grauem Haar und im Anzug geht an uns vorbei.
„Guten Morgen Herr Bauer!", grüßt ihn auch Thomas. Ich nicke nur mit einem verschämten Grinsen. Der Mann geht mit seinem Aktenkoffer zu einem dunkelblauen Kleinwagen und öffnet den Kofferraum.
„Wer ist das?", frage ich neugierig nach.
„Herr Bauer?" Thomas wendet seine Augen von ihm auf mich. „Er wohnt eine Etage unter mir. Er ist Vertreter."
Ich nicke. „Ok." Thomas Nachbar steigt in sein Auto und lässt den Motor laufen.
„Soll ich dich zu deinem Wagen bringen?", bietet Thomas mir

an, als der Mann weg ist.
„Nein danke, die frische Luft tut mir gut." Ich gebe Thomas noch einen flüchtigen Kuss und gehe eilig weg.
„Wenn es ums verabschieden geht, dann hast du es immer übertrieben eilig", ruft er mir etwas lauter nach.
„Ja, natürlich." Ich zwinkere ihm zu. Am liebsten würde ich am Absatz kehrt machen, zurück zu ihm gehen und da weiter machen, wo wir aufgehört haben, als uns sein Nachbar unterbrochen hat, aber dann würden wir nie hier wegkommen.
Bevor ich in mein Auto einsteige, begutachte ich es mit Adleraugen. Alles in Ordnung. Während der Fahrt nach Hause und des Vormittags schreiben Thomas und ich uns die ganze Zeit über. Es sind belanglose Nachrichten. Darüber, woran er gerade arbeitet, und wann er fertig sein muss. Die letzten Nachrichten betreffen vergangene Nacht. Es ist ein schönes Gefühl, zu wissen, dass es ihm wie mir geht. Wieder keimt dieses neue und unerwartete Empfinden der Sehnsucht in mir auf. Keiner meiner bisherigen Kerle hat solch einen Eindruck hinterlassen wie Thomas. Mit einem wohligen Gefühl schlafe ich auf der Couch im Wohnzimmer ein. Das Geräusch meines Handys weckt mich aus einem traumlosen Schlaf. Meine Finger drücken auf >Anruf annehmen<. „Ja?"
„Hi Kati!" begrüßt mich mein bester Freund.
„Hi Chris, schön von dir zu hören."
„Ebenfalls. Wie geht's dir? Hab die Tage nichts von dir gehört. Ist alles in Ordnung?", sein Ton klingt besorgt.
„Klar, bin nur am Faulenzen und Ausspannen."
„Also hast du nichts vor heute?" Bevor ich antworten kann redet er weiter. „Ich, Johann, Marina und Jasmin gehen ab acht ins Antonio. Hast du Lust mitzukommen?"
Ich schaue auf die Uhr, es ist kurz nach sechs. Heute würde mir ein Abend mit meinen engsten Freunden richtig gut tun. Ich muss ja nicht jeden Tag am Bahnhof sein. Morgen ist auch noch ein Tag. „Gerne, aber acht Uhr werde ich nicht schaffen."
„Hauptsache du kommst", die Freude in seiner Stimme über

meine Zusage ist nicht zu überhören. Wir reden noch kurz und verabschieden uns mit einem „Bis gleich."
In aller Ruhe gehe ich unter die Dusche und schminke mich danach. Ich ziehe mir ein dunkelblaues, bis zu den Knien gehendes Sommerkleid an, darüber eine ausgewaschene Jeansjacke und weiße Riemchenschuhe ohne Absatz.
Es ist kurz nach halb neun, als ich mich mit einer braunen Schultertasche auf den Weg mache. Bevor ich losfahre antworte ich Thomas noch auf seine letzte SMS.

Da muss ich dir zustimmen.
Bleib zu Hause und mach dir einen entspannten Abend.
Ich bin jetzt mit Freunden im Antonio verabredet.
LG K.

Es ist kurz nach 21 Uhr, als ich meinen Fuß ins Cafe Antonio setze. Für einen Mittwochabend ist das Lokal gut besucht. Es sind wieder ein Haufen junger Leute unterwegs. Es dauert einige Augenblicke, bis ich mich an den Tumult und die Menschenmassen gewöhne. Meine Augen schweifen im Raum umher, als ich eine junge Frau mit roten Haaren und in Schwarz gekleidet bemerke, die mir zuwinkt. Es ist Jasmin. Eiligen Schrittes gehe ich auf sie und die anderen zu.
Eine vertraute Männerstimme ruft meinen Namen. „Kati!"
Ich drehe mich in die Richtung, woher ich sie vermute gehört zu haben. Ein bekanntes Gesicht strahlt mich über beide Ohren an. „Sven?" Ich bin vollkommen überrascht. „Was tust du denn hier?"
Er kommt von seinem Platz hoch und umarmt mich. „Ich bin mit meinen Freunden unterwegs." Er deutet in die Runde.
An seinem Tisch sitzen drei andere Typen. Ich kenne sie alle aus der Zeit, als ich noch mit ihm zusammen war.
„Hey Jungs!", gebe ich flirtend von mir.
„Hi Kati!", erwidert einer von ihnen. Die anderen nicken mir nur zu und mustern mich eindringlich. Genau wie früher. Als ob sie mich allein mit ihren Blicken ausziehen könnten.
„Immer noch die Gleiche wie zuvor", neckt mich Sven.

„Danke", ich nehme es gelassen und als Kompliment auf.
„Du siehst toll aus", setzt er sofort nach.
„Sieh dich erst mal an." Ich ziehe an dem Ärmel seines T-Shirts, um die Tätowierung zu betrachten. Es ist ein Totenkopf. „Du siehst klasse aus. Die Trennung scheint dir gut zu bekommen."
„Dir aber auch", sein Ton ist spöttisch. „Mit wem bist du hier?"
Ich drehe mich zu meinen Freunden um, die uns angestrengt betrachten. „Mit der üblichen Bande."
„Ich hasse Jasmin", gibt Sven gleich zu, als er sie sieht.
„Da bist du nicht der Einzige." Ich lächle verschwörerisch.
„Was gibt's Neues bei dir?", hakt er nach.
Ich zucke mit meinen Schultern. „Nichts und bei dir?"
„Dasselbe." Sven grinst mich an. „Nach den Ferien geht's für dich ab auf die Uni. Freust du dich schon darauf?"
„Ja. Ich kann es einerseits kaum erwarten."
„Und anderseits?" Sein Ausdruck ist verwundert.
Habe ich einen Typen kennengelernt, schießt mir durch den Kopf. Mein Zeigefinger deutet auf meine Truppe. „Sie werden mir fehlen."
„Wo sind Kerstin und Tobi?", will Sven wissen.
„Die sind im Urlaub mit Tobias Eltern."
„Ach so". Er dreht sich zu seinem Tisch um und nimmt einen Schluck von seinem Cocktail.
„Bei dir geht's nach den Ferien aber auch rund. Deine Lehre zum Hotelfachmann."
„Ja." Er beißt sich auf die Unterlippe. „Ich bin nervös."
Meine Hand macht eine beschwichtigende Bewegung. „Warum denn? Du schaffst alles."
„Wie du", er sieht mir tief in die Augen dabei.
Für einen kurzen Moment denke ich an unsere gemeinsame Zeit. Wir lernten uns vor sechs Jahren auf einem Stadtfest kennen und kamen nach drei Wochen zusammen. Unsere erste Beziehung hielt zwei Jahre. Die zweite vor knapp einem Jahr hielt nur sechs Monate. Sie fing vielversprechend an, verlor jedoch schnell ihren Reiz. Wir sind im Guten

auseinander gegangen. Ich schaue auf mein Handy.

Kommst du heute noch?
Jasmin.

Ich drehe mich zu meinen Freunden und schaue sie an. Sie lächelt selbstgefällig. Wie ich diese Frau hasse. „Ich muss jetzt wirklich zu meinen Freunden, sorry."
„Klar." Er nickt. „Schreiben wir uns?"
„Gerne", ich freue mich darüber, weiß aber, dass es nicht dazu kommen wird. Es ist nur eine Floskel, um den Schein zu wahren. Ich umarme ihn ein letztes Mal und verabschiede mich von seinen Freunden. „Macht`s gut Jungs!"
Als ich mich entferne, höre ich einen von ihnen sagen. „Geile Braut."
Ich gehe auf den Tisch meiner Freunde zu und bleibe vor einem freien Stuhl stehen. Chris sitzt neben mir. Er ist in meinem Alter, hat kurze braune Haare und einen grünen Pullover an. Chris ist ein wahrer Frauenmagnet auf seine Art und Weise, aber die, die er haben will, bekommt er nicht. Mich. Dafür sind mir unsere gemeinsamen Jahre als Freunde zu wichtig. Kerstin, Chris und ich kennen uns von allen am längsten. Gegenüber von uns sitzt Johann mit Jasmin. Die beiden sind ein Paar. Das ist auch der Grund, warum wir alle Jasmin dulden. Johann hat blonde Haare und eine Brille, er hat ebenfalls etwas Schwarzes an. Am Tischende sitzt Marina, sie ist schwarzhaarig wie ich und trägt eine Brille. Marina hat ein blümchengemustertes Kleid an und war eine Jahrgangsstufe unter uns allen. Jetzt fehlen nur noch Kerstin und Tobi, dann wäre die Gruppe vollständig.
„Schön dass du noch gekommen bist", wirft Chris ein. Mit seiner Hand zieht er am Ärmel meiner Jacke. „Setz dich."
Ich hänge meine Jeansjacke über den Stuhl und lasse mich darauf fallen, während die anderen mich begrüßen.
„Hi Leute!", grüße ich zurück und lächle in die Runde.
„Soso, Sven also", wirft Jasmin sofort ein. „Ich dachte, ihr hättet keinen Kontakt mehr?"

„Haben wir auch nicht", mein Ton ist trocken. „Er ist zufällig hier." Chris durchbohrt mich mit seinen Augen.
„Klar", sagt Jasmin gespielt einsichtig. „Purer Zufall!"
Am liebsten würde ich ihr über den Mund fahren, aber ich belasse es nur bei dem Gedanken.
„Warst du im Stress die letzten Tage?", wirft Marina ein.
Ich wende meine Aufmerksamkeit von Jasmin ab und ihr zu. Meine Hände suchen nach meinem Handy in der Tasche, die ich an die Stuhllehne gehängt habe. Alle Augen sind auf mich gerichtet. „Mehr als das", gebe ich kleinlaut zu. Die Bedienung, ein dunkelhaariger Typ, kommt an unseren Tisch und nimmt meine Bestellung auf. „Ein Wasser bitte."
„Warum?" fragt Chris nach, als der Kellner weg ist. „Du hast nur gefaulenzt, mehr nicht, zumindest hast du das heute Abend am Telefon gesagt."
„Das stimmt, trotz allem..." Ich zähle die Ereignisse an meinen Fingern ab. „Meine Leute sind in ihren Urlaub geflogen. Kerstin ist mit Tobi weg und das Gefühl, endlich mal das Haus für sich zu haben, ist unbeschreiblich."
Hoffentlich stellt diese Erklärung alle zufrieden.
„Aber am Freitag war das noch nicht. Deine Eltern, Tobi, Kerstin? Das war danach!", stellt Johann fest.
„Da kam mir etwas anderes dazwischen."
„Das war wichtiger als deine Freunde?", sein Ton ist beißend.
„Anscheinend bist du in den letzten Tage zur Zicke geworden", keife ich, um ihn zum Schweigen zu bringen.
„Nein, aber es hat uns alle etwas geärgert." Sein Blick deutet in die Runde. Die anderen sitzen da und pflichten ihm stillschweigend bei. „Du hättest Kerstin erleben sollen. Sie war dermaßen angefressen, dass sie im Minutentakt auf ihr Handy geschaut hat", mault er mich an.
„Hört zu Leute: Es tut mir leid wegen Freitag. Es ist geschehen und ich kann es nicht mehr ändern. Wenn ihr trotz allem noch weiter darauf rumreiten wollt, gerne, aber ohne mich. Ich gehe." Nachdem ich fertig bin und aufstehe, kommt der Kellner mit meinem Wasser an unseren Tisch.
„Jetzt wirst du wohl bleiben müssen", Johanns Ton ist spaßig

gestimmt. Der junge Mann stellt meine Bestellung ab und geht davon. Ich mache keine Anstalten mich hinzusetzen.
„Wir reden nicht mehr darüber und jetzt setz dich", schwört mir Johann.
Nach kurzer Überlegung lasse ich mich wieder auf meinen Platz nieder. Einen peinlichen Moment lang sagt keiner etwas, bis Chris anfängt, über seine neugewonnene Freizeit nach all den harten Wochen vor dem Abi zu erzählen. Jeder von uns stimmt ihm zu. Es ist ein schöner Abend mit viel Gelächter, Gerede über die Zukunft und was uns erwarten wird, wenn wir studieren.
„Gott, ich bin so aufgeregt. Das erste, was ich mir suche, an der Uni ist ein neuer Freund", witzelt Jasmin und drückt ihren Ellbogen sachte in die Seite von Johann, dem gar nicht zum Lachen zu Mute ist. Marina und ich tauschen vielsagende Blicke aus. Chris kneift mir unterm Tisch ins Bein und flüstert mir zu. „Ich hasse sie."
Ich lächle zustimmend. „Dann sind wir schon zu zweit."
„Zu dritt", weist er mich zurecht und deutet auf Marina.
„Dann zu viert", ich neige meinen Kopf in Svens Richtung.
Chris lächelt mich an. „Zu viert müssten wir sie doch überwältigen können."
„Das denke ich mir eben auch", flüstere ich.
„He!" Jasmin haut mit ihrer Handfläche auf den Tisch. „Was gibt es da zum Tuscheln?"
„Nichts", erwidere ich trocken. Ich nehme einen Schluck von meinem Wasser. Jasmin bemerkt meinen Unterton. Sie ist zwar überheblich, aber weiß auch, wann bei mir das Maß voll ist. Sie dreht sich wieder Marina und Johann zu. Ich ignoriere sie und wende mich an Chris, der mich eingehend betrachtet.
„Ich finde es toll, dass du den Anstand hast und Sven nicht meidest. Unsere Stadt ist einfach zu klein, um sich ein Leben lang aus dem Weg gehen zu können."
„Du kennst mich, in dem was das anbelangt, besser als jeder andere."
„Ja. Ich und Kerstin", wirft er noch mit ein. Ich bin vollkommen verwundert. Heute ist der erste Tag, an dem wir

beide wieder normal miteinander reden können. Ohne diese Andeutungen, dass er in mich verliebt ist. Glücklich darüber wandern meine Augen immer wieder auf mein Handy. Thomas meldet sich den ganzen Abend und ich schreibe ihm immer sofort zurück. Er denkt an mich und obwohl es schon nach 23 Uhr ist und er morgen arbeiten muss, schreibt er am laufenden Band.
„Hast du einen Verehrer?", fragt Jasmin mich, als ich seine neuste SMS lese und leicht erröte. Er schreibt darin, dass er nicht schlafen kann, und sich wünscht, ich wäre bei ihm.
Ich fahre von meinem Handy hoch und sehe sie erschrocken an. „Was?" Mehr fällt mir nicht dazu ein.
„Hast du einen Verehrer Kati?" Sie lehnt sich etwas über den Tisch, um in mein Display schauen zu können. Chris Miene ist wie versteinert, seine Augen starren auf mich und mein Handy. Ich schalte den Bildschirm aus und lege es zur Seite.
„Nein, wie kommst du denn darauf?"
„Du zeigst die typischen Anzeichen dafür: Ständiges SMS schreiben, die ganze Zeit mit einem Auge auf dein Handy starren und, nachdem du deine Nachrichten immer gelesen hast, grinst du über beide Ohren", stellt sie selbstsicher fest.
„Du musst es ja wissen, das Gleiche hast du bei Johann gemacht, oder?", gebe ich zurück.
„Du warst von Anfang an dabei, Liebes", kontert sie selbstgerecht.
Ich nehme mein Glas zur Hand und trinke an meiner zweiten Cola, die ich mir im Laufe des Abends bestellt habe. Meine Augen wandern durch das leere Lokal.
„Kati?" Chris sieht mich mit geweiteten Augen an. „Ist das wahr?", seine Worte wirken aufgebracht. Ich beiße mir auf die Unterlippe und bringe keinen Ton heraus. Mist, ich wollte nicht, dass er es auf diese Art erfährt.
„Kati!" Jasmins Stimme ist fordernd.
„Was?" Mein Ton ist deutlich genervt.
„Du weißt, was ich wissen will?" Sie schaut mich eindringlich an. Chris Gesichtszüge verfinstern sich zunehmend.
„Ja, aber ich werde dazu nichts sagen. Also halt die Klappe!",

versuche ich sie zum Schweigen zu bringen.
„Ich wusste es." Jasmin lehnt sich entspannt zurück, nachdem sie ihr Ziel erreicht hat. Im selben Moment rückt ein aufgebrachter Chris seinen Stuhl zurück, steht auf, packt seine Jacke und geht ohne Abschied davon.
Ehe ich aufstehen kann, um ihm nachzulaufen, löst sich Johann schon aus Jasmins Umarmung. „Ich gehe schon, bleib du hier."
Ich sehe durch die Glasfront des Cafes, wie er Chris nachläuft. Wütend wende ich mich an Jasmin. „Hast du Scheiße im Hirn?"
„Wie bitte!?" Sie ist aufgebracht über meine Wortwahl.
„Warum hast du das getan?", keife ich sie an.
„Weil es die Wahrheit ist, oder nicht? Du hast jemanden", gibt sie zurück.
„Selbst wenn, du hast doch gemerkt, dass ich vor Chris nicht darüber reden wollte!"
Sie lacht verächtlich. „Vielleicht wird ihm jetzt klar, dass er bei dir nie eine Chance haben wird."
Der abfällige Ton in ihren Worten macht mich noch wütender. „Wie meinst du das?"
„Frauen wie wir, verlieben sich nicht in Kerle wie Chris", ihr Ton strotzt vor Arroganz.
Meine Wut ist rasend. „Du bist eine Fotze."
Sie starrt mich entsetzt an. „Wie hast du mich genannt?"
„Fotze", wiederhole ich und es klingt noch härter als beim ersten Mal.
„Kati!?", wirft Marina beschwichtigend ein.
„Halt dich da raus!", weise ich sie scharf zurecht, während mein Blick immer noch auf Jasmin gerichtet ist.
Meine Reaktion verunsichert sie. „Wie redest du denn mit einer deiner engsten Freundinnen?" Ich schnaufe verächtlich aus. „Ich rede mit dir", mault sie weiter.
Meinem Instinkt folgend, schütte ich ihr meine Cola ins Gesicht. Jasmin weiß anfangs gar nicht, wie ihr geschieht, regungslos sitzt sie auf ihrem Platz, während sich mein Getränk über ihr Gesicht verteilt und bis hinunter zu ihrem

Oberteil läuft. Sie ist von den Haaren bis zu ihrer Hose nass, als sie fassungslos ansetzt zu schreien. „Bist du irre?!!"
Ich übergehe ihre Frage. „Außerdem sind wir keine Freunde. Aus Respekt vor Johann ertragen wir dich alle: Tobi, Kerstin, Chris, ich, Marina. Mehr ist nicht dahinter. Wärst du nicht seine Freundin geworden, dann glaub mir, wir hätten dich nie auf den Korridoren gegrüßt." Ich beachte sie nicht weiter und ziehe meine Jacke an. Sie sitzt wie ein begossener Pudel vor mir und sagt kein Wort. Nachdem ich mein Handy in meiner Tasche verstaut habe, gehe ich auf Marina zu, die Jasmin erschreckt mustert.
Sie sieht zu mir hoch, als ich vor ihr stehen bleibe. „Wehe du heuchelst jetzt Mitleid." Ich umarme sie. „Bis dann."
Kein einziges Mal drehe ich mich zu ihnen um. Vor dem Antonio schweifen meine Augen durch die Dunkelheit auf der Suche nach Chris und Johann. Ich hole mein Handy aus der Tasche und wähle Johanns Nummer. Chris traue ich mich nicht anzurufen.
„Gerade ist es schlecht, Kati", sagt Johann, als er abnimmt.
„Geht's ihm gut?", meine Stimme ist voller Sorge um Chris.
„Es ist gerade schlecht", antwortet er erneut. „Tut mir leid."
Er legt ohne Weiteres auf.
Scheiße, sie hassen mich alle. Durch die Glasfront des Cafes beobachte ich Marina, Jasmin und unsere Bedienung, die ihr einen Stapel Servietten reicht. Aufgebracht trocknet sie sich ab und wütet in ihrer Tasche herum. Sie holt einen Klappspiegel hervor und betrachtet sich darin.
Das hast du verdient und es tut mir nicht leid! Nach 3 Jahren bedeutet sie mir immer noch nichts, wird mir jetzt klar. Wie wird wohl Marina mit der jetzigen Situation umgehen? Der Kellner kommt heran und hat die Rechnung dabei. Beide holen ihr Geld heraus und zahlen. Scheiße, meine Getränke stehen noch aus. Am liebsten würde ich zurückgehen, aber der Gedanke, Jasmin doch noch umzubringen, hindert mich daran. Meine Wut ist allgegenwertig. Beide packen ihre Sachen zum Gehen. Ich gehe ein paar Schritte um die Ecke des Antonios und warte. Jasmin macht sich ohne Weiteres

aus dem Staub. Ich spähe von meinem Versteck aus auf die Eingangstür, wo Marina steht. Sie telefoniert. Eiligen Schrittes komme ich auf sie zu. „Was ist los?" Meine Stimme strotzt vor Unsicherheit.

Sie legt auf. „Nichts." Ihr Gesicht wirkt verwirrt über meine Frage. Einen kurzen Moment schweigen wir beide, bis sie weiterredet. „Naja, das war gerade Johann, er und Chris warten auf mich."

„Oh, dein Telefonat meinte ich jetzt gar nicht, sondern Jasmin", sage ich verwundert.

Auch sie sieht mich nun verblüfft an. „Was ist mit der?"

„Naja, sie ging ohne Gruß einfach weg von dir", stelle ich fest.

„Ist sie jetzt auch sauer auf dich?"

„Was kümmert es mich. Sie wollte die Wahrheit wissen und ich habe sie ihr gesagt."

„Du bist nicht wütend darüber?", hake ich nach.

„Nein, natürlich nicht. Du bist heute meine Heldin", sie grinst mich an. „Wenn du zu ihr nichts gesagt hättest, dann wäre ich es gewesen." Sie nimmt mich in die Arme. „Ich bin stolz auf dich."

„Danke", mehr bringe ich in dem Moment nicht heraus.

„Du, versteh mich jetzt nicht falsch, aber ich sollte zu Chris und Johann gehen. Sie brauchen mich jetzt nötiger", Marina sieht mich prüfend an. „Ok?"

„Klar", und gehe einen Schritt zurück, um ihr zu signalisieren, dass sie freie Bahn hat. „Mich will er nicht sehen."

„Das wird schon", tröstend reibt Marina ihre Hand an meinem Arm. „Alles gut?"

„Ja, und jetzt geh."

„Tschau Süße", hastig rennt sie weg. Ich atme tief ein und mache mich auch auf den Weg. Die ganze Zeit über, während der Autofahrt, dem Abschminken und dem Umziehen, sind meine Gedanken bei Chris. Heute war der erste Tag seit langem, dass wir normal miteinander reden konnten, und dann kommt Jasmin und macht alles kaputt. Es ist kurz nach zwei, als ich ins Bett gehe und nach vier, als ich immer noch in Gedanken bei den anderen bin. Sind sie schon zu Hause oder in die nächste Bar weitergezogen? Hasst mich Chris jetzt? Zerbricht unsere jahrelange Freundschaft daran? Es wird Morgen, ohne dass ich eine Stunde schlafen konnte. Es bringt nichts mehr, im Bett zu bleiben. Ich stehe auf und hole mein Handy aus der Tasche, die im Bad liegt. Drei Anrufe in Abwesenheit und eine Nachricht.

Ich vermisse dich und zähle die Stunden bis Sonntag.
LG T.

Die SMS tut meiner Seele richtig gut, aber solange die Sache mit Chris nicht geklärt ist, kann ich mich nicht darüber freuen. Ich drücke auf >Anruferliste<. Sie kommen alle von Chris. Sofort rufe ich zurück. Beim vierten Läuten geht er an sein Handy, seine Stimme ist freundlich. „Na endlich!"
„Hi!" meine Stimme ist kleinlaut.
„Alles Okay?" Er wirkt verwundert so wie ich über seine gute Laune. „Das sollte ich dich fragen."
„Mich? Mir geht es gut. Warum?", wundert er sich immer noch. Was soll das? Warum reagiert er so? Ist er immer noch sauer und versucht, es sich nicht anmerken zu lassen, oder ist ihm die Situation so peinlich, dass er sie ignorieren will?
„Wegen gestern", rutscht es mir raus.
Für einen kurzen Moment ist nur ein angestrengtes Atmen durch die Leitung zu hören. „Gestern war ein Reinfall auf ganzer Linie, Kati." Kurz hält er inne. „Aber eine Freundschaft wie unsere hält das locker aus."
„Wirklich? Du warst auf einmal weg und wolltest mich nicht mal mehr sehen."
„Das hatte einen anderen Grund, den ich aber nicht am Telefon mit dir bereden will", stellt er klar.
„Dann komm vorbei", werfe ich ein.
„Echt?" Wieder ist seine Stimme vollkommen perplex.
„Ja, wir reden kurz drüber und machen uns nachher einen schönen Tag." Hoffentlich überrumpelt ihn das jetzt nicht.
„Was sagst du dazu?"

Die Pause, bevor er anfängt zu reden, wirkt unsagbar lang.
„Wie wäre es, wenn ich Frühstück mitbringe?"
Froh über seine Zusage lenke ich ein: „Gut, dann kümmere ich mich um das Mittagessen."
Plötzlich höre ich ein lautes Lachen durch die Leitung. „Oh toll, es gibt mal wieder Pizza."
Seine unbeschwerte und neckische Art auf einmal, ist für mich nach all den Monaten ungewohnt, doch klein beigeben kommt für mich nicht in Frage. Was Chris kann, kann ich besser. „Du kommst ja auch immer mit der ewig gleichen Butterbreze an, als ob es beim Bäcker nichts anderes geben würde und jedes Mal versuchst du aufs Neue mir einzureden, dass du sie selbst bestreichst."
„Das fällt dir auf?", gibt er geschockt spielend zurück.
Darüber muss ich jetzt auch lachen und er stimmt mit ein.
„Ich bin in einer halben Stunde da."
„Ok", und beende unser Gespräch.
Die SMS von Thomas fällt mir ins Auge, erneut lese ich sie. Er vermisst mich und zählt die Stunden. Vor 20 Minuten konnte ich keinen klaren Gedanken fassen, aus Sorge um Chris, aber jetzt, jetzt fällt aller Kummer von mir ab.

Dann sind wir schon zwei. Freu mich auf Sonntag.
Was wollen wir unternehmen?
LG K.

Ich drücke auf >Senden< und gehe mit dem Handy bepackt die Treppe hinunter durch die Küche in unsere Speisekammer. Mit der Fertigpizza komme ich zurück. Als erstes setze ich Kaffee auf, nehme danach Tassen und Teller aus den Schränken und greife nach unten in die Schublädem um Löffel und Kuchengabeln herauszuholen. Mit allem bepackt mache ich mich auf in den Wintergarten. Aus heiterem Himmel kommen mir meine Eltern in den Sinn. Wie es den beiden wohl in London ergeht? Meine Mutter wird meinen Vater von einer Sehenswürdigkeit zur anderen schleppen und nachts in jede Bar zerren, die sie tagsüber entdeckt hat. Das säuerliche Gesicht von meinem Vater deswegen, bringt mich zum Lachen. Mein Handy in der Hosentasche vibriert.

Schön dass es dir auch so geht.
Was hältst du von einer Bootstour?
LG T.

Eine Bootstour? Ist das sein Ernst? Lieber Gott, gib mir ein Zeichen, dass diese Idee nur ein Witz sein soll! Plötzlich klingelt es an der Tür. Hoffentlich ist es das und nicht nur ein dummer Zufall.
Chris steht breitgrinsend vor der Tür und hält eine Papiertüte hoch. „Hey!"
„Hi! Ja, ich weiß, eine Butterbreze, die du mir selber beschmiert hast. Blablabla." Ich reiße ihm die Tüte aus der Hand, verdrehe die Augen und gehe ohne Weiteres zurück ins Haus. Die Türe fällt zu, während ich die Kanne aus der Kaffeemaschine nehme. Chris sitzt schon an seinem üblichen Platz und schaut in den Garten hinaus, als ich mich mit der Papiertüte zu ihm geselle.
Er dreht sich zu mir, während ich alles auf dem Tisch abstelle.
„Das perfekte Frauchen", neckt er mich.
„Wohl eher Gastgeberin", korrigiere ich ihn. Ich setze mich zu ihm und fange an, unsere Tassen mit Kaffee zu füllen. Nachdem ich die Kanne abgestellt habe, schauen wir uns an. Die Anspannung sitzt uns beiden wie ein Schalk im Nacken.
„Lass uns darüber reden und die Sache vergessen, ok?" wirft Chris sofort ein.
„Na gut", ich fange einfach an. „Es tut mir leid, dass der Abend gegen Ende so katastrophal geworden ist. Es war weder meine Absicht, euch die Stimmung zu vermiesen, noch dich zu verletzen. Du bist mein bester Freund neben Kerstin. Ich wollte nicht, dass der Abend so endet." Ich überlege kurz.
„Aber das mit Jasmin tut mir nicht leid und ich würde es auf der Stelle wieder tun."
Er lacht über meinen bockigen Unterton. „Jaja, Marina hat

mir alles darüber erzählt." Sein Grinsen wird breiter. „Selbst, wenn ich es mir vorstellen könnte, wäre es nur halb so lustig, wie es wirklich war." Ich werfe ihm einen missbilligenden Blick zu. Chris Miene wird wieder ernst, er räuspert sich, bevor er anfängt. „Danke für die Entschuldigung, aber im Endeffekt hast du nichts Falsches getan, wenn, dann müsste sich Jasmin entschuldigen." Er nimmt seine Tasse zur Hand und trinkt einen Schluck daraus, stellt sie ab und schaut mir wieder in die Augen. „Um eines klar zu stellen, ja, es hat mich getroffen, dass du jemanden kennen gelernt hast, aber eher aus dem Grund, dass es gerade Jasmin und nicht mir aufgefallen ist. Ich war in der gestrigen Runde derjenige, der dich am längsten kennt, aber auch der, dem es als Letzten auffiel. Du bist einer der wichtigsten Menschen in meinem Leben, du bist wie eine Schwester für mich und das hat mich gestört."
Ich bin verwirrt. „Das war der Grund? Dass es Jasmin aufgefallen ist und nicht dir?"
„Das und die Art wie sie es verkauft hat, als ob ihr beide miteinander Eins wärt, obwohl wir sie doch alle hassen." Er fängt zu lachen an bei den letzten Worten.
„Da musstest du gleich die Flucht ergreifen?", hake ich nach.
„Glaubst du nicht, Kerstin hätte dasselbe getan?", weist er mich zurecht. Ich denke darüber nach. Wir sind eine Gruppe. Wir mögen und respektieren uns alle, aber dennoch sind ich, Kerstin und Chris mehr miteinander verbunden als die anderen mit uns. „Kerstin würde mir zuvor noch den Schädel einschlagen", stelle ich trocken fest.
„Was würdest du tun?" fragt Chris, wohlwissend, dass ich genau das Gleiche getan hätte wie Kerstin und er.
„Bist du noch verknallt in mich?", werfe ich unüberlegt ein. Seine Augen sind weiter auf mich gerichtet, er beißt sich zwar in die Lippe, aber antwortet sofort auf meine Frage. „Nicht mehr. Die letzten Tage haben mir die Augen geöffnet. Seit Freitag habe ich nichts mehr von dir gesehen oder gehört und ich habe mir vorgestellt, wie es ist, wenn wir uns trennen, und da war die Erkenntnis: Du bist mir als Freundin

wichtiger."

Mir fällt bei seinen Worten ein riesiger Stein vom Herzen.

„Über die Erkenntnis bin ich froh", die Stimmung ist zu dramatisch im Augenblick, dass ich noch beifüge: „Wäre ein einsames Leben geworden für mich ohne Butterbreze."

Chris wirft mit einen spöttischen Blick zu, doch mein Versuch die Situation aufzulockern gelingt mir.

Bevor wir das Thema wechseln, zieht er nochmal einen Schlussstrich. „Es ist alles wieder beim Alten, abgemacht?"

Er hält mir seine Hand entgegen.

Ich schlage ein. „Abgemacht."

Von einer Minute zur anderen wechseln wir das Thema. Wir lachen unbeschwert und lassen Dampf wie früher ab. Für kurze Zeit schneiden wir das Thema Thomas an, aber verwerfen es bald wieder, da das alles mit ihm noch zu frisch ist und es nicht genügend Gesprächsstoff darüber gibt.

„Bin ja mal gespannt, wo das mit euch hinführt", stellt Chris grübelnd fest.

Kapitel 4

Es ist kurz vor Mittag, als wir in die Küche gehen und die Pizza in den Backofen schieben. Ich reiche ihm ein Glas mit Orangensaft aus dem Kühlschrank. „Und du hast ihr wirklich die Cola ins Gesicht geschüttet?", fragt Chris erstaunt, nachdem ich zum hundertsten Mal die Geschehnisse des letzten Abends erläutere.
„Chris, Marina hat es dir doch erzählt, wie auch ich den ganzen Vormittag über?"
„Ja, aber so was kann man nicht oft genug hören", gibt er mir belustigt zu verstehen. „Sie weiß jetzt, was Sache ist und das ist das Wichtigste." Er prostet mir zu und trinkt.
„Es tut mir nur für Johann leid, er darf es jetzt ausbaden", sage ich und trinke auch einen Schluck.
„Weißt du es noch gar nicht?", fragt Chris irritiert.
„Was?"
„Johann hat mit ihr heute Morgen Schluss gemacht." Er stellt sein Glas ab.
„Was?", wiederhole ich erneut.
„Ja, Marina kam zu uns, nachdem sie von dir weg ist. Kurz darauf rief Jasmin an. Sie lästerte ziemlich abfällig über dich und Johann hat ihr aufgelegt. Sie versuchte es erneut, aber ohne Erfolg, er ging nicht mehr an sein Handy. Irgendwann sind wir alle nach Hause und ich habe versucht, dich zu erreichen, um die Sache zu bereinigen, aber es meldete sich immer nur die Mailbox. Johann hat heute Morgen vor dir bei mir angerufen und gesagt, dass es vorbei ist."
„Mich hat er nicht angerufen", stelle ich beleidigt fest.
„Das kommt schon noch, vielleicht hast du seine Nachricht übersehen", er winkt das Thema mit der Hand ab. „Egal. Was machen wir jetzt mit dem angebrochenen Tag? Hast du eine Idee?"
„Keine Ahnung, auf was hast du Lust?"
„Es ist so schönes Wetter, wir könnten ins Schwimmbad oder auf den Sportplatz gehen, um Basketball zu spielen?", schlägt

Chris vor. Ich überdenke kurz seine Vorschläge. „Also entweder Pest oder Grippe. Da wäre mir das Zweite lieber."
„Überraschung, Überraschung", entgegnet er gelangweilt.
„Ok, aber erst Futter fassen." Er grinst.
Nachdem wir gegessen haben, fahren wir mit seinem grünen Kleinwagen in die Stadt. Chris ist, was Autos angeht, wie ich, sie interessieren uns nicht. Wir brauchen keine großen, aufgemotzten Karren, damit es uns besser geht, ein Kleiner tut es auch, solange er uns von A nach B bringt.
Als wir auf den Sportplatz kommen, müssen wir leider feststellen, dass andere den gleichen Gedanken hatten wie wir, nur früher. „Selbst die Schaukeln haben sie besetzt", schimpft Chris verärgert. Meine Augen wandern zum angrenzenden Spielplatz. Auf den beiden Schaukeln sitzen zwei junge Mädchen, die sich angestrengt unterhalten.
„Uns bleibt immer noch die Wippe", werfe ich begeistert ein. Chris sieht mich missbilligend an. „Sehr witzig."
„Und jetzt?"
„Was hältst du davon, wenn wir uns ein Eis holen und den anderen zusehen?", schlägt Chris vor.
„Damit kann ich leben." Nach einiger Zeit bin ich sogar froh darüber, denn die Sonne brennt wie Feuer auf meiner Haut, als wir mit unseren Eisbechern vor den Basketballern Platz nehmen.
„Wer, glaubst du, gewinnt?", fragt Chris interessiert.
„Mal sehen", ich schaue mir jeden Spieler an. Sie wirken alle jünger als wir, bis auf einen, der unser Alter haben könnte.
„Ich denke das Team mit dem älteren Jungen."
„Das hätte ich jetzt auch gesagt." Er grinst über beide Ohren.
Wir schauen gebannt zu und geben Kommentare ab, wie die Sprecher bei Spielen im Fernsehen. Die ersten fünf Minuten sind wir richtig im Basketballfieber, was danach kommt, interessiert uns nicht mehr. Wir wenden uns einander zu und reden über Gott und die Welt. Darüber, wie froh wir sind, dass das Lernen für die nächsten Wochen vorbei ist, über seinen Verbleib der letzten Tage und was die nächsten Wochen noch geplant ist. Erst als es frischer wird, fällt mir

auf, dass der Abend schon herein bricht.
„Was wollen wir jetzt unternehmen?", fragt Chris nach.
Für einen kurzen Moment kommt mir der Bahnhof in den Sinn. Es ist schon zwei Abende her, dass ich dort war. Meine Begeisterung heute hinzufahren hält sich jedoch in Grenzen. Lieber verbringe ich den Abend mit Chris. „Was hältst du davon, wenn wir vom Kino Popcorn holen und bei mir Filme schauen?"
„Gute Idee", meint er bloß und steht von der Bank auf.
Im Kino dauert es knapp eine halbe Stunde, bis wir das Popcorn in der Hand halten und zurück zum Auto gehen. Mit der Tüte auf meinem Schoß fahren wir zu mir. Obwohl Chris und ich seit knapp zwölf Stunden zusammen sind, lässt unser Gesprächsstoff nicht nach. Wir betreten mein elternloses Haus, als Chris davon erzählt, dass er die nervigen Nachrichten von Kerstin vermisst. Kerstin? Wie wird es ihr wohl ergehen mit Tobi und seinen Eltern im Urlaub?
„Am liebsten würde ich ihr schreiben", sagt Chris, als wir ins Wohnzimmer gehen und ich die Tüte auf dem Couchtisch abstelle.
„Du weißt hoffentlich noch, dass sie ihr Handy immer im Urlaub ausschaltet", erinnere ich ihn, gehe auf die Filmauswahl im unteren Regal zu und durchforste sie.
„Klar, ich bekomme übrigens eine Karte." Er ist zum Zicken aufgelegt.
„Naja, die bekommt ja jeder", gebe ich gelangweilt zurück und suche weiter nach einem passenden Film.
„Auch du?", fragt er spitz.
Meine Mine verfinstert sich. „Bin ich jeder?"
Er muss grinsen. „Was bekommst dann du?"
„Entschuldigung. Ich verstehe die Frage nicht." In diesem Moment fällt mir ein Film in die Hand, den ich schon lange nicht mehr gesehen habe. Es ist ein Klassiker auf Kassette. Ohne Chris den Titel zu nennen oder zu fragen, ob er ihn sehen will, schiebe ich die Kassette in den Rekorder.
„Hallo?? Interessiert dich meine Meinung nicht zu der Filmauswahl?", wirft er entrüstet ein.

„Das siehst du doch", mache ich ihn klar und setze mich neben ihm auf die Couch. Ich greife nach unserem Popcorn und halte es in die Mitte, damit auch er sich bedienen kann.
„Wie alt ist der Film, wenn deine Eltern den noch auf Kassette haben, wo es doch schon alles auf DVD gibt?"
„Wer diesen Meilenstein der Filmgeschichte kennt, weiß, dass er nur auf Kassette seinen wahren Glanz zeigt." Ich halte kurz inne, um die Spannung zu steigern. „Die Performance des Lehrer Lindner raubt mir immer wieder aufs Neue den Atem."
Chris Gesicht errötet vor Scham. „Oh nein, nicht das."
Seine Hand schnellt auf die Fernbedienung, doch ich bin davor gewappnet und verstecke sie hinter meinem Rücken.
„Gib her", er beugt sich herüber, um leichter heran zu kommen.
Ich wehre mich entschlossen, aber sachte mit meinen Füßen.
„Ach, komm schon." Chris versucht es noch einmal, als ein weiterer Tritt ihn in seiner Magengrube trifft, diesmal nicht ganz so sanft. „Jetzt stell dich nicht so an, ich und Kerstin sind auch zu sehen", beschwichtige ich ihn und drücke auf >PLAY< der Fernbedienung.
„Ihr beide seid kaum zu sehen, weil vom Publikum aus eure Banknachbarn im Weg sitzen und euch verdecken", mault er.
Ich warte auf den richtigen Moment, um zum Sprechen anzufangen. „Wer will schon uns sehen, wenn man den uralten Lindner sehen kann", und im selben Moment flackert der Bildschirm auf und da ist er, Chris vor acht Jahren, und spielt einen uralten, strengen Lehrer, der nun die Rache seiner Schüler zu spüren bekommt. Das Schauspiel hat nur eine Länge von einer halben Stunde. Den ganzen Ablauf kenne ich so gut wie meine Westentasche: Zuerst fällt seine Jacke vom Halter der Garderobe, die wir präpariert hatten, danach findet er seine Brille nicht, die wir ihm versteckten, wenn er Fragen stellt, geben wir ihm blöde Antworten und bei seiner Entrüstung tun wir so, als ob er es nicht richtig verstanden hätte.
„Sprich lauter Junge, ich verstehe dich nicht richtig mit

meinen Ohren", sagt Chris zur gleichen Zeit wie im Stück.
„Du weißt den Text noch?", frage ich verwundert.
„So oft wie ich den ansehen muss", erwidert er belanglos.
„Jetzt kommt die Stelle, an der ich was an die Tafel schreibe und ihr euch umsetzt."
„Aber Herr Lindner, wir sitzen doch schon seit Anfang des Schuljahrs so", sage ich im richtigen Moment mit kindlicher Stimme.
„Aber sehen tut man dich nicht, verdammt", bestätigt er die Lage. Es ist irre. Chris war gerade mal zwölf Jahre, aber sein Spiel war so überzeugend, so echt, das man wirklich hätte glauben können, er wäre ein lehrender Greis. „Ich war so sauer auf euch an diesem Tag", mault Chris neben mir.
„Warum?" Ich tue so als wäre ich mir keiner Schuld bewusst. Sein Blick ist tadelnd. „Lüg nicht, du und Kerstin hättet zum Publikum sitzen müssen, und nicht hinter eurem Scheinbanknachbarn."
Ich kann mir ein Grinsen darüber nicht verbergen, denn es ist wahr. Wir sollten zum Publikum sitzen. „Wir wollten, aber am Ende haben wir uns anders entschieden", mein Grinsen wird breiter.
„Das ist mir sofort aufgefallen", bestätigt er grimmig.
„Hab dich nicht so. Das ist ein alter Hut, davon weiß keiner mehr was", versuche ich ihn zu beschwichtigen.
„Obwohl du das sagst, muss ich mir den Film alle halbes Jahr aufs Neue wieder reinziehen", er ist immer noch verärgert, auch wenn sein Ton milder ist.
Meine Hand zwickt ihn in seine Schulter. „Pssssst, das ist meine Lieblingsstelle." Chris Charakter sitzt auf dem Stuhl und bemerkt, dass er festklebt.
„Ohhh Mann." Chris ist richtig angepisst, was mich noch mehr dazu bringt ihn ärgern zu wollen. „Das muss ich mir nochmal ansehen." Als ich auf >REPLAY< drücken will, reißt er mir die Fernbedienung aus der Hand. „Hey, was soll das?"
„Wenn ich das noch einmal sehen muss, dann werde ich dich töten müssen!", sagt er trocken.
„Sei nicht so." Ich halte meine Hand auf, in der Hoffnung,

dass er mir die Fernbedienung zurückgibt.
Er rührt sich kein Stück. „Spielverderber."
Er grinst teuflisch. „Was das angeht, schon."
Ich verdrehe die Augen und schaue wieder die Aufnahme an. Gerade jetzt wird Lehrer Lindner auf seinem Stuhl von den Kindern aus dem Klassenzimmer in den Korridor gefahren. Zwar ist der auf der Bühne nicht zu sehen, aber es ertönt ein Geräusch und ein Schrei von ihm nach knapp einer Minute, der signalisieren soll: Er ist gegen die Wand gefahren. Die Kinder lachen nur und stellen sich auf die Tische. „Freistunde!", schreie ich mit ihnen im Chor. Der Vorhang fällt. Das Publikum klatscht und bejubelt die gezeigte Show. Es dauert kurz, bis das Bild schwarz wird. Chris räuspert sich wie jedes Mal an dieser Stelle und hakt nach. „Dass wir alle vortreten und uns verbeugen, wie es normal beim Theater ist, weiß dein Vater nicht, oder wie?"
„Sehr witzig", meine Stimme strotzt vor Sarkasmus.
Nun ist er guter Laune. „Was schauen wir jetzt?"
Ich zucke mit den Schultern. „Mir egal."
Chris springt von seinem Platz auf und durchsucht die Filmsammlung von meinen Eltern. „Zu diesem passt Popcorn am besten." Es ist ein Film mit Überlänge aus der Horrorecke.
„Das ist doch jetzt ein schlechter Scherz?" Ich bin entrüstet über seine Auswahl.
„Warum? Der ist Klasse." Gebannt schaut Chris auf den Fernseher.
„Der Film dauert drei Stunden und es werden gerade mal vier Leute umgebracht", gebe ich trotzig zurück.
„Er ist spannend", flüstert er, als der Vorspann beginnt.
„Wenn du acht Jahre alt bist, dann sicher, aber wir sind volljährig", versuche ich Chris daran zu erinnern.
„Pst, es geht los." Der Film beginnt in einem kleinen Dorf. Es ist ein Streifen aus den 70er Jahren. Chris Füße liegen auf dem Wohnzimmertisch. Entspannt schiebt er sich das Popcorn in den Mund. Hin und wieder gähnt er.
„Dachte, der Film wäre so toll?", fauche ich.
„Ist er auch", meint er bloß darauf.

„Dann ist es ja gut." Meine Augen wandern zur Zeitangabe. „Wir haben nämlich noch zwei Stunden vor uns."
Chris versucht seine Mine uninteressiert wirken zu lassen, aber ich merke ihm an, dass auch er schon die Nase voll davon hat und sich langweilt. Ich mache keine Anstalten, den Film auszuschalten. Er wollte ihn sehen, jetzt muss er da durch. Immer wieder boxe ich ihn gegen die Schulter, als er kurz davor ist, einzuschlafen.
Er schreckt auf. „Ich bin hellwach."
„Das sehe ich", motze ich ihn an.
Weit nach Mitternacht läuft erst der Abspann. Chris liegt neben mir und schnarcht. Er ist vor einiger Zeit schon eingeschlafen. Ich bemühe mich, keine ruckartigen Bewegungen zu machen, da er einen ebenso leichten Schlaf wie Thomas hat. In diesem Moment schmerzt es in meiner Brust. Ich vermisse ihn. Seit Chris heute Morgen aufgetaucht ist, habe ich mich bei ihm nicht mehr gemeldet. Der Tag ist einfach viel zu schnell verflogen. Ich hole mein Handy vom Tisch.

Mir ist gerade noch eine bessere Idee gekommen.
Was hältst du von Regensburg?
Essen gehen und danach an die Donau.
LG T.

Dieser Vorschlag gefällt mir besser.

Tut mir leid, falls ich dich wecke.
War ein langer Tag für mich.
Gute Idee. Bin dabei.
LG K.

Ich drücke auf >Senden< und lege mein Handy zurück auf den Tisch. Meine Gedanken kreisen ab diesem Moment nur noch um unser Date, bis ich einschlafe.
Es ist schon Tag draußen, als ich das erste Mal wach werde. Ich drehe mich mit dem Gesicht zur Rückenlehne und schlafe weiter. Plötzlich fehlt mir die Luft.

„Zeit zum Aufstehen, Schlafmütze", Chris ist über mir und hält mit seinen Fingern meine Nase zu.
Ich schlage sie aus meinem Gesicht. „Das sollte ich wohl eher zu dir sagen."
„Warum?", fragt er verwundert nach. „Ich bin schon wach."
„Du bist als Erstes eingeschlafen", und setze mich auf.
„Wirklich? Hast du das nicht nur geträumt?"
„Nein. Du hast nach der zweiten Stunde schon geschnarcht, und wie", zicke ich ihn an.
„So laut schnarche ich nicht", klärt er mich trocken auf.
Ich pule mit meinem Zeigefinger im Ohr. „Was? Mein Ohr ist jetzt noch ganz taub."
Er gibt nach. „Konntest du deswegen nicht einschlafen?"
„Doch, aber ich wollte den Film zu Ende sehen." Ich zeige auf die DVD. „Der ist doch so spannend", äffe ich ihn nach.
Chris lächelt verlegen, als er sein Unrecht bemerkt. „Er ist auch nicht schlecht."
„Das habe ich bemerkt. Wie spät ist es eigentlich?"
Meine Hand geht zu meinem Handy, als Chris schon antwortet. „Es ist nach elf." Diese Uhrzeit beruhigt mich, denn ich habe schon mit Nachmittag gerechnet.
„Was hast du heute vor?", wirft Chris ein und verstaut sein Handy in der Hosentasche.
„Keine Ahnung, joggen, Musik hören und zum Supermarkt fahren", ich zucke mit den Schultern. „Und du?"
„Jetzt fahre ich schnell heim und dann zu Johann."
Er steht von der Couch auf, packt alles zusammen, geht Richtung Haustür und zieht seine Schuhe an.
Ich komme ihm nach. „Sag ihm einen schönen Gruß und danke, dass er mir vom Ende seiner Beziehung erzählt hat."
„Habt ihr heute Nacht noch telefoniert?", fragt er verwirrt nach. Ich hebe meine Hand und kneife ihn in seinen Oberarm.
„Das nennt man Sarkasmus, du Horn!"
Er wehrt meinen Griff ab. „Sei doch nicht immer gleich so grob zu mir."
„Doch, dass du weißt, was du an mir hast und jetzt ab die Post", und ich öffne ihm die Haustür.

Er grinst. „Das weiß ich so oder so."
„Dann ist es ja gut", sage ich stolz. Chris umarmt mich und macht sich auf den Weg zu seinem Auto. Jetzt, wo ich das Haus wieder für mich habe, stellt sich die Frage, wie ich den Tag verbringe. Joggen, den Tag genießen und abends auf den Parkplatz fahren? Ich überlege nicht lange, sondern beschließe, es so zu machen, immerhin ist heute Freitag, das Wochenende beginnt und es wird einiges dort geboten sein. Das Bedürfnis wieder dort zu stehen, wächst von Stunde zu Stunde mehr und lässt so den Tag sich ewig dahinziehen. Nachdem ich vom Joggen zurückkehre, lege ich mir ein weitausgeschnittenes schwarzes Oberteil, eine modisch zerrissene Jeans und hohe Schuhe zurecht. Es wird Abend und immer noch keine Nachricht von Thomas. Ist er sauer? Ist ihm was passiert? Ich verwerfe meine schlechten Gedanken und gehe unter die Dusche. Nach einer knappen Stunde komme ich fertig gestylt und nur in Unterwäsche in mein Zimmer zurück. Wieder gilt meine Aufmerksamkeit dem Handy.

Hi!
Sorry, dass ich jetzt erst schreibe.
Du wirst dich gewiss ein Loch in den Bauch freuen, denn mit mir und Jasmin ist es vorbei.
MFG Johann
PS: Ich weiß, dass du es von Chris schon gehört hast.

Soll ich Johann überhaupt zurückschreiben? Es hat ewig gedauert, bis er mich darüber informiert hat. Gewiss war ich die Letzte in unserem Freundeskreis. Wundern würde es mich nicht, wenn es Kerstin und Tobi schon wissen. Um nicht bockig zu wirken, schreibe ich ihm zurück.

Heyhey!
Ja, ich weiß es schon.
Naja, ich werde über den Verlust schnell hinweg kommen.
☺ MFG Kati

Ich versende sie und bekomme schon eine Neue. Das ist aber jetzt schnell gegangen.

Freut mich, wenn dir diese Idee gefällt.
Bin jetzt schon im Lenoxx und fülle die Bar auf.
Was machst du heute noch?
LG T.

Nun, wo Thomas geschrieben hat, geht es mir besser. Die ganze Zeit über, in der ich mich anziehe, noch etwas Musik höre und in meinem Auto auf dem Weg zum Bahnhof bin, schreiben wir uns. Es geht um mein erfundenes Treffen mit Freunden, über einen Drink, den er mir ausgibt, wenn ich ins Lenoxx komme, bis hin zu der Feststellung, dass wir sehr unterschiedliche Ansichten über unsere Stadt haben. Er mag die Cafes, Bars und Diskotheken, während ich lieber nach Regensburg fahre. Ein kleiner Teil von mir würde sehr gerne seiner Einladung folgen, aber der Rest sucht den Nervenkitzel, das Abenteuer.

Tut mir leid, aber heute habe ich schon was vor.
Es ist, glaube ich, auch besser für dich,
wenn ich nicht da bin.
So kannst du nicht abgelenkt werden.
LG K.

Heute ist mein Standardparkplatz besetzt, von daher drehe ich nochmal eine Runde, um auf den freien Parkplatz zu kommen, der zwei Autos vor meinem Eigentlichen war. Ich packe meine Tasche samt meinem Handy unter den Beifahrersitz und mache mich auf den Weg Richtung Bahnhof. Es fällt sofort auf, dass Wochenende ist. Die Straßen sind belebter und am Bahnhof drehen Autos schon Kreise. Etwas unsicher stelle ich mich in die erste Parkreihe. Mit mir sind sechs Frauen hier, die sich anbieten, Sara ist jedoch nicht dabei. Es vergehen Minuten, in denen Autos langsam an jeder von uns vorbei fahren, einlenken und wieder ihre Runden ziehen. Eine steigt gerade in ein blaues Auto und schon sind wir nur noch zu fünft. Weitere Minuten verstreichen und wieder sind wir eine weniger. Ich setzte einen Fuß auf die Straße, um mir einen neuen Platz zu suchen, als plötzlich ein Auto auf mich zukommt und mir aufleuchtet. Es hält kurz vor mir an. Das Licht blendet mich so sehr, dass der Fahrer unerkennbar ist. Wieder ist da der Nervenkitzel in mir, den ich brauche. Ich ziehe den Reifverschluss meiner Jacke herunter, schäle mich aus ihr und werfe sie mir über die Schulter. So sicher und selbstbewusst in einer Situation wie der jetzigen habe ich mich noch nie verhalten. Ich zeige, was ich habe, und bin stolz darauf. Mit schwingenden Hüften gehe ich auf meinen Pumps die Fahrerseite entlang zum Autofenster des metallicgrauen Wagens. Ein Mann mit Glatze sitzt hinterm Steuer. Er hat ein Muskelshirt an und ist vom Hals abwärts bis zur rechten Hand tätowiert.

„Wie viel verlangst du, Mädchen?" Seine Stimme ist rau.
„Kommt drauf an, was du willst", antworte ich ihm.
„Dich ficken." Mit Stielaugen betrachtet er mich.
„Das macht 300 Euro", nenne ich ihm prompt meinen Preis.
„Kann man darüber noch verhandeln? Ihr Schlampen habt das Geld doch dringend nötig", mault er mich an, während er an seiner Zigarette zieht. Plötzlich wird mir die feindselige Art bewusst, die von ihm ausgeht. Ich denke an meinen ersten Freier David. So etwas will ich nicht nochmal mitmachen. Dieses Mal bin ich klüger. „Dann lass es bleiben." Ich will an ihm vorbei gehen, als er mich an meinem rechten Oberarm packt. „Du gibst mir einen Korb?", brummt er.
Ich ziehe meinen Arm aus seinem Griff. „Ja. Bei mir wird nicht verhandelt." Ich gehe an seinem Auto vorbei und versuche seinen scharfen Blick zu ignorieren. Er flucht, als ich hinter seinem Auto verschwinde. Mit Vollgas fährt er los. Unmittelbar vor mir steht ein Kleinwagen. Interessiert mustere ich das Auto. Wartet der auf mich? Er macht keine Anstalten, gibt mir weder Lichthupe, noch winkt er mich an sein Fahrerfenster. Ich kneife die Augen zusammen, um den Mann hinterm Steuer erkennen zu können, ohne Erfolg. Ich lasse meine Augen über den Parkplatz kreisen. Es sind nur

noch ich und eine andere Frau übrig. Sie verhandelt gerade mit einem Typen in einem grünen Wagen. Mein Blick fällt auf den metallicgrauen Wagen, der wieder in meine Reihe hineinfährt. Verdammt, das ist der Kerl von gerade. Hastig gehe ich auf den Wagen vor mir zu. Die Scheibe der Fahrerseite ist herunter gefahren. Ich bücke mich und schaue einem jungen Mann in die Augen. Er hat einen Vollbart, lange braune Haare und trägt zu seiner Jogginghose einen grauen Pullover. Mein Blick mustert sein Gesicht, das auf meine Titten gerichtet ist. „Gefällt dir, was du siehst?" Ich versuche gelassen zu klingen, obwohl mich die Augen des Typen von gerade im Visier haben.
Er schaut zu mir hoch. „Oh ja und wie." Er beißt sich auf die Lippen und redet weiter. „Wie viel verlangst du?"
Ich stütze meine Arme auf seinem Fenster ab, um ihm eine bessere Aussicht zu ermöglichen. „Das kommt drauf an, was du von mir verlangst." Meine Stimme ist flirtend. Plötzlich ist da der Gedanke an Thomas. Wir sind zwar kein Paar, aber trotzdem fühle ich mich mies. Ich brauche das hier und ich brauche ihn. Um mein schlechtes Gewissen gegenüber Thomas zu erleichtern, füge ich noch dazu: „aber ich küsse dich nicht auf den Mund."
Er nickt, während seine Augen in meinen Ausschnitt starren. „Was würde mich ein Blowjob kosten?"
„50 Euro." Das ist ein fairer Preis.
„Mit Schlucken?", setzt der langhaarige Kerl nach.
Kurz sortiere ich meine Gedanken. Soll ich dafür wirklich etwas verlangen? Ein Blowjob für 50 ist schon teuer und dann noch 20 allein fürs Schlucken? Was ist, wenn ich mich genau so dumm anstelle wie bei David? Meine innere Stimme drängt sich zwischen meine Gedanken. Du weißt, wie man einen Kerl oral befriedigt. Das ist nicht dein erster Schwanz. Wenn er jetzt ewig braucht, um zu kommen, zahlst du drauf und wenn er zu früh abspritzt, ist das sein Problem. „Nein, schlucken kostet extra."
„Wie viel mehr?"
„20 Euro." Friss oder stirb.

„Okay", er nickt mir zu. „Ein Blowjob ist dazu so flexibel, man kann es gleich im Auto tun", er grinst mich an.
„Soll mir recht sein."
Sein Kopf geht zur Beifahrerseite. Ich richte mich auf und gehe vorne um sein Auto rum. Der Glatzkopf von gerade steht immer noch mit seiner Karre hinter dem Wagen, wo ich zusteige. Der junge Mann betrachtet mich die ganze Zeit vom Fahrersitz aus. In seinem Auto schlage ich meine Beine aufreizend übereinander und sehe ihn an, darauf wartend, dass er los fährt.
„Wie alt bist du eigentlich?", hakt er mit einem verwunderten Gesichtsausdruck nach.
„So alt, wie du mich haben möchtest." Ich spiele wie ein kleines Mädchen mit meinen Haaren.
Seine Augen mustern mich hungrig. „Schade, dass du keine Schuluniform trägst."
Ich lecke mir die Lippen. „Die ist zu Hause in meinem Kleiderschrank mit den passenden Strümpfen und Haarbändern."
„Mach mich bloß nicht verrückt", flüstert er und fasst mir ans Knie. Er lehnt sich zu mir rüber und mustert meinen Ausschnitt. Plötzlich lassen seine Augen von mir ab. Er legt seine Stirn in Falten. „Kennst du den Kerl?" Er deutet hinter sich. „Weil der nicht weiterfährt?"
„Nein. Keinen Schimmer, wer das sein könnte."
Er wendet sich von mir ab und lässt den Motor an. Während wir von der Parkreihe herausfahren, studiere ich mit Adleraugen den Wagen hinter uns. Erleichterung überkommt mich, als er aus meinem Blickfeld verschwunden ist. Ich schaue zu dem Fremden neben mir. Wir reden während der kurzen Autofahrt kein einziges Wort miteinander. Wir halten an einem leeren Gewerbeparkplatz, knapp einen Kilometer vom Parkplatz entfernt. Er stellt das Auto am hintersten Fleck vor Sträuchern ab und sieht mich erwartungsvoll an. Ehe ich mich zu ihm rüber lehne, um seinen Schwanz zu lutschen, verlange ich mein Geld. David war mir eine Lehre.
Der Unbekannte zieht sein Portmonee aus echtem Leder

hervor und sucht nach dem Geld. „Hier!"
Er gibt mir die vereinbarte Summe. Nachdem ich es sicher verstaut habe, richte ich meine Aufmerksamkeit auf ihn.
„Warte kurz." Er fährt die Rückenlehne seines Sitzes nach hinten und zieht mit ruckartigen Bewegungen seine Jogginghose hinunter. Er sitzt nur noch in Shorts und Pullover bekleidet vor mir. „Dann mal los."
Als erstes fasse ich ihm in seine Shorts und nehme seinen Schwanz in einen festen Griff. Er atmet schwer ein dabei. Langsam fahre ich mit meiner Hand an seinem Glied auf und ab. Mein Gefühl sagt mir, dass er behaart ist. Die Anspannung fällt ab von dem Fremden, seine Atmung wird regelmäßig und ruhig. Ich hole seinen Schwanz heraus und fange an, ihn mit sanften Küssen zu bedecken. Ich ziehe die Vorhaut zurück, beuge mich über seinen besten Freund und lasse meine Zunge sanft über die Spitze flimmern. Sein innerliches Beben vor Lust, spiegelt sich in der wachsenden Größe seines Penis wieder. Meine zweite Hand massiert seine Hoden. Ich lecke über seinen ganzen Penis bis rauf zur Eichel, oben angelangt halten meine Lippen kurz inne, um die Spannung zu erhöhen, bis zu dem Moment als ich meinen Mund über seine Spitze stülpe. In den ersten Sekunden umkreist meine Zunge nur den oberen Teil seines Schwanzes. Ich fange langsam an, etwas mehr in den Mund zu nehmen. Der Typ schnurrt bei meiner Technik. Ich bin bereit, ihn bis nach hinten in meine Kehle zu schieben, flüchtig und kurz, es soll ihn wahnsinnig machen. Er packt mich an meinen Haaren in dem Moment als sein ganzer Penis in meinem Mund steckt. „Verdammt, hör bloß nicht auf. Bleib so!", seine Stimme ist flehend. Es ist kein unangenehmes Gefühl in dieser Stellung zu verharren. Mit der einen Hand stützt er sich auf dem Autositz ab, während die andere meinen Nacken fest hält. Er will mich in den Mund ficken. Mit langsamen Bewegungen schiebt er seinen Schwanz zwischen meine Lippen rein und raus. Je länger er es macht, desto schneller wird er dabei. Sein Griff in meinen Nacken wird fester und sein Stöhnen immer schwerer. „Oh ja, so ist es

gut." Plötzlich bricht seine Stimme weg. Er hört damit auf, sich rhythmisch in meinen Mund zu schieben, und lässt sich auf den Sitz fallen. In diesem Moment spüre ich warme, salzige Flüssigkeit auf meiner Zunge. Es ist sein Sperma. Ich schlucke es, um daraus keine große Geschichte zu machen. Seine Hand gleitet von meinem Nacken und er atmet erschöpft aus, während ich mich zurück in den Sitz lehne.
Es dauert eine Weile, bis einer von uns etwas sagt. „Das war der Wahnsinn", stellt er fest. Ich erspare mir die Antwort darauf. Der Geschmack von seinem Sperma in meinem Mund lenkt mich zu sehr ab. Er zieht sich die Jogginghose hoch und bringt den Sitz in seine alte Position zurück. Schweigend sitze ich neben ihm und betrachte sein Tun. „Soll ich dich zurück fahren?", durchbricht er die Stille zwischen uns. Erst nach einer kurzen Überlegung antworte ich ihm. „Fahr mich zu einer naheliegenden Tankstelle, den Rest gehe ich zu Fuß."
Er nickt und wendet sich ab von mir. Wieder sagt keiner von uns ein Wort auf der Fahrt. Die Atmosphäre ist weder peinlich noch unangenehm. Immer wieder sieht er verstohlen zu mir rüber. Angespornt davon beiße ich mir lüstern auf die Unterlippe.
„Wahnsinn", sagt er fast lautlos.
„Danke. Du auch." Kurze Zeit später stehen wir an der Tanke. Meine Gedanken drehen sich um Kaugummi und Wasser, um den Geschmack von seinem Sperma aus meinem Mund zu bekommen. Meine Hand geht zum Türgriff. „Bis bald."
„Wie heißt du eigentlich, falls ich wieder das Bedürfnis habe?"
„Marlene", lasse die Tür zu fallen und gehe in die Tankstelle. Für einen kurzen Moment spüre ich noch seine Blicke auf mir. Mit einem Wasser und Kaugummi bepackt stehe ich in der Warteschlange vor der Kasse. Es dauert zehn Minuten und beim Rauskommen ist keine Spur mehr von ihm oder seinem Auto zu sehen. Auf dem Weg zum Bahnhof spüle ich mir meinen Mund durch. Die Flasche ist leer, als ich sie in einen Abfalleimer, an dem ich vorbei komme, werfe. Mit

einem Kaugummi im Mund gehe ich zurück auf den Bahnhof. Eins muss man Sara lassen, sie hatte Recht, was das Wochenende angeht, denn es ist dort immer noch ein reger Verkehr. Wenn heute ein Streifenwagen seine Kontrollfahrt machen würde, hätte er den Jackpot geknackt. Es sind mehr Autos als eine Stunde zuvor. Mein vorheriger Platz ist schon besetzt, also suche ich mir einen in der zweiten Parklinie. Vorbei an den geilen Blicken irgendwelcher Kerle, die mich von ihrem Auto aus beobachten, stelle ich mich an die Seite. In den letzten Reihen ist mir zu viel los. Irgendwann werde ich dort hinten stehen, aber nicht heute. Mit Bescheidenheit erreicht man auch sein Ziel, bei Übermut kommt man unter die Räder. Ich spüre einen warmen Luftzug an meinem linken Ohr. Verschreckt drehe ich mich um und sehe in ein bekanntes Gesicht. Es ist Sara.
Meine Freude, sie zu sehen, ist mir ins Gesicht geschrieben.
Sie lächelt zurück. „Na sieh mal einer an, wer wieder da ist." Sie rempelt mich sanft an. „Ich dachte schon, dich verloren zu haben", sagt sie geraderaus.
Ich bin irritiert. „Wie kommst du darauf?"
Sie sieht mich verwundert an. „Naja, wegen dem vorletzten Mal. Hätte sein können, dass es dir erst nach Tagen richtig bewusst geworden ist, was passiert ist."
Ihre Worte verwirren mich. Was meint sie bloß damit? Ich habe keine Ahnung, wovon sie redet. Im selben Moment hält ein dunkler Wagen vor uns. Sara schiebt mich leicht zur Seite. Der gehört mir, will sie mir zu verstehen geben, daher drehe ich mich ab und gehe noch ein paar Schritte weiter weg von ihr. Meine Gedanken kreisen um ihre merkwürdigen Andeutungen. Habe ich irgendetwas verpasst? Warum hat sie angenommen, dass ich nicht mehr herkommen werde? Eine Hand auf meiner Schulter reißt mich aus meinem Grübeln. „Hast du Lust, dass wir uns später noch treffen?" Sara steht mir gegenüber. Sie wirkt leicht gehetzt. Mein Blick fällt auf das immer noch hinter ihr stehende Auto von gerade eben. Ich nicke nur. „Ok, um drei?"
„Wo?", mehr bringe ich in diesem Moment nicht hervor.

Sie sieht mich missbilligend an. „Wo wohl, Marlene, denk doch nach." Sie redet von dem Schnellrestaurant, in dem wir uns zum ersten Mal getroffen haben. Sara zieht mich am Oberarm. „Sag schon? Um drei dort?" Sie wirkt genervt.
„Um drei dort", wiederhole ich und nicke.
„Okay, bis dann", sie wendet sich von mir ab, geht zu dem wartenden Auto und steigt ein.
Es dauert nur kurz, schon sind sie weg und ich bin wieder allein. Ein Wagen fährt mir entgegen und bleibt stehen. Der Lautstärke nach sind mehrere Typen in dem Auto. Das Fenster fährt herunter und mich starren drei Augenpaare an. Der Fahrer mustert mich. „Du hast Recht, die ist nicht so abgefuckt wie die anderen."
Was? Haben mir meine Ohren einen Streich gespielt? Allein schon dieses Wort macht mich wütend.
„Was hast du gesagt?"
Der Kerl der mir als Nächster sitzt winkt mit der Hand ab. „Ach hör nicht auf ihn Baby, der hat nur Scheiße im Kopf." Abgefuckt? Baby? Wo kommt ihr denn her?
„Was wollt ihr Jungs?", frage ich verärgert.
„Etwas Spaß", antwortet der Fahrer mir.
Ich bin verwundert über seine Aussage. „Zu Dritt wollt ihr eine?"
„Warum nicht?", will der Letzte von ihnen wissen und beugt sich zu mir rüber. Er trägt eine Brille mit schwarzem Gestell. Er begutachtet mich von Kopf bis Fuß, als er nachsetzt: „Du hast doch genug Löcher zum Füllen."
Ich fasse es nicht. So respektlos hat noch keiner mit mir geredet. Würden diese Kerle das Maul auch so aufreißen, wenn sie mich in einer Bar antreffen würden? Nein, natürlich nicht. Sie trauen sich jetzt, weil ich eine Nutte und in ihren Augen noch weniger wert bin, als sie es sind.
„Und selbst wenn es so ist, glaube ich nicht, dass ihr drei nur eines davon ansatzweise füllen könnt." Ohne auf eine Antwort von ihnen zu warten drehe ich mich weg und gehe davon. Das Auto bleibt noch kurz stehen, bevor es entgegengesetzt losfährt, eine Runde dreht und dann wieder

in den Parkplatz einbiegt. Diesmal fährt es eine Reihe weiter nach hinten. Sie haben schon die Nächste im Visier. Ich beobachte das Treiben der Drei und der Rothaarigen. Entsetzt muss ich feststellen: Sie steigt ein. Braucht sie das Geld so dringend, dass sie es in Kauf nimmt, von denen beleidigt und gedemütigt zu werden, oder waren die Typen netter zu ihr? Langsam löst sich meine Wut auf und als das nächste Auto vor mir anhält, ist sie verflogen. Es ist ein weißer Lieferwagen. Ich gehe drum herum zur Fahrerseite. Die Scheibe ist schon herunter gefahren, als ich davor stehe. Ein Mann, Anfang 40, in blauer Latzhose und mit rasierter Glatze schaut mich prüfend an.
Nicht schon wieder so einer. Habe ich heute nur Pech.
„Hey!", er ist zwar kurz angebunden, aber sein Gesichtsausdruck wirkt freundlich.
„Hallo", erwidere ich.
„Ich bin Sven", er streckt mir die Hand entgegen.
„Freut mich", ich greife nach ihr. „Marlene."
Sven hält meine Hand fest umklammert, als er weiterspricht.
„Ich suche nach etwas Schnellem, Marlene. Du würdest mir dafür gefallen. Ich will dich ficken." Sven mustert mich noch genauer bei dieser Aussage. „Was würde mich das kosten?"
„300 Euro", ich halte seinem Blick stand.
Er überlegt kurz. „Ok, dann spring rein." Sein Kopf geht zur Beifahrerseite. Ich denke an den tätowierten Kerl von vorhin, auch er hatte eine Glatze. Bei ihm hatte ich schon von Anfang an ein schlechtes Gefühl. Ich komme um den Wagen rum und steige ein. Während meine Hand nach dem Gurt sucht, fährt Sven los. Die Fahrt über halten wir belanglosen Smalltalk. Es geht dabei ums Alter, woher jeder von uns kommt und um die angenehme Nachtluft. Ich bin froh, mit ihm mitgefahren zu sein. Er ist nett. Sven lenkt den Lieferwagen zur Stadt hinaus. An einem Feldweg biegt er ein. Kurz erhellt er mit seinem Fernlicht die uns unbekannte Strecke, die zwischen die Felder hindurch führt.
„Gut. Sie ist befahrbar und ich glaube sie endet an der Straße dort hinten." Ich folge seinem Blick in die Ferne. Auch ich

erkenne eine Einfahrt in die Hauptstraße. Sven schaltet das Fernlicht wieder ab und fährt langsam den Weg entlang. Mittig hält er an und stellt seinen Wagen ab.
Nach einem kurzen Blick auf sein Handy steigt er aus. Ich befreie mich aus dem Gurt und komme ebenfalls aus dem Führerhaus seines Lieferwagens. Meine Augen halten Ausschau nach Sven, der sich den Geräuschen nach im hinteren Bereich des Lieferwagens befindet. Ich folge dem Krach. Die Tür zur Ladefläche steht offen. Es ist eine laue Sommernacht und der Mond scheint so hell, dass ich trotz fehlendem Licht einiges in dem Laderaum erkennen kann. Die ganze Fläche ist mit großen Schachteln, Möbeln, die zum Schutz in Plastik verhüllt sind, bedeckt und Sven mittendrin, der nach etwas sucht. „Was arbeitest du?"
Er dreht sich zu mir um und kommt auf mich zu, in der linken Hand trägt er etwas mit sich. „Ich bin Außenmitarbeiter bei einer großen Möbelfirma." Er steht vor mir mit einer Decke in seiner Hand.
„Du fährst Möbel aus?", frage ich nach.
„Genau, und heute war ich bei dir im Landkreis unterwegs." Sein Ton ist höflich. Er steigt von der Ladefläche hinunter und lässt den einen Flügel der Tür ins Schloss fallen. Ich mache ihm Platz, damit er den anderen auch zuschlagen kann.
Für einen kurzen Moment denke ich mir, er will auf die Wiese gehen, aber er geht seitlich zum Wagen. Er entriegelt die Seitentür und schiebt sie auf. Sven legt die Decke auf den freien Platz und schaut mich fragend an. „Ok für dich?"
„Ja danke." Ich nicke und setze nach. „Versteh das bitte nicht falsch, aber mein Geld möchte ich zuerst."
Sven geht an mir vorbei und steigt an der Beifahrerseite ein. Es dauert nur einen kurzen Augenblick, bis er wieder neben mir steht und mir mein Geld reicht. „Sind genau 300."
Im hellen Mondlicht zähle ich nach, um mich zu vergewissern. Ich verstaue die Scheine in meiner Hosentasche und wende mich wieder ihm zu. „Was ist da eigentlich alles dabei?", fragt Sven mich durch die Dunkelheit.

Ich denke an meinen ersten Sex mit David. Ich lag nur da und machte nichts. Dafür hat er mir 200 Euro gegeben. Wie er mich danach behandelt hat, war Scheiße, aber mir nicht alles zu geben, war gerechtfertigt. „Alles, was zum Sex gehört bis hin zum Schlucken. Eins grundlegend: Ich küsse dich nicht auf den Mund."
„Was würde es mich kosten, wenn ich dich auf den Mund küssen will?", hakt er nach.
„Das ist ein Tabu. Unbezahlbar." Meine Stimme ist ruhig und beherrscht.
„Hast du einen Freund?", will Sven wissen.
„Noch nicht."
Er streckt seine Hand nach mir aus, hakt einen Finger in meinen Hosenbund ein und zieht mich an sich heran. Als ich unmittelbar vor ihm stehe, zieht er seinen Finger wieder heraus. Er holt seine zweite Hand aus der Hosentasche und packt mich nun mit beiden an den Hüften. Ich komme noch näher auf ihn zu, während seine Hände sich langsam zu meinem Hintern herantasten. Ich drücke mich gegen ihn und spüre seine Erektion an mir. Behutsam streichen meine Finger langsam über seinen Oberkörper zu seinem Lendenbereich hinunter. Durch seine Hose massieren meine Hände seinen Schwanz. Sein Griff an meinen Pobacken wird fester. Für einen kurzen Moment verharren wir beide in dieser Position, bis er sich von mir löst. Sven zieht die Träger seiner Latzhose herunter und lässt seine Hose zu Boden sinken. Er steht mit den Füßen in seinem Blaumann und trägt untenrum eine weiße Unterhose. Die Umrisse seines Penis sind in der engen Unterwäsche gut zu erkennen. Er geht einen Schritt zurück, lässt sich auf den Absatz seines Lieferwagens nieder und wartet auf mein nächstes Tun. Ich komme auf ihn zu und streiche mit meiner Hand über seinen Schritt. Svens Augen sind auf mich gerichtet, wobei seine Hand an meine Brust geht. Er massiert sie mit festem Druck und schließt seine Augen, nachdem ich seinen Schwanz herausgeholt habe und ihn wichse.
Er lehnt sich zurück. „Blas mir einen." Dieses Mal werde ich

nicht mein ganzes Können unter Beweis stellen. Er zahlt für das komplette Packet. Ich nehme seinen Schwanz sofort in den Mund. Ich mache das Gleiche, wie vor knapp zwei Stunden nur schneller. „Vergiss die Eier nicht", sagt er mit zitternder Stimme. Mit meiner freien Hand massiere ich sanft seinen Sack. Sven stöhnt auf. „Ja, so ist es gut."
Ich lasse seinen Penis von meinem Rachen nach vorne in den Mund gleiten, schiebe seine Vorhaut zurück und lecke nochmal die Spitze. Sein Stöhnen wird intensiver. Im richtigen Moment nehme ich ihn aus meinem Mund und in die Hand. Ich wichse sein bestes Stück und zur gleichen Zeit liebkost mein Mund seinen Hodensack. Er spreizt seine Beine, damit ich besser an sie herankommen kann. Ich gehe in die Hocke und fange damit an, seine Eier mit der Zunge zu massieren, sein Stöhnen wird schneller dabei. Sven mag es anscheinend, wenn man ihn so bedient. Um ihn richtig in Stimmung zu bringen, lecke ich mit meiner Zunge über seinen ganzen Hodensack, um kurz darauf und so schnell es geht seinen Hoden in den Mund zu nehmen.
„Wow, verdammt ist das geil", er reißt die Augen auf und sieht zu mir hinunter. Ich halte seinem Blick stand, wohlwissend, dass es Männer anmacht, wenn sie das Gefühl verspüren, die Oberhand zu haben. Sein Sack ist immer noch in meinem Mund und ich sauge daran.
Plötzlich drückt mich Sven zurück. „Tut mir leid, es ist echt geil, aber ich bin kurz davor zu kommen." Er steht auf und weist mich an, mich auf seinen Platz zu setzen. Sein Ausdruck im Gesicht wird spöttisch „Ich habe schließlich für das volle Programm gezahlt." In diesem Moment zieht er mir mein Oberteil über den Kopf. Seine Hand öffnet den Knopf meiner Jeans und zieht sie herunter. Ich fasse nach hinten um meinen BH aufzumachen. Meine Brüste liegen jetzt blank da. Mit seinem Mund kommt er über meine Brüste und leckt meine Nippel, die sich aufstellen. Nachdem er an ihnen sanft gebissen hat, wandert sein Mund langsam hinunter zu meinem Höschen. Mit der einen Hand umfasst er meine Taille und hebt mich an, mit der anderen zieht er mir meine

Dessous herunter. Er löst sich von mir, setzt sich auf und betrachtet mich im Mondlicht. Sein Gesicht ist vollkommen im Dunkeln, aber anscheinend gefällt ihm, was er sieht, denn er fasst in seine Hose, die immer noch an seinen Beinen hängt und zieht ein Kondom hervor. Er beißt die Packung mit den Zähnen auf und schiebt den Gummi über seinen Schwanz. Als er fertig ist, mustert er mich noch einmal genau. „Dreh dich um, du sollst knien." Ich tue, was er verlangt und komme auf allen vieren hoch. Es dauert einen kurzen Moment, bis Sven seinen Schwanz an meinen Schamlippen kreisen lässt. Er macht es vorsichtig und langsam. Es ist ein angenehmes Gefühl und ich denke an mein erstes Mal mit David. Ich fange an, leise zu stöhnen, um glaubwürdig zu erscheinen. Auf einmal geht alles sehr schnell. Sven packt mich an meinen Hüften und schiebt mit einem kräftigen Ruck sein Glied bis zum Ansatz in mich hinein. Seine Stöße sind ruckartig und fordernd. Wir verharren für einige Minuten in dieser Stellung, bis er mit einer Hand an meine Brust fasst und mir in den Nippel kneift. Mein Stöhnen wird dabei lauter. Es dauert nicht lange, bis nun auch seine andere Hand auf meinem Busen liegt. Er drückt sie mir in den Körper. „Komm hoch", höre ich ihn keuchen. Ich lehne mich zu ihm zurück, sodass mein ganzer Körper an seinen gepresst ist. Ich spüre seinen unregelmäßigen Atem an meinem linken Ohr. Seine Hände gleiten abwechselnd von meinen Brüsten zwischen meine Beine. Meine linke Hand fasst an seinen Hintern und massiert seine Pobacken. „Ja, das ist gut", seine Stimme wird immer mehr zu einem Flüstern. Ich denke an die Erregung, die er verspürt hat, als ich seine Hoden in den Mund genommen habe. Ich befeuchte eine meiner Handflächen mit meiner Zunge, lasse sie zwischen meine Beine gleiten und fasse hinter mich an seine Hoden. „Oh ja, das ist es, genauso", keucht er und beißt mir sanft in den Hals. Meine Hand massiert seine Eier und drückt diese manchmal etwas fester, um seine Lust zu steigern. Unter meiner Berührung werden seine Bewegungen und sein Atem immer schneller. Bis er sich ganz aus mir zurückzieht. Ich

denke mir, er ist fertig, und will mich zu ihm umdrehen, als er mit voller Wucht seinen Penis in mich hinein schiebt und leise aufschreit. „Ahhhhh."
Wir verbleiben für eine Weile in dieser Stellung. Seine Hände liegen immer noch auf meinen Brüsten. Ich lasse von seinem Hintern und den Hoden ab und komme wieder auf alle viere. Sven zieht sich in dem Moment aus mir zurück und geht einen Schritt zur Seite. Ich drehe mich zu ihm um, und sehe wie er sich das benutzte Kondom von seinem Penis zieht und es in die Wiese wirft. Ich krieche von der Anhöhe herunter und suche nach meinen Klamotten. Sven geht in die Hocke, nimmt seine Unterhose und den Blaumann zur gleichen Zeit in die Hand und zieht sich beides über die Hüften. Er fasst mit den Armen durch seine Träger und ist fertig angezogen. Bei mir dauert es etwas länger. Sven geht derweil an mir vorbei und steigt zur Beifahrertür hoch. Als er zurückkommt, bin ich fertig angezogen.
„Willst du auch was?" Er hält mir eine Flasche Wasser entgegen.
„Nein, danke. Ich habe gerade keinen Durst." Wie viel Uhr wird es wohl sein? „Weißt du, wie spät es ist?"
„Sven zwängt die Wasserflasche unter seinen Arm, zieht eine Armbanduhr aus seiner Hosentasche und hält sie gegen das helle Mondlicht. „ Es ist kurz nach drei."
Was? Schon so spät? Sara wird gewiss schon auf mich warten.
„Dann sollten wir mal los fahren", entgegne ich ihm etwas gehetzt und gehe auf die Beifahrerseite.
Sven sieht mich skeptisch an. „Hast du es so eilig?"
„Ja, tut mir leid, aber es wird wirklich Zeit." Meine Stimme ist entschuldigend. Er nickt mir zu, dreht sich von mir weg und geht zur Fahrerseite. Ich steige ein. Er fährt den Feldweg weiter, der zur Hauptstraße führt. Wir reden kaum ein Wort miteinander. Die Digitaluhr im Apothekenschaufenster zeigt 03:38 Uhr an, als Sven in die Straße zum Bahnhof einbiegen will. Mein Blick fällt auf das Schnellrestaurant, wo ich und Sara uns verabredet haben.
„Warte. Du kannst mich hier raus lassen." Ich deute auf den

Seitenstreifen.

Sven reißt verwundert die Augen auf. „Soll ich dich nicht bis zum Parkplatz fahren?"

„Nein, ist schon Ok. Bis hierher reicht es." Er setzt den Blinker und fährt rechts ran.

„Alles Gute!", sag ich und steige aus.

Sven grinst mich an. „Wünsch ich dir auch."

Ich schlage meine Türe zu und sehe ihm noch kurz nach.

Ein netter Kerl und der Sex war super. Am Bahnhof drehen immer noch Autos ihre Runden und das um halb vier Samstagmorgen. Oh, verdammt Sara. Ich bin um 40 Minuten zu spät, als ich in das Lokal eintrete und auf die Uhr schaue. Ich durchforste den Raum und sehe Sara, die in einer Ecke sitzt. Ihr Glas ist halb leer. Hastigen Schrittes gehe ich auf sie zu und setze mich. „Es tut mir so wahnsinnig leid, die Zeit ist so schnell verflogen."

Sie blickt zu mir hoch. Ihre Gesichtszüge wirken gelassen. „Kein Problem, ich bin auch erst vor zehn Minuten gekommen."

„Glück gehabt", ich streiche mir mit dem Handrücken erleichtert über die Stirn.

„Was sagst du zum heutigen Abend?", hakt sie sofort ein. Ich bin etwas verwundert über den raschen Themawechsel. Die Kellnerin tritt an unseren Tisch. „Was kann ich dir bringen?" In der einen Hand hält sie einen Stift und in der anderen ihren Bestellblock.

„Eine Cola bitte", antworte ich ihr.

Sie notiert es sich. „Sonst nichts?"

„Nein.", Ich lächle sie an.

„Kommt sofort." Sie verschwindet hinter der Bar.

Meine Aufmerksamkeit richtet sich wieder auf Sara, die mich mustert. „Und, was sagst du dazu?"

Ich bin wieder verwundert. „Wie meinst du das?"

Sie zuckt mit den Schultern. „Naja, hab ich nicht gesagt, dass am Wochenende die Hölle dort los ist?"

Jetzt versteh ich es. „Ja, hast du. Ich war wirklich überrascht darüber und das wird in zwei Wochen noch schlimmer?"

„Kann früher oder später werden, aber…" Sie wägt es mit ihren Händen ab. „Es wird noch mehr los sein dort."
„Ich war wirklich überrascht", sage ich erneut.
Sie grinst zufrieden. „Dann ist es ja gut." Sie nimmt einen Schluck aus ihrem Glas.
„Wie ist es bei dir heute gelaufen?", frage ich.
Sara stellt ihr Glas ab und erwidert meinen Blick. „Wochenenden sind immer gut für mich. Es sollte jede Nacht Freitag oder Samstag sein." Sie fasst nach meiner Hand die auf dem Tisch liegt. „Bist du sauer auf mich?"
Ich schüttle verwirrt den Kopf. „Weswegen?"
„Weil ich dich zur Seite geschoben habe, als ein Auto vor uns hielt." Ihre Stimme ist entschuldigend.
„Nein, alles in Ordnung", sage ich knapp. Meine Gedanken kreisen um ihre komischen Andeutungen. Ich füge noch hinzu: „Was hast du gemeint mit >mich verloren<?"
Wieder setzt sie ein verwundertes Gesicht auf. „Ich rede von Sonntag, Marlene."
Es war der Abend, als die Nutte von ihrem Freier misshandelt worden war. „Woher weißt du davon?"
„Wie meinst du das?" Ihre Stimme passt zu ihrem Gesicht, sie ist voll und ganz verwirrt über meine Frage.
„An dem Abend war ich, eine Andere, und die Frau die von ihrem Freier…", meine Stimme bricht weg, nachdem ich das Bild von der Frau, blutend und geschlagen, wieder vor Augen habe.
„Marlene?", mit ihrer Hand rüttelt sie an meiner, um mich aus meinen Erinnerungen zu reißen.
„Das war kein schöner Abend."
Ihr Ausdruck ist mitfühlend. „Ich weiß."
„Woher?" Meine Stimme ist kaum hörbar.
„Weil ich auch dort war." Sie beugt sich zu mir rüber. „Ich habe die Kieselsteine auf dich geworfen."
Diese Erkenntnis trifft mich wie ein Schlag. Die Unbekannte war sie? Sara? Ich studiere sie von Kopf bis Fuß, um mir etwas in Erinnerung zu rufen. Am Sonntag ist eine fremde Frau an mir vorbei gegangen, die ich nur von hinten gesehen

habe. Sie war dünn, kurvig und hatte kurze blonde Haare. Mein Blick fällt auf Saras Kopf und da sind sie. Die kurzen blonden Haare vom Sonntag. Ich bin geschockt. Mein Gesicht muss Bände sprechen, wenn ich Saras Gesichtsausdruck auf meine Reaktion betrachte. Wir haben uns zwischenzeitlich bekannt gemacht und sie hat davon nichts erwähnt. „Warum hast du nichts gesagt, als wir uns kennen gelernt haben?"
„Wozu? Du warst am Abend darauf wieder hier. Es muss dich nicht sehr getroffen haben", stellt Sara trocken fest.
Diese Aussage entsetzt mich. „Wie kannst du nur so etwas sagen?"
„Weil es die Wahrheit ist", meint sie uninteressiert. „Du bist wieder hier. Es hat dich nicht gekümmert und sollte es auch nicht. Diese Frau ist eine Fremde. Was schert sie dich?"
Die Gleichgültigkeit in ihren Worten macht mich sauer. „Diese Frau wurde aus dem Auto geschubst, bestohlen und übel zugerichtet. Sie wurde wie Dreck behandelt."
Sara bemerkt mein Missfallen ihrer Worte betreffend. „Marlene, ich wollte nicht…"
Ich lasse sie gar nicht aussprechen. „Und du tust so, als ob sie es nicht anders verdient hätte."
„Nein, so meinte ich…", wirft sie vergebens ein, denn wieder unterbreche ich sie. „Nein? Was wolltest du denn sonst damit sagen? Du bist nur da gestanden und hast mich abgehalten. Es war dir egal. Zu zweit hätten wir ihn in die Flucht schlagen können." Ich höre auf zu reden, bevor ich etwas Dummes sage und wende meinen Blick ab. Ich höre ein abfälliges Geräusch aus ihrer Richtung kommen. Meine Augen richten sich auf sie. Sara ist wütend.
Als ich meine Lippen bewege, um etwas zu sagen, fällt sie schon über mich her. „Du willst mir etwas über den Strich erzählen? Gerade du? Wie lang machst du das alles hier mit? Eine Woche!?", ihre Stimme ist beißend sarkastisch. „Ich werde dir jetzt mal was sagen: Das, was du am Sonntag gesehen hast, gehört hier beinahe schon zum Alltag. Jede von uns hat so etwas schon mal miterleben müssen, wenn nicht noch schlimmer." Sie setzt kurz aus. „Für diese Typen sind

wir Dreck, ein Stück Scheiße. Es gibt kaum welche, die uns respektieren." Sara nimmt einen Schluck und ich ergreife die Gelegenheit. „Warum helft ihr euch nicht gegenseitig, wenn so etwas passiert?"
„Ist das gerade eine ernst gemeinte Frage?" Sie mustert mich scharf. Ich nicke nur. In diesem Moment fängt sie zu lachen an, es ist beißend und unecht. „Nun ja, du bist nicht in unserer Situation. Du weißt es nicht besser."
Als ich nachfragen will, hebt sie den Zeigefinger, um mir zu verdeutlichen, dass sie noch nicht fertig ist. „Hast du die vergangenen Nächte miterlebt, dass wir uns untereinander unterhalten?"
Ich überlege kurz. „Nein, habe ich nicht."
Sie lehnt sich über den Tisch zu mir rüber. „Willst du die Wahrheit wissen?", sie wartet auf mein stummes Nicken. „Du arbeitest nicht auf der Straße, um Freundinnen zu finden, sondern um Geld zu verdienen. Hier bist du auf dich gestellt. Hier bist du alleine. Wir reden alle miteinander, wenn es sich ergibt, aber das ist dann nur Austausch von Neuigkeiten wie zum Beispiel, was Sonntag passiert ist. Das Traurige daran ist, je mehr Schlampen hier rumrennen, desto weniger Freier bleiben für jede Einzelne von uns über. Es tut weh, wenn man so etwas zu sehen bekommt wie Sonntagabend, aber wäre sie tot, würden wir anderen finanziell davon profitieren." Sara sagt es mit einer solchen Ruhe, dass es richtig unheimlich ist. Sie redet da von Menschen, von richtigen Menschen aus Fleisch und Blut und nicht von Gegenständen. „Ich könnte das nicht", rutscht mir unbewusst heraus.
Sara sieht mich höhnisch an. „Das liegt an deiner Situation. Du hast Designerklamotten und fährst einen teuren Wagen. Von uns hat keine so viel Glück im Leben gehabt. Du weißt nicht mal selbst, warum du anschaffen gehst. Du hast es ja nicht mal nötig. Wir jedoch", sie ballt ihre rechte Hand zu einer Faust und klopft gegen ihre Brust. „Wir schon." Sie kratzt sich am Handrücken und sieht mir direkt in die Augen. „Und wenn nun eine zusammengeschlagen, misshandelt wird oder sogar zu Tode kommt, dann bedauern wir es zwar,

aber leben weiter in der Hoffnung, dass es uns nicht so ergehen wird." Ich bin geschockt von ihren Worten. Dass es hart ist, war mir klar, aber so brutal? „Hier gibt es keine Freundinnen, Marlene. Hier geht's ums blanke Überleben und jede Schlampe mehr ist zu viel", wirft sie ein.
Diesen Schwall von Ansichten muss ich erst verdauen. „Was ist mit dieser Frau von Sonntagabend passiert?"
„Monika?", fragt sie überrascht. „Soviel ich weiß, wurde sie tags drauf von einem Autofahrer gefunden, der sie ins Krankenhaus brachte."
„Warum hast du nicht den Krankenwagen gerufen, als du weg warst?", hake ich nach.
„Und du?", kontert sie. Der Gedanke ist mir nicht gekommen. Ich war so aufgewühlt, dass mir diese Möglichkeit gar nicht in den Sinn kam. Sara verzichtet auf meine Antwort. „Es war besser so. Wäre der Krankenwagen gekommen, hätte es unnötige Fragen gegeben, und dann würde die Polizei noch öfter vorbei fahren."
„Und so tut sie das nicht?", frage ich irritiert.
„Je mehr Aufmerksamkeit wir auf diesen Platz ziehen, desto weniger Freiheiten haben wir", stellt sie fest. „Das ist unsere Welt, mit unseren Preisen. Wenn wir die nicht haben, können wir uns gleich in die Gosse zum Sterben legen", jedes einzelne Wort strotzt vor Verzweiflung.
„Sie lebt noch?", meine Stimme ist ein Flüstern.
„Ja, tut sie." Sara ist verwundert über meine große Anteilnahme einer völlig Fremden gegenüber. „Weißt du, sie hat das Geld dringend nötig. Sie verlangt für einen Blowjob einen Zehner und ficken lässt sie sich für nicht viel mehr. Bei ihr steigen manchmal über acht Kerle an einem Abend drüber. Monika hat es ungewollt herauf beschworen."
Ich denke darüber nach: Was wird Monika wohl auf die Straße gebracht haben? Ist es das erste Mal, dass ihr so was zugestoßen ist? Bestimmt nicht, jede von ihnen hat so Ähnliches schon mitgemacht, meinte Sara. „Ich muss mich noch bedanken bei dir."
Sara sieht mich ungläubig an. „Weswegen?"

„Wegen dem Steinregen", entgegne ich ihr knapp. „Wer weiß, was der Kerl mit mir gemacht hätte. Danke."
Ein flüchtiges Grinsen zeichnet sich in ihrem Gesicht ab. „Gern geschehen." Sie macht eine kurze Pause. „Du solltest wissen, ich fand es sehr mutig von dir, ihr helfen zu wollen. Es war aber auch naiv. Du bist mir schon in der ersten Nacht aufgefallen. Deine Klamotten, deine Art. Du bist keine von uns, von daher weißt du auch nicht, wann eine Situation zu gefährlich wird."
„Danke nochmal", sage ich erneut.
Sie winkt mit ihrer Hand ab und trinkt aus. „Noch eine Runde?"
Ich mache es ihr nach und halte das leere Glas hoch. „Gerne."
Die Kellnerin kommt mit unseren Getränken an den Tisch, stellt sie ab und ist schon wieder weg. „Wenn ich dich richtig verstehe, ist dein Tipp an mich: Kümmere dich um deine Sache und alles andere muss dir egal sein." Meine Stimme ist ruhig und ernst.
„Ja", antwortet sie knapp.
Ich nehme mein Glas zur Hand und nippe daran. „Du hast gesagt, ihr redet nicht untereinander, außer es ergibt sich, dann tauscht ihr aber auch nur Neuigkeiten aus. Es gibt keine Freundinnen dort." Sie bejaht meine Frage stumm. „Was ist das hier?" Meine Finger gehen zwischen uns hin und her.
„Das war eigentlich nicht geplant", ihr Ton wirkt entschuldigend, aber sie setzt sofort nach: „Ich dachte mir, du hättest dich letzten Freitag verlaufen, aber dann warst du Sonntag und Montag auch hier. Das hat mich neugierig gemacht. Als wir uns dann so gut verstanden haben und du mir auch noch dein Geld gegeben hast, konnte ich nicht anders, als dich heute zu fragen, ob wir uns treffen. Ich will mehr über dich erfahren. Vielleicht gibt es keine Freundschaft unter uns anderen, aber zwischen dir und mir würde es mich freuen."
Ihre Worte hallen in meinem Kopf wieder. Es wäre schön mit Sara befreundet zu sein.
„Dann sind wir schon zu zweit", ich lächle sie an, nehme

mein Glas zur Hand und trinke.
„Kennst du nun schon den Grund, warum du hier bist?", hakt sie ein. Ich schüttle nichtsahnend den Kopf. Für mich ist das immer noch eine zu persönliche Angelegenheit. Zu persönlich, um sie jemandem Fremden zu erzählen. „Nein, tut mir leid, ich kenne den Grund nicht, aber ich brauche es hier zu sein, keine Ahnung warum."
„Wie viel hast du heute verdient?", fragt sie neugierig.
„370 Euro. Du?" Sara sieht mich mit geweiteten Augen an. Was hat sie denn? Ist das wenig oder viel?
Sara drückt etwas rum, bevor sie antwortet. „115 Euro."
Ihre Augen sind die ganze Zeit über auf mich geheftet, sie wartet meine Reaktion darauf ab. Ich lasse mir nichts anmerken. „Ist aber auch einiges an Geld, was du verdient hast", stelle ich fest. „Wann hast du heute angefangen? Ich weiß immer nicht, ab wann es am Parkplatz losgeht."
„Wenn es dunkel wird", erklärt sie.
„Ab halb elf?", frage ich, um es besser abschätzen zu können. Sara nickt und grinst dabei. „Richte dich immer nach dieser Zeit, dann kannst du nichts falsch machen."
„Wie viele Freier hattest du heute?", wechsle ich das Thema.
Sie hält kurz inne, um dann knapp zu antworten. „Drei. Du?"
Für den ersten Moment bin ich verunsichert. Drei Kerle und nur 115 Euro? Bin ich zu teuer oder ist sie zu günstig? Sie wartet immer noch auf meine Antwort. „Ich hatte zwei Kerle. Einen Blowjob und einmal Sex."
„Du kannst es dir ja leisten, so hoch zu pokern." Ihr Ton ist sarkastisch.
„Geht es jetzt wieder um die materiellen Sachen? Mein Auto, die Klamotten?", keife ich.
„Nein", ihre Stimme ist ruhig. „Darum geht es überhaupt nicht. Es ist nur so, wie ich es sage: Du kannst es dir leisten, so hoch zu pokern. Du fährst nach Hause und kannst beruhigt einschlafen, wenn du einen Abend nichts verdient hast, da du auf dieses Geld nicht angewiesen bist. Wenn du für einen zu teuer bist, dann sucht er sich eine Andere, eine Billigere", bei diesem Wort wird ihr Gesicht spöttisch.

„Jemanden wie mich oder die anderen. Wir brauchen das Geld zum Leben und sind froh, wenn die Kerle es bezahlen."
Meine Augen wenden sich von ihr ab. Einerseits habe ich ein schlechtes Gewissen, weil ich ein Neuling bin, aber mehr verlange als die anderen Mädchen, die es seit Jahren betreiben, anderseits bin ich froh darüber, so viel zu verlangen, denn nicht jeder zahlt für eine schnelle Nummer so viel, von daher bleiben die meisten Kerle für die anderen übrig. Ich wäre wohl auch schnell überfordert, wenn einer nach dem anderen im Stundentakt über mich drüber steigt. Mein Fazit: Es ist für beide Seiten ok, was ich verlange.
„Woran denkst du?", fragt Sara wegen meines Schweigens nach. Ihre Augen fixieren mich behutsam. Ich schiebe meine Gedanken zur Seite und will aus meinem Glas trinken. Es ist leer. „Wollen wir noch eine Runde?"
Sie muss lachen. „Gern."
Bis die Kellnerin kommt, dauert es eine Zeitlang. Also löchere ich sie erneut. „Wie machst du dich eigentlich sauber?"
Sara wirkt irritiert. „Wie meinst du das?"
Ich muss an den Fremden denken, dem ich einen geblasen habe. „Naja, nachdem du einem Kerl den Schwanz gelutscht hast? Gehst du jedes Mal heim und putzt dir die Zähne?" Die letzte Frage war eigentlich ironisch gemeint, was Sara sofort bemerkt hat, denn sie unterdrückt ein Lachen.
„Ich gehe auf die Toilette am Bahnhof, um mich frisch zu machen", klärt sie mich auf. Meine Gedanken kreisen darum, welche Toilette sie meint, es gibt nur eine, und die gehört zum Kiosk, aber der schließt um 18 Uhr. „Du meinst die beim Kiosk?"
„Nein, die machen ja um sechs zu." Sie schüttelt den Kopf. „Es gibt eine etwas versteckt links vom Bahnhof, in dem heruntergekommenen Gebäude", erklärt sie mir. „Weißt du, welches ich meine?"
Natürlich. Von meinem Auto aus zum Bahnhof gehe ich jedes Mal daran vorbei. „Du meinst das Gebäude mit den leerstehenden Geschäften?"
„Genau. Irgendwann kommt eine Tür, sie wäre zwar weiß,

aber die Farbe ist vom Boden aufwärts abgeblättert und sie hat einen riesigen Riss. Das ist die Toilette, die ich meine. Sie ist heruntergekommen, aber zum Frischmachen reicht sie allemal. Das ist im Übrigen der Moment, wo wir gewollt oder nicht zusammenkommen und Neuigkeiten hören", Sara schaut zu dem Tresen, um die Kellnerin ausfindig zu machen.
„Danke, dass du mir davon erzählt hast. Wäre stressig, immer von der Tankstelle zurück zum Bahnhof mit einer riesen Wasserflasche zu laufen." Ich drehe mich nun auch zu der Theke. Die Kellnerin ist weg.
Plötzlich liegt Saras Hand auf meiner. Ihr Gesicht ist schreckverzerrt. „Was willst du denn dort?!"
„Mich frisch machen."
„Marlene, tu das nicht", sie wartet kurz, bis sie weiter redet. „Dort drin sind fast alle am Bahnhof vertretenen Frauen und machen sich zurecht oder koksen. Sie haben nichts und werden nie etwas besitzen. Jetzt kommst du." Sie breitet ihre Hände aus, als ob sie mich präsentieren will und redet weiter. „Vergiss die Klamotten. Es sind deine Fingernägel, dein glänzendes Haar und dein makelloses Gesicht. Du bist keine von uns und das werden sie dich spüren lassen."
Meine Gedanken kreisen um das Verhältnis der Frauen untereinander. „Sie lassen es mich spüren, weil ich so dreist bin, ihnen ihre Freier wegzunehmen, obwohl ich es nicht nötig habe." Dass Sara meinem Blick ausweicht, sagt schon alles. „Denkst du auch so darüber?"
Ihre Augen sind sofort auf mich gerichtet. „Anfangs ja, weil du einfach von uns allen herausstichst. Jetzt kenne ich dich ein wenig und denke, nein. Du suchst nach etwas Bestimmten. Eine Erklärung auf dein >Warum muss und will ich das machen< und ich hoffe, du findest sie." Ihr Ausdruck ist voller Verständnis für meine Situation. Wer hätte das gedacht, an einem Ort wie diesem eine Verbündete wie sie zu finden. Ich habe Glück Sara kennengelernt zu haben.
Die Kellnerin tritt an unseren Tisch. „Ihr wollt zahlen?"
Sara und ich sehen sie verständnislos an. „Eigentlich wollten wir noch was bestellen." Wir zeigen beide auf unsere leeren

Gläser.
„Tut mir leid Mädels, aber wir machen jetzt Schicht im Schacht", sie deutet mit ihrem Zeigefinger zur Uhr.
Es ist kurz vor fünf wie beim letzten Mal.
„Habt ihr unter der Woche genauso lange offen wie am Wochenende?", interessiert es mich.
Die Bedienung lächelt freundlich. „Ja. Wenn es nach unserem Chef gehen würde, wäre wohl 24 Stunden am Tag geöffnet, und das sieben Tage die Woche, 365 Tage im Jahr, aber an die Sperrstunde muss auch er sich halten." Die junge Frau legt die Rechnung auf den Tisch. „Zusammen oder getrennt?"
„Zusammen", antworte ich noch vor Sara.
„Das macht dann 12,50 Euro." Sie gibt mir die Quittung und lächelt. Ich hole mein Geld hervor und gebe ihr einen Zwanzig-Euro-Schein. „Mach 15 daraus."
„Dankeschön." Ihr Grinsen wird breiter. Sie gibt mir mein Wechselgeld und verabschiedet sich. „Auf bald."
Ich sehe ihr nach. Ein liebes Mädchen. Meine Augen wandern zu Sara, die finster drein schaut. „Was?"
„Warum hast du wieder gezahlt?", ihre Stimme ist empört.
Sie ist wirklich sauer, dass ich die Rechnung übernommen habe. Ich suche nach einer passenden Ausrede. „Dafür gehst du mit mir auf diese Toilette."
Sie verdreht die Augen. „Du wirst wohl sonst nie Ruhe geben?!"
„Nein."
„Gut", sie resigniert. „Aber was du dir davon erhoffst, weiß ich nicht."
„Keine Ahnung. Ich bin jetzt des Öfteren hier gewesen und immer noch tappe ich im Dunkeln", in meiner Stimme breitet sich Enttäuschung aus. „Wenn ich alles ausprobiere, vielleicht finde ich dann die Antwort auf mein >Warum<."
„Was hältst du davon, wenn wir es gleich heute Abend machen?"
So schnell? Gerade noch hat sie mir davon abgeraten und jetzt will sie es so schnell wie möglich hinter sich bringen.
„Warum gleich heute?"

„Weil Freitag und Samstag die besten Tage dafür sind, es wird dort ein Haufen los sein." Sie legt eine Pause ein und mustert mich. „Außerdem habe ich das Gefühl, du machst etwas Dummes, wenn es zu lange dauert, da du zu schnell nach Antworten suchst."
Damit könnte sie Recht haben. Anfangs war es nur ein Gefühl, das sich hin und wieder in meine Gedanken eingeschlichen hat. Seit Freitag ist es jedoch so stark das ich es gar nicht mehr aus meinem Kopf bekomme.
Sara zieht sich ihre Jacke an. Ich tue es ihr gleich und folge ihr aus dem Restaurant. „Wollen wir Telefonnummern tauschen?", fragt sie, als wir auf der Straße stehen.
„Gerne", einem Impuls folgend greife ich in meine Hosentasche. „Scheiße, mein Handy liegt im Auto!" Ich überlege kurz. „Aber ich kenne sie auswendig. Schreib mir einfach und setz deinen Namen am Ende darunter."
Sara nickt mir freundlich zu. „Kein Problem." Sie holt ihr Handy aus der Tasche. Es ist blau und ein älteres Baujahr mit Tasten. Sie sieht zu mir auf und wartet. Ich sage ihr meine Nummer auf, während sie sie in ihr Handy tippt. Sofort drückt sie auf die Anruftaste. Nach zwei Mal Läuten legt Sara auf. „Ich weiß, wir sagten ´schreiben´, aber es ist jetzt kurz vor halb sechs und du hast eine fremde Nummer am Handy. Wer sollte es sonst sein", sie grinst spöttisch.
Als wir uns aufmachen zu gehen, nimmt mich Sara überraschend in die Arme. „Es war schön mit dir heute."
Ihr Kompliment kommt aus heiterem Himmel, doch schlägt es bei mir ein wie eine Bombe. „Kann ich nur zurückgeben."
„Ich melde mich, wann wir uns dort treffen. In Ordnung?" Sara lässt mich los.
„Ok. Bis dann." Ich bin bereit zu gehen. Sara dreht sich ab und geht in die entgegengesetzte Richtung. Ist sie beim ersten Mal nicht in meine verschwunden? Egal. Ich wende mich ab und mache mich auf den Weg zu meinem Auto. Es steht einsam und verlassen an seinem Platz. Wieder drehe ich eine Runde, um festzustellen, ob es Kratzer oder Dellen aufweist. Nichts, alles so wie es war, als ich vor über sechs Stunden

gegangen bin. Ich steige ein, lasse den Motor an und fahre auf die Straße. Bei der ersten Ampel überkommt mich die Müdigkeit. Ich muss mich richtig quälen, meine Augen offen zu halten.

Erleichtert und komplett angezogen falle ich auf mein Bett. Eigentlich könnte ich später auch noch unter die Dusche gehen, wäre da nicht die Tatsache, dass ich Sex gehabt habe und mir die Zähne unbedingt nach dem Blowjob putzen sollte. Ich raffe mich auf und gehe ins Bad. Ich lasse mir Wasser in die Badewanne ein, putze mir die Zähne und fange an mich auszuziehen. Ich durchsuche meine Taschen und habe plötzlich etwas Papierähnliches in meiner Hand. Verwirrt schaue ich auf meine linke Handfläche. Es liegen 355€ darauf. Das hätte ich fast vergessen aus meiner Hose zu nehmen. Hastig gehe ich in mein Zimmer zurück und suche nach einem passenden Versteck, wo ich mein Hurengeld aufbewahren kann. Ich hebe meine Matratze hoch. Das wäre zu einfach. Zwischen den DVDs oder in einer Hülle davon kommt mir der Gedanke. Sicheres Versteck, aber was, wenn meine Eltern sich einen Film aus meiner Sammlung anschauen wollen? Oder ich ihn gedankenlos an Bekannte ausleihe? Es wird bereits hell draußen, ohne dass ich ein passendes Versteck gefunden habe. Ich steige in die Wanne und grüble angestrengt darüber nach. Beim Abtrocknen kommt mir eine zündende Idee. Ich nehme mein Geld und gehe zu meinem Kleiderschrank, greife in den unteren Bereich, wo meine alten Klamotten verstaut liegen, und krame einen Stapel Pullover hervor. Fürs erste ist das mein Versteck. Ich lege das Geld dort hinein und verstaue die Pullover darauf. Völlig erledigt falle ich nackt auf mein Bett. „Sturmfrei, was kümmert es mich", murmle ich noch und versinke in einem tiefen Schlaf.

Kapitel 5

Ein nerviges Geräusch weckt mich auf. Ich drehe mich zur Seite und greife nach meinem Handy. „Ja?", maule ich.
„Auch dir einen schönen Tag, Kati", sagt eine sarkastische Stimme durch mein Telefon.
„Himmel noch mal, Chris, weißt du wie spät es ist?", gebe ich schlaftrunken zurück.
„Es ist 14 Uhr vorbei", stellt er fest.
„Was?" Meine Augen wandern auf mein Display. Es ist kurz vor halb drei. Fast der ganze Tag ist schon vorüber.
„Liegst du immer noch im Bett?" Chris ist verwundert.
„Ja. Dein Anruf hat mich aufgeweckt", erkläre ich und reibe mir mit einer freien Hand den Schlaf aus meinen Augen.
„Oh, das wollte ich nicht. Entschuldigung. Warst du gestern noch unterwegs?"
„Ja. Warum?" will ich wissen.
„Weil du auf keine meiner Nachrichten reagiert hast", sein Ton ist leicht tadelnd. Mein Handy war die ganze Zeit über im Auto und danach war ich so erledigt, das ich kein einziges Mal daran gedacht habe, darauf zu schauen.
„Sorry, hab vergessen zu antworten."
„Kann vorkommen, aber als du heute wieder nicht geschrieben hast, musste ich doch einmal anrufen", er klingt besorgt.
„Nein, alles in bester Ordnung. Ich bin erst gegen Morgen ins Bett gefallen und immer noch hundemüde."
„Wo warst du denn?", interessiert es ihn.
„Unterwegs", mehr will ich dazu nicht sagen.
Chris merkt, dass ich nicht darüber reden will. „Also kommst du nicht?", wirft er ein.
„Wohin?", ich bin verwirrt.
„Ich dachte, du hast meine Nachrichten gelesen", sagt er mit leichter Ironie in der Stimme.
„Ich habe seit gestern Abend nicht mehr auf mein Handy geschaut", keife ich ihn an.

Er übergeht meine schlechte Laune. „Wir waren gestern alle im Lenoxx und haben dich vermisst."
Der Name Lenoxx fällt und sofort ist Thomas in meinem Kopf. Was wäre gewesen wenn ich dort auf meine Freunde gestoßen wäre? Hätte ich ihnen Thomas vorgestellt? Hätte ich ihn einfach hinter der Bar stehen lassen und wäre mit meinen Freunden mitgegangen? Ein Glück, dass ich zu seiner Einladung ´nein´ gesagt habe.
„Kati?", fragt Chris.
„Ja?", mehr bringe ich gerade nicht zustande.
„Du bist echt noch neben der Spur", stellt er fest.
„Sorry", entschuldige ich mich.
„Egal. Auf alle Fälle wollten wir heute ins Freibad und danach ins Kino. Ich habe dir in der Früh geschrieben, ob du mitkommst", klärt er mich weiter auf. Meine Lust auf Freibad ist jetzt gerade genau so groß, wie mich mit einem großen Stück Fleisch in ein Rudel von Wölfen zu werfen, und abends bin ich schon verplant. „Wann wollt ihr denn gehen?"
„Wir sind schon da." Genau im selben Moment höre ich die anderen im Hintergrund: „Hey Kati!" Was sie sonst noch brüllen, verstehe ich nicht.
„Ihr seid schon im Freibad?", frage ich scheinheilig nach.
„Ja", erwidert er knapp.
„Nicht böse sein, aber ich bin zu geschlaucht und zu fertig dafür. Ein anderes Mal", ich lasse meine Stimme noch träger klingen, als sie eh schon ist.
Für einen kurzen Moment höre ich nichts von Chris. Ist er sauer deswegen? „Kein Problem", sein Ton ist voller Verständnis. „Die Tage treffen wir uns aber sicher einmal", wirft er fordernd ein.
Um ihm seinen Willen zu geben, sage ich „Ja."
„Ok, bleibst du dann abends auch zu Hause oder gehst du mit ins Kino?", hakt er nochmal nach.
„Ich werde daheim bleiben und relaxen", meine Stimme klingt ruhig und gelassen.
„Dann viel Spaß dabei, alte Frau", ich höre ein Grinsen aus seiner Stimme.

Am liebsten würde ich jetzt zurückkontern, aber mir fehlt der passende Spruch dafür. „Euch auch!" Ich lege auf und gehe meine Anruferlisten und ungelesenen Nachrichten durch.
Sieben Nachrichten in Abwesenheit und ein Anruf.
Ich drücke auf Nachrichten.
Vier davon sind von Chris, in denen er mir das schreibt, was er gerade am Telefon erzählt hat: Sie alle sind im Lenoxx, ob ich mitkomme, warum ich mich nicht melde, und dass sie heute ins Freibad gehen mit anschließendem Kinobesuch.
Zwei sind von Thomas.

Fertig mit den Nerven.
Lenoxx ist wieder die Hölle.
Bin froh, wenn ich endlich zu Hause im Bett liege.
LG T.

Gute Nacht, schöne Frau.
LG T.

Bevor er ins Bett gegangen ist, hat er an mich denken müssen. Dieses Gefühl ist Balsam für meine Seele.

Guten Tag schöner Mann☺
Schon ausgeschlafen?
Scheint ja eine lange Nacht gewesen zu sein.
Deine letzte Nachricht kam um 05:00 Uhr.
LG K.

Ich versende sie und drücke auf die letzte Nachricht. Die Nummer ist mir unbekannt.

Guten Morgen Marlene!
Also ich würde sagen, wir treffen uns um halb 10 am Bahnhof, dann haben wir genug Zeit für alles.
Mach dich zu Hause soweit zurecht, damit du nur das Nötigste dabei haben musst.
MFG Sara.

Ihre Nachricht kam vor fünf Stunden.

Hi Sara!
Ok, abgemacht, ich werde da sein.
Sorry, dass ich jetzt erst schreibe.☺
MFG Marlene

Mein Finger tippt auf >Senden< und weg ist die Nachricht. Um aufzustehen fehlen mir die Nerven. Ich habe Ferien und die sind zum Entspannen da, also drehe ich mich zur anderen Seite und mache die Augen wieder zu. Meine Gedanken kreisen um den letzten Abend. Um die beiden Typen und um Sara. Sie selbst hat anfangs gedacht, dass ich ihr die Freier wegnehme. Wie werden die anderen darauf reagieren, mich in dieser Toilette zu sehen. Ein Gefühl von Angst macht sich in mir breit, das mich nicht einschlafen lässt.
Je länger ich darüber nachdenke, desto unsicherer fühle ich mich. Die Neugierde treibt mich an, aber wie weit treibt sie mich, bis ich übers Ziel hinaus schieße? Man kann es ihnen nicht verdenken, wenn sie eine Abneigung gegen mich haben. So wie Sara es beschrieben hat, ist das ihre Welt dort. Jetzt dringt eine in ihr Umfeld ein, die da überhaupt nichts zu suchen hat. Ich würde genauso abgeneigt sein, wie sie alle. Sara hat nicht gesagt, sie hassen mich, aber sie meinte, dass meine Klamotten und mein Aussehen mich von ihnen abhebt. Dieser Gedanke bohrt sich immer weiter in meinen Kopf. Wie könnte ich dagegen halten? Ich stehe auf und gehe auf meinen Kleiderschrank zu. Es hängen nur Markensachen darin und unter ihnen sind zwei Schubfächer mit alten Klamotten, die ich nicht mehr trage. Meine Hände suchen nach Kleidung, die ich heute anziehen könnte. Sie sollten nicht zu schick sein und auf gar keinen Fall aussagen >Ich bin etwas Besseres als ihr<.
Meine Augen mustern jedes einzelne Oberteil. Egal, welches Kleidungsstück ich herausziehe, sie sind alle in guter Verfassung und sehen allein am Bügel super aus. Ich gehe auf die Knie und ziehe die Schubfächer heraus. Auch das alles

sind Klamotten von Designerlabels, nur, dass sie mir nicht mehr gefallen. Sie sind schön zusammengefaltet und auf Stapeln geordnet. Mit beiden Händen nehme ich einen nach dem anderen heraus und durchforste sie nach etwas Passendem. Beim Dritten und Letzten - alles andere sind nur noch Hosen, Röcke und die Pullover unter denen mein Geld versteckt liegt - werde ich fündig. Ich stoße auf ein weißes Tank-Top. Meine Mutter hat es mir gekauft, aber getragen habe ich es noch nie. Es war mir zu einfach und zu wenig. Ich ziehe es aus dem Stapel und lege es neben mich, die anderen Sachen verschwinden wieder in der Schublade. Ich stehe auf und suche nach einem passenden Rock. Meine Entscheidung fällt auf einen bis zu den Knien gehenden Jeansrock. Der Rest findet sich schnell. Ich lege alles auf das Bett und begutachte meine Wahl. Anders kann ich es gar nicht mehr machen. Mein Blick fällt auf mein Handy. Eine Nachricht ist darauf.

**Es war wirklich viel los
und ich hatte die leise Hoffnung,
dass du noch kommst und mich überrascht.
War leider nicht so☹
Bleibt es bei Morgen?
LG T.**

Er hat nach mir Ausschau gehalten. Dieser Kerl ist ein wahrer Glücksgriff. So sexy, so smart und doch kein Arschloch.

**Du wusstest, dass ich bei Freunden war, lieber Thomas.
Wir haben ja noch morgen den ganzen Tag Zeit.
Weißt du schon, wann und wo wir uns treffen?
LG K.**

Mit einem schlechten Gewissen die erste Zeile betreffend, schicke ich die Nachricht raus. Bevor ich mein Handy zur Seite lege, schaue ich auf die Uhrzeit. Es ist kurz nach sechs. Meine Müdigkeit ist wie weggeblasen. Ich ziehe mich an und mache mich auf zum Joggen. Es ist ein sonniger Abend und die frische Luft tut gut. Aus der Puste und etwas erschöpfter als sonst, komme ich zurück in mein Zimmer. Ich nehme mein Handy zur Hand und schaue nach neuen Nachrichten.

Wir könnten uns um elf Uhr
am Stadtparkplatz treffen und fahren von da aus
mit meinem Auto nach Regensburg.
Ok?
LG T.

Eine tolle Idee. Freu mich schon darauf.
Waren einfach zu viele Tage ohne dich.
LG K.

Keine zwei Minuten später erhalte ich schon seine Antwort.

Frag mich mal.
Ich musste jeden Tag an dich denken
Was machst du heute noch?
LG T.

Das ist schön zu hören.
Ich werde mit Freunden ins Kino gehen. Du?
LG K.

Ich werfe mein Handy zurück auf mein Bett und gehe unter die Dusche. Die Zeit läuft gegen mich, denn es ist kurz nach 20 Uhr als ich aus dem Badezimmer komme. Eilig ziehe ich mir meine zurechtgelegten Klamotten an und verstaue das Nötigste in meiner Tasche. Mein Blick bleibt auf meinem Handy hängen. Mitnehmen oder nicht? Ich überlege kurz. Da leuchtet es wieder auf in meiner Hand.

Meine Pläne haben sich komplett geändert.
Ich fahre jetzt mit Freunden zum Billard spielen.
Bis Morgen.
LG T.

Bis Morgen? Ich lasse es zu Hause. Thomas wird nicht mehr

schreiben und selbst wenn, wir sehen uns sowieso bald darauf. Eilig gehe ich zum Wagen. Sara soll bloß nicht auf mich warten müssen. Es ist Samstag und die Hölle los auf den Straßen. Als ich die allzu bekannte Seitenstraße erreiche, ist es kurz vor halb zehn. Gut, dass ich so früh gefahren bin. Ich parke mein Auto auf meinem Platz, der diesen Abend wieder frei ist, und steige aus. Von Weitem sehe ich Sara schon am Bahnhof stehen. Sie umarmt und begrüßt mich herzlich. „Hi!" Sara trägt heute einen kurzen Rock, ein weitausgeschnittenes Oberteil und hat ihre Jacke über die Hüfte gebunden. Die Haare sind wie immer mit Gel präpariert. Unter ihren Armen hat sie eine kleine braune Handtasche eingezwängt.
„Und war viel los auf den Straßen?", fragt sie mich.
„Normaler Samstagsverkehr. Zu viele Autos, zu viele Raser und keiner hat Zeit", gebe ich ihr zu verstehen.
„Typisch, gerade am Wochenende, wenn man sich Zeit lassen kann, haben es die meisten am eiligsten", sie verdreht die Augen und mustert mich danach ausgiebig. „Du siehst hübsch aus", sagt sie im komischen Tonfall.
Ich drehe mich unter ihren prüfenden Blick. „Naja ich habe versucht nicht so aufgedonnert auszusehen, da ich die Frauen nicht verärgern will", sage ich etwas zerknirscht.
Sie legt den Kopf schief und grinst. „Du siehst leider immer noch so aus." Diese Erkenntnis enttäuscht mich. Ihr Kompliment kommt mir heute mehr als ungelegen. Mein Gesicht muss Bände sprechen. Sara sieht mich mit großen Augen an. „Verzieh nicht so ein Gesicht, ist doch nicht schlimm. Ich habe dir letztes Mal schon gesagt, es liegt nicht nur an deinen Klamotten, sondern an allem. Du bist ein hübsches Ding und darauf kannst du stolz sein." Sara boxt mich leicht gegen die Schulter. Ich zwinge mich zu einem Lächeln. „Na also. Außerdem zwingt dich keiner dazu, wenn du nicht willst, dann lassen wir es und gehen noch schnell was trinken", schlägt sie vor.
Sofort schüttle ich den Kopf. „Nein. Ich will dahin."
Sara atmet lautstark aus. „Ich weiß echt nicht, warum du das brauchst, selbst ich gehe nur hin um Neuigkeiten zu hören."

„Es ist ja nur heute", erinnere ich sie.
„Ich mache dich aber mit niemanden bekannt. Wir gehen rein, schminken uns und gehen wieder", stellt sie sofort klar. Ich nicke nur. „Dann mal los!" Sara geht an mir vorbei in Richtung des länglichen Gebäudes, von dem ich gekommen bin. Ich folge ihr. Auf der Hälfte des Weges erkenne ich die Tür, die sie beschrieben hat.
„Bist du bereit Marlene?", vergewissert sich Sara, als wir vor der Tür stehen und ihre Hand auf dem Griff liegt. Ich versuche mich zu beherrschen. Es wird schon nicht so schlimm werden. Die Frauen dort werden dich mit bösen Blicken betrachten und dir gemeine Worte an den Kopf werfen. Das ist alles. Du wirst es überleben. Außerdem hast du Sara an deiner Seite, beschwichtige ich mich selbst.
Ich versuche meinen angespannten Körper zu entkrampfen und schüttle meine Arme. Sara sieht mich spöttisch an.
„Machst du deine Gelenke locker, um sofort lossprinten zu können?"
„Hahaha, ich habe Tränen gelacht", antworte ich trocken.
Sie grinst süffisant. „Bist du soweit?"
Ich nicke. „Rein ins Getümmel."
Sara drückt den Griff nieder und lehnt sich dagegen.
Ich folge ihr durch die Tür. Im ersten Augenblick weiß ich gar nicht, was mir als erstes auffällt. Die stickige Luft oder die verkommene Ausstattung. Die Spiegel sind verdreckt und einer von ihnen ist quer über die ganze Fläche zerbrochen. Die fünf Toilettenkabinen befinden sich an der gegenüberliegenden Wand. Die Kabinenwände sind beschmiert und drei von ihnen stehen offen. Zwischen einer offenen Kabine stehen zwei Frauen. Die eine von ihnen raucht, während die andere lautstark erzählt und sich ihren Rock richtet. Vom Gesicht her kommen sie mir bekannt vor. Die beiden hören zu reden auf, als sie mich sehen. Sara tritt vor, zu einem der beiden Spiegel, mir lässt sie den mit dem Sprung übrig. Die zwei Frauen flüstern nur noch in meiner Gegenwart. Ihre Blicke gehen des Öfteren in meine Richtung. So wie ich es mir gedacht habe: Sie lästern über mich.

„Psst", Sara sieht mich von der Seite an und deutet auf ihre Tasche. Schminken und weg. Ich nicke und fasse nach meinem Kram in meiner Tasche.
„Warum hast du aufgehört zu reden?" Die Tür einer verschlossenen Kabine geht auf.
Mein flüchtiger Blick auf sie verrät mir, es ist Fiona. Mit ihr habe ich am ersten Tag kurz gesprochen. Ich wende mich wieder meinem Gesicht zu, bemerke jedoch, dass sie mich anglotzt. „Deswegen." Sie kommt auf mich zu und schubst mich leicht zur Seite. Ihre barsche Art verwirrt mich etwas. Fiona wäscht sich die Hände und starrt mich weiter an. Als sie fertig ist, nimmt sie ein Handtuch, das zusammen gefaltet auf dem Waschbecken liegt. Es sieht sauber aus.
„Komm bloß nicht auf den Gedanken, dir damit die Hände abzutrocknen", sagt sie erbost zu mir.
Ich wende mich ihr zu. „Das hatte ich nicht vor." Vielleicht hat sie unser spontanes und kurzes Kennenlernen vergessen. Ich setze im höflichen Ton nach. „Ich habe Feuchttücher dabei." Das letzte Mal gab ich ihr welche davon ab. Ihr Blick wird kein Stück weicher.
Sie sieht mich immer noch mit strenger Miene an. „Das ist mir egal, was du dabei hast..."
„Fiona", unterbricht Sara sie und stellt sich neben mich.
Fionas Augen wandern von mir zu ihr. „Ich habe nicht mit dir geredet, Sara."
„Mit ihr hast du auch nicht geredet", stellt Sara fest.
„Das geht dich einen feuchten Dreck an", mault Fiona zurück.
Die Atmosphäre ist geladen und ich bin der Grund dafür. Sara hat mich davor gewarnt und jetzt habe ich den Schlamassel. Um die Situation zu entschärfen, setze ich zu sprechen an, werde jedoch von Fiona rüde unterbrochen.
„Halt die Schnauze, Schlampe."
„Fiona", der Ton in Saras Stimme ist tadelnd.
„Was?", bricht es aus ihr heraus. „Bist du jetzt was Besseres? Fühlst du dich überlegen? Bringst reiche Schlampen in unser Umfeld, die uns die Freier und das Geld wegnehmen." Sie haut abwertend mit ihrer Hand gegen meinen Oberarm.

„Ich habe sie erst kennen gelernt, als sie schon da war", sagt Sara ruhig und geht wieder auf ihre Seite zurück. „Jetzt reiß dich zusammen."
„Leck mich, Fotze."
Dieses Schimpfwort bringt Sara dazu, sich vollkommen von ihrem Spiegelbild abzuwenden. Sie kommt wieder auf mich zu und schiebt mich leicht mit der Hand nach hinten. Ich gehe zurück. Beide stehen sich gegenüber. „Willst du mich herausfordern?"
Fiona hält ihren Blick stand. „Wäre möglich."
„Du bewegst dich jetzt schon auf sehr dünnem Eis", Saras Stimme ist hart. Beide verharren sekundenlang in dieser Stellung, bis Fiona den Kürzeren zieht, sich abwendet und zu den zwei anderen geht. Sie wirft mir noch einen abwertenden Blick zu. So schnell kann jemand einen hassen! Ich schaue zu Sara, die mich besorgt mustert. Ich lächle sie kurz an. Sie deutet mit ihren Augen auf den Platz vorm Spiegel. Ohne lang zu überlegen, stelle ich mich wieder davor und starte einen neuen Versuch in meine Handtasche zu fassen, um den Puder heraus zu holen. Die Blicke der Frauen hinter mir stören mich immens, das bleibt selbst Sara nicht verborgen. Die drei Frauen tuscheln angestrengt weiter.
„Ist noch irgendwas?", im Nu hat sich Sara zu ihnen umgedreht. „Wollt ihr noch irgendetwas los werden?", ihre Stimme ist zornig.
„Du kannst es uns nicht verdenken, dass wir sauer sind", sagt die eine, die geraucht hat, als wir zur Tür reinkamen. „Wir können ihr nicht verbieten, hier anschaffen zu gehen, genau so wenig werden wir es aber tolerieren."
„Das erwartet keiner von euch. Lasst sie einfach machen. Solange sie nicht eure Stammkundschaft kreuzt, kann es euch egal sein. Kümmert euch um euren eigenen Scheiß."
Sie wartet auf eine Reaktion von den Dreien und Fiona gibt sie ihr. „Ist das dein Ernst? Wir sollen zusehen, wie sie uns die Freier wegnimmt? Es fängt mit einem an und irgendwann hat sie alle. Du weißt es am besten, so läuft das hier nicht."
Die Frauen haben zwar füreinander nichts übrig, aber in

einem Punkt sind sie sich alle einig: Ich bin unerwünscht.
Gerade wird mir bewusst, dass Sara meinen Kampf ausfechtet. Sie ist wegen mir hierher gekommen und jetzt verteidigt sie mich auch noch. Es ist eine nette Geste von ihr, aber was ist in 5 Wochen, wenn ich weg bin? Sara wird hier sein, allein und alle werden sie hassen, nur wegen mir.
„Es tut mir leid", sage ich und drehe mich zu den Frauen hinter mir um. Meine Hand ist gegen Sara gerichtet, um ihr zu signalisieren, mich reden zu lassen. „Ihr wollt mich hier nicht haben, das ist mir bewusst. Jede neue Nutte ist eine zuviel, aber… " Die Letzte von den Dreien meldet sich nun zu Wort und hindert mich am Weitersprechen. „Hast du das Geld überhaupt nötig?" Ihre Augen sehen mich eindringlich an unter ihrem blonden Pony.
„Nein", stelle ich klar.
Die Verwunderung ist allen dreien ins Gesicht geschrieben. Es dauert einen kurzen Moment bis sie sich wieder gefasst haben. Fiona wirft entsetzt ein. „Was willst du dann hier?" Sie hebt ihre Hand und deutet auf die übrigen Frauen im Raum, Sara einbezogen. „Wir sind auf dieses Geld angewiesen und du, du tust es, weil du nichts Besseres vorhast und dich langweilst?"
„Das ist doch gar nicht wahr. Ich langweile mich nicht", stelle ich ruhig fest.
„Warum tust du es dann?", wirft Fiona aufgebracht ein.
Das selbe Lied von vorne. „Ich weiß es nicht."
„Wie du weißt es nicht? Du gehst ohne Grund auf den Strich?", sagt die zweite mir Unbekannte und steckt sich wieder eine Zigarette in den Mund.
„Tut mir leid, das ist alles zu persönlich", meine Stimme ist ruhig aber bestimmend. „Eines kann ich euch jedoch versichern, in fünf Wochen bin ich weg." Alle drei und Sara mustern mich, irritiert über diesen Zeitrahmen. Ich trete vor Sara und fixiere die übrigen Frauen im Raum. „Nicht dass es euch was anginge, aber ich bin nach den Sommerferien in Regensburg", kläre ich die drei Lästermäuler auf. „Es könnte sogar noch eher sein, da ich noch umziehen muss." Ich drehe

mich von ihnen ab und gehe auf meinen vorherigen Platz vorm Spiegel zurück. Genug gerechtfertigt, hoffentlich hat es ihnen das Maul gestopft! Ihre Blicke ertrage ich jetzt viel besser, da ich mich dazu verteidigt und geäußert habe. Es vergeht noch einige Zeit, bis sich die drei Frauen hinter Sara auf den Weg machen. Sie gehen an uns vorbei, nicken ihr zu und sehen mich reserviert an. Wir werden wohl keine Freundinnen werden, denke ich mir sarkastisch.
Nachdem nur noch wir beide übrig sind, bedanke ich mich bei ihr, weil sie mich verteidigt hat.
„Gern geschehen." Sie lächelt milde und fügt gleich an. „Du ziehst hier weg?"
„Ja. Ich werde Medizin studieren", ich gehe auf sie zu und streiche mit dem Daumen an ihrer Unterlippe entlang. Ich zeige ihn ihr und lächle. „Da hast du ein wenig gepatzt." Auf meinem Daumen ist ein roter Lippenstiftfleck zu sehen.
„Danke", sie wendet sich dem Spiegel zu. Ihre Augen prüfen ihre Lippen nach weiteren Ungenauigkeiten.
„Jetzt passt es", versichere ich ihr.
„Wenn ich das heute nicht gehört hätte, wär ich wohl in fünf Wochen allein dagestanden." Ihr Spiegelbild lächelt mich zwar an, aber ich höre den Unterton in Saras Stimme. Sie wirkt enttäuscht darüber.
„Davor hätte ich dir natürlich noch Bescheid gegeben." Mein Grinsen ist beschwichtigend. Ich gehe zu meiner Tasche zurück und verstaue alle Utensilien darin. Ehe ich anfangen kann zu reden, stellt sie die gleiche kurze Frage. „Fertig?"
Ich nicke und grinse über beide Ohren.
„Dann mal ab ins Getümmel", sagt sie und geht voran aus der Tür.
Es ist schon dunkel, als wir auf die Straße treten.
„Weißt du, wie spät es ist?", frage ich Sara und fasse ihr an den Oberarm. Sie holt ihr Handy aus der Hosentasche und hält es mir entgegen, es ist kurz vor 23 Uhr. Wir haben uns fast einundhalb Stunden auf der Toilette aufgehalten. Mir kam es höchstens wie eine halbe Stunde vor. Es herrscht reger Verkehr am Parkplatz.

„Ist alles in Ordnung mit dir?" Sara sieht mich prüfend an.
„Klar. Ich habe schon Schlimmeres mitgemacht als das dumme Gerede von den drei Zicken", entgegne ich ihr beißend.
„Okay. Wo stellst du dich hin?", fragt Sara.
„In die vorderen Reihen", entgegne ich ihr. Es ist immer noch zu früh für mich, bis nach hinten zu gehen.
„Ok. Ich werde in die Letzte gehen."
„Na dann alles Gute", wünsche ich ihr und wende mich der zweiten Reihe zu.
„Dir auch", und schon hastet sie los.
Ehe ich noch meinen Platz gefunden habe, kommt schon ein Auto vor mir zum Stehen. Die Wagenfenster surren automatisch herunter. Ich lehne mich zu dem Fenster hinunter und starre in die Dunkelheit. Auf dem Fahrersitz erkenne ich nur Umrisse von einem Mann. „Hallo!"
„Hi!", erwidere ich kurz.
„Wie viel verlangst du für einen Fick?" Der Mann kommt schnell zur Sache. Mir ist etwas mulmig zumute, da ich ihn nicht erkennen kann. „300 Euro", sage ich forsch.
„Sagen wir 100", fängt er zu verhandeln an.
Das ist gerade mal ein Drittel von meinem Preis. „Darüber verhandle ich nicht. Zahl ihn oder fahr weiter", mein Ton ist barsch. Wenn er eine Günstigere sucht, dann soll er weiter fahren. Für einen kurzen Augenblick ist es still. Das Fenster surrt wieder hoch. Ich gehe einen Schritt zurück und schon fährt er los. Was für ein Idiot. Um mich über ihn aufzuregen, bleibt mir keine Zeit, denn der Nächste hält schon vor mir. Seine Hand winkt mich durch die Fensterscheibe der Beifahrertür zu sich hinüber. Ich komme hastigen Schrittes auf seine Seite. Ein Typ mit unreiner Haut und Brille sitzt im Auto. Er hat kurze dunkle Haare und ein kariertes, buntes Hemd an. In der Schule wäre er der klassische Außenseiter. Er hat überhaupt nichts Ansprechendes an sich und noch dazu wirkt er so jung.
„Hallo!" Seine Stimme klingt tonlos, etwas ängstlich sogar.
„Hi!" Bevor ich unnötig meine Zeit mit ihm vergeude, rede

ich sofort weiter. „Wie alt bist du?"
Meine Frage scheint ihn nervös zu machen, denn er wendet sich ab und verkrampft etwas. „Zwanzig."
Ich sehe ihn missbilligend an. „Und wie alt bist du wirklich?"
Er hält kurz inne. „Achtzehn."
„Hab ich mir doch gedacht und was willst du hier?" Ich weiß selbst nicht warum, aber mein Ton ist zickig.
Er druckst ein wenig rum, bevor er mich fragt. „Wie viel würde es mich kosten, wenn ich mit dir schlafen will?"
Ich muss mich beherrschen, nicht zu lachen. Dieser Kerl will mit mir schlafen? Diese halbe Portion? Dieses Bild will mir nicht in meinen Kopf gehen. „So viel Geld hast du nicht."
Der junge Mann krümmt sich zusammen bei meinen Worten. Er schaut wie ein Häufchen Elend aus. Der Ausdruck in seinen Augen erweckt mein Mitleid. „300", gebe ich nach.
Seine Augen werden groß. „So viel?"
„Ja", ich versuche nicht ganz so zickig zu klingen.
„Was kostet ein Blowjob?", fragt er nun nach.
„50. Mit schlucken 70", entgegne ich ihm prompt. Die hat er gewiss auch nicht.
Ich bin völlig verwundert, als er auf die Beifahrerseite deutet und sagt. „Gut, steig ein."
Etwas misstrauisch mache ich einen Bogen um sein Auto und setze mich auf den Beifahrersitz. Meine Handtasche findet ihren Platz rechts neben meinen Füßen.
„Wohin?", er mustert mich eindringlich.
„Das musst du wissen", stelle ich fest.
Er zuckt unwissend mit den Schultern. „Keine Ahnung."
Seine Reaktion lässt mich sofort zu dem Entschluss kommen, dass er keinen Schimmer hat, was er hier macht.
„Dass ich eine Nutte bin, ist dir aber schon bewusst?"
Völlig hilflos nickt er mir nur zu. Beide sitzen wir in seinem Auto und es passiert nichts. Die Uhr läuft und ich verliere kostbare Zeit, kommt mir der Gedanke. „Fahr einfach mal aus der Parkreihe heraus und dann an der Hauptstraße links."
Anstatt loszufahren hält er mir seine Hand entgegen. „Ich bin übrigens Markus."

„Marlene", sage ich knapp und schlage ein.
„Freut mich", er grinst mich dümmlich an. „M und M", setzt er noch nach, ohne den Fuß auf das Gaspedal zu setzen.
„Willst du nicht endlich losfahren?", schnauze ich ihn an. Markus dreht sich sofort ab von mir und gibt Gas. Er fährt aus der Parkreihe und an der Hauptstraße rechts.
„Ich sagte doch links."
„Tut mir leid. Soll ich wenden?", fragt er eingeschüchtert. Als ob du das könntest, meckert mein Unterbewusstsein. Ich muss aufhören so zickig zu sein. Er ist nun mal so und mir kann es egal sein. Wir werden uns nie wieder sehen.
Nachdem er eingeschlagen hat und den Weg zurückfährt, kommen wir wieder am Bahnhof vorbei, wo auf meinem Platz eine andere steht. Ich sehe zu meiner Seite aus dem Fenster und beachte Markus gar nicht.
„Bist du öfter hier?", wirft er ein.
Ich schaue ihn an. „Ja." Ich habe zwar keinen Bock auf Smalltalk, aber wenn es ihm dabei besser geht, soll er ihn haben. „Und du?"
„Es ist mein erstes Mal", sagt er schüchtern. Mein Gefühl sagt mir: Das betrifft nicht nur den Strich.
Wir fahren aus der Stadt raus. „Die nächste links und dann kommt an der Seite ein Waldstück. Da fährst du hinein." Es ist nicht mehr weit, also verkneife ich mir weiteres Reden. Das gilt aber nicht für ihn. „Findest du das komisch?"
„Was?" Ungern wende ich meinen Blick von der Häuserreihe, die an meiner Fensterseite vorbei zieht ab und sehe ihn an.
„Das es mein erstes Mal ist?" Markus lächelt mich hohl an.
Ich ziehe selbstgerecht die Augenbrauen hoch. „Ich arbeite dort, von daher ist nichts mehr komisch für mich."
Er setzt den Blinker und biegt ab. Wieder fängt er an zu reden. Er erzählt von seinen Ansichten den Straßenstrich betreffend, über seine beiden Katzen, bis hin zu der Freude, die Schulzeit hinter sich zu haben. Markus setzt erneut den Blinker und fährt den Waldpfad entlang, den ich beschrieben habe. Nach etwa 20 Metern hält er an und schaltet die Autolichter aus. Ich erkenne nicht viel in der Dunkelheit. Der

Mond scheint nur mäßig zwischen den dichten Bäumen hindurch.

„Und jetzt?", fragt Markus hilfesuchend nach.

„Jetzt bekomme ich erst mein Geld", stelle ich klar.

„Was? Vorab schon?" Seine Stimme wirkt angespannt.

„Ja." Mein Ton ist rechthaberisch.

Er fasst an das Seitenfach der Autotür und holt seinen Geldbeutel hervor. „Also ein Blowjob ohne Schlucken."

Wollte er nicht, dass ich schlucken soll? Vielleicht habe ich es auch missverstanden. Durch die Dunkelheit reicht er mir mein Geld. Ich greife danach und halte es gegen das spärlich leuchtende Mondlicht. „Das sind nur 20 Euro!", stelle ich entrüstet fest.

„Mehr habe ich nicht", sein Ton ist entschuldigend.

„Ach", blaffe ich ihn ungläubig an. „Mehr hast du nicht?"

Er stellt seinen Geldbeutel auf den Kopf und schüttelt ihn. Es fällt kein Geld heraus. Mit gesenktem Kopf fängt er zu reden an. „Tut mir wirklich leid. Reicht das nicht schon?"

Ob das nicht schon reicht? 20 Euro? Der Typ war mir schon am Bahnhof zuwider, aber das jetzt, das macht mich zur rasenden Furie. „Und was wäre, wenn du mich gefickt hättest und ich mein Geld danach erst verlangt hätte? Dann wäre ich die Dumme gewesen", ich bin auf Hochtouren vor lauter Zorn.

„Tut mir leid, wirklich", seine Stimme bebt vor Aufrichtigkeit, aber es lässt mich kalt.

„Bist du schon immer so ein widerliches Stück Scheiße gewesen?", herrsche ich ihn an.

„Das bin ich schon mein Leben lang!", brüllt er zurück. In seiner Stimme winkt Traurigkeit mit, die mich irritiert.

„Was?", frage ich verwirrt.

„Na sieh mich doch an." Er nimmt seine Hand und deutet immer wieder von sich rauf und runter. „Ich war schon immer widerlich und das haben mich auch alle spüren lassen." Markus Stimme klingt richtig gequält.

„Sei nicht albern", versuche ich ihn zu beruhigen. „Das bildest du dir gewiss nur ein."

Markus wendet sich ab von mir und schaut aus seinem Fenster. Es dauert einige Sekunden, bis er etwas sagt. „Es ist wahr." Seine Worte sind kaum hörbar, als ob er sich selber die Bestätigung geben will. Ich strecke meine Hand aus, um ihm mitfühlend an seine Schulter zu fassen, ziehe sie jedoch wieder zurück. Markus regt sich keinen Millimeter. „Ich bin nur ein Stück Scheiße."
„Jetzt lass dich nicht so gehen", beschwichtige ich ihn.
„Das aus deinem Mund?", er dreht seinen Kopf zu mir. „Hast du mich nicht gerade auch so genannt?"
„Das war auf deine Abzocke gemünzt, Markus, nicht auf dich", rüge ich ihn.
Er räuspert sich schwermütig. „Du bist wie die Mädchen aus meiner Schulzeit. Hübsch und hart. Der Liebling der Jungs. Einem wie mir hat man nur die Cola in den Rucksack gekippt." Markus zerfließt richtig vor Selbstmitleid.
Meine Vermutung war also richtig. Er war in der Schule ein Außenseiter. Am eigenen Leib habe ich es nie erfahren müssen, aber auch in meinem Jahrgang gab es solche wie ihn. Sie wurden ausgelacht und verspottet. Die Liste ist endlos. Kinder und Jugendliche können grausam sein, wenn man anders ist. Ich bin froh um die Dunkelheit, denn so kann er mein reumütiges Gesicht nicht erkennen. Durch die Stille höre ich Markus schluchzen. Nein, bitte nicht! Er ist den Tränen nahe, versucht es aber mit lautem Ein- und Ausatmen vor mir zu verbergen. Er ist verzweifelt. Ich habe mich, seitdem er mich am Bahnhof aufgelesen hat, nur abfällig ihm gegenüber benommen. Den Abend hat sich Markus gewiss anders vorgestellt. Mich packt das schlechte Gewissen. Ich war ihm gegenüber nicht fair, das ist mir jetzt klar. Aber ich werde mich nicht von ihm ficken lassen, nur damit es ihm besser geht. Wir sitzen beide da und starren in die Dunkelheit. Markus ist niedergeschlagen, er versucht immer noch seine Tränen zu verbergen. Im ersten Moment weiß ich auch nicht, was zu tun ist. Soll ich aussteigen? Ihn bitten mich zurück zu fahren? All diese Optionen wären möglich, aber wie reagiert er darauf? Er ist jetzt schon fix und fertig. Von

den Mädchen an seiner Schule bekam er einen Korb und jetzt auch von mir? Einer Hure? Das würde ihm wohl sein Genick brechen. Ich folge meinem inneren Impuls und lege meine Hand auf seinen Schritt. Als Markus meine Berührung spürt, richtet er seinen Blick sofort auf mich. „Was tust...?"
„Sei still", entgegne ich ihm kleinlaut. Ich würdige ihn keines Blickes während meine Finger seinen Schritt abtasten. Mit einer Hand öffne ich den Knopf seiner Hose und ziehe den Reifverschluss herunter. Markus sieht mich immer noch völlig verdattert an. „Was machst du...?"
„Ich habe dir gesagt, du sollst deinen Mund halten!", keife ich ihn im flüsternden Ton an.
Im ersten Moment weiß Markus gar nicht, wie ihm geschieht, aber seine Augen lassen bald ab von mir. Er lehnt sich an die Kopfstütze seines Sitzes zurück. Für einen kurzen Moment verharrt meine Hand auf seinen Shorts. Ich höre wie seine Atmung schneller wird. Dieser Kerl hat noch keine Erfahrungen mit Mädchen gemacht, denn sonst würde es ihn nicht jetzt schon so anmachen. Ich wandere mit meinen Fingern zurück zu seinem Bauch und lasse sie sanft auf ihm kreisen. Ich höre ein fast lautloses Stöhnen von ihm. In selben Moment fasst meine Hand in seine Shorts hinein. Ein verschrecktes Einatmen überfällt ihn bei meinem festen Griff. Ich ignoriere ihn vollkommen. Es vergehen Sekunden, bis ich anfange, ihn sanft zu wichsen. Wieder entkommt Markus ein Stöhnen. Meine Bewegungen werden abwechselnd schneller und langsamer. Ich merke, wenn er kurz davor ist zu kommen, da er hörbar schneller atmet und sein ganzer Brustkorb sich hebt. Es würde keine zwei Minuten dauern, ihn zum Höhepunkt zu bringen. Ich schiebe seinen Orgasmus immer wieder in die Länge, indem ich aufhöre zu wichsen oder langsamer werde. Ich bin die erste Frau in seinem Leben. Er wird immer an mich und an diesen Moment denken. Auch wenn ich eine Nutte bin, sollte sein erstes Mal etwas Besonderes sein und nicht nach zwei Minuten enden. Meine Augen starren weiter in die Dunkelheit des Waldes. Ich fühle nichts. Kein Bedauern, keine Erregung, kein Ekel. Ich bin

innerlich vollkommen leer, während sein Schwanz in meiner Hand rauf und runter wandert. Selbst meine Bewegungen nehme ich nicht richtig wahr. Ich fühle mich elend, vollkommen wertlos, wie eine richtige Nutte? So ein Unsinn. Es vergehen gerade mal 20 Minuten und unzählige Beinahe-Orgasmen, bis ich den Entschluss fasse, ihn kommen zu lassen. Sein Stöhnen bricht ab und kurze Zeit darauf spüre ich auf meiner Hand in seinen Shorts eine klebrige Nässe. Erschöpft amtet er aus und blickt mich an. „Das war echt Wahnsinn", er grinst.
Ich lächle zurück und ziehe meine Hand aus seinen Shorts.
„Das war echt schnell", korrigiere ich ihn und hole mir das Päckchen Feuchttücher aus der Tasche.
„Ich weiß, sorry", er legt seinen Kopf schief.
„Keine große Sache", und ziehe mir ein zweites Feuchttuch aus dem Päckchen. Nachdem meine Hände sauber sind, drehe ich mein Fenster hinunter und werfe die Tücher hinaus. Die frische Luft tut gut.
„Wie viel verlangst du dafür?", wirft Markus ein. Ich drehe meinen Kopf zu ihm und sehe, wie er sein Portmonee in der Hand hält. Er hat nur 20 Euro. Die will ich ihm nicht wegnehmen. Es war meine gute Tat für heute.
„Das war gratis", verständnisvoll lächle ich ihn an.
„Nein, das will ich nicht", setzt er sofort nach und hält sein Portmonee immer noch mir entgegen.
„Spiel jetzt bloß nicht den Moralapostel, denn vor knapp einer halben Stunde hättest du mich um 30 Euro beschissen", keife ich ihn an und schiebe mit meiner Hand die Geldbörse in seine Richtung. „Jetzt lass es gut sein!"
Markus legt seine Brieftasche wieder dorthin zurück, wo er sie her hatte, ohne sein Gesicht von mir zu wenden. „Du wirkst gar nicht wie die Huren im Film."
Ich verdrehe die Augen. „Das liegt wohl daran, dass wir uns im realen Leben befinden."
„Deswegen macht ihr es umsonst?", stellt er fest.
„Sei kein Idiot." Wie ein Mensch nur so schnell nerven kann. „Wir machen nichts umsonst."

„Und das", er hebt seinen rechten Arm und macht eine Wichsbewegung nach.
„Das war für all die Mädchen, bei denen du abgeblitzt bist", ich bringe es spaßig rüber. „Ich verbuche es als gute Tat."
„Weißt du, wie spät es ist?", ich habe keinen Plan, wie lang wir schon hier sind.
Er lehnt sich zu mir herüber, fasst ins Handschuhfach und kramt sein Handy hervor. „Kurz vor eins."
„Was?" Habe ich so viel Zeit mit ihm vertrödelt?! „Fährst du mich bitte wieder zurück?"
„Natürlich." So schnell wie möglich lässt er den Motor an und legt den Rückwärtsgang ein. In diesem Moment glaube ich, er würde alles tun, um es mir Recht zu machen. Es dauert nicht lange und schon sind wir wieder auf dem Parkplatz.
„Danke nochmal für alles."
„Kein Ding", entgegne ich ihm und steige aus. „Bye."
„Tschüss." Seine Stimme klingt verwundert über meinen hastigen Abgang. Ohne einen letzten Blick auf ihn zu werfen, schlage ich die Autotür zu und gehe meines Weges. Ich werde wohl oder übel doch noch die Toilette aufsuchen müssen, um mir nochmal richtig die Hände zu waschen. Meine Augen schweifen auf den Weg dorthin ziellos umher. Am Bahnhof sehe ich Fiona stehen, die gerade in ein Auto steigt. Von Sara fehlt jede Spur. Sie wird wohl noch unterwegs sein.
Ich komme an den Mietshäusern vorbei, wo in einem davon Thomas wohnt. Ist er schon zu Hause? Plötzlich fällt es mir wie Schuppen von den Augen. Ich laufe vor seinen Augen auf und ab und lasse einen Kerl nach dem anderen drüber. Warum ist mir der Gedanke nicht früher in den Sinn gekommen? Wenn er mich sehen sollte, wird es das mit uns gewesen sein. Ich beschleunige meinen Gang und sehe zwischen zwei Bäumen verstohlen hoch. Es brennt kein Licht in seiner Wohnung. Glück gehabt, er ist nicht da, aber er könnte jeden Augenblick kommen und mich hier stehen sehen.
Ich komme in die Toilette. Sie ist leer. Die Frauen werden

nicht viel Zeit haben, sich jedes Mal aufs Neue zurecht zu machen, aus Angst davor, eine andere könnte sich ihren Freier nehmen. Ich drehe den Wasserhahn auf und halte meine Hände darunter. Es ist eiskalt. Ich reibe meine Hände aneinander unter dem kalten Wasserstrahl, in der Hoffnung dieses klebrige Gefühl loszuwerden. Plötzlich ist da ein Geräusch. Ich drehe den Wasserhahn zu und wende mich in die Richtung, aus der es kam. Die letzte Kabinentüre ist verschlossen. Die Türen der Kabinen enden eine Handbreite oberhalb vom Boden. Ich gehe langsam und lautlos in die Hocke, um zu sehen, ob jemand darin ist. Im selben Moment geht die Türe auf und eine Frau kommt heraus, die stark geschminkt ist. Sie sieht mich argwöhnisch an. Ich bringe nur ein entschuldigendes Lächeln zu Stande.
„Ich glaube, du bist hier falsch, Mädchen", sagt sie und geht an mir vorbei zu einem der Waschbecken. Meine Augen mustern sie. Ihre Haare sind kurz geschnitten und braun. Sie ist vollkommen schwarz gekleidet. Ich komme aus der Hocke hoch und gehe auf das Waschbecken zurück, das ich zuvor benutzt hatte. Die fremde Frau neben mir holt ihren Puder aus der Tasche und legt eine Schicht nach. Sie ist so stark geschminkt, dass es künstlich aussieht. Ich verkneife mir jedoch einen Kommentar dazu und kümmere mich um meine Sache, wie Sara es mir empfohlen hat. Da ich schon mal hier bin, kontrolliere ich gleich mein Make-up. Bis auf ein bisschen Puder passt alles soweit. Als ich mir den letzten Feinschliff gegeben habe und fertig bin zu gehen, spricht mich die Unbekannte an. „Wie sehe ich aus? Passt alles?"
Ich muss mich zusammenreißen, um nicht zu lachen. Sie ist dermaßen überladen mit Schminke, dass sie wie ein Clown aussieht. „Du trägst zu dick auf", sage ich ruhig, um sie nicht heraus zu fordern.
„Das muss ich leider", antwortet sie trocken.
„Warum?", frage ich verdutzt nach.
„Deswegen", sie schiebt mit ihrer Hand einen Teil ihrer Haare über dem linken Ohr hoch, dabei wird eine Platzwunde sichtbar. Völlig entsetzt darüber starre ich sie mit

geweiteten Augen an. „Du hättest mich vor fünf Tagen sehen sollen", gibt sie mir auf meine Reaktion hin zu verstehen. Sie wendet sich wieder ihrem Spiegel zu.
„Monika?" frage ich kleinlaut nach.
„Ja, kennen wir uns?", sie dreht sich wieder zu mir zurück.
Soll ich ihr die Wahrheit sagen, dass ich sie an jenem Abend gesehen habe? Besser nicht. Es gibt keinen Grund dafür, sie gegen mich aufzuhetzen. Ich würde zumindest so reagieren, wenn mir zu Ohren kommen würde, dass jemand tatenlos zugesehen hat, wie man mich misshandelt hat. „Nein, aber ich habe von deinem Unfall gehört."
„Ach so", sie winkt ab. „Nicht das erste und gewiss nicht das letzte Mal." Sie weiß um ihr Schicksal und hat sich damit abgefunden. Monika holt aus ihrer Handtasche einen kleinen Plastikbeutel mit Pillen hervor. Soviel ich erkennen kann sind es keine Drogen. Mein prüfender Blick auf das Päckchen entgeht ihr nicht. „Das ist gegen die Schmerzen", klärt sie mich auf und deutet auf ihren Kopf.
„Hast du dich auf eigene Gefahr frühzeitig aus dem Krankenhaus entlassen?", und sehe ihr wieder ins Gesicht.
Sie lächelt spöttisch. „Was bleibt mir denn anderes übrig? Jeder Tag dort drin wäre ein verlorener Tag gewesen."
Monika lehnt sich über das Waschbecken zu ihrem Spiegelbild heran und begutachtet ihr Gesicht. „Sie haben mir starke Medikamente verschrieben und hier bin ich." Sie macht eine Drehung um die eigene Achse, hält vor dem Spiegel und nickt sich nach Sekunden selbst zu. Ich drehe mich ab von ihr und greife nach meiner Tasche. Beide machen wir uns auf den Weg Richtung Ausgang. Ohne Gruß geht jede von uns ihren Weg.
Ich gehe zu meinem Platz zurück, wo ich heute schon gestanden habe. Es dauert keine zwei Minuten, schon hält ein Auto vor mir. Der Fahrer öffnet die Beifahrertür und weist mich höflich an, einzusteigen. Nachdem ich bis jetzt noch nichts eingenommen habe, komme ich seiner Bitte sofort nach. Hinter dem Steuer sitzt ein alter Mann mit grauem Haar, in einem ausgeleierten grünen Pullover und kurzer

Hose. Durch seine Brille schaut er mich freundlich an. „Guten Abend."

„Hallo", sage ich etwas unbeholfen.

„Herbert", stellt er sich sofort vor und nickt mir zu.

„Marlene." Ich setze ein leichtes Lächeln auf.

Herbert stützt seinen Arm an der Lehne der Fahrertür ab.

„Marlene." Er begutachtet mich bis ins kleinste Detail. „Ein schöner Name für eine noch schönere Frau."

„Danke." Dieses Kompliment lässt mich leicht erröten.

Ich nehme meine Tasche und stelle sie zu meinen Füßen ab, obwohl ich nicht weiß, was er will und ob er bereit ist meinen Preis zu zahlen. Herbert gefällt mir trotz allem.

„Was macht so eine schöne, junge Frau an solch einem Ort wie diesem?", fragt er ruhig nach.

„Arbeiten", erwidere ich.

Ein leises, tiefes Lachen entfährt ihm. Er hält kurz inne und redet dann weiter. „Wie viel verlangst du denn?"

„Kommt ganz drauf an, was du verlangst?", sage ich frei heraus und nenne ihm meinen Preis. In seiner Gegenwart bemühe ich mich nicht so derb zu klingen. Dieser Mann hat ein Erscheinungsbild, das trotz seiner komischen jugendlichen Aufmachung elegant und respektvoll erscheint. Für den Moment herrscht vollkommenes Schweigen in seinem Auto.

„300 Euro ist ein schöner Batzen Geld, aber du bist es allein von der Aufmachung her schon wert."

Dieser Spruch habe ich schon einmal gehört und danach blieb ich auf 100 Euro weniger sitzen. Der Gedanke daran lässt ein abschätziges Seufzen aus meinem Mund kommen.

„Gut, wollen wir?" Herbert fasst an sein Lenkrad und mustert mich eindringlich.

„Klar, fahr los", meine linke Hand zeigt auf die Straße.

Herbert wendet sich ab und biegt in sie ein. Die Autofahrt ist kurz und schweigsam. Die Gegend, in die Herbert einbiegt, ist eine belebte Wohnsiedlung in der Stadt. Die Lichter in den Häusern sind bis auf einige wenige aus. Hierher komme ich mit Freunden, wenn wir Eis essen oder relaxen wollen, denn

in der Nähe ist ein Steg, auf den man sich legen und in der Sonne ausspannen kann.
Herbert fährt einen Seitenparkplatz an und schaltet den Motor aus. Das Gebäude, vor dem wir stehen, ist ein dreistöckiges, älteres, aber saniertes, Mietshaus. Ohne ein weiteres Wort steigt er aus und kommt von seinem Auto herum an meine Beifahrertür, die er schwungvoll öffnet. Sein Grinsen ist milde. Ich greife nach meiner Tasche und trete auf den Bürgersteig. „Danke."
Herbert nickt mir stumm zu, lässt die Türe zufallen und verriegelt sie automatisch per Knopfdruck. Er geht voran und holt seinen Wohnungsschlüssel aus der Hosentasche. Nachdem die Türe aufgesperrt ist, hält er sie mit einer Hand auf und signalisiert mir, voran zu gehen.
In dem finsteren Raum finde ich mich gar nicht zurecht. Das Licht geht an und ich drehe mich zu Herbert um. „So ist es besser." In diesem Licht wirkt er noch älter. Meine Schätzung ist auf 60 Jahre angelangt, aber trotz seines Alters wirkt seine Art anziehend auf mich. Er ist ein richtiger Gentleman, wie es sich wohl jede Frau wünschen würde. Zufrieden über meine Entscheidung, mitgekommen zu sein, wende ich mich von ihm ab und betrachte das Treppenhaus. Es ist gar keines. Es ist eine kleine Eingangshalle, die man in jedem normalen Einfamilienhaus findet, die mit einem Schuhschrank, Blumen und Seitenkommoden ausgestattet ist. Ich bin etwas verwirrt darüber. „Gehört dir dieses Haus komplett?"
Herbert kommt hinter mich. „Ja, warum?"
Ich drehe mich zu ihm um. „Nur so. Ich dachte es sei ein Mietshaus mit vier Parteien."
Er grinst mich an, als er mein beeindrucktes Gesicht darüber erkennt. „Nein, es ist seit zwei Jahren in meinem Besitz. Vor kurzem wurde es erneuert."
„Das ist mir aufgefallen", sage ich und lächle ihn an.
Ein Gedanke schießt mir durch den Kopf. Dieses Haus ist so groß, und soweit ich es bis jetzt gesehen habe, mit viel Liebe eingerichtet worden. „Lebst du hier alleine, oder ist deine Frau im Urlaub?"

Herbert ignoriert meine Frage, geht links an mir vorbei unter einem Rundbogen hindurch in den nächsten Raum. Das Licht geht dort an. Ich komme ihm nach. Mein Blick begutachtet den Raum. Das Esszimmer ist geschmackvoll ausgestattet mit Bildern und Erinnerungen von Herberts bisherigem Leben an den Wänden und dem hüfthohen Seitenschrank. In der Mitte des Raumes befindet sich ein großer Tisch mit Platz für acht Stühle. Der Sockel davon ist mit viel Mühe per Hand geschnitzt worden. Ich gehe auf den Seitenschrank zu und lasse meine Augen über die darauf ausgestellten Fotos wandern. Eines ist ein Hochzeitsfoto in schwarz-weiß, ein anderes zeigt eine Frau mit Baby und die restlichen sind Schnappschüsse bei Festen.

„Hier", Herbert steht neben mir und reicht mir ein Glas mit klarer Flüssigkeit. Ich rieche daran. Es ist purer Wodka.

Er prostet mir zu und nimmt einen Schluck. Ich mache es ihm nach und nippe kurz daran. „Ist das deine Frau?", mein Finger deutet auf das erste Foto.

Er nimmt es zur Hand und sieht es Gedankenversunken an.

„Ja. Dieses Foto ist vor 51 Jahren entstanden."

Diese Zahl lässt mich aufhorchen. „Wie alt bist du?"

Seine Augen ruhen weiter auf dem Bild. „69."

Eigentlich sollte diese Zahl mich verschrecken. Mein Großvater ist nur um zwei Jahre älter als er. Doch sein Alter schockiert mich nicht. Markus war jünger als ich und war abstoßender, als all die anderen Kerle vor ihm. Es ist nur eine Zahl. „Sie ist hübsch gewesen", stelle ich fest und schaue wieder auf das Foto in seiner Hand.

„Das war sie", ein zufriedener Ausdruck macht sich in seinem Gesicht breit. „Aber auch ich, oder?" Sein Zeigefinger deutet auf den Mann an ihrer Seite.

Herbert war wirklich ein hübscher Mann, mit markantem Gesicht und diesem freundlichen Ausdruck darin, den auch ich schon an ihm bemerkt habe. Ich nicke zustimmend. Dieses Foto ist einfach gehalten. Beide werden im Profil gezeigt mit dem Gesicht zur Kamera. Seine Frau vor ihm, er legt die Hand schützend um sie. Die heutigen Brautpaarfotos sind

viel zu übertrieben, mit all dem Posieren auf Baumstämmen oder in Blumengärten. Alles wirkt so überfüllt auf den heutigen Bildern, dass man das Wesentliche vergisst: Das Brautpaar. „Ich mag dieses Foto, weil es schlicht gehalten ist", sage ich gerade heraus.
Herbert sieht mich ungläubig an. „Wirklich?"
Meine Augen erwidern seinen Blick. Er taxiert mich genau und scheint zu überlegen, ob ich es auch ernst meine. Als er von der Wahrheit meiner Worte überzeugt ist, formen sich seine Lippen zu einem sanften Lächeln. „Früher war alles anders. Die heutige Zeit ist so schnelllebig geworden. Alles muss übertrieben dargestellt werden und eine Feier muss kostspielig sein." Herbert tippt mit dem Finger mehrfach auf das Foto. „Diese Hochzeit hat mit allem Drum und Dran nicht mehr als 10`000 Mark gekostet. Wir hatten 70 Gäste, aber alle wurden satt und sind zufrieden nach Hause gegangen." Ich bin etwas verwirrt darüber, doch ehe ich nachfragen kann, erklärt Herbert weiter: „Früher hast du natürlich noch etwas für dein Geld bekommen. Ein anständiges Essen, die perfekten Räumlichkeiten, das traumhafte Brautkleid meiner Frau und meinen maßgeschneiderten Anzug." Er stellt das Foto ab und geht mit seinem Glas in der Hand unter dem Durchgang mit dem Rundbogen hindurch. „Kommst du, Marlene?"
Wir kommen wieder in die Eingangshalle zurück, aber dieses Mal geht er gegenüber der Haustüre geradeaus nach hinten. Jetzt fällt mir die Schräge auf, die ich anfangs nicht erkannt hatte, als ich herein kam. Die Treppe ist anders als gewohnt, entgegengesetzt zu der Eingangstüre. Bevor er auf die erste Stufe tritt, schaltet er das Licht ein. Ich folge ihm hinauf. Als Herbert das Treppenende erreicht, geht er rechts durch eine halbgeöffnete Tür hindurch und betätigt auch dort den Lichtschalter. Hinter der Tür befindet sich ein Schreibtisch mit einem großen Schrank für Aktenordner und Bücher und nebenan füllt ein riesiges Bett das Zimmer. Der Boden ist mit weißen Teppichen ausgelegt und an der Wand ist eine Heimkinoanlage befestigt. Herbert wirft seine Schlüssel auf

den Schreibtisch und öffnet seine Schnürsenkel. Ich suche nach einer passenden Sitzgelegenheit, um mir meine hohen Schuhe auszuziehen, es bleibt nur das Bett. Ich gehe quer durch sein Schlafzimmer und setze mich darauf. Er mustert mich eindringlich, als ich meine Pumps ausziehe und sie vorsichtig neben meine Tasche stelle.
„Du bist wirklich eine sehr schöne Frau, Marlene."
„Danke", durch seine Komplimente werde ich etwas verlegen. Ich nehme einen kräftigen Schluck aus meinem Glas und stelle es neben meinen Sachen ab. Beide sitzen wir nun hier, ich auf seinem Bett und er auf dem Stuhl. Es vergehen Minuten ohne ein Wort von uns beiden. Mein Blick fällt auf ein Foto hinter ihm auf dem Schreibtisch. Seine Frau ist darauf abgelichtet. Er hat meine Frage nach ihr nicht beantwortet: Sie wird tot sein.
„Also fangen wir an?", ich nehme meinen Blick von dem Foto und denke daran, warum ich überhaupt hier bei ihm bin.
„Hast du es so eilig?", seine Stimme ist ruhig.
„Das nicht, aber hast du mich nicht dafür mitgenommen?", meine Hände gleiten sanft über das Bettlaken.
„Wir haben doch Zeit", stellt er fest. Ich mache wohl einen zerknirschten Eindruck, denn er redet sofort weiter. „Mach dir keine Sorgen, du und ich kommen schon noch zu dem, was wir wollen." Herbert steht auf und kommt auf mich zu. Er hält mir sein Glas entgegen und fordert mich auf zu trinken. Ich greife nach seinem und nehme einen kleinen Schluck davon. Er nimmt mir das Glas aus der Hand und geht zurück an seinen Schreibtisch. Nachdem er Platz genommen hat, kontrolliert er sein Glas. An der Stelle wo ich getrunken habe nippt auch er. „Erzähl mir etwas von dir?"
Mein Blick wird argwöhnisch. „Was willst du wissen?"
„Alles", entgegnet er nur und stellt sein Glas ab.
Meine Augen fallen wieder auf das Bild hinter ihm. „Nur, wenn du mir auch etwas über dich erzählst."
Herbert bemerkt meinen Blick an ihm vorbei. Er dreht sich links um und sieht auf das Foto seiner Frau. Für einen kurzen Moment hält er inne, er weiß nicht, ob er drauf eingehen soll,

bis er sich wieder zu mir wendet und sagt. „Aber du fängst an, meine Fragen zu beantworten." Ich nicke. „Wie ist dein richtiger Name?"
Für einen kurzen Augenblick denke ich daran, nicht zu antworten, aber was ist schon ein Name, er kennt mein Gesicht. „Kati", antworte ich knapp.
„Dieser Name passt zu dir, Marlene gefällt mir aber besser", klärt er mich auf.
Jetzt bin ich dran. „Deine Frau ist tot, stimmt's?" Meine Hand deutet auf das Foto am Schreibtisch.
Herbert zieht seine Augenbrauen irritiert hoch. „Mit etwas Leichterem hast du nicht anfangen können?"
„Wir haben keinen Schwierigkeitsgrad ausgemacht", sage ich ruhig. „Und, ist es so?
Er sieht mich mit großem Bedauern darüber an. „Ja."
„Woran?", hake ich nach.
„Sie ist vor 10 Jahren bei einem Autounfall gestorben." Seine Stimme ist traurig. Das muss wohl die wahre Liebe gewesen sein, wenn der Verlust einem nach all dieser Zeit immer noch so nachhängt. Hoffentlich finde auch ich sie. Die wahre Liebe. Wäre schön, wenn es Thomas wäre.
„Wie alt bist du?", wirft Herbert in meine Gedanken ein.
„19", antworte ich ihm darauf.
„Ein schönes Alter. Hast du einen Freund?" Ich schüttle nur den Kopf. „Natürlich hast du den nicht", pflichtet er mir bei. „Ich war mit 19 Jahren schon verheiratet", sagt er und setzt sofort nach: „Warum gehst du in jungen Jahren auf dem Strich? Hast du keine Lehrstelle bekommen oder hast du keine Familie, die dich finanziell unterstützen würde?"
Ich schüttle erneut den Kopf. „Nein, das ist es nicht. Ich fange nach den großen Ferien mein Studium in Regensburg an."
Seine Augen werden zu Schlitzen. „Lüg bitte nicht."
Seine plötzliche Verärgerung wirft mich aus der Bahn. So einen bösen Blick hätte ich ihm nicht zugetraut. „Ich lüge nicht", stelle ich sofort klar.
„Warum gehst du dann anschaffen?" Sein Blick ist nicht weicher geworden, er denkt immer noch, dass ich lüge.

Ich nehme mir mein Glas erneut zur Hand und trinke einen Schluck. „Das ist eine lange Geschichte."
„Wir haben Zeit", wirft er sofort ein. Diese ganze Situation verwundert mich von vorn bis hinten. Wir reden, aber wir schlafen nicht miteinander? Hat er sich das so vorgestellt? Herbert sieht mich immer noch fragend an.
Ich nehme erneut einen Schluck aus meinem Glas und bemerke, dass mein Nacken sich leicht verkrampft. „Darf ich mich an den Kopf deines Bettes anlehnen? Diese Stellung wird langsam unbequem für mich." Ich deute auf den oberen Teil des Bettes.
Sein Gesicht wird etwas freundlicher. „Nur zu."
Ich stütze meine Hände auf dem Bett ab und ziehe mich hoch. Ich nehme eines der weißen Kissen und quetsche es zwischen meinen Oberkörper und der Lehne, um es bequemer zu haben. Nachdem ich fertig bin, gilt meine Konzentration wieder Herbert. Er wartet bereits auf mich. Ein kurzes Räuspern entkommt mir, ehe ich anfange von meinem Leben zu erzählen. Ich erzähle von meinen Eltern und meinen Freunden. Von den Beziehungen, die ich geführt habe, und dass meine Zukunft abgesichert ist. Der verärgerte Gesichtsausdruck entspannt sich während meiner Erklärung zunehmend bei Herbert. Vereinzelt stellt er eine Frage und ich beantworte sie ihm. Manche lasse ich auch im Raum stehen: Wie zum Beispiel Namen oder den Beruf, den meine Eltern ausüben. Es vergeht einige Zeit, bis ich fertig bin, von mir zu erzählen. „Findest du das dumm? Das ich alles habe, aber trotzdem nicht zufrieden bin, dass ich mich innerlich tot fühle? Das mich diese Leere hier her geführt hat?" Mich interessiert seine Meinung wirklich. Mein eigenes Umfeld weiß nichts davon, was ich hier tue, und es wäre schön, eine zweite Ansicht, außer der von Sara zu hören.
Herbert lehnt sich in seinem Stuhl zurück und kratzt sich mit der Hand nachdenklich am Kinn. „Nein, auf gar keinen Fall ist es dumm. Es gibt genug Menschen, die dieses Gefühl verspüren, aber nichts dagegen tun. Sie stehen morgens auf, bestreiten den Tag und gehen abends ins Bett. Man könnte

sagen, sie sind schon tot. Du machst etwas dagegen. Du suchst Antworten, einen tieferen Sinn und bist bereit, dafür einiges zu tun, um ihn zu finden." Plötzlich tritt ein komischer Ausdruck auf sein Gesicht. „Wärst du meine Tochter, wäre ich stolz auf dich." Meine Verwunderung über diese Aussage bleibt ihm nicht verborgen. Er setzt sofort nach. „Versteh mich nicht falsch, du gehst anschaffen, das ist natürlich gefährlich und das würde ich nicht unterstützen, aber du steckst in der Falle. Es ist der Hunger nach einer Lösung, den du hast, und die Weigerung, ein unglückliches Leben zu akzeptieren. Es gibt gesündere Möglichkeiten, als auf den Strich zu gehen, aber du bist eine Kämpferin und suchst nicht nach Mittelwegen. Das würde mich stolz machen, wenn ich dein Vater wäre." Aus diesem Blickwinkel habe ich es bisher gar nicht betrachtet. Herbert steht auf, geht um das Bett und legt sich auf die andere Seite. Sein Blick ruht auf mir und er fasst nach meiner Hand. Mit seinen Fingern streicht er sanft über meinen Handrücken.
Ich erwidere seinen Blick. „Jetzt bin ich aber dran."
Herbert nickt mir verständnisvoll zu. „Was hast du gearbeitet?" Fangen wir leicht an.
„Ich war Rechtsanwalt", seine Stimme ist ruhig.
„Deine Frau?", hake ich sofort nach.
„Sie hatte Bankkauffrau gelernt, aber nachdem wir Natalie bekamen, war sie Hausfrau."
„War das euer einziges Kind?", bohre ich weiter.
„Ja", sein Blick lässt ab, als ob er was verbergen wolle vor mir. Ich übergehe seine Reaktion, denn auch seine Fragen waren persönlich. „Erzähl mir von deinem Leben und wie es dich hier her geführt hat."
Herberts Gesichtszüge spannen sich an. „Muss das sein?" Ich nicke nur. „Es ist aber eine lange Geschichte", er lächelt spöttisch über den gleichen Satz, den ich gebracht habe, als ich davon nicht reden wollte.
Ich entgegne ihm darauf, wie er es bei mir tat. „Wir haben Zeit."
„Also schön", seine Hand löst sich von der Meinigen und

fasst nach einem seiner Kissen und nachdem er es sich gemütlich gemacht hat, fängt er an, von seinem Leben zu erzählen. Über die alten Werte, darüber dass früher die kleinen Dinge mehr geschätzt wurden als heute. Er erzählt von seiner Frau, die mit ihm zur Schule ging. Sie hatten beide Sympathie für einander, schon von der ersten Klasse an, aber zusammen kamen sie erst Jahre später auf einem Feuerwehrfest. „Nach zwei Jahren haben wir geheiratet."
Ich betrachte Herbert eingehend, während er erzählt. Es ist ungewöhnlich, wie die Zeit von früher zu heute sich verändert hat. Wie er über seine tote Frau spricht und über die Ehejahre mit ihr, bringt mich zu der Vermutung: Er fühlt sich alleine. Meinem inneren Gefühl folgend rücke ich zu ihm hinüber und lege mich seitlich mit dem Kopf auf seine Brust. Herbert betrachtet mein Treiben argwöhnisch, als er jedoch meinen Kopf auf seiner Brust spürt, verliert sich sein strenger Gesichtsausdruck.
„Erzähl ruhig weiter", fordere ich ihn mit sanfter Stimme auf, während eine meiner Hände auf seiner Brust liegt.
„Wir hatten Höhen und Tiefen wie jede Ehe, aber Scheidung kam für uns nie in Frage. Das ist der Unterschied zu heute. Die Menschen trennen sich wegen der banalsten Dinge."
Seine Stimme wirkt verärgert darüber. Für einen kurzen Moment hält Herbert inne, bevor er weiter spricht. Er erzählt von seiner Tochter Natalie, die seine Frau nach einigen Jahren zur Welt brachte, über die Sonntagsausflüge jedes Wochenende und dass sie alle eine glückliche Familie waren.
„Doch Glück ist nun mal kein Dauerzustand", stellt er trocken fest. Ich bleibe regungslos auf seiner Brust liegen, während seine Hand über meinen Rücken fließend rauf und runter gleitet. Er räuspert sich kurz. „Ich muss aber dazu sagen, wir hatten wirklich viele schöne Jahre, also war das Glück meistens auf unserer Seite."
„Redest du von dem Autounfall?"
„Ja." Seine Hand auf meinem Rücken zieht mich fester an ihn heran. „Sie ist in ein anderes Auto hineingefahren und noch am Unfallort verstorben. Meine Tochter und ich haben uns in

dieser Trauerphase auseinander gelebt." Das verwirrt mich jetzt. Harte Zeiten schweißen doch zwei Menschen noch mehr zusammen. Ich setze mich auf und sehe ihn an, bevor ich jedoch fragen kann, hält er seinen Finger auf meine Lippen. „Psst." Ich bringe mich wieder in meine alte Position und er erzählt weiter. „Sie ließ ihren Gefühlen freien Lauf, brach zu jener Zeit bei allem Möglichen in Tränen aus. Natalie brauchte Halt, den ich ihr nicht geben konnte. Ich war anders. Ich habe meine Frau geliebt, aber ich tat mich schwer, mit anderen darüber zu reden. Ich musste allein sein, um mit mir ins Reine zu kommen. Wir lebten uns in dieser Zeit zu schnell auseinander. Das brachte mich hier her. Ich verkaufte unser Haus und zog zurück in meine Heimat."
Ich lasse für einen kurzen Moment seine Lebensgeschichte auf mich wirken. „Und jetzt fühlst du dich alleine?"
„Wie meinst du das?"
Ich sehe ihn an und deute auf mich. „Naja..."
„Ach so, das meinst du. Hin und wieder fühle ich mich alleine, ja." Ein sanftes Lächeln zeigt sich auf seinem Gesicht. Ich lege meinen Kopf wieder zurück. Es vergeht einige Zeit ohne ein Wort von uns beiden. Ein angenehmes Gefühl von Entspannung und Zufriedenheit macht sich in meinem Körper breit. Herbert strahlt wie Thomas eine Geborgenheit aus. Ich schrecke hoch, als mein Blick zum Fenster fällt und mir bewusst wird, dass es schon hell draußen ist. Ich bin jetzt wieder hellwach. „Wie spät ist es?"
Herbert stöhnt, dehnt seine Arme und schaut auf sein Armgelenk. „Es ist sieben Uhr vorbei." Ich springe aus dem Bett und ziehe hastig meine Schuhe an. Mist, in vier Stunden treffe ich mich mit Thomas. „Alles in Ordnung?", Herbert kommt hinter mich und greift mir väterlich an die Schulter.
„Tut mir leid, dass ich es so eilig habe, aber ich habe die Zeit völlig vergessen", meine Hand fasst nach meiner Tasche und ich gehe eilig zur Tür. Herbert folgt mir die Treppe hinunter zur Eingangshalle, wo ich mich nochmal zu ihm umdrehe.
„Danke. Es war ein sehr schöner Abend."
„Dieses Kompliment kann ich nur zurückgeben", er hält mir

mein Geld entgegen.
Ich schüttle den Kopf. „Ich habe nichts dafür getan."
„Du warst hier", stellt er fest, nimmt meine Hand und legt es hinein. „Du glaubst nicht, wie gut mir der Abend tat. Ich wollte es so." Für einen kurzen Moment fühle ich mich zu ihm hingezogen. Wäre ich älter, würde ich ihn jetzt sofort küssen, aber da uns 50 Jahre trennen, lege ich meine Arme um ihn und drücke ihn fest an mich. Herbert erwidert meine Umarmung. Viel zu früh löse ich mich daraus und sehe ihn an. „Die letzten Stunden werde ich nie vergessen."
Herbert grinst zurück. „Du bist jung. Du hast noch so viel vor dir, dass dieser Abend für dich bald in Vergessenheit geraten wird." Er hebt seinen Zeigefinger und deutet auf sich. „Aber ich, ich werde ihn wohl nicht mehr vergessen."
Es ist komisch, auf was für Menschen man im Leben trifft. Obwohl ich ihn nur ein paar Stunden kenne, tut es weh, ihn nie wieder zu sehen. „Vielleicht sieht man sich mal wieder?", seine Augen sind auf mich gerichtet und warten gespannt auf eine Reaktion meinerseits.
„Gerne", meine Antwort bebt vor Aufrichtigkeit. Sollten wir uns auch nie wieder sehen, die Gewissheit, dass er es möchte, lässt mich nun leichter von ihm Abschied nehmen. Ich trete zur Tür, öffne sie und gehe mit schnellen Schritten hinaus. Bis zur Ecke spüre ich Herberts Blicke auf mir. Jetzt, wo ich von ihm weg und alleine bin, wird mir klar, dass ich ohne Auto gekommen bin. Der Weg ist nicht so weit, aber trotzdem wäre ich zu Fuß eine gute halbe Stunde unterwegs. In jenem Moment schlägt die Kirchenuhr. Meine Augen wandern in die Ferne. Es ist acht Uhr. Nur noch drei Stunden. Das schaffe ich nicht zu Fuß! Ich mache mich auf den Weg zum Marktplatz, wo ständig Taxis stehen. Von den üblichen fünf steht nur eins dort. Ich gehe zum Fahrer, der neben seinem Fahrzeug eine Zigarette raucht.
„Guten Morgen. Zum Bahnhof bitte."
Der Mann wirft mir einen verächtlichen Blick zu. „Hast du überhaupt Geld, Süße?" Meine Aufmachung missfällt ihm.
Ich übergehe seine Blicke und antworte nur. „Ja, hab ich."

„Na, dann mal rein mit dir", er deutet auf die Rückbank und grinst blöd dazu. Im Stillen will er mir damit sagen. >Da musst du dich ja auskennen, Schlampe<.
Was für ein Wichser. Da ich kaum Zeit zum Streiten habe, lasse ich mich nicht auf seine Anspielung ein. Als ich im Taxi mit meiner Tasche auf dem Schoß sitze, steht er immer noch daneben und zieht genüsslich an seiner Zigarette.
Die blanke Wut packt mich in diesem Moment. Ich bin Fahrgast, egal in welchen Sachen ich stecke. „Na wird's bald oder muss ich erst deinen Chef anrufen?!"
Er dreht sich zu mir um und wirkt völlig verdattert. Mein Gebrüll hat ihn in Schockstarre versetzt. Ich deute mit meinem Kopf auf den Fahrersitz vor mir. Nachdem er sich einigermaßen wieder gefangen hat, steigt er ein. Er fährt sofort los. Etwas aufgekratzt spiele ich mit meinen Fingern. Gedankenverloren schweifen meine Augen im Wagen umher. Seine Blicke durch den Rückspiegel auf mich entgehen mir kein einziges Mal. Als er am Bahnhof anhält, fällt mein Blick sofort auf die Anzeige: 8,50 Euro. Ich steige aus und gebe ihm das Geld, bevor er irgendetwas sagen kann. „Stimmt so, der Rest ist für dich."
Hastig gehe ich von seinem Wagen weg in die entgegengesetzte Richtung von meinem Auto. Er flucht lautstark. Erst jetzt hat der Taxifahrer den 5-Euro-Schein bemerkt. Eiligen Schrittes gehe ich in die Seitenstraße während meine Augen wachsam nach der Gasse Ausschau halten, in die ich verschwinden will. Da ist sie ja. Nur weg von der Straße falls er mir nachfahren sollte.
Der Taxifahrer ist nicht mehr zu sehen, als ich am anderen Ende der Gasse rauskomme. Mein Auto steht nicht weit entfernt von mir. Hastig eile ich über die Straße auf meinen Wagen zu. Erst als ich darin sitze, verspüre ich Erleichterung. Ohne einen Kontrollgang zu machen fahre ich los.
Vor meinem Zuhause drehe ich doch noch eine Runde, um auf Nummer sicher zu gehen. Kein Kratzer, keine Delle, nichts. Glück gehabt.
Der erste Griff, nachdem ich in meinem Zimmer stehe, ist der

zu meinem Handy. Mehrere Nachrichten sind darauf.

Hi!
Wenn du Lust hast könnten wir uns wieder
in unserem Stammlokal treffen. Gib mir Bescheid
MFG Sara

Dafür ist es jetzt leider zu spät. Etwas verärgert darüber antworte ich ihr. Beim nächsten Mal nehme ich es mit. Es muss ja nicht in meiner Tasche liegen. Letztens lag es auch im Auto.

Guten Morgen!
Sorry war eine anstrengende Nacht
und wie du weißt, lass ich mein Handy immer zu Hause.
Beim nächste Mal gern wieder.
Wie war deine Nacht?
MFG Marlene

Ich tippe auf die nächste. Sie ist von Chris.

Sei froh, dass du nicht dabei warst.
Kommen gerade aus dem Kino.
Scheiß Film. ☺

Mein Finger geht auf die Letzte. Sie ist von Thomas.

Ich freu mich schon auf dich heute.
LG T.

Nach der Uhrzeit hat er sie vor knapp zwei Stunden geschrieben. Es ist kurz nach neun. Jetzt aber los. Ich werfe mein Handy aufs Bett und ziehe mich aus. Plötzlich denke ich an mein Geld, das ich verdient habe. Hastig verstaue ich es unter meinen alten Pullovern. Während des Duschens überlege ich, was ich anziehe. Es sollte sexy, sportlich, aber elegant sein. In meinen Gedanken gehe ich den kompletten Kleiderschrank durch. Selbstsicher, was meine Garderobe

angeht, komme ich ins Zimmer zurück. Eine weiße Bluse und ein schwarzer Faltenrock soll es sein, dazu Schuhe mit den Zehn-Zentimeter Absätzen. Das Ergebnis überzeugt mich im Spiegel noch nicht. Das fehlende Make-up ist es nicht. Meine Haare stören mich. Während des Schminkens kreisen meine Gedanken um die perfekte Frisur für heute. Meine Wahl fällt auf einen seitlichen Zopf. Nach einem letzten prüfenden Blick in den Spiegel steige ich um halb elf in meinen Wagen. Passend zu meinem Outfit habe ich noch eine kleine schwarze Tasche mitgenommen.
Auf der Fahrt zum Stadtparkplatz, wo wir uns treffen, steigt meine Aufregung immer mehr. Ich parke mein Auto, steige aus und halte Ausschau nach ihm.
Drei Reihen vor mir steht Thomas neben seinem Wagen und lächelt mich an. Er breitet seine Arme aus, als ich unmittelbar vor ihm stehe. Allzu gern lasse ich mich hinein fallen. Er drückt mich fest an sich. Die letzten Tage waren einfach zu lange ohne ihn. Thomas scheint es ebenso ergangen zu sein.
„Du hast mir gefehlt."
Allein schon dieser Satz lässt mein Herz Freudensprünge machen. „Du mir auch", stelle ich klar.
Thomas grinst mich an. Sein vielsagender Blick gibt mir zu verstehen, dass er mich küssen will. Am liebsten würde ich es tun, aber nein, er ist der Mann. Er soll die Chance ergreifen. Sein Gesicht kommt meinem entgegen. Voll freudiger Erwartung schließe ich meine Augen und warte, dass seine Lippen die Meinigen berühren. Plötzlich lässt er mich los. Ich schlage die Augen auf und mustere ihn. „Das freut mich zu hören", sagt er etwas abgedroschen, um von seinem Handeln abzulenken.

Kapitel 6

Etwas enttäuscht darüber wende ich mich der Beifahrerseite zu. „Es ist schon offen", sagt er, als ich wartend davor stehen bleibe. Ich steige ein und schnalle mich an. Er mustert mich nochmal eingehend von der Fahrerseite aus, dann lässt er den Motor an und wendet aus der Parklücke auf die Straße. Sein Fahrstil ist ruhig und gelassen. Mein Kopf ist ihm zugewandt. Ich studiere genau sein Profil. Er sieht sogar noch besser aus als in meinen Erinnerungen. Thomas trägt eine schwarze Hose und ein weißes Hemd, das sich über seiner muskulösen Brust spannt. Jetzt fällt es mir auf. „Wir sind heute im Partnerlook."
Darüber muss er grinsen. „Wird dir das jetzt erst klar?"
Ich nicke ihm zu. „Ja."
„Dann hast du gerade nicht genau hingesehen", seine Stimme wirkt vorwurfsvoll. Anscheinend ist ihm das schon von Weitem aufgefallen.
„Du hättest auch was sagen können", verteidige ich mich.
Er wirft mir einen sarkastischen Blick zu. „Ich denke ein wenig solltest du auch auf mich zugehen, immerhin habe ich gesagt, dass du mir gefehlt hast."
„Und ich habe es erwidert", erinnere ich ihn daran.
„Ja. Nachdem du sicher warst, dass es mir genau so ging." Seine Stimme klingt etwas trotzig. Ich wende mich von ihm ab und schaue aus dem Fenster zu den Passanten, die auf den Bürgersteigen entlang gehen. Ich will nicht, dass er so denkt. Ohne lang das Für und Wieder abzuwiegen sage ich, was ich denke: „Eigentlich hätte ich gerade gehofft, dass du mich küsst."
Sein Blick darauf scheint weicher zu werden, aber seine Antwort ist pampig. „Ja sicher hast du das gehofft."
Was für ein Idiot. Meine Hand greift nach seinen Haaren und zieht an ihnen, so dass er mich ansehen muss. „Ja wirklich."
„Kati", er windet sich aus meinen Griff. „Ich muss mich auf den Verkehr konzentrieren."

Ich verdrehe die Augen und wende mich wieder der Aussicht auf meiner Seite zu. Wir haben die Stadt hinter uns. Den Tag mit ihm habe ich mir wirklich anders vorgestellt. Plötzlich liegt seine Hand auf meinem Knie. Am liebsten würde ich mich zu ihm hindrehen, da ich seinen Blick auf mir spüre, doch die Zicke in mir erinnert mich daran >Er muss sich auf den Verkehr konzentrieren<. Meine Augen starren weiter aus dem Fenster. Sein Druck auf mein Knie wird fester, nachdem ich nicht darauf reagiere. In diesem Moment könnte er alles machen, es wäre mir egal. Die Bäume an meinem Fenster ziehen immer langsamer vorbei. Im ersten Moment weiß ich gar nicht, was los ist, bis sein Auto in einen Feldweg einbiegt und anhält. Was ist jetzt schon wieder? Meine Augen wandern zu Thomas, der den Gang rausnimmt, die Handbremse anzieht, aber den Motor weiter laufen lässt. „Wollen wir den Tag wirklich so beginnen?" Er schaut mich eindringlich an. „Ich habe mir das alles heute etwas anderes vorgestellt."
„Dann sind wir schon zwei!", kontere ich und erwidere seinen Blick. Es vergeht eine kleine Ewigkeit, bis Thomas seine Augen von mir nimmt, umso schneller kommt er danach jedoch meinem Gesicht entgegen und küsst mich. Ich bin so perplex, dass ich gar nicht weiß, wie ich reagieren soll. Meine Lippen lassen ihn die ganze Arbeit machen, was Thomas auffällt. Er lässt ab von mir und wendet sich bestürzt wieder seiner Gangschaltung zu. Scheiße, das wollte ich nicht. Bevor er jedoch den Rückwärtsgang einlegt, um auf die Straße zurück zu kommen, lehne ich mich zu ihm rüber und küsse ihn. Es ist ein leidenschaftlicher Kuss mit viel Gefühl und Zunge. Er erwidert ihn sofort. Durch meine geschlossenen Augen wird mein Geruchssinn gestärkt. Ich rieche sein Parfum. Es ist herb, sexy und passt perfekt zu ihm. Dieser Mann ist einfach ein Traum. Etwas gedankenverloren beiße ich ihn sanft in die Lippe. Ein erregendes Stöhnen entfährt ihm. Thomas drückt mich sanft an meinen Platz zurück. Seine Hände wandern von meinem Gesicht aus langsam nach unten auf meine nackten Beine, die er sanft

streichelt. Ich vergrabe meine Hände in seinen Haaren und knabbere sanft an seinem Ohrläppchen.
„Fuck", Thomas atmet schwer ein. Seine Finger gleiten sanft zwischen meine Beine. Seine Berührungen bringen mich innerlich zum Kochen vor Erregung. Ich schlage die Augen auf und erstarre. „Thomas?", meine Stimme ist nur ein Piepsen. Ich räuspere mich. „Thomas!", sage ich erneut etwas lauter.
Er kommt seitlich von meinem Hals hoch und sieht mich fragend an. „Was ist denn? Gefällt es dir nicht?"
Ich grinse verlegen. „Doch, aber dreh dich lieber erst um."
Er blickt hinter sich und lässt sofort von mir ab. Eine Horde älterer Männer mit Gehstöcken ist keine zehn Meter von seinem Auto entfernt. Die Truppe hat unsere Absichten schon bemerkt, denn sie winken und lachen uns zu. Es dauert keine Sekunde schon hat er den Rückwärtsgang eingelegt und fährt auf die Straße hinaus. Als ob dieser Moment nicht unangenehm genug wäre, kommen die Herren gerade auf die Straße, als Thomas den Vorwärtsgang einlegt. Am liebsten würde ich im Erdboden versinken. Wie peinlich. Ich halte mir die Hand vor mein Gesicht und versuche ihr Johlen und Lachen auszublenden, während wir an ihnen vorbei fahren. Nachdem die Luft rein ist wandert mein Blick zu Thomas. Sein Gesicht ist vor Scham rot angelaufen. Sein Anblick bringt mich zum Lachen.
„Was?", seine Stimme klingt angefressen.
„Ich muss daran denken, was sie wohl noch alles gesehen hätten, wenn ich nicht die Augen aufgemacht hätte", sage ich zwischen meinem Gelächter.
„Viel zu viel", sein Ton ist immer noch ernst.
Seine Reaktion bringt mich nur noch mehr zum Lachen.
„Redest du gerade von deinem Schwanz?" In diesem Moment wirft mir Thomas einen so irritierenden Blick zu, dass ich mir die Hände vor mein Gesicht schlagen muss vor Lachen. „Du solltest mal dein blödes Gesicht sehen!"
„Was ist so lustig?", fragt er ahnungslos nach.
Seine Unwissenheit spornt mich noch mehr an. Thomas

schüttelt den Kopf und wendet sich wieder der Landstraße zu. Mein Lachen hält noch ein wenig an, bis es komplett verstummt. „Geht's wieder?", hakt er nach.
„Ja, das habe ich jetzt gebraucht", ich bemühe mich nicht von Neuem anzufangen.
„Ich weiß wirklich nicht, was daran so lustig war", erkundigt er sich.
„Einfach alles. Die Kerle, der Moment, dein Gesicht." Ich drehe mich weg von ihm, da ich schon wieder zum Grinsen anfange. Mein Handy vibriert, doch ich übergehe es.
„Willst du nicht dran gehen?", fragt er verwundert.
„Nein, heute ist unser Tag."
„Gute Antwort."
Wir befinden uns schon auf der Autobahn, als Thomas die Knöpfe an seinem Radio drückt. Es erklingt eine romantische Ballade. Das passt ja zu uns. Ich muss grinsen. Meine Augen wandern zu Thomas, der ebenfalls lächelt. Manchmal ist das Timing einfach nur perfekt. Es vergehen Minuten, bis der Song ausklingt, danach ertönt die Stimme des Moderators. Thomas stellt sein Radio ab. „Was für Musik magst du?"
„Die aktuellen Charts und fast jede Musikrichtung, von Pop angefangen über Rock bis hin zu Soul. Was ich nicht mag ist Techno."
„Ach, Techno magst du nicht?", er grinst entschuldigend.
„Du etwa?", ich versuche, es geschockt klingen zu lassen.
„Ja. Ich mag Techno und all das, was du auch magst, nur mit Soul kann ich nichts anfangen." Thomas schaltet herunter vom fünften Gang, da einer seine Spur schneidet. Etwas wütend darüber drückt er auf die Hupe. „Idiot!" Er wendet sich wieder mir zu. „Außerdem, wenn ich im Lenoxx arbeite, bleibt mir nichts anderes übrig. Da spielen sie nur Techno."
„Stimmt", fällt mir ein. „Deswegen gehe ich auch ungern in diesen Club."
„Du gehst ungern ins Lenoxx wegen der Musik?", fragt er ungläubig nach. „Da, wo die ganze Stadt vertreten ist?"
„Wie ich dir schon geschrieben habe, ich bin lieber in Regensburg unterwegs", erinnere ich Thomas an meine

Nachrichten, in denen es darum ging. „Ich bin eben kein Mitläufer."
„Gut zu wissen. Ich mag Frauen, die gegen den Strom schwimmen", er zwinkert mir zu.
„War viel los am Freitag?", frage ich interessiert nach.
„Es war die Hölle", und verdreht die Augen dabei. „Die reinste Kinderdiskothek, 20 abwärts."
„Ich bin 19", stelle ich trocken fest.
„Du bist anders", entgegnet er mir. „Du säufst nicht und fängst dann an zu schlägern."
„Und du hast geschrieben, ich soll hinkommen", scherze ich.
„Vielleicht wäre ich dann auch noch unter die Räder gekommen."
Das scheint ihn zu belustigen. „Da hätte ich schon auf dich aufgepasst."
„Wirklich?", meine Augen sehen ihn ungläubig an.
„Was denkst du denn?" Wir halten vor einer roten Ampel. Thomas Blick ist auf mich gerichtet. Seine Augen glühen vor Aufrichtigkeit. „Niemand fasst mein Mädchen an."
Ich muss mich bemühen, ihm nicht um den Hals zu fallen bei seinen Worten. Für mich ist es zu früh dazu, da meine Gedanken immer noch um den Strich kreisen. Die Ampel hüpft auf grün. Er gibt Gas und fährt in Richtung Innenstadt.
„Was willst du machen?", wirft Thomas ein.
Ich überlege kurz. „Hast du Hunger?" Sein Lächeln wird breiter. Das heißt wohl ja. „Lass uns essen gehen."
„Ich kenne einen Italiener in der Nähe vom Marktplatz", klärt er mich auf. „Der ist echt gut."
„Ok", nicke ich ihm zu. In den letzten Tagen habe ich zwar oft italienisch gegessen, aber genug habe ich noch lange nicht davon. Es vergehen keine fünf Minuten und schon fahren wir in die Tiefgarage eines Parkhauses. Thomas löst sein Parkticket. „Nimmst du es mir ab?" Ich greife danach und verstaue es in meiner Tasche. Wir müssen eine Etage tiefer, da alles voll steht. „Na endlich", seine Erleichterung lässt mich aufblicken. Mit einer fließenden Bewegung fährt er in eine freie Parklücke hinein. Während er den Motor abstellt,

steige ich samt Tasche aus dem Auto. Ich gehe hinter seinen Wagen und warte darauf, dass er sich zu mir gesellt. „Dann mal los."
Die Sonne scheint und es weht eine angenehme Brise, als wir aus dem Parkhaus ins Freie treten. Auf dem Platz vor uns sitzen mehrere Gruppen zusammen. Sie trinken, rauchen, reden ausgelassen und genießen die Sonne.
„Da ist mir die Donau lieber", entgegnet mir Thomas.
Ich sehe ihn an. „Mir auch."
Wir biegen in eine Gasse ein und kommen einer Horde junger Mädchen entgegen, die sich alle nach Thomas umdrehen. Ihm scheint es gar nicht aufzufallen, denn er geht einfach an ihnen vorbei, ohne sie eines Blickes zu würdigen. „Wir müssen hier links rein." Er deutet mit der Hand auf eine Passage, die wir durchqueren müssen.
„Ok", durch die Mädchen war ich so abgelenkt, dass meine Stimme etwas überrascht klingt.
„Was ist los?", er schaut mich verwundert an.
„Nichts", versichere ich ihm.
In dem Durchgang der Passage kommen wir an kleinen Cafes und Kneipen vorbei, wo Leute davor sitzen und angestrengt reden. Die Blicke einiger sind auf uns gerichtet.
„Offensichtlich bin ich nicht dein einziger Verehrer", stellt Thomas ernüchternd fest.
„Wie meinst du das?", werfe ich etwas verwirrt ein.
„Naja, schau doch mal hinter mich", seine Stimme ist immer noch freudlos. Ich werfe einen verstohlenen Blick auf die Jungs, die mir ausgiebig nachschauen.
Ich drehe mich sofort wieder weg von ihnen. „Na und?"
„Ich mag so etwas nicht", gibt er mir mit kühlem Ton zu verstehen.
„Du wirst doch wohl nicht eifersüchtig sein, Thomas?", sage ich, um ihn zu ärgern, doch sein Ausdruck bleibt gleich. Plötzlich höre ich hinter mir Pfiffe. Ich versuche, sie zu übergehen.
„Die gelten dir, Kati", sagt Thomas düster.
„Und wenn schon. Ich habe einen tollen Kerl, da können die

einpacken", versuche ich seine Stimmung zu verbessern. Er geht nicht drauf ein und schaut stur auf den Gehweg. Ich remple ihn sanft an. „Jetzt komm schon, stell ich mich so an!" Er wirkt verwirrt. „Was meinst du?"
„Vor nicht mal fünf Minuten sind wir an einer Gruppe Mädchen vorbei gegangen, die dich angehimmelt haben. Beschwer ich mich darüber?"
Sein Ausdruck bleibt verwundert. „Das bildest du dir ein."
„Nein. Tu ich nicht. Ich habe Augen im Kopf."
„Wunderschöne blaue", setzt er nach. Ich sehe ihm tief in seine Grauen. Am liebsten würde ich ihn küssen.
„Hier müssen wir entlang", wirft er ein und schiebt mich sanft nach links. Thomas ist eifersüchtig? Diese Erkenntnis ist Balsam für meine Seele. Die Leute, die an uns vorbei gehen, werfen alle verstohlene Blicke auf uns.
Ich schaue an mir hinunter und dann auf ihn. „Vielleicht sind wir einfach zu fein herausgeputzt?"
„Was?" Seine Augen sind auf mich gerichtet.
„Naja wir beide sind im Partnerlook und dazu noch so elegant herausgeputzt", meine Finger deuten auf mich und ihn.
Das scheint ihn zu amüsieren. „Vielleicht ist es auch das."
„Bestimmt ist es das", korrigiere ich ihn. Nun muss auch er wieder lächeln. Der Kerl ist echt launisch. Durch die Gasse erkenne ich den Markplatz, auf den wir zugehen.
„Hier müssen wir rein." Der Italiener, von dem er geredet hat, befindet sich unmittelbar vorm Marktplatz. Es ist ein dreistöckiges Reihenhaus mit mediterranem Anstrich und zwei Fenstern pro Etage. Es sieht so idyllisch aus, so dass nur noch die Wäscheleinen fehlen, die von einer Häuserwand zur anderen gehen, wie ich es aus Filmen kenne. Vor dem Eingang steht seitlich eine schwarze Tafel, an der das heutige Mittagsmenü beschrieben wird.
„Hört sich doch gut an", meint Thomas.
„Ich mag kein Rindfleisch", stelle ich klar.
„Die machen es so gut, da schmeckst du gar nicht, von welchem Tier es ist", versichert er mir.

„Also ist es wohl Schwein", necke ich ihn.
Er grinst über beide Ohren. „So ähnlich."
Wir gehen die drei Stufen zum Eingang hinauf, durch einen engen Gang und landen in einem gut besuchten Restaurant. Klänge einer Gitarre ertönen sanft im Hintergrund und die Einrichtung ist typisch italienisch: warme Farben, Bilder von lauen Sommernächten und erlesene Weine, die hinter der Bar gut sichtbar platziert sind.
Ein älterer Mann mit grauen, zurückgekämmten Haaren, schwarzem Hemd und weinroter Schürze kommt auf uns zu.
„Guten Tag die Herrschaften, kann ich Ihnen helfen?" Er ist einer von den Servicekräften.
„Hallo!", begrüßt ihn Thomas. „Wir suchen einen Tisch für zwei Personen."
Der Kellner nickt ihm freundlich zu. „Bitte hier entlang."
Thomas lässt mir den Vortritt. Der Mann führt uns an einen Tisch, der schon mit Besteck und Servietten gedeckt ist. Er steht am Fenster mit Aussicht auf den Platz.
„Bitteschön", er zieht meinen Stuhl zurück und deutet mir mit einem Nicken an, dass ich mich setzen soll.
„Danke", meine Stimme wirkt verlegen. Meine Tasche lege ich auf den freien Platz neben mir. Thomas setzt sich mir gegenüber, sein Gesicht ist freundlich gestimmt.
„Wissen Sie schon, was Sie trinken wollen?"
„Ein stilles Wasser bitte."
Der Kellner wendet sich an Thomas. „Eine Cola."
Der Mann notiert sich alles. „Kommt sofort!"
Mein Blick wandert auf die Aussicht zum Markplatz. Es ist sonnig und warm, dazu die italienischen Klänge.
„Und?", ist da Thomas Stimme. „Gefällt dir das Lokal?"
„Mehr als das. Es wirkt wie Urlaub."
Der Kellner kommt mit unseren Getränken und den Speisekarten an den Tisch. Wortlos legt er sie ab und geht. Beide greifen wir danach. Es vergehen ein paar schweigende Minuten. Meine Augen studieren die Angebote. Tortellini oder Pizza?
„Weißt du schon, was du nimmst?" Über seine Speisekarte

hinweg sieht Thomas zu mir rüber.
„Ich denke Pizza", meine Augen sind weiterhin auf die Karte gerichtet.
„Welche?", fragt er nach.
„Die Nummer 43."
„Die mit Parmaschinken, Cocktailtomaten und Rucola?"
„Genau die", ich lege meine Karte zur Seite und greife nach meinem Glas. „Und du?", sage ich und genehmige mir einen Schluck.
„Nummer 40", sagt er und überprüft nochmal die Nummer. Danach legt er sie ebenfalls weg.
„Pizza Hawaii?"
„Ja."
„Du siehst aber nicht so aus, als ob du oft Pizza essen würdest.", hake ich ein.
„Du auch nicht", setzt er nach.
„Das..." Der Kellner kommt an unseren Tisch und unterbricht mich. Er nimmt unsere Essensbestellung auf.
Als ich und Thomas wieder allein sind, fragt er nochmal nach. „Was wolltest du sagen?"
Ich muss kurz überlegen. „Das war kein Witz. Jemand mit deinen Muskeln ist eigentlich ein Fitnessfanatiker und achtet auf seine Ernährung." Mit meinen Händen deute ich auf seine Oberarme und seine starke Brust.
„Von mir war es auch ernst gemeint. Frauen mit deinem Aussehen und deinem Stil für Mode essen meistens Salat." Seine Blicke schweifen über meinen Körper, soweit er ihn sehen kann, bis der Tisch ihn verdeckt.
„War das gerade ein Kompliment?", flirte ich.
„Nein, die Wahrheit", sein Blick trifft meinen.
Ich grinse ihn an. „Du weißt, was Frauen hören wollen. Einer deiner vielen Vorzüge." Mein Kompliment macht ihn leicht verlegen, denn er wendet sich ab. „Ich gehöre Gott sei Dank zu den Menschen, die essen können, was sie wollen, ohne zuzunehmen", stelle ich klar, nachdem er nichts sagt.
Seine Augen wandern wieder zu mir hoch. „Und ich esse gerne Fast Food und trainiere sehr viel."

„Wie oft in der Woche?"
„Kommt darauf an, wie es die Zeit zulässt, aber mindestens vier Mal", antwortet er mir.
„Aha." Als Freund wird er für mich nicht viel Zeit haben, wenn er nach der Arbeit noch ins Fitnessstudio geht.
„Nicht gut?", er mustert mich eindringlich.
„Doch", lüge ich.
„Aber?", er wartet auf eine Antwort von mir.
„Hast du dann überhaupt noch Zeit für andere Sachen?"
„Andere Sachen?" Thomas versteht sofort, worauf ich hinaus will. „Für bestimmte Sachen habe ich mehr als genug Zeit."
Wir grinsen uns beide an. Der Kellner kommt mit dem Essen an unseren Tisch und wünscht uns einen guten Appetit.
„Lass es dir schmecken", sagt Thomas und nimmt sein Besteck.
„Du dir ebenfalls." Ich nehme einen Schluck von meinem Wasser und mache mich über meinen Teller her. In der Zeit während wir essen, frage ich ihn über verschiedene Dinge aus. Er steht mir Rede und Antwort zu seinem Fitnesstraining und welche Übungen am effektivsten für welchen Bereich seines Körpers sind. Wo er schon überall im Urlaub war und mit wem. Welche Filme er sich gerne ansieht. Er klärt mich auf, dass er ein Beziehungsmensch ist, aber die Frage nach seinen Ex-Freundinnen beantwortet er nur ungern.
„Du hattest schon acht Freundinnen?" Ich bin irritiert.
„Ja", stimmt er mir zu. „Schlimm?"
Ich winke ab. „Nein, aber für einen Beziehungsmenschen sind es doch viele. Wann hattest du die erste?"
„Mit 15", klärt er mich auf und spießt sich ein Stück Pizza auf die Gabel.
„Deine längste Beziehung ging wie viel Monate?"
„Fünf." Er verzieht sein Gesicht. Ich mustere ihn ungläubig.
„Ich weiß, du hast einen längeren Zeitraum erwartet, aber nein", er schüttelt seinen Kopf. „Fünf Monate."
Seine Antwort führt zu meiner nächsten Frage. „Warum gingen deine Beziehungen in die Brüche?" Ich kaue an meiner Pizza.

„Die üblichen Gründe eben: Auseinander gelebt, untreu und so weiter." Er zählt sie an seinen Fingern ab.
„Warst du untreu?" Sein angespannter Gesichtsausdruck spricht Bände. Ich habe ins Schwarze getroffen. Sein stummes Bejahen ist wie ein Tritt in meine Magengrube. Nach den zwei Treffen, die wir hatten, habe ich ihn für perfekt gehalten, doch das ist er nicht. Diese Erkenntnis trifft mich aus heiterem Himmel. „Das hätte ich nicht von dir gedacht."
„Das ist Jahre her", seine Stimme wirkt aufgebracht. „Ich war meinen letzten Freundinnen allen treu." Ich lächle gestellt. Einerseits glaube ich ihm, andererseits könnte er mich auch anlügen. „Wirklich. Ich war ihnen treu", setzt er erneut nach und schiebt seinen Teller zur Seite, als er mit seiner Pizza fertig ist. Ich gebe mich uninteressiert und esse einfach weiter. Thomas wischt sich mit seiner Serviette den Mund ab und wartet auf eine Antwort von mir. Unter seinem prüfenden Blick spieße ich mir mein letztes Stück auf.
„Was ist mit dir?", wirft er prompt ein.
„Mit mir?" Ich verschlucke mich fast an meiner Pizza.
„Schlechtes Gewissen?!", kontert er. Darüber will ich hier nicht reden, meine Augen wandern auf seine Armbanduhr, es ist kurz vor drei. „Bekomme ich keine Antwort?", er fixiert mich eindringlich.
„Nicht hier", stelle ich klar. „Lass uns an die Donau gehen."
„Ok." Er hebt die Hand und winkt unserem Kellner durch das leere Restaurant zu. Er scheint vor Neugierde beinahe zu platzen. Ich greife in meine Tasche, hole mein Portmonee heraus und lege es vor mir auf den Tisch. „Was willst du denn damit?" Thomas wirkt verblüfft.
„Zahlen", stelle ich verwundert fest.
„Das geht auf mich", meint er nur darauf.
„Du bist schon gefahren. Die Rechnung übernehme ich."
„Nein. Ich zahle." Er fasst sich in seine Gesäßtasche und holt seinen Geldbeutel hervor.
„Sei nicht albern", belehre ich ihn.
Der Kellner tritt an unseren Tisch. „Zusammen oder getrennt?"

„Zusammen", sagen wir beide wie aus einem Mund.
Der Mann mustert uns irritiert. „Das macht dann 27,50."
Ich nehme mein Portmonee zur Hand.
„Kati. Ich warne dich", droht er mir spaßig.
„Und ich werde dich totschlagen", ziehe ich ihn auf.
Wir sehen uns beide angestrengt in die Augen. Keiner von uns gibt in seinem Blick nach oder blinzelt.
Plötzlich höre ich die Stimme des Kellners. „Muss junge Liebe schön sein." Verwundert schaue ich zu ihm auf. Er lächelt mich nur an. „Nicht wahr, junge Frau?"
Völlig verdattert lache ich nur hohl auf. Häh????? Ich verstehe nur Bahnhof. Was meint er denn damit?
Thomas nutzt die Situation und gibt dem Mann sein Geld. „Hier. Stimmt so." Der Kellner bedankt sich eingehend bei ihm und wünscht uns noch einen schönen Tag.
„Das war wirklich nicht nötig", merke ich beleidigt an.
„Doch, war es", entgegnet er mir.
Wir sind auf den Weg zur Donau und begegnen einigen Pärchen. Thomas geht neben mir. Keiner von uns beiden sagt etwas. Als wir aus einer Seitengasse auf den Fluss zukommen, ist kaum ein Plätzchen frei. Wir gehen einige hundert Meter, bis wir eine freie Stelle finden. Wir setzen uns auf die Steinwand und lassen unsere Füße hinunter hängen. Bevor ich es mir richtig bequem machen und meine Tasche auf meinen Schoß legen kann, fängt Thomas schon an zu reden. „Was ist nun mit deinen Beziehungen?" Verdammt. Er hat es nicht vergessen. Ich versuche, abwesend zu wirken und lasse meine Augen über die Donau streifen.
„Kati?", setzt Thomas nach.
Ich gebe auf. Ihm zugewandt fange ich an zu erzählen. „Ich hatte nur zwei und die waren mit 13 und vor Kurzem."
Er sieht mich ungläubig an. „Wirklich?"
„Ja", erwidere ich. „Obwohl man es eigentlich auch als eine gelten lassen könnte. Es war derselbe Typ."
„Du warst zwei Mal mit demselben Kerl zusammen?" Ich nicke. „Warum habt ihr euch getrennt?", wirft Thomas ein.
„Es fühlte sich nicht richtig an. Weder beim ersten noch beim

zweiten Mal", versuche ich ihm zu erklären. „Naja, das war es eigentlich schon. Ein Kerl, zwei Beziehungen."
„Das war aber nicht alles." Ich weiß, worauf er anspielt.
„Lass uns das Thema wechseln", schlage ich hastig vor.
„Ach?" Seine Stimme klingt übertrieben trotzig. „Du darfst mich ausquetschen, aber bei dir sollen wir gleich das Thema wechseln."
„Das wäre mir lieb", versuche ich ihn zu überzeugen. „Findest du es nicht auch schön hier?"
„Vergiss es. Jetzt bist du dran", beharrt er stur darauf.
„Dann schieß los", gebe ich klein bei.
„Mit wie viel Typen hattest du Sex?", stellt er zuerst die Frage. „Der Kerl, mit dem du eine Beziehung hattest, eingerechnet."
„Mit sechs." Mit meinen Händen wäge ich sie ab.
„Warum wurde nicht mehr daraus?", fragt er als nächstes.
Ich zucke mit den Schultern. „Keine Ahnung. Es hat sich einfach nicht mehr ergeben."
„Du wolltest nicht mehr?", versucht er zu erahnen.
„Nein. Es passte einfach nicht im Großen und Ganzen für eine Beziehung", korrigiere ich ihn. „Zufrieden?"
Thomas hält seinen Kopf schief und grinst mich an. „Etwas. Wie lang ist dein letzter Kerl her?"
Meine Freier kommen mir in den Sinn. Ich blende die Typen aus und denke an meinen letzten Freund. „Sechs Monate."
Thomas sieht mich ungläubig an. „Eine lange Spanne."
„Kann sein", ich versuche, uninteressiert zu wirken.
„Warum ist dein Letzter solange her?", fragt er nach, als ich ihm keine Antwort gebe.
„Weil ich in den letzten Monaten jede freie Minute für meine Abschlussprüfungen gelernt habe. Die waren wichtiger." Ich drehe meinen Kopf zu zwei Frauen, die neben uns Platz nehmen.
„Dann war ich sozusagen der Erste nach einem halben Jahr."
Diese Erkenntnis scheint ihn zu freuen.
Ich verdrehe die Augen. „Ja."
Dieses Wissen bringt einen Ausdruck auf seinem Gesicht zum

Vorschein, den ich noch nie gesehen habe. Er wirkt stolz und glücklich. Thomas stützt seine Arme ab und rückt vom Rand der Steinwand nach hinten. Er grinst mich an.
„Was?", ich bin verwirrt.
„Komm her", fordert er mich ruhig auf. Er senkt seinen Kopf und deutet auf den freien Platz zwischen seinen Beinen.
Ich schiebe mich auf meinen Armen dazwischen, meine Tasche lege ich neben mich. Es dauert keine Sekunde schon schlingt Thomas seine Arme um mich. Ich spüre die Kraft, die in ihnen steckt und seinen Atem auf meinem Nacken. Die Nähe zwischen uns ist wahnsinnig intensiv in diesem Moment. Thomas vergräbt sein Gesicht in meinen Hals und atmet kräftig ein. „Du riechst echt umwerfend."
Ich muss über sein Kompliment schmunzeln. „Danke." Meine Augen wandern ziellos umher. Ich schaue auf die Wasseroberfläche der Donau und betrachte den Stadtteil von Regensburg, der am anderen Ufer liegt. Es ist ein angenehmer Sommertag. Nicht zu heiß und nicht zu kalt.
„Erzähl mir etwas, was keiner von dir weiß!", seine Stimme ist nur ein Flüstern. Da gibt es nur das Anschaffen, denke ich mir keck. Im nächsten Moment steigt Panik in mir hoch. Das darf und sollte auch keiner wissen, besonders Thomas sollte darüber nie etwas erfahren. Seit diesem Abend hat er dieses Thema nicht mehr angeschnitten. Hat er es womöglich vergessen? „Na?", er rüttelt mich sanft in seinen Armen. Ich grüble angestrengt nach. „Ich habe mit Kerstin und Chris auf der Abschlussfahrt Gras geraucht."
Seine Umarmung wird lockerer. „Echt?", er lehnt seinen Kopf über meine linke Schulter.
„Ja." Wenn ich an diesen Abend denke, muss ich grinsen.
„Was ist mit dir?"
„Gibst du mir vielleicht ein bisschen Zeit, um das zu verdauen", seine Stimme strotzt vor Ironie „Ich habe Hausverbot im Coolclub."
Das ist die neue Diskothek in unserer Stadt. Ich kenne den Besitzer, war jedoch noch nie drin. „Warum?"
Thomas atmet scharf ein. „Ich habe Daniel verprügelt."

„Fleischer Daniel?", gebe ich dem Kind einen Namen."
„Du kennst ihn?", er ist verwundert darüber.
„Ja. Eines der größten Arschlöcher, die ich in meinem Leben kenne." Ich lehne meinen Rücken an seine Brust.
„Hat er dich angemacht?"
„Mich und Kerstin hat er im Boomarang angemacht." Meine Finger streicheln sanft über seinen Unterarm. „Warum hast du ihn verprügelt?"
„Weil er ohne Grund auf meinen Kumpel losgegangen ist." Thomas windet seine Arme unter meiner Berührung. „Du weißt, wie man einen Kerl verrückt macht, Kati."
In dem Moment bin ich froh, dass er mein selbstzufriedenes Gesicht nicht sehen kann. „Soll ich aufhören?"
„Untersteh dich", weist er mich zurecht.
„Dadurch hast du Hausverbot?", setze ich erneut nach.
„Ja." Thomas kitzelt mit seiner Nase sanft meinen Nacken. Dieses Gefühl ist unbeschreiblich erregend. Ich verkeile meine Fingernägel in seine Arme. „Du weißt aber auch, wie man mit einer Frau umgeht." Alles, was ich von ihm höre, ist ein zufriedenes Kichern. Einige Minuten lang redet von uns beiden keiner ein Wort. Wir genießen die stille Zweisamkeit. Mein schlechtes Gewissen meldet sich. Ich spiele Thomas die perfekte Frau vor und gehe hinter seinem Rücken anschaffen. Das ist nicht fair von mir. Das ist ihm gegenüber nicht ehrlich. Ich versuche meine Schuldgefühle zu ignorieren. „Willst du ein Eis?"
Thomas antwortet sofort. „Gerne." Er löst seine Umarmung.
„Gleich da oben wäre eine Eisdiele", ich deute mit meinem Zeigefinger hinter uns.
„Dann lass uns gehen", gibt er mir zurück.
Ich springe sofort auf. „Bleib du hier und halt uns den Platz frei", weise ich ihn an. Thomas nickt zustimmend. „Was für eine Sorte willst du?", frage ich.
„Schoko und Vanille." Er fasst sich dabei in die hintere Tasche seiner Jeans.
„Waffel oder Becher?"
„Waffel natürlich."

„Ok", ich grinse ihn an und mache mich auf den Weg vorbei an den zwei Frauen neben uns, die ihre Köpfe zusammen stecken. Nachdem ich kurz warten musste, komme ich mit seinem Eis in der einen Hand und meinem Becher in der anderen zurück an die Donau. Schon von Weitem sehe ich die beiden Frauen bei Thomas stehen. Er lächelt sie an und redet mit ihnen. Ich geselle mich zu ihnen und höre nur zu. Die Eine direkt vor Thomas wirft sich regelrecht ran an ihn, während die andere stillschweigend daneben steht.
Ihre plumpen Anmachsprüche sind genau so billig wie sie. Ich werfe einen Blick auf ihr Oberteil. Es ist weit ausgeschnitten und zeigt zu viel von ihrem großen Busen.
Die blonde Frau bückt sich und fasst an seinen angespannten Oberarm. Genau, zeig ihm noch mehr von deinem Ausschnitt! Sie stöhnt auf. „Ist der hart!"
Über so viel Dummheit kann ich nur lachen. Alle drei schauen auf mich. Ich winke gelangweilt ab. „Kümmert euch nicht um mich. Macht ruhig weiter." Die zwei Frauen wenden sich sofort ab, doch Thomas starrt mich weiter hilfesuchend an. Mein Gesichtsausdruck ist selbstgefällig. Ich gehe auf ihn zu und reiche ihm sein Eis. „Hier, nicht dass es schmilzt."
„Danke", sagt er barsch.
„Immer wieder gerne." Ich grinse über beide Ohren und gehe zwei Schritte zurück. Man könnte sagen, ich werfe ihn den Wölfen zum Fraß vor. Vor lauter Schadenfreude bemerke ich den Typen hinter mir nicht. Ich trete ihm mit meinen Pumps auf seinen Fuß.
„Auuuuua!!!!", schreit er auf.
Völlig verwirrt drehe ich mich zu ihm um. „Oh Scheiße, das war keine Absicht."
Der dunkelhaarige Typ trägt nichts außer einer kurzen Hose. Man sieht ihm an, dass er trainiert. Seine Schuhe hält er in der einen Hand, während die andere seinen Fuß massiert, auf den ich getreten bin. Seine Atemzüge sind kurz.
„Geht's wieder?", mein Ton ist besorgt. Er nickt nur. Ich höre Thomas hinter mir herzhaft lachen. Ich ignoriere ihn und

schaue den Typen vor mir an, der immer noch auf einem Bein steht. „Ist wirklich alles in Ordnung?"
„Ja", bringt er nur zwischen zwei Atemzügen hervor.
„Dann ist es ja gut", sage ich übereifrig und will mich von ihm abwenden, als er mir an mein Handgelenk fasst. „Warte doch kurz."
„Warum?", ich bin perplex.
„Weil ich nicht zu dir gekommen bin, um mir auf die Füße treten zu lassen", antwortet er mir sarkastisch.
„Oh", jetzt ist mir alles klar. „Danke, aber nein danke. Ich habe kein Interesse." Ich grinse entschuldigend. „Trotzdem sorry wegen deines Fußes." Ich drehe mich zu Thomas um, der mich währenddessen ausgiebig beobachtet hat. Die beiden Frauen stehen immer noch bei ihm. „So macht man das", keife ich ihn an. „Schaffst du es noch in diesem Leben?"
Über meine Schelte verzieht er nur sein Gesicht. Ich stehe wartend vor ihm. Er dreht sich zu den beiden Frauen um und motzt sie an. „Merkt ihr nicht, dass ich kein Interesse habe? An keiner von euch?" Er wartet gar nicht auf eine Reaktion von ihnen. „Also lasst es gut sein und tschüss."
Beide schrecken hoch und sehen sich an. Über seine plötzliche Abneigung können sie sich nur wundern. Hastig machen sie sich auf den Weg.
„Zicke", sage ich gespielt entrüstet.
„Das musst du gerade sagen", er schaut zu mir auf. „Willst du noch lange stehen bleiben?"
„Wenn du mich so anschnauzt, nein, denn dann werde ich mir nämlich einen anderen Platz suchen", gebe ich im selben Ton zurück.
„So war es nicht gemeint", sein Ton wirkt beschwichtigend. Thomas legt seine Hand neben sich. „Setz dich bitte."
„Warum denn nicht gleich so." Ich lasse mich auf den freien Platz neben ihm nieder.
Er schaut auf den Becher in meiner Hand. „Bis auf die Waffel ist von deinem Eis nicht viel über", witzelt er.
Ich schaue ebenfalls auf den Becher. Die Kugeln sind geschmolzen. Das einzig Gute daran ist nur noch die Waffel.

„Pfui", ich nehme die Waffel zwischen meine Finger. „Ich mag die nicht."
„Echt?", Thomas sieht mich misstrauisch an. Er nimmt das letzte Stückchen seiner Waffel in den Mund.
„Willst du sie?" Ich halte sie ihm entgegen.
„Klar", er greift danach und verschlingt sie auf einen Sitz. Die Pampe in meinem Becher sieht nicht einladend aus.
Ich stelle sie etwas weiter entfernt von mir ab. „Im Übrigen: Danke dafür, dass du mich bei den beiden Weibern so tatkräftig unterstützt hast."
„Ich würde es immer wieder tun", verspotte ich ihn.
Ein angestrengter Seufzer entfährt ihm. „Das sind ja tolle Aussichten."
„So schlimm waren sie doch gar nicht", werfe ich ein.
Er sieht mich irritiert an. „Wir reden aber schon von den Gleichen?"
„Was ist dein Problem? Abgesehen von ihrer Art hatte die eine doch zwei gute Argumente bei sich", versuche ich ihn zu erinnern.
„Wovon redest du?" Er hat keinen blassen Schimmer.
„Ich rede von ihren Titten", und schlage ihm mit meiner rechten Handfläche leicht auf den Hinterkopf. „Mit der Größe kann sie im Zirkus auftreten."
„Die sind mir gar nicht aufgefallen", stellt er fest.
„Klar." Mein Ton ist spöttisch. „Typen wie du stehen doch auf solche Brüste."
Seine Augen formen sich zu Schlitzen. „Typen wie ich ja?"
Ich beiße mir auf die Zunge. Scheiße, so habe ich das gar nicht gemeint. Mein Blick wandert orientierungslos durch die Gegend in der Hoffnung, dass er es belanglos hinter sich lässt. „Typen wie ich, hast du gesagt", wiederholt er erneut.
„Du weißt, was ich meine", will ich ihn beschwichtigen.
„Ach so. Du meinst ich stehe auf Frauen ohne Hirn, aber dafür mit reichlich Vorbau. Wenn du das gemeint hast, dann ja, ich weiß, was du meinst."
„Vergiss es", ich winke genervt ab.
„Warum denn?", hetzt er weiter.

„Lass es gut sein", ich bin richtig angepisst.
„Willst du mich verarschen?" Thomas Stimme ist beißend.
Vollkommen verwundert drehe ich mich zu ihm um. „Warum? Was habe ich getan?"
„Naja", er deutet auf mich. „Erst beleidigst du mich und dann spielst du die Angepisste?"
„So war es gar nicht gemeint", entgegne ich ihm. „Ich habe nur diese sinnlose Diskussion satt."
„Aber du hast angefangen", beschuldigt er mich.
„Du bist wie ein Kind, aber von mir reden", stelle ich fest.
„Du bringst mich eben dazu, so zu sein." Er versucht, ein Lachen zu unterdrücken. Für einige Sekunden sehen wir uns nur an.
Ich rücke an Thomas heran und schiebe ihm sanft meinen Ellbogen in die Rippen. „Freunde?"
„Mehr als das." Er schlingt seinen Arm um meinen Hals und zieht meinen Kopf an sich heran. Wir küssen uns.
Die Abendröte zeigt sich am Horizont. „Lass uns fahren", flüstert er mir zu.
Als wir im Auto sitzen, auf dem Weg nach Hause, reden wir über unseren Freundeskreis. Thomas ist voll in seinem Element, wenn es darum geht, über seine Kumpels zu reden. Es scheint eine lustige Truppe zu sein. „Also hast du drei enge Freunde? Armin. Andy. Phil."
„Ja." Thomas schaltet in den fünften Gang, als er auf der Autobahn endlich einen LKW überholen kann. „Durch die Arbeit im Lenoxx kenne ich zwar viele Leute, aber das sind nur Bekannte. Diese drei sind meine engsten Freunde."
„Erzähl mir etwas von ihnen."
„Was gibt es da zu erzählen", er denkt angestrengt darüber nach. „Sie sind alle so alt wie ich. Andy und Phil haben eine Freundin. Armin ist seit zwei Monaten getrennt, aber es scheint ein Comeback zu geben. Wie ich lieben auch sie Sport. Vom Charakter her sind alle drei super, aber Andy ist manchmal ein richtiges Großmaul. Das wär jetzt mal alles. Mehr fällt mir zu denen gerade nicht ein."
„Woher kennst du sie?"

„Armin und Phil kenne ich seit der Schulzeit und Andy hat mit mir die Lehre verbracht."
„Fleischer Daniel ist auf wen von den dreien losgegangen?", hake ich interessiert nach.
„Auf Armin", antwortet er und setzt den Blinker. Mit einer fließenden Bewegung lenkt er seinen Wagen von der Autobahn.
„Was ist mit dir und deinen Freunden?", er mustert mich und gibt Gas, als wir wenig später wieder aus der Ortschaft heraus fahren.
„Ich habe fünf. Johann. Marina. Tobi. Chris. Kerstin. Die beiden letzten sind meine besten Freunde." Ich komme richtig ins Schwärmen. „Die Besten, die es gibt."
„Wie kamst du zu denen?"
Die restliche Autofahrt erzähle ich davon, dass ich Kerstin und Chris von klein auf kenne und die drei anderen erst am Gymnasium kennen gelernt habe. Ich erzähle davon, dass Kerstin und Tobi ein Paar sind und den Urlaub miteinander verbringen. Thomas hört angestrengt zu. Hier und da fragt er nach. Manchmal wirft er eine sarkastische Bemerkung ein.
Es ist kurz vor 22 Uhr, als wir auf den Parkplatz von heute Vormittag fahren und er neben meinem Auto zum Stehen kommt. Thomas stellt den Motor ab und wendet seinen Blick auf mich. „Das war ein schöner Tag."
„Ja", stimme ich ihm zu. „Das war er."
Wir sitzen nur da und sehen uns an.
„Und jetzt?" Thomas sieht mich fragend an.
Am liebsten würde ich noch stundenlang mit ihm im Auto sitzen, aber er muss morgen arbeiten und ich bin fertig von letzter Nacht. „Jetzt geh ich." Ich nehme meine Tasche, steige aus seinem Wagen und schlage die Türe zu. Es ist eine laue Sommernacht. Ich gehe hinter seinem Auto vorbei zur Fahrertüre. Mit einem Ruck habe ich sie geöffnet, bücke mich hinunter und küsse ihn. Er erwidert meinen Kuss sofort, legt seine Arme um mich und zieht mich zu sich heran. Seine rechte Hand öffnet den Gurt und unter unseren Zungenküssen schält sich Thomas daraus hervor. Ohne seine

Lippen von mir zu lösen, steigt er aus und drückt mich gegen das kühle Blech des Autos. Eine Zeit lang vergessen wir, was um uns herum ist. Es gibt nur ihn und mich. Allzu früh muss ich mich aber losreißen, da die Müdigkeit sich in meinen Füßen breit macht. „Ich sollte jetzt fahren."
„Wirklich", Thomas mustert mich ungläubig. „Ich könnte dich zum Bleiben bringen."
„Das weiß ich", meine Hände liegen auf seinen Hüften. „Aber du musst morgen raus und ich bin auch schon ziemlich müde."
„Vielleicht hast du Recht." Doch anstatt mich loszulassen umklammert er meine Taille fester und küsst mich erneut.
Wieder liegen unsere Lippen eine halbe Ewigkeit aufeinander, bis ich ihm heftig in die Unterlippe beiße.
„Aua, das tust du gern, was?" Er versucht, gequält zu wirken. Ich spare mir die Antwort und löse mich aus seiner Umarmung, die nun nicht mehr ganz so fest ist.
„Hey", sein Ton ist enttäuscht. Ich nutze die Gunst der Sekunde und haste eilig um ihn herum. Nach ein paar Schritten auf mein Auto zu drehe ich mich zu ihm zurück.
„Wenn ich jetzt nicht gehe, komme ich nie weg."
„Bekomme ich keinen Gute-Nacht-Kuss?" Er setzt ein wehleidiges Gesicht auf.
„Als ob es dabei bleiben würde", enttarne ich ihn.
„Du kennst mich schon sehr gut." Ein teuflisches Grinsen erwacht in seinem Gesicht.
Ich nicke und schließe mein Auto auf. „Gute Nacht, Thomas."
„Gute Nacht, Kati." Er lächelt milde.
Ich lege meine Tasche auf den Beifahrersitz und steige ein. Thomas fährt als erstes von uns beiden aus dem Parkplatz. Die Straßen sind dunkel und verlassen. Ich bin froh, bald zu Hause zu sein. Keine 20 Minuten später stehe ich in meinem Zimmer. Meine Knochen fühlen sich schwer an und ich bin vollkommen erledigt. Noch angezogen lege ich mich auf mein Bett und krame nach meinem Handy in der Tasche. Zwei Nachrichten in Abwesenheit und zwei Anrufe.

Kein Problem. Das nächste Mal wieder.
Die Nacht war nicht so besonders, leider.
Kommst du heute?
MFG Sara.

Schnell verfasse ich eine Nachricht an sie.

Das tut mir leid.
Nein heute nicht mehr.
Ich war den ganzen Tag unterwegs.
Morgen wieder und du?
MFG Kati

Während die eine Nachricht gerade versendet wird tippe ich auf die nächste. Sie ist von Chris.

Guten Morgen!
Was treibst du denn heute?
Chris

Mit meinen Fingern drücke ich auf die Anruferliste. Beide Anrufe sind von Chris, sie folgten kurz nach der SMS.
Ich schreibe ihm besser gleich zurück.

Hi!
Was hast du getrieben den ganzen Tag?
Ich war in Regensburg essen und danach an der Donau.
Kati

Ich lege mein Handy neben mich. Es ist kurz vor Mitternacht, schnell verschnaufen und dann dusche ich. Die Nacht und der Tag haben mich wirklich geschlaucht. Der Schlaf übermannt mich, bevor ich mich noch einmal erheben kann.
Als ich am nächsten Morgen aufwache, scheint die Sonne schon hell am Himmel. Es ist so grell im ersten Moment, dass ich meine Augen nur halb aufmachen kann, bis sie sich an das Licht gewöhnt haben. Ich dehne und strecke meine Muskeln.

„Ahhh, tut das gut." Egal wie lang ich geschlafen habe, es hat mir gut getan. Das war es jetzt, was mein Körper gebraucht hat. Mein Blick wandert an mir hinunter. Ich bin noch komplett im Outfit von gestern. Jetzt aber unter die Dusche. Bevor ich mich ins Badezimmer begebe, schaue ich auf mein Handy.

Du lebst noch? Ein Wunder.
Ich und Marina waren im Antonio.
Wie war es in Regensburg?
Chris

Ich bin wie Unkraut.
Ich komme immer wieder.
Es war echt super und bei euch?
Kati

Die andere ist von Sara.

Jetzt kenne ich deinen richtigen Namen.
Hey Kati ☺
Wo warst du denn den ganzen Tag?
Hattest du ein Date?
Ja, heute bin ich dort. Du?
MFG Sara

Ich schaue im Speicher meines Handys auf meine letzte SMS. Ich habe sie mit Kati und nicht mit Marlene beendet. Macht ja nichts. Sie darf meinen Namen ruhig wissen.

Ich auch. Wieder ab halb 11?
Ja, ich hatte ein Date.
Es war toll. Er war toll.
MFG Kati

Ich schäle mich aus meinen Klamotten und steige unter die Dusche. Da ich gestern zu müde war, um den Tag nochmal Revue passieren zu lassen, tue ich es jetzt. Thomas war toll. Ein echt lieber Kerl. Wir hatten so viel Spaß und so viele intensive Momente. Sein Umfeld klingt auch in Ordnung, was Freunde und Bekannte angeht. Nur mit einem Badetuch bedeckt sortiere ich meine Klamotten. Mit meinem Handy bepackt gehe ich in die Küche hinunter. Ich schalte das Display ein. Es ist kurz nach Mittag und ich habe zwei neue Nachrichten.

Ja, ab halb 11.
Du musst mir alles erzählen.
Bis später.
MFG Sara

Ich kann mir ein Grinsen nicht verkneifen. Sara ist die Einzige, mit der ich offen reden kann. Sie verurteilt mich nicht, sondern versteht meine Situation. Anders als Johann, Marina und Tobi, selbst bei Kerstin und Chris bin ich mir sicher: Sie würden ausrasten, wenn ich ihnen erzähle, dass ich anschaffen gehe. Das Gleiche gilt auch für Thomas. Chris war zwar zurückhaltend, was ihn anging aber ich weiß nur zu gut, dass er mich am liebsten mit einem Schwall von Fragen gelöchert hätte. Nur mit Sara kann ich über ihn reden. Meine Freunde würden sofort alles wissen wollen und es scheitert ja schon am Kennenlernen, da es der erste Abend war, an dem ich auf den Strich gehen wollte. Gott sei Dank gibt es Sara. Die Auswahl im Kühlschrank ist nicht sehr groß, jedes Fach ist fast leer. Aber ich habe Hunger von daher greife ich seitlich in den Hängeschrank nach meinem Lieblingsmüsli. Nachdem ich eine Schüssel mit einem Löffel bereitgelegt habe, schütte ich eine halbvolle Portion hinein und fülle sie mit Milch auf. Ich mache die Türe des Wintergartens auf, trete zur Sonne hinaus und löffle das Müsli.
Nachdem ich die leere Schüssel in die Spülmaschine gestellt habe, klingelt mein Handy. „Hallo?"
„Kati?" Es ist Chris.
„Hallo Chris! Was gibt's?"
„Naja, ich dachte mir mal, jetzt ruf ich dich an." Er ist gut aufgelegt. „Es war echt lustig im Antonio. Schade, dass du nicht dabei warst." Chris macht eine kurze Pause und

räuspert sich. „Hast du schon nach deiner Post gesehen?"
„Nein.", stelle ich klar. „Warum?"
„Kerstin hat geschrieben", sagt er kurz.
„Echt?" Sofort mache ich mich auf den Weg zur Haustüre. Ich fasse nach dem Briefkastenschlüssel, der auf dem Schuhschrank bei den anderen liegt. Ich gehe zur Haustür hinaus, wo sich rechts davon unser Postkasten befindet.
Es fallen einige Briefe heraus, nachdem ich ihn geöffnet habe.
„Hast du Post bekommen?", fragt Chris, nachdem er wohl das Rascheln der Briefe durch den Hörer vernommen hatte.
„Nein. Nur Briefe für meine Eltern."
„Du Arme." Sein Spott ist nicht zu überhören.
„Naja, das Beste kommt bekanntlich zum Schluss", necke ich ihn. „Was schreibt sie denn?"
„Sie schreibt, dass der Urlaub toll ist, dass sie viel Spaß haben und uns alle vermissen."
„Das hört sich doch gut an." Ich werfe die Post auf den Wohnzimmertisch und lasse mich auf die Couch fallen.
Meine Augen mustern den kleinen Stapel Briefe. „Moment mal." Zwischen der Post schaut ein Kunterbuntes Etwas hervor. Der Tower von London ist darauf zu sehen.
„Und?", wirft Chris durch die Leitung ein.
„Meine Eltern haben mir aus England geschrieben", sage ich.
„Und, was schreiben sie?"
Meine Hand fasst nach der Karte. Hastig lese ich die Rückseite. „Sie schreiben das Wetter ist nicht so toll, es gibt viel zu sehen und dass sie mir etwas mitbringen. Mum hat noch >PS: Dein Vater hasst es, jeden Abend mit mir in Bars gehen zu müssen< geschrieben." Darüber muss ich lachen.
„Dass es so laufen wird, wusste ich."
„Ist doch toll. Bin gespannt, was sie dir aus London mitbringen", überlegt Chris.
„Ich lasse mich einfach überraschen.", meine Stimme klingt gelangweilt. „Werde es ja noch früh genug sehen."
„Von Kerstin ist aber keine Karte dabei?", hakt Chris nochmals nach.
Meine Hände durchsuchen erneut die Post. „Nein."

„Naja, auch egal. Was treibst du heute noch?", wechselt er das Thema.
„Keine Ahnung. Nicht allzu viel, war ja gestern den ganzen Tag auf Achse." Gerade jetzt spüre ich wieder die Müdigkeit hochkommen. Ich gähne.
„Du bist ja fix und fertig", stellt er fest.
„Ja", bestätige ich und gähne erneut.
„Dann solltest du dich lieber ins Bett legen, Kati."
„Werde ich tun. - Was treibst du heute noch, Chris?"
„Ich mache nichts mehr, außer zu Hause bleiben."
„Viel Spaß dabei", wünsche ich ihm trocken.
„Dir auch", erwidert er im selben Ton.
Nachdem wir uns noch ein paar Minuten aus Spaß ärgern, lege ich auf. Das Sofa ist auf einmal so bequem, dass ich mich der Länge nach drauf lege. Es vergeht eine kleine Ewigkeit, in der meine Augen nur geschlossen sind und ich vor mich hin döse. Ausgeruhter gehe ich wenig später in mein Zimmer.
Meine Augen fokussieren meinen Kleiderschrank. Mir fällt eine dunkelgrüne Jacke ins Auge. Ich ziehe sie vom Kleiderbügel und betrachte sie eingehend. Die werde ich heute anziehen. Ich lege sie aufs Bett und suche weiter. Knapp 20 Minuten später liegt der schwarze Rock vom letzten Mal und eine Bluse in derselben Farbe auf meinem Bett. Ich hole mir noch passende Pumps vom Schrank. Gegen Abend schreibt mir Thomas eine Nachricht.

Hallo!
Danke für den tollen Tag gestern.
Ich musste heute immer wieder daran denken.
LG T.

Hi!
Dann ging es dir wie mir. Ich musste an das Gefühl denken, wie du mich im Arm gehalten hast.
Es gibt nur wenige Menschen, bei denen ich mich so sicher fühle wie bei dir.
Wenn dann muss ich mich bedanken für den tollen Tag.
LG K.

Ohne Angst davor, was er sich darüber denken könnte, versende ich die Nachricht. Es ist Zeit mutiger zu werden. Wenn er es sich traut, kann ich es auch wagen.

Wow. So ein Kompliment habe ich noch nie bekommen. Danke dafür.
Wenn es nach mir ginge, solltest du
dich immer sicher fühlen.
LG T.

Wie war dein Tag sonst noch, außer
dass du an mich denken musstest?
Ich freu mich schon auf das nächste Mal.
LG K.

Kapitel 7

Immer noch keine Nachricht von Thomas. Ich lege mein Handy in die Tasche zurück und verstaue sie unter dem Beifahrersitz, als ich bereit bin, auf den Bahnhof zu gehen. Ich halte Ausschau nach Sara, doch keine Spur von ihr.
Mein Blick schweift vom Parkplatz rauf zu den Häusern, die in der Nähe stehen. Eines davon bewohnt Thomas. Ich erstarre innerlich. Dass ich immer wieder vergesse, wie nah er mir im Endeffekt ist! Seine Wohnung ist dunkel. Entweder ist er ins Bett gegangen oder er ist noch mit Freunden unterwegs.
Ein Auto fährt in meine Reihe ein und bleibt vor mir stehen. Es ist ein verrosteter Wagen und der Motor macht ein lautes Geräusch, als er vor mir anhält. Ich warte darauf, dass die Fensterscheibe hinabgleitet, aber es passiert nichts. Im Wageninneren erkennen meine Augen nur Umrisse und eine Hand, die mich auf ihre Seite winkt. Ich gehe hastig um das alte Auto und bleibe am Fahrerfenster stehen. Schon im ersten Moment, da das Fenster hinuntergekurbelt wird, beißt mich meine Nase. Ein Geruch aus Schweiß, Billigparfum und modrigen Klamotten dringt aus dem Inneren des Wagens. Ich bin so angewidert, dass mir im ersten Moment der Mann gar nicht auffällt.
„Alles in Ordnung, Baby?" Es ist eine tiefe Männerstimme.
Ich versuche, mir nichts anmerken zu lassen. „Ja." Mein Blick fällt auf mein Gegenüber. Er hat einen Vollbart, strähnige Haare und riecht aus dem Mund. Er ist richtig ungepflegt.
„Was kostet Sex mit dir?" Seine Hand fasst nach mir.
Ich weiche zurück. „300."
Er sieht mich eingehend an, nachdem ich seiner Berührung ausgewichen bin. „Und ein Blowjob?"
„50. Mit Schlucken 70." Warum erzähle ich ihm das? Als ob ich mit ihm mitfahren würde.
„Ein stolzer Preis", merkt er an.
„Ja, ist auch meiner." Ohne auf eine Antwort von ihm zu

warten, gehe ich nach hinten an seinem Wagen vorbei und sage. „Ein anderes Mal vielleicht."
Es dauert kurz, bis sein Wagen wegfährt. Ich stelle mich wieder an meinen Platz zurück. Ein großer, dunkler Wagen kommt auf mich zu, als ich nach zehn Minuten auf die Straße trete und mir einen neuen Platz suchen will. Etwas verschreckt gehe ich auf die Fahrerseite.
„Das war knapp." Eine freundliche Männerstimme hallt aus dem Autoinneren.
„Das kann man wohl sagen." Ich grinse leicht.
Der Mann beugt sich leicht aus dem Fenster und betrachtet mich von oben bis unten. „Schöne Aussichten."
Sein Kompliment macht mich leicht verlegen. „Danke."
„Na was verlangst du denn?", fragt er immer noch im selben Ton. Ich gebe erneut meinen Preis zum Besten und warte auf seine Reaktion. Der Mann hält kurz inne. „Na dann mal los."
Ich gehe zur Beifahrertür und steige ein. Meine Aufmerksamkeit ist auf den Fremden hinterm Lenkrad gerichtet. Es ist ein junger Mann Mitte Zwanzig, mit kurz geschnittenen Haaren. Er trägt ein graues T-Shirt mit einer beigen Hose und erinnert mich damit ein wenig an Thomas. Diese Erkenntnis lässt, wie so oft in den letzten Tagen, ein schlechtes Gewissen in mir hochkommen. Der Mann mustert mich eingehend und fährt ohne Weiteres los. Allem Anschein nach weiß er, wo es hingehen soll. Er fährt aus der Stadt hinaus und biegt in einen Feldweg ein. Nach einigen hundert Metern hält er den Wagen an und stellt ihn ab.
„Ich bin übrigens Kai", stellt er sich vor.
„Marlene."
Sein Kopf ist auf mich gerichtet. Wortlos betrachtet er mich erneut, dann zieht er seine Geldbörse aus der Hosentasche und sucht darin. „Hier." Kai hält mir 300 Euro entgegen. Ich nehme es und verstaue es in meiner Rocktasche. Kai steigt aus seinem Wagen aus und schlägt die Tür zu. Ein dumpfes Geräusch dringt an mein Ohr. Er hat seinen Kofferraum geöffnet. Ich steige aus dem Wagen und stelle mich neben ihn, während er etwas darin sucht. „Hier ist sie." Er holt eine

Decke hervor. Nachdem er seinen Kofferraum zugeschlagen hat, betrachtet er unser Umfeld. Um uns herum grenzen nur Wiesen an. In der Ferne stehen Häuser und Autos fahren an der Hauptstraße, von der wir gekommen sind, vereinzelt entlang. „Komm mit!" Er geht auf die Fahrerseite und breitet die Decke neben seinem Wagen aus.
„Hier?", frage ich nach.
„Klar. Hier sind wir ungestört", entgegnet er und deutet auf die Hauptstraße. Ich bleibe neben der Decke stehen und warte auf seinen nächsten Schritt. Er beachtet mich erneut und sein Gesichtsausdruck wird fragend. „Wie alt bist du eigentlich?"
Warum lügen. Jugend kommt nie aus der Mode.
„19. Warum?"
„Nur so", sagt er, doch sein Blick wirkt geringschätzig. „Also ich mag es, wenn man mich mit dem Mund verwöhnt und ich ihn ficken kann. Des Weiteren stehe ich drauf, wenn man meine Hoden miteinbezieht. Beim Ficken soll die Frau oben sein damit ich überall hin fassen kann, wenn ich schon dafür zahle", doziert er, als ob er es auswendig gelernt hätte. Er setzt sich auf die Decke und macht es sich gemütlich.
„Warum sagst du mir das?" Ich bin etwas verwirrt darüber, dass er mich wie ein kleines Kind behandelt. „Ich hätte schon bemerkt, was dir gefällt und was nicht."
Kai blickt irritiert zu mir hoch. „Mit 19?"
Sein abfälliger Ton verärgert mich etwas, aber ich schlucke es hinunter und lasse mich neben ihm auf der Decke nieder.
Sein ungläubiger Blick treibt die Nervosität in mir hoch.
Reiß dich zusammen, Kati! Wenn du jetzt nachgibst, hast du große Töne gespuckt, mehr nicht. Bevor er irgendetwas tun kann, lehne ich mich zu ihm hinüber und lege meine Hand auf sein Knie. Behutsam massieren es meine Finger, während mein Mund seinen Hals küsst. Er fasst mit der linken Hand an mein Gesäß und zieht mich zu sich heran. Nach einer kleinen Massage wandert meine Hand hinauf zu seinem Schritt. Als ich ihm sanft in den Nacken beiße, spüre ich die Beule in seiner Hose. Ich fange an seinen Schwanz durch die

Hose zu massieren. Ein kaum hörbares Stöhnen entfährt ihm. Mit meiner zweiten Hand öffne ich den Knopf und ziehe den Reißverschluss seiner Hose hinunter. Seine Hände schieben sich unter mein Oberteil auf meine blanke Haut. Es ist ein angenehmes Gefühl, sie auf mir zu spüren. Meine Zunge leckt vom unteren Bereich seines Halses hinauf bis hin zu seinem Ohr. Es scheint ihm zu gefallen, denn er verkeilt seine Finger in meinem Körper. Meine Fingerspitzen fahren sanft seinen Bauchnabel hinunter und fassen mit einem Ruck in seine Shorts. „Ja", stöhnt er leise nachdem sein Schwanz in meiner Hand liegt. Mit beiden Händen zieht Kai den Reißverschluss meiner Jacke auf und fasst mir fordernd an die Brust. Für einen kurzen Moment höre ich auf, ihn zu wichsen und schäle mich aus meiner Jacke. Kai greift nach meiner Bluse und knöpft sie auf. Er kommt auf seine Knie, fasst um mich herum und öffnet meinen BH. Ich bin oben vollkommen nackt als er auf meinen Rock deutet. Nur noch mit meinen schwarzen Pumps bekleidet sitze ich auf seiner Decke. Nach einem sorgfältigen Blick auf meine Rundungen lehnt er sich auf seinen Armen zurück. Seine Beine sind gespreizt und ausgestreckt. Ich komme über seinen Schritt und fange von neuem an, seinen Schwanz zu wichsen. Mein Tempo passt sich seinem Stöhnen an. Nach kurzer Zeit ziehe ich seine Hose samt der Short von seiner Hüfte, so dass er nur noch in Socken daliegt. Ich warte auf den richtigen Moment, um seinen Penis in den Mund zu nehmen. Durch das Mondlicht glaube ich zu erkennen, dass er die Augen geschlossen hat. Meine Lippen stülpen sich um seinen Schwanz. Kai atmet scharf ein. Meine Zunge flimmert über seine Eichel. Ein entspanntes Raunen kommt in ihm dabei hoch. Mit sanften Bissen mache ich mich an seinem Bändchen zwischen Eichel und Vorhaut zu schaffen. Mein Vorhaben mindert seine Erregung, da er mehrmals zusammenzuckt. Bevor er jedoch etwas sagen kann, nimmt mein Mund seinen Schwanz erneut auf. Bei jedem neuen Auf und Ab nehme ich seinen Schwanz tiefer in meinen Mund, bis ich ihn ganz ihn mir habe. Für einen kurzen Moment verharre ich in dieser Position. Seine

Atmung wird unruhiger. Als ich seinen Penis aus meinem Rachen nach vorne in meinen Mund fallen lassen will, spüre ich Kais Hand auf meinem Hinterkopf. „Untersteh dich!" Er zwingt mich richtig dazu, seinen Kolben in meinem Mund zu behalten. Ich tue ihm den Gefallen und gebe nach. Er packt mich mit beiden Händen am Kopf und fängt an sich langsam in mir vor und zurück zu bewegen. Seine Stöße werden stetig fordernder. „Ahh, ist das geil", stöhnt er immer wieder auf, wenn sein ganzer Penis in meinem Mund steckt. Während er mich weiterhin in den Mund fickt, zieht er mit ruckartigen Bewegungen sein T-Shirt aus. Meine Zunge gleitet bei jeder auf und ab Bewegung an seinem Penis entlang. Mit meiner Hand fasse ich an den Bereich über seinen Lenden. Er hat einen leichten Waschbrettbauch. „Fuck", stöhnt Kai. „Ich will dich jetzt sofort ficken." Er fasst mir etwas grob an die Schulter und zieht mich zu sich hinauf. Mein Gesicht ist über seinem und obwohl es dunkel ist, sehen wir uns direkt in die Augen. „Macht mich das scharf, wenn du so unschuldig schaust", sagt er, während seine Hand nach der Hose sucht.
„Die liegt hinter mir", hauche ich, setze mich auf ihn und greife hinter mich. Nach kurzer Suche in den Hosentaschen reißen meine Zähne das Kondom vorsichtig auf. Kai packt mich mit beiden Händen an meinen Pobacken und zieht mich etwas hoch. „Jetzt kannst du es drüber ziehen." Die eine Hand umklammert sanft seinen Schwanz, während die andere das Kondom über ihn rollt. Kais Hände liegen die ganze Zeit über auf meinen Brüsten. „Ich will es dir besorgen", haucht er und schließt seine Augen. Seine Arme drücken mich auf sein steifes Glied. Ich folge meinem inneren Impuls, greife nach ihnen und schlage sie links und rechts neben seinen Kopf. Kai ist so erschrocken über mein Handeln, dass er die Augen aufschlägt und mich verwundert mustert.
Als ich Gegenwehr spüre, verlagere ich mein komplettes Körpergewicht auf meine Arme. Sein Schwanz immer noch ansatzweiße zwischen meinen Schamlippen. Ich komme mit meinem Gesicht über seins. Uns trennen nur Millimeter.
„Jetzt bin ich wohl diejenige, die es dir besorgt", meine

Stimme ist nur ein Flüstern, aber mein Blick muss Bände sprechen. Kai liegt ohne Gegenwehr unter mir.
Meine Augen fixieren seine, unterdessen fange ich an, meine Hüfte in Zeitlupe auf seinen Penis nieder zu lassen. Ich verharre einige Sekunden, bevor ich wieder von seinem Schwanz hochkomme, um ihn beim nächsten Mal noch tiefer in mich eindringen zu lassen. Die Kontrolle zu haben, erregt mich innerlich. Ich vergrabe mein Gesicht in Kais Nacken und beiße zu. „Oh mein Gott", seine Stimme zittert. Plötzlich reißt er sich aus meinem Griff und dreht mich hastig auf meinen Rücken. Nun liegt er über mir. Meine Beine sind gespreizt und Kai presst seine Lenden gegen meine. „Ich habe dich echt unterschätzt", er keucht nur noch. Mit einem festen Ruck dringt er in mich ein. Ich schnappe nach Luft. „Gefällt dir das?", er stößt erneut fest zu. Ich nicke nur. Mehrmals fickt er mich mit dieser Kraft. Kai packt meine Beine, die links und rechts von seinem Körper liegen und führt sie zusammen. Mit einer Hand umklammert er meine Unterschenkel, die andere fasst nach meiner Brust und zwickt mich in meinen Nippel. Durch diese Stellung wird meine Vagina enger und ich spüre seinen Penis mehr denn je in mir. Es vergehen einige Minuten, in denen er es mir in dieser Stellung besorgt. Auf einmal lässt er los. Meine Beine fallen zurück auf die Decke wie vorher. Erschöpft liegt Kai über mir. Er hat sich vollkommen verausgabt und schwitzt. Sein Penis ist immer noch in mir. Ist er schon gekommen? Es dauert nur kurz, als er erneut anfängt sich in mir vor und zurück zu bewegen. Seine Stöße sind jedoch sanfter als die letzten. Meine Hände gleiten über seinen Körper und bleiben auf seinen Pobacken liegen. „Oh ja", stöhne ich auf. Kai zieht seinen Penis aus mir heraus und kommt zu mir hoch. Er kniet über meinem Gesicht. Meine Zunge leckt über seinen Hodensack. „Genau, so ist es gut", stöhnt er wohlig auf, als ich seinen kompletten Hodensack in den Mund nehme und daran sauge. Kai wichst währenddessen seinen Schwanz. Er stützt sich auf seinen Händen ab und steckt mir seinen Schwanz in den Mund. Mit schnellen Bewegungen fickt er mich oral. Es vergehen

Minuten, bis er von mir ablässt. „Dreh dich um.", weist er mich an. Ich tue, was er sagt und bin keinen Augenblick später auf meinen Knien. Mit seinem befeuchteten Finger zieht er sanfte Kreise auf meiner Vagina. Es dauert einen Moment, bis er hart in mich eindringt. Von hinten fasst er an meine Brust und drückt mich zu ihm hoch. Ich spüre seine Brust an meinem Rücken und seinen Atem an meinem Ohr. Ruckartig dringt er in mich ein und fasst überall an meinen Körper entlang. Ich bin kurz davor zu kommen. Seine Atmung wird schwerer und seine Bewegungen schneller. Kurz darauf dringt ein kehliges Geräusch aus seinem Mund. „Oh ja", stöhnt er auf, löst seine Hände von mir und drückt mich zu Boden. Für eine kleine Weile verharrt er in dieser Stellung, bis er seinen Penis aus meiner Vagina zieht und mehrere Finger hinein schiebt.

„Genauso...", meine Stimme bricht weg, als ich komme.

Kai lässt von mir ab und fällt seitlich auf seinen Rücken. „Das waren die 300 Euro mehr als wert." Regungslos liegen wir beide nebeneinander und betrachten den Sternenhimmel. „Warte mal", er kommt auf seinen Füßen hoch und zieht sich sein Kondom vom Penis. Nachdem er es in die Wiese geworfen hat, schließt er seine Autotür auf. Nach einem kurzen Moment liegt er wieder neben mir. Meine Augen wandern zu Kai, der sich gerade eine Kippe ansteckt. Der Klassiker, die berühmte Zigarette danach. Er nimmt einen kräftigen Zug und hält sie mir entgegen. Um keine Spielverderberin zu sein, ziehe ich kurz daran und reiche sie ihm danach wieder. Seine Augen fixieren mich, während er an ihr zieht. „Du bist wirklich eine Schönheit."

„Danke", nun sind meine Augen auch auf ihn gerichtet. „Du bist auch süß."

„Wie gern würde ich wissen wollen, wie diese Lippen schmecken." Ich tue so, als ob ich es überhört hätte. „Was würde das kosten?" fragt er, nachdem ich nicht antworte.

„Tut mir leid, aber das ist ein Tabu."

„Alles hat seinen Preis", stellt er klar.

„Das nicht." Insgeheim würde ich ihn auch küssen wollen,

aber das ist meine letzte Chance, um nicht vollkommen von meinem schlechten Gewissen aufgefressen zu werden.
„Hast du einen Freund?", durchbricht er meine Gedanken.
„Nein."
„Was ist dann das Problem?" Er stützt sich auf einem seiner Ellbogen ab und mustert mich eindringlich durch die Dunkelheit. „Warum darf ich dich nicht auf den Mund küssen?", wirft er zwischen zwei Zügen ein.
„Dieser Bereich ist heilig", kläre ich ihn auf.
„Inwiefern?", hakt er nach.
„Küssen ist etwas Besonderes. Damit fängt alles an. Man sieht sich zuvor in die Augen und spürt diese Nähe…"
Kai überlegt kurz. „Ein wahres Wort. Küssen ist das Entscheidende." Sein Blick streift meinen Körper, dabei zieht er wieder an seiner Zigarette. „Hier, der letzte Zug ist für dich." Nachdem ich ein letztes Mal an der Kippe gezogen habe, schnippe ich sie in die Wiese vor mir.
„Kannst du nur einmal eine Ausnahme machen?", fragt er erneut.
„Das ist kompliziert." Wieder sind meine Augen auf ihn gerichtet. In diesem Moment spüre ich, dass ich kurz davor bin, meine Regel über Bord zu werfen. Hastig springe ich von der Decke hoch, suche meine Klamotten zusammen und ziehe mich an. Soweit würde es noch kommen. Kai missfällt mein abruptes Handeln. Seine Gesichtszüge wirken verärgert, während er weiter auf der Decke liegt. „Glaub mir, es ist besser so", beschwichtige ich ihn. „Also komm."
Es dauert nur kurz, bis wir in seinem Auto sitzen und Kai den Motor startet. Die Fahrt zurück ist schweigsam. Als wir auf die Straße zum Bahnhof einbiegen, fallen mir Lichter auf, die von dort kommen.
„Scheiße, die Bullen!!!!", stelle ich erschrocken fest.
„Verdammt", erwidert Kai und nimmt seinen Fuß vom Gas.
„Und jetzt?" Er sieht mich hilfesuchend an.
Keine Ahnung! Fuck! „Fahr weiter und bieg dann in die nächste Seitenstraße ein. Dort lässt du mich raus!" Mein Ton ist barsch. Die Blaulichter und meine Angst vor den

Konsequenzen nehmen meine komplette Aufmerksamkeit ein. „Und zur Hölle nochmal fahr schneller, oder willst du auffallen?" Ohne ein Wort beschleunigt er seinen Wagen und fährt in die Straße hinein, die ich ihm genannt habe. „Halt an!", befehle ich ihm und steige eilig aus. „Mach's gut", verabschiede ich mich von ihm und schlage die Türe zu, ohne auf seinen Gruß zu warten. Hastig suchen meine Augen die Gasse, in der ich mich vor dem Taxifahrer versteckt habe. Es ist dunkel und unheimlich in ihr. Auf der offenen Straße prüfe ich erst, ob die Luft rein ist. Puh, Glück im Unglück! Ohne Weiteres erkenne ich mein Auto in der Dunkelheit. Erst als die Tür zufällt, überkommt mich Erleichterung. Meine Hand tastet nach meiner Tasche unter dem Sitz und holt mein Handy hervor. Vier Nachrichten und drei Anrufe.

Hi Kati!
Falls du mich suchen solltest
ich bin schon mit einem Kerl mit.
Du warst übrigens spät dran ☺
MFG Sara

Komm bloß nicht zum Bahnhof.
Die Bullen sind hier.
Gib mir Bescheid, wenn du die Nachricht gelesen hast.
Sara

Hallo??????
Warum antwortest du nicht?
Ich bin jetzt dann in unserem Lokal,
komm vorbei, wenn es passt.
Melde dich.
Sara

Warum gehst du nicht an dein Scheißhandy?

Die Anrufe stammen ebenfalls alle von Sara. Sie hat erwähnt, sie wäre in unserem Stammlokal, erinnere ich mich. Die SMS ist vor einer knappen halben Stunde eingegangen. Sara wird noch dort sein. Eilig starte ich den Motor meines Wagens und fahre aus der Parklücke. Als ich vor dem Schnellrestaurant zu stehen komme, stecke ich mein Handy in die Tasche und nehme sie an mich. Keine Minute später gehe ich durch die Eingangstür von unserem Lokal. Unruhig durchsuchen meine Augen den Raum nach Sara. Sie sitzt am hintersten Tisch des Restaurants und schaut auf ihr Handy. Hastig eile ich auf sie zu, während meine Augen zur Wanduhr wandern, es ist kurz vor halb drei.

„Hi, tut mir…", setze ich an als Sara mir rüde ins Wort fällt. „Wo zur Hölle warst du?", ihr Gesicht ist rot vor Zorn.

Ich fange nochmals zu reden an, als sie mir wieder über den Mund fährt. „Hat man dir ins Hirn geschissen? Weißt du, was ich mir für Sorgen um dich gemacht habe?"

Ich spare mir die Antwort und warte darauf, dass sie mich weiter anmault. „Was? Hast du deine Zunge verschluckt oder warum redest du nicht?" Ihre Stimme klingt etwas sanfter.

Ich räuspere mich, ehe ich anfange zu reden. „Nein alles Bestens. Was ich sagen wollte, es tut mir leid, dass ich nicht geschrieben habe, aber mein Handy war im Auto." Meine Hand deutet auf den freien Platz ihr gegenüber.

„Für wen sollte der sonst sein", motzt sie mich an. „Nimm es ab jetzt gefälligst immer mit. Alles andere kannst du in deinem Wagen lassen!", sagt sie, während ich mich setze. Die Bedienung vom letzten Mal kommt an unseren Tisch und nimmt meine Bestellung auf.

„Ok, ich nehme es ab jetzt mit, aber ich habe die Blaulichter schon von Weitem gesehen, also keine Panik", beschwichtige ich sie, als wir wieder alleine sind.

Sara sieht mich verwundert an. „Es geht mir doch nicht um die Polizei. Die sperren uns schlimmsten Falles über Nacht in eine Zelle." Sie macht eine abwertende Handbewegung. „Drauf geschissen. Es geht mir darum, dass ich nicht wusste, ob du diejenige warst."

Was meint sie damit? „Wovon redest du denn?"

„Weißt du es noch gar nicht?", fragt sie irritiert nach.

Ich schüttle nur den Kopf. Im selben Moment kommt die

Kellnerin und stellt mein Wasser vor mir ab. Sara wartet, bis wir alleine sind und fängt dann an zu erzählen. „Eine von uns ist mit einem Kerl mitgegangen, bevor es jedoch zur Sache ging in seiner Wohnung, sind zwei von seinen Freunden aufgetaucht und haben sie zu dritt vergewaltigt."
Meine Augen weiten sich vor Ungläubigkeit. „Was?"
„Ja", Saras Stimme ist nur noch ein Flüstern. „Danach haben die Kerle sie einfach in einen anderen Stadtteil gefahren und aus dem Auto geworfen."
„Und dann?", ich bin entsetzt.
„Die dumme Schlampe ist zur Polizei gegangen und hat die Kerle angezeigt. Deswegen stehen sie jetzt am Bahnhof und kontrollieren." Ihr Ton ist abfällig. „Fiona hat gesagt, es wäre die Neue, der das passiert ist. Da dachte ich sofort an dich."
Ich übergehe ihre Vermutung und fauche sie an. „Etwas Mitleid ist wohl zu viel verlangt, was?"
Sie erkennt mein Missfallen sofort. „Natürlich verstehst du das nicht, wie dumm von mir."
„Natürlich nicht, warum sollte ich es auch verstehen? Ich bin nicht wie ihr. Ich bin die kleine verzogene Schlampe, die den Kick sucht und euch die Freier wegnimmt." Meine Stimme ist hart. „Ich muss aber dazu sagen, fehlendes Taktgefühl hängt nicht von den Gesellschaftsschichten ab. Etwas Mitgefühl zeigen kann jeder." Ich greife nach meinem Glas. Nachdem ich einen Schluck davon genommen habe, fasst Sara grob nach meiner Hand.
„Ist das dein Ernst? Du verstehst einfach unsere Lage nicht. Durch ihre Anzeige werden jetzt weniger Freier auf den Strich kommen, was für uns weniger Geld bedeutet." Ihre Augen werden zu Schlitzen. „Jetzt willst du mir ein schlechtes Gewissen machen, weil ich kein Mitleid für diese blöde Kuh empfinde? Das soll wohl ein Witz sein."
Ihre Wut schüchtert mich kein bisschen ein. „Schon möglich, dass ich deine Situation und die der Anderen nicht nachvollziehen kann, aber so etwas kann jeder von uns passieren. Dir. Mir, und den Anderen auch. Man weiß nie im Voraus, was passieren kann, wenn man zu einem Fremden

einsteigt." Meine Stimme ist leise, doch ich meine es todernst. Sara nimmt ihre Hand von der Meinigen, fasst nach ihrer Cola und nippt daran. Für einen kurzen Moment sieht sie mich nur an. „In diesem Punkt muss ich dir Recht geben. Keine von uns weiß, was passiert, wenn man zu einem unbekannten Kerl ins Auto steigt, aber dennoch haben wir alle das Nachsehen." Ihre Gesichtszüge werden etwas weicher. „Du hast es selbst mitbekommen, wie man hier behandelt wird. Wir sind nichts wert. Von unserem Stolz oder unserer Schönheit ist nicht viel übrig geblieben und das lassen uns unsere Freier auch spüren. Denkst du nicht, ich habe Träume? Glaubst du, ich will mein ganzes Leben anschaffen gehen? Ich hasse es, jeden Abend am Bahnhof zu stehen, um mich anzubieten, aber was hilft es, die Miete muss bezahlt werden und zum Leben brauche ich auch was. Jetzt wird die Tage wieder weniger los sein und ich kann schauen, wo ich das Geld verdiene, nur wegen der. Dafür muss ich mich nicht rechtfertigen und schon gar kein schlechtes Gewissen haben." Sara wendet den Blick von mir und lässt ihn ziellos durch den Raum wandern.

Was sie gesagt hat, lässt mich die Sache von einem anderen Blickfeld sehen. Sara hat es mir schon einmal erklärt, aber jetzt kann ich es noch besser nachempfinden. Sie alle sind jetzt die Leidtragenden, dass sie das anders aufnimmt als ich, ist klar. „Warum suchst du dir keinen richtigen Job?", frage ich und spiele an meinem Glas. „Ich meine, deine Wohnung und dein Lebensunterhalt können doch nicht so teuer sein, dass du jeden Monat Tausende von Euros verdienen musst."

Sara gibt ein abfälliges Stöhnen von sich. „Und was für einen Job? Ich bin seit Jahren aus meinem Beruf weg. Ich habe weder anständige Arbeitszeugnisse, noch etwas zum Vorlegen, dass ich die letzten Jahre irgendeiner Tätigkeit nachgegangen bin. Außerdem kann ich froh sein, wenn ich auf den Strich im Monat mehr als 1000 Euro verdiene." Sie schüttelt traurig über ihre eigene Situation den Kopf. „Das ist nicht oft der Fall."

„Du verdienst manchmal weniger als 1000 Euro?" Ungläubig

sehe ich sie an.
„Ja", antwortet sie knapp und trinkt von ihrem Glas. Wenn ich daran denke, was ich die letzten Tage eingenommen habe, kann das nicht stimmen, was sie mir erzählt. „Ich brauche das Geld und das merkt man auch, von daher verhandeln die Typen meist", stellt sie klar. „Bevor ich sie dann zu einer anderen ziehen lasse, gebe ich nach. Es kann vorkommen, dass ich mich für 50 Euro ficken lasse. An manchen Tagen ist das Geld dafür noch weniger." Ich bin schockiert über diese Erkenntnis. 50 Euro für einen Fick? Mein Entsetzen steht mir wohl ins Gesicht geschrieben, denn Sara lächelt mich entschuldigend an. „Wie ich es dir schon gesagt habe, du bist anders als wir, und das merken die Kerle. Wenn sie deinen Preis nicht zahlen, bekommen sie dich auch nicht. Du kannst dir solche Freiheiten leisten. Bei dir haben sie auch gewiss nicht das Gefühl, bei einer Nutte zu sein."
Ich denke an meine bisherigen Freier. Keiner von ihnen hat mich wie eine Hure behandelt außer David. „Da muss ich dir größtenteils zustimmen."
„Siehst du", antwortet mir Sara selbstgefällig.
„Es tut mir leid", wechsle ich das Thema.
Sie ist verwirrt. „Was?"
„Dass ich dich so angegangen bin, weil du kein Mitleid gegenüber der Anderen hast. Ich versuche immer, eure Situation zu verstehen und wenn ich mir denke, ich habe es kapiert, wird meine ganze Anschauung aus der Bahn geworfen." Ich klinge richtig frustriert darüber.
Sara lächelt mich verständnisvoll an. „Komm, vergiss es. Im Übrigen hast du mir noch etwas zu erzählen."
Sofort wird mir bewusst, dass sie mein Date mit Thomas meint. „Stimmt", der Gedanke an diesen tollen Tag bringt ein dümmliches Grinsen auf meinem Gesicht zum Vorschein.
Wie ein neugieriges Kleinkind beugt sich Sara über den Tisch und sieht mich mit großen Augen an. „Erzähl."
„Naja", ich bewege mich auf meinem Stuhl hin und her vor Aufregung. Endlich kann ich jemanden von Thomas erzählen und zwar richtig, nicht so wie bei Chris: Kurz angesprochen

und dann ad acta gelegt. Obwohl ich zugeben muss, es gab zu jenem Zeitpunkt auch nicht allzu viel über Thomas zu reden. „Er ist 25, trainiert, wahnsinnig gutaussehend und ein echt lieber Kerl."
„Also das große Los gezogen", stellt sie anerkennend fest.
„Wo hast du ihn kennengelernt?"
Diese Frage habe ich kommen sehen. „Am Bahnhof", ich bin etwas zerknirscht darüber.
„Am Bahnhof?" Sara sieht mich verwundert an.
„Ja." Die Ironie in unserer Begegnung lässt mich mein Gesicht verziehen. Da muss ich erst anschaffen gehen, um den perfekten Typen zu treffen. „Es war mein erster Abend dort. Wir sind rauf in seine Wohnung und verbrachten eine tolle Nacht miteinander. Seitdem schreiben und treffen wir uns."
„Ihr seid rauf in seine Wohnung?", wiederholt Sara und sieht mich fragend an.
„Er wohnt beim Bahnhof."
Meine Antwort verwirrt sie. „Wie heißt er denn?"
„Thomas", ich fasse nach meinem Handy in meiner Tasche. Er hat sich seit meiner letzten SMS nicht mehr gemeldet und auch jetzt ist keine Nachricht von ihm auf meinem Display zu sehen.
„Meinst du Winkler Thomas?", hakt sie nach.
Diese Frage lässt mich verwundert von meinem Handy in ihr Gesicht hochblicken. „Du kennst ihn?"
Sara grinst mich verschwörerisch an. „Ja ich kenne Thomas. Er ist ein toller Typ. Kein Wunder, dass er dir gefällt."
„Woher kennst du ihn?" Oh Gott, was wird sie mir wohl jetzt erzählen? Will ich es überhaupt wissen? Meine Neugier ist nicht mehr zu bremsen, egal wie ihre Antwort lautet.
„Ich hatte was mit ihm", sagt sie gerade raus.
Mir fällt die Kinnlade herunter. Das habe ich jetzt nicht erwartet. Mit offenem Mund sehe ich sie an. Nein, bitte nicht. So eine Scheiße. Sara grinst mich über beide Ohren an.
„Das war ein Witz."
Mir fällt ein Stein vom Herzen. „Gott sei Dank."
„Warum denn das?", ihr Lächeln hält Stand.

„Hätte ja sein können, dass das eine Masche von ihm ist."
„Unsinn", sagt sie sofort. „Über so einen langen Zeitraum, wie ich schon dort bin, lässt sich ein kennenlernen kaum vermeiden." Plötzlich verschwindet ihr Lächeln. „Weiß er, was du tust?"
Ich wende meinen Blick ab von ihr. Fuck! Nein weiß er nicht.
„Was meinst du?", frage ich wenig überzeugend nach.
„Also nein", stellt sie fest. Sie schüttelt missbilligend den Kopf. „Das ist aber nicht in Ordnung von dir."
„Ich weiß", gebe ich kleinlaut zu und lege meine Hände bestürzt auf mein Gesicht. „Verdammt! Warum konnte ich ihn nicht auf normalem Wege treffen? In einer Bar oder freitags im Lenoxx?"
„Weil das Leben nun mal so ist." Ihr Ton ist betrübt.
„Was soll ich denn jetzt tun?" Ich schaue zwischen meinen Fingern zu ihr hinüber. „Meine Schuldgefühle ihm gegenüber sind riesig. Ich fühle mich schlecht und beschissen bei dem Gedanken, was er tut, wenn er es herausfindet."
„Dann hör auf", rät sie mir.
„Das kann ich nicht", bringe ich sofort hervor.
„Weil du noch immer nicht den Grund kennst, der dich hier her geführt hat", stellt sie fest.
Ich komme von meinen Händen hervor, fasse mit beiden um mein Glas und nicke. „Ja. Ich kann nicht glücklich werden mit Thomas, solange ich im Dunkeln tappe. Das ist sicher."
„Versteh ich", gibt sie zu. Sie legt ihren Kopf schief und grübelt darüber. „Dann bleibt dir nichts anderes übrig, als weiter zu machen."
„Ist das dein Ernst?" Ihre Anschauung verwundert mich.
„Eine dritte Variante gibt es nicht?", Sara hebt ihre Hände vor ihre Brust. „Entweder du hörst auf und führst ein halbes Leben mit Thomas", sie zuckt mit der rechten Hand. „Oder du machst weiter und verbaust dir die Chance mit einem echt tollen Kerl, wenn er es herausfindet", jetzt zuckt sie mit der linken Hand. „Du hast die beiden Möglichkeiten."
„Die beiden Optionen sind Scheiße", stelle ich fest.
„Was bleibt dir anderes übrig?" Sie sieht mich mitfühlend an.

„Weißt du, Kati, manchmal liegt die Antwort direkt vor unseren Augen, wir sind nur zu blind, um sie zu erkennen."
Ich grüble darüber nach. In den letzten Tagen hat sich so viel verändert. Habe ich vielleicht meine Antwort schon bekommen und sie nur übersehen? Ich gehe die Kerle durch, mit denen ich was hatte. Nein, ich hatte nie einen Lichtblick. Keine Eingebung, dass ich am Ziel meiner Suche bin. Ich fühle mich innerlich noch wie am ersten Tag: leer und tot.
„Ich rate dir zur zweiten Option", dringt Saras Stimme in meine Gedanken. „Du bist schon zu weit gegangen, um jetzt abzubrechen."
Ich sage kein Wort, sondern überlege nur. Sie hat Recht jetzt bin ich schon anschaffen gegangen, also sollte ich es auch zu Ende bringen. „Ich werde weiter machen und egal, ob es Thomas herausfindet oder nicht, ich werde es ihm sagen."
Den letzten Teil des Satzes sage ich nicht nur zu Sara, sondern auch zu mir. Es ist ein Versprechen mir selbst gegenüber. Ich muss es ihm sagen, komme was wolle.
Saras Blick ist anerkennend. „Das solltest du auch."
Ich leere mein Glas und schaue erneut auf mein Handy, es ist kurz vor vier Uhr. In einer Stunde werden wir wieder hinaus geworfen. „Noch eine Runde?" Ich halte mein leeres Glas hoch.
„Gerne", eilig trinkt sie ihres aus.
Es dauert nur einen Augenblick, schon kommt die junge Kellnerin durch das leere Restaurant auf uns zu. „Was wollt ihr noch, Mädels?", fragt sie gut gelaunt.
„Einmal...", Sara bricht unterm Satz ab, sieht mich an und deutet auf ihr Glas. Ich stimme wortlos ein. „Zweimal eine Cola bitte."
„Kommt sofort", sie macht am Absatz kehrt und geht an die Bar zurück.
Sofort fängt Sara zu fragen an. „Zum wichtigsten. Was ist da zwischen dir und Thomas? Ich will alles wissen."
„Naja", ich druckse etwas herum, bevor ich zu erzählen beginne. Ich lasse nicht einmal unbedeutende Kleinigkeiten aus. Es tut mir gut, darüber reden zu können.

„Das hört sich doch gut an." Ist Saras Fazit nach meiner Erzählung.
„Er ist einfach toll. Sexy, männlich, kindisch in manchen Hinsichten, auch so zuvorkommend." Ich komme richtig ins Schwärmen, wenn ich von ihm rede.
„Da könnte man ja richtig neidisch werden", sagt Sara anerkennend.
„Bin gespannt, wie es weiter geht mit uns." Plötzlich kommt mir etwas in den Sinn. „Hast du einen Freund?"
Sara wirkt verwundert über meine Frage. „Nein, natürlich nicht."
„Hätte ja sein können", erwidere ich nüchtern.
„Meine letzte Beziehung hatte ich mit dem Typen, für den ich Regensburg verlassen habe", klärt sie mich auf.
Meine Augen weiten sich. „Diese Beziehung ist Jahre her."
„Ich weiß." Sara zuckt mit den Schultern. „Was will ich auch mit einem Freund, wenn ich anschaffen gehe."
Ich versuche mein Mitleid ihr gegenüber zu verbergen. Manchmal reicht ein unfaires Leben eben nicht, es muss noch scheiße dazu sein. „Fühlst du dich einsam?"
„Manchmal", ihr Ton ist traurig gestimmt. „Und du?"
„Wie jeder Mensch auch." Ich bringe es nicht übers Herz, etwas anderes zu sagen. Die Atmosphäre ist betrübt. Ich habe noch nie so tiefe, ausdrucksstarke Gespräche geführt. „Man lernt auf der Straße die Dinge anders zu sehen und zu schätzen, oder?"
„Wie meinst du das?" Sara nimmt ihr Glas und trinkt.
„Nun ja, du hinterfragst die Sachen, du bist auf deine Art und Weise wohl der klügste Mensch, den ich bis jetzt in meinem Leben kennengelernt habe." Das ist die reine Wahrheit.
Sara errötet über mein Kompliment. „Der Blick verändert sich auf viele Dinge, ja, das ist wahr. Man lernt Leute zum einen erst richtig kennen, wenn man sie aus unserer Sicht sieht. Wie sie uns ansehen. Wie ein Stück Fleisch. Wie sie mit uns umgehen. Als würden wir ihnen gehören. Wie sie uns misshandeln. Als ob wir es nicht anders verdient hätten. Sie sehen in uns nur Gesicht, Titten, Arsch, Fotze. Dass wir

Gefühle, Schmerzen oder unseren Stolz haben, das erkennen sie nicht."
„Und jeder neue Freier lässt in einem eine neue Narbe zurück", falle ich ihr ins Wort.
Ihr Gesichtsausdruck stimmt mir zu. „Du hast eine bemerkenswerte Auffassungsgabe, alle Achtung."
Ich spare mir die Antwort darauf und lächle entschuldigend.
„Das kommt wohl von den wunderbaren Menschen, die in mein Leben treten", ich sehe sie direkt an, um Sara zu signalisieren, dass sie gemeint ist.
Sara hat es sofort verstanden und lächelt. Ihr Handy, das vor ihr am Tisch liegt, leuchtet auf. Sie wendet ihren Blick von mir ab und greift danach. „Die Bullen sind weg." Ihre Augen wandern auf die Uhr hinter mir. „Jetzt ist es zu spät und vollkommen sinnlos nochmal zurück zu gehen."
Ich wende mich ebenfalls zur Uhr an der Wand, es ist fast fünf. „Also wirst du heute Abend nicht am Bahnhof sein?"
Sie schaut mich irritiert an. „Warum denn nicht?!"
„Naja, die Bullen kontrollieren ausgiebig und die Freier bleiben aus Angst, erwischt zu werden, aus." Ich zähle meine Ansicht darüber an meinen Fingern ab.
„Wenn ich es mir leisten könnte, so zu denken, dann ja", sie hält kurz inne. „Aber so muss ich das alles in Kauf nehmen. Nur, dass ich vorsichtiger sein muss."
Ich bin abermals froh nicht in ihrer Lage zu sein. Meine Augen wandern zur Bar, wo uns die junge Kellnerin mustert. Sie wird gleich auf uns zu kommen und uns auffordern, zu gehen. Ich nehme mein Glas und trinke es in einem Zug aus.
„Hast du es so eilig?", fragt Sara nach.
„Sie machen um fünf zu." Meine Aufmerksamkeit wandert zur Uhr.
Jetzt greift auch sie nach ihrem Glas und schluckt hastig ihre Cola hinunter. Als ich mein Geld aus der Tasche ziehen will, hält mich Sara zurück. „Das übernehme ich."
„Für die Sorgen, die du dir meinetwegen gemacht hast, bin ich heute dran", sage ich und greife nach dem Geld in meinem Portmonee.

Die junge Frau hinterm Tresen kontrolliert unsere Rechnung.
„Das macht dann 8,50 Euro."
„Zehn", sage ich trocken.
„Danke", sie schenkt mir ein leichtes Lächeln. Ich verstaue mein Restgeld in meiner Tasche und gehe in Richtung Ausgang. „Bis bald", ruft sie uns nach.
Als wir auf den Parkplatz kommen, wird es schon Tag. Es ist eine angenehme Morgenluft, die mir um die Nase weht.
„Sehen wir uns heute Abend überhaupt?", wirft Sara ein.
„Weiß ich noch nicht, aber denke schon."
„Wir schreiben uns einfach, okay?" Es kommt mir so vor, als ob sie es auf einmal wahnsinnig eilig hätte.
„Okay", stimme ich ihr zu.
„Also bis dann", sie wendet sich ab und setzt zum Gehen an.
„Ich kann dich auch fahren", biete ich ihr an.
„Es geht schon", ihre Stimme wirkt auf mich nervös.
Was hat sie nur auf einmal? „Was ist dein Problem? Hast du Angst davor, dass ich dich frage, ob du mir deine Wohnung zeigst? Dass ich dich danach beurteile und mich lustig mache darüber? Dann lass mich eines klar stellen: Du bist toll, ein wunderbarer Mensch, egal ob du nun auf einem Anwesen wohnst oder in der Papiertonne." Sara mustert mich eindringlich, als ich noch nachsetze. „Gut, in einer Papiertonne wäre es für uns beide zwar etwas eng, aber egal, mich interessiert es nicht, wie du wohnst, noch bilde ich mir ein Urteil darüber."
„Freut mich zu hören." Sie dreht sich von mir ab und geht davon. Ich bleibe völlig verdattert über ihre Reaktion zurück. Sie dreht sich nach mir um. „Na, dann komm."
Ich gehe auf sie zu. „Wollen wir nicht lieber fahren?"
„Warum?", fragt sie verwundert.
„Naja, dann wären wir schneller dort", erkläre ich ihr.
„Denkst du", ihre Schritte werden schneller. Was hat sie bloß? Wir überqueren eine Straße auf unserer Seite, die auch zum Bahnhof hinunter führt. Plötzlich hält sie ihren Arm vor meinen Körper. „Wir sind da."
„Wo?", ich bin verwirrt.

„Bei mir", stellt sie belustigt fest.
Ich schaue in ihre Richtung, vor mir steht eine Papiertonne.
„Sehr witzig", sage ich ironisch.
Sie folgt meinem Blick. „Hahaha. Nein, du Schussel hier wohne ich." Sara deutet mit ihrer Hand auf das Haus vor uns. Es ist ein schönes Gebäude, dreistöckig, gut erhalten, mit hellgelben Anstrich und weißen Umrandungen um die Fenster. Ich bin vollkommen neben der Spur. Mein Auto steht in Sichtweite und das Haus lässt keinen Grund zu, sich deswegen schämen zu müssen. „Ich verstehe beim besten Willen nicht, warum du so ein Problem mit deiner Wohnung hattest. Sieht doch von außen toll aus."
„Ich hatte nie ein Problem damit, aber mich nach Hause zu fahren, wäre die paar Meter ja hirnrissig. Du hast übrigens nie erwähnt, meine Wohnung sehen zu wollen", stellt sie klar.
„Warum warst du gerade so komisch?" Ich bin total verpeilt. Hat das nur so auf mich gewirkt? Sie legt ihren Kopf schief und sieht mich verständnislos an. „Naja, wie gerade eben. Du suchst schleunigst das Weite", erkläre ich meine Vermutung.
„Das hat nur den Eindruck gemacht. Ich bin einfach müde, völlig fertig und will heim." Sie geht auf die Eingangstüre zu.
„Kommst du mit?" Das lasse ich sie nicht zwei Mal fragen. Sara holt ihren Schlüssel aus der Tasche und sperrt die Haustüre auf. Das Treppenhaus ist komplett in weiß gestrichen und in der Ecke im Erdgeschoss steht eine Topfpflanze. Sie geht voraus, an der Treppe vorbei, zu einer Tür, vor der ein Fußabstreifer liegt, auf dem in verschiedenen Sprachen >Willkommen< steht. Ich lese die anderen Worte darauf, während sie die Türe aufsperrt.
„Trautes Heim, Glück allein", grinst sie mich an und geht hinein. Ich folge ihr und schließe die Tür hinter mir. Der Eingangsbereich ist eng und kahl, nur ein paar Schuhe stehen seitlich neben der Tür. Sara zieht ihre aus und stellt sie dazu. Ich mache es ihr nach, während sie den länglichen Gang entlang an zwei Türen auf der linken Seite vorbei geht und in einer auf der rechten verschwindet. „Geh einfach bis zum Ende durch und mach es dir bequem."

Ich tue, wie mir geheißen, und komme in ihr Wohnzimmer. Es ist stilvoll eingerichtet mit einem weißen Sofa, einem braunen Beistelltisch und einem Flachbildschirmfernseher. Die Wände sind kahl und weiß, bis auf eine Seite, die in Lila gestrichen ist. Durch die Pflanzen in jeder Ecke sieht es gemütlich aus. Ich setze mich auf ihr Sofa und betrachte die Einrichtung. So habe ich mir ihre Wohnung nicht vorgestellt. Sara hat Geschmack und einen Blick fürs Detail. Es ist zwar nichts Besonderes, aber trotzdem erzielt es eine Wirkung auf mich, die ich nicht vermutet hätte. Es liegt womöglich auch daran, dass ich dachte, sie lebt und schläft auf dem Fußboden. So kann man sich täuschen.
„Willst du deinen Kaffee mit Milch und Zucker?" Sara steht vor mir und hält zwei Tassen in ihren Händen.
„Ich trinke ihn schwarz", sage ich und greife nach einer der Tassen. Sie setzt sich neben mich und wir beide trinken einen Schluck davon. „Wie gefällt dir meine Wohnung?", fragt sie, als ich mich erneut umsehe.
„Super, was ich bis jetzt gesehen habe", gebe ich sofort zu. Sara stellt ihre Tasse zu meiner auf den Tisch und greift meine Hand. „Komm mit. Ich zeige dir den Rest."
Ich folge ihr aus dem Wohnzimmer in den ersten Raum, wo sie anfangs verschwunden ist. Eine in grau gehaltene Küche verbirgt sich hinter der Tür. „Wie lang hast du die schon?"
„Vier Jahre." Sara betrachtet gedankenverloren den Raum. „Das kennt man ihr nicht an, stimmt's?" Ich nicke nur. Sie geht an mir vorbei und bleibt an der ersten von den beiden jetzt rechts liegenden Türen stehen. Ihr Schlafzimmer befindet sich hinter einer davon, mit einem übergroßen Bett und einem Kleiderschrank an der Wand. Erneut ist eine Wand in Lila gehalten und an den restlichen Wänden hängen Plakate von Filmen. „Ist Lila deine Lieblingsfarbe?"
„Ja", sie grinst mich an. „Woher weißt du das?", fragt sie ironisch nach.
„Ist mir so in den Sinn gekommen."
Sara gibt mir einen sanften Schubs und verschwindet zur nächsten Türe. „Das ist nichts Besonderes", stellt sie klar und

winkt mit ihrer Hand ab. Als die Türe mit einem Ruck aufgeht, kommt das Badezimmer zum Vorschein. Es ist klein, ohne Wanne oder Fenster. Die Fließen sind in hellem Ton, den ich nicht benennen kann. „Was ist das für eine Farbe?"
„Das ist Eierschale", Sara verzieht ihren Mund dabei. „Aber ich habe es aufgepeppt, wie du sehen kannst."
Ihre Handtücher sind in ihrer Lieblingsfarbe.
„Du hast wirklich Stil", erkenne ich an.
„Hast du nicht erwartet von einer Schlampe, was?" Ich werfe ihr einen missbilligenden Blick zu. „Schon gut, war nur ein Witz." Sie geht den Gang entlang zurück zum Wohnzimmer.
Wir sitzen auf dem Sofa und ich trinke erneut aus meiner Tasse. Sara nimmt eine Fernbedienung vom Tisch und drückt den obersten Knopf. Es ertönt leise Musik. Meine Augen richten sich auf das kleine Schränkchen neben der TV-Anlage, wo ein CD-Player steht. Die Marke und seine ganze Ausstattung unterstreichen meine Vermutung. „Die ganze Einrichtung ist aber nicht billig."
Sara mustert mich. „Das ist dir aufgefallen?"
Ich nicke. „Natürlich. Toller Geschmack den du hast, aber auch teuer, und das bei deiner finanziellen Situation." Ich beiße mir auf die Zunge. Das war nicht gerade mit Taktgefühl ausgedrückt.
Saras Gesichtsausdruck wird finster. „Soll ich wie ein streunender Hund leben?"
„Nein. Ich meine nur, was du mir erzählt hast, dass du froh sein kannst um die Runden zu kommen."
„Stimmt auch." Sie greift nach ihrer Tasse und trinkt. „Trotzdem habe ich nur ein Leben und manchmal möchte auch ich mir schöne Dinge leisten."
Mein Blick ist verständnisvoll. „Da hast du vollkommen Recht. Tut mir leid, wenn es zu abgedroschen geklungen hat. Ich will einfach alles verstehen können."
„Ist schon ok." Sara lehnt sich in ihre Couch zurück und schließt ihre Augen. Ein entspanntes Stöhnen kommt zwischen ihren Lippen hervor. „Tut das gut."
„Soll ich gehen?", ich setze mich kerzengerade auf. „Damit

du deine Ruhe hast."
Sie öffnet leicht ihre Augen. „Nein. Ich bin nur froh, dass die Nacht vorbei ist."
„Ok", nun lasse auch ich mich an die Sofalehne fallen. Es ist wirklich entspannend und tut gut, sitzen zu können. Im Radio kommen die Nachrichten. Der Sprecher erwähnt, dass es acht Uhr morgens ist. Schon wieder so spät oder wohl eher früh. Ich stehe vom Sofa auf und gehe um den Tisch rum.
„Wo willst du hin?", fragt Sara nach.
„Ich muss schnell ins Bad", antworte ich ihr und mache mich auf den Weg dorthin.
„Viel Spaß", scherzt sie.
Ich mustere mein Spiegelbild. Ich sehe fertig aus und plötzlich fühle ich mich auch so. Ich lasse den Wasserhahn laufen und fülle das Waschbecken bis zur Hälfte mit Wasser. Meine Fingerspitzen fassen vorsichtig hinein. Es ist arschkalt. Genau das, was ich jetzt brauche, um wach zu bleiben. Ohne eine weitere Überlegung beuge ich mich über die Wasseroberfläche und schlage mir die kalte Nässe ins Gesicht. Sofort bin ich überrumpelt. Die Kälte fühlt sich wie kleine Nadelstiche in meinem Gesicht an. Erneut schlage ich mir die nächste Welle ins Gesicht. Ich atme tief ein, denn meine Haut hat sich immer noch nicht an die Temperatur gewöhnt. Nach dem dritten Mal spüre ich wie die Müdigkeit aus meinen Augen verschwindet. Danach trockne ich mich mit einem der lila Handtücher ab, während das Wasser im Becken durch den Abfluss verschwindet.
Ich öffne die Türe und gehe zurück ins Wohnzimmer. Sara liegt auf dem Sofa, ihre Augen sind geschlossen und sie gibt ein fast gehörloses Schnarchen von sich. „Sara?"
Keine Reaktion von ihr. Sie schläft wirklich. War auch eine anstrengende Nacht. Kurz kommt mir der Gedanke, nach Hause zu fahren. Ich verwerfe ihn aber sofort wieder. Das gehört sich nicht, ohne Gruß zu gehen. Ich setze mich und höre der Musik im Radio zu. Ich warte jetzt kurz und wenn sie aufwacht, fahre ich. Meine Aufwachmethode war wohl ein Schuss nach hinten, denn bevor ich richtig sitze, fallen mir

schon die Augen zu.
Als ich aus einem traumlosen Schlaf zu mir komme, höre ich die Stimme des Radiomoderators leise im Hintergrund >Es ist 13:00 Uhr...< Ich schrecke hoch. Es ist Nachmittag.
Sara liegt immer noch neben mir und schläft. Behutsam versuche ich sie zu wecken. „Sara?" Es dauert einen Moment, bis sie die Augen aufschlägt. Etwas orientierungslos blickt sie um sich. „Was ist denn los?"
„Nichts. Es ist nur 13 Uhr vorbei. Ich muss los."
Sie reibt sich mit ihren Händen die Müdigkeit aus den Augen und gähnt. „Hab ich so lange geschlafen?"
„Wohl eher wir", korrigiere ich sie und trinke meine Tasse aus. Der Kaffee ist längst kalt geworden. Es schüttelt mich richtig, bei dem bitteren Geschmack.
„Alles in Ordnung?" Mit großen Augen sieht mich Sara an.
„Ja, der Kaffee schmeckt nur kalt beschissen." Ich nehme meine Tasche und die Tasse und stehe vom Sofa auf. Schnell mache ich mich auf den Weg in die Küche und stelle sie ins Waschbecken.
Ich ziehe meine High Heels an, als mich Sara fragt. „Sehen wir uns heute Abend?"
„Kommt darauf an, wie es mir bis dahin geht", antworte ich und öffne die Türe ihrer Wohnung. „Bis jetzt eher nicht."
Meine Antwort stimmt sie traurig. Ich umarme sie. „Ich schreibe dir, ok?" Sie nickt. „Ok. Bis dann." Ich löse mich von ihr und trete durch die Türe. Es sind keine 5 Minuten vergangen, bis ich in meinem Wagen sitze.
Der Briefkasten fällt mir ins Auge, als ich die Haustüre aufsperre. Unmengen von Katalogen schauen daraus hervor. Eilig greifen meine Hände nach dem Bündel und ziehen es aus dem Schlitz. Während ich in mein Zimmer hinauf gehe, durchsuchen meine Finger angespannt die Post. Da ist sie! Eine Karte mit der Ansicht von Paris blitzt mir entgenen. Ich drehe sie um und lese sie mir durch.

Hey Süße! Wir schicken dir schöne Grüße aus der Stadt der Liebe. Es waren tolle Tage die wir bis jetzt hier verbracht haben.

Die Restaurants und das ganze Nachtleben sind wunderbar.
Wir haben schon eine Stadttour hinter uns und sind von morgens bis abends unterwegs. Am liebsten würden wir bleiben. ☺
Den ausführlichen Bericht bekommst du, wenn wir wieder zu Hause sind.
Liebe Grüße. Kerstin, Tobi und seine Eltern.
PS: Ich war schon ausgiebig shoppen und habe an dich gedacht. Kerstin

Scheint ein super Urlaub zu sein. Bin gespannt, was sie mir alles zu berichten haben. Wenn ich daran denke, was ich ihr erzählen könnte, dreht sich mein Magen um. Was sie nicht weiß, macht sie nicht heiß. Ich ziehe meine Klamotten aus und gehe unter die Dusche. Nachdem ich fertig bin und mich abtrockne, fällt mir auf, dass Thomas immer noch nicht zurückgeschrieben hat. Es könnte sein, dass ich es gar nicht mitbekommen habe, da mein letzter Blick auf mein Handy Stunden her ist. Mit einem Handtuch bekleidet gehe ich ins Zimmer und durchsuche meine Tasche nach meinem Handy.

Guten Morgen Kati!
Stimmt, wir haben gar nichts ausgemacht.
Du hast so schnell das Weite gesucht, dass wir es vergessen haben. ☺ **Wann hast du denn Zeit?**
LG T.

Allein, dass Thomas sich gemeldet hat, lässt mein Herz vor Freude fast zerspringen.

Hallo Thomas!
Einer von uns musste das Weite suchen
sonst würden wir heute noch da stehen. ☺
Was hältst du von morgen?
Du könntest zu mir kommen.
Meine Eltern sind im Urlaub.
LG K.
PS: Ich weiß, wie sich das anhört
aber das ist keine Einladung zum Sex…grins

Schnell versende ich die Nachricht und ziehe mich an. Auf dem Weg die Treppe hinunter zu unserem Wintergarten erhalte ich Thomas Antwort.

Schade☹
Hätte mich gefreut, wenn es so eine
Einladung gewesen wäre. Spaß.
Ich könnte was zu essen mitbringen und wir schauen Filme? Was hältst du davon?
LG T.

Eine gute Idee, aber es sollte schon etwas mehr passieren als das.

Klar. Freu mich.
Kochst du selbst oder bringst du was vom Chinesen?
LG K.

Meine Vorfreude auf ihn ist unbeschreiblich. Er kommt zu mir und das schon morgen. Das Klingeln meines Handys schreckt mich aus meinen Gedanken.
Es ist Marina. „Hi Kati! Was treibst du gerade?"
Ich schaue an mir hinunter. „Nichts bis jetzt. Warum?"
„Hast du Lust, wir könnten shoppen gehen?"
„Bin dabei", antworte ich ihr. Ein neues Outfit für den Abend morgen mit Thomas und den Strich wäre mir recht.
„Okay, sagen wir in einer Stunde am Marktplatz?"
„Ich werde da sein. Bis gleich."
„Freu mich", und schon hat sie aufgelegt.
Rasch ziehe ich mich um und hole mir meinen Verdienst der letzten Nacht aus der Tasche. Ich weiß zwar nicht, wo wir überall zum Einkaufen hingehen werden, aber billig wird es nicht. Ich hole aus meinem Versteck im Schrank 300 Euro hervor und verstaue sie mit den anderen 290 Euro in meiner Geldbörse. Als ich auf den Markplatz komme, sehe ich Marina schon auf einer der Bänke sitzen. Hastig tippe ich meine Antwort auf Thomas' letzte SMS.

Italienisch ist auch gut.
Haben wir die letzten Male gegessen, warum auch nicht dieses Mal.☺
Also bis 20 Uhr. Freu mich auf dich.
LG K.

Ich verstaue mein Handy in meiner braunen Handtasche und gehe auf Marina zu. „Hey!"
„Selber hey!", grüßt sie mich gutgelaunt. „Alles fit?"
„Immer doch", ihre Stimmung ist ansteckend.
Wir umarmen uns und gehen in das erste Kaufhaus hinein. Schon von Weitem missfällt mir die Auslage. Alles in beige oder braun. Die Oberteile und Hosen sind weder figurbetont noch sexy. Ich gehe enttäuscht an den Kleiderstangen vorbei.
„Suchst du etwas Bestimmtes?", fragt Marina, die sich gerade ein olivgrünes Oberteil vom Bügel zieht.
„Ich bin heute schon nach etwas Bestimmten auf der Suche", erwidere ich ihr.
„Und was?", fragt sie weiter und zieht sich noch ein Oberteil vom Bügel herunter, diesmal in rosa.
„Das wirst du sehen, wenn ich fündig geworden bin." meine Lippen formen ein leichtes Lächeln. „Hast du auch eine Karte von Kerstin bekommen?"
„Ja, sie lag heute im Briefkasten", sagt Marina ohne ihre Augen von den Klamotten zu nehmen.
„Anscheinend ist der Urlaub super, den sie zu viert in Paris verbringen." Ich stelle mich neben sie und schaue auf das gestreifte Oberteil, das sie ausgiebig mustert.
„Wer hätte das gedacht", zwinkert sie mir zu.
„Ich bestimmt nicht", stimme ich mit ein.
„Ich etwa", sie grinst. „Mit den Eltern meines Freundes in den Urlaub zu fahren, wäre das allerletzte was ich tun würde. Ich hätte Angst, sie zu erwürgen."
„Da geht es mir genauso", erwidere ich.
Marina hängt das Oberteil zurück an den Bügel. „Das lässt mich gewiss breiter um die Hüfte wirken."
„Das haben Streifen nun mal an sich."

„Ich ziehe die beiden Sachen mal über", sagt sie und macht sich auf den Weg in die Garderobe. Sie kommt aus der Umkleidekabine, während ich immer noch die Auslage prüfe.
„Und?", Marina dreht sich um die eigene Achse.
So habe ich es mir vorgestellt. „Es sieht Scheiße aus."
„Dir muss es nicht gefallen", gibt sie mir bockig zurück.
„So war es gar nicht gemeint", lenke ich ein und betrachte sie genauer. „Gefällt es dir denn?" Sie nickt. „Dann passt es doch." Ich grinse sie an.
„Was gefällt dir daran nicht?", will sie wissen.
Meine Augen mustern ihr Oberteil genau, bevor ich zu erklären anfange. „Der Schnitt und die Farbe. Es hängt an dir wie ein Kartoffelsack."
Über meine Meinung zu ihrem Oberteil muss sie lachen. „Ich ziehe mal das zweite an." Sie geht zurück in ihre Kabine und kommt zwei Minuten später wieder heraus. „Und das?"
„Willst du es wirklich wissen?", mein Ton strotzt vor Sarkasmus.
Marina verzieht ihr Gesicht. „Lieber nicht." Sie begutachtet sich im Spiegel. „Ich werde es nehmen."
„Wenn es dir gefällt, warum nicht", antworte ich ihr darauf.
Als sie zurück in die Kabine gehen will, fällt ihr eine graue Weste auf. „Was hältst du davon?" Marina hält es sich vor ihren Oberkörper.
„Die würde dir stehen", stelle ich zufrieden fest.
Sie zieht sich die Weste über. „Und?"
„Perfekt. Kauf es!", rate ich ihr.
Sie grinst. „Das werde ich", und verschwindet wieder hinter dem weißen Vorhang. Ich gebe die Hoffnung auf und setze mich auf die Stühle vor den Umkleide.
„Was hast du die letzten Tage gemacht?", höre ich Marinas Stimme aus der Kabine.
„Nichts Besonderes", flunkere ich. „Ich lasse es mir richtig gut gehen und relaxe die meiste Zeit."
„Aha", ihr Ton wirkt misstrauisch.
„Was?", werfe ich sofort ein.
„Was was?", fragt sie nichtsahnend nach.

„Naja der Unterton", erkläre ich ihr.
„Was meinst du?", ihre Stimme wirkt verwirrt.
Ich stehe von meinem Platz auf und ziehe den Vorhang ihrer Garderobe etwas zur Seite. „Marina, ich kenne diesen Ton von dir. Willst du mir irgendetwas damit sagen?"
Sie ist fast angezogen. „Nein. Ich wundere mich nur, weil du kaum Zeit für mich und die anderen über hast."
„Tut mir auch leid, aber ich will die Tage ohne meine Eltern voll ausnützen. Sie kommen eh bald wieder zurück. Kannst du das nicht verstehen?"
„Doch. Ich würde es auch so machen." Sie zieht den Vorhang zur Seite und kommt aus der Garderobe. „Ich werde die beiden Sachen nehmen." Sie deutet auf das rosa Oberteil und die Weste.
„Gute Entscheidung", versichere ich ihr. „Was hast du die letzten Tage getrieben?", fange ich ein neues Thema an.
Marina überlegt kurz. „Ich war im Freibad, im Kino und im Antonio mit Chris."
„Und wie war es?", will ich wissen.
„Bis auf den Film war alles super", sagt sie spöttisch.
„Chris hat das Gleiche geschrieben", erwidere ich.
Sie nickt mehrfach. „Was für eine Zeitverschwendung." Sie hakt sich bei mir unter und zieht mich mit sich zur Kasse. „Ich bin froh, dass die Sache zwischen dir und Chris geklärt ist."
„Nicht nur du", stimme ich ihr zu.
Die Verkäuferin faltet das rosa Oberteil und die graue Weste zusammen und schiebt beides in eine Plastiktüte, während ich und Marina diskutieren, wo wir als nächstes hingehen. Mit ihrer Tüte bepackt verlassen wir das Geschäft und gehen über den Marktplatz in eine kleine Boutique. Sie sieht von außen schon sehr edel und teuer aus.
„Hier finde ich bestimmt etwas", stelle ich fest, als wir im Laden stehen und mir weit ausgeschnittene Oberteile und Röcke ins Auge fallen.
„Echt?", Marina ist überrascht darüber.
Ich grinse sie an. „Ja." Ich durchstöbere die Auslage und

bleibe an einem schwarzen Lederrock hängen. Meine Hände durchforsten den Stapel nach meiner Größe. „Da ist sie ja." Ich schaue weiter und finde ein weitausgeschnittenes Oberteil im satten Rotton. Nach zwei weiteren Oberteilen, drei Paar Schuhen und einem weißen Kleid mit schwarzem Gürtel, mache ich mich auf den Weg in die Umkleidekabine. Marina hat die ganze Zeit über erfolglos nach etwas Passendem für sich gesucht. Meine Augen mustern mich eifrig im Spiegel der Kabine, als ich den Rock und das rote Oberteil anhabe. Es sieht sexy an mir aus und ist auf jeden Fall was für den Bahnhof. Ich muss schmunzeln. Mit den schwarzen High Heels an meinen Füßen komme ich aus der Kabine. „Was sagst du dazu?" Ich bin so überzeugt von meiner Wahl, dass mir Marinas entsetzter Gesichtsausdruck gar nicht auffällt. Erst als sie mir antwortet, wird es mir bewusst. „Echt jetzt? Du siehst aus wie die Huren, die sich für 20 Euro auf der Rückbank eines Autos ficken lassen."
„Marina?", mein Ton ist verwundert über ihre Wortwahl. „Was redest du denn da?" Ich ziehe denn Rock zurecht. „Als ob ich so billig wäre, wenn dann schon 300."
Sie sieht mich missbilligend an. „Lass die Scherze."
„Das...", meine Stimme bricht weg. Beinahe hätte ich mich verraten.
„Ja?" Marina sieht mich mit großen Augen an.
„Nichts." Ich wende mich ab von ihr und betrachte mich im Spiegel. Das nehme ich, daran gibt es keinen Zweifel. Ich gehe, ohne auf Marina zu achten, zurück in die Kabine und ziehe das nächste Oberteil an. Es ist schwarz und trägerlos. Es passt zwar, hat aber nicht die Wirkung wie das Vorherige. Das letzte Oberteil ist auch nicht besser. Jetzt ist nur noch das Kleid übrig, das ich für den morgigen Abend mit Thomas ausgewählt habe. Schon beim Anziehen fällt mir die Topqualität des Stoffes auf. Das Kleid ist mir wie auf den Leib geschnitten. Es ist trägerlos und geht mir bis zu den Knien. Ich komme aus der Kabine. „Was sagst du dazu?"
Marina studiert mein Outfit genau. „Der Hammer!", sie grinst über beide Ohren. Ich sehe sie ungläubig an. „Ja wirklich." Sie

geht um mich rum. „Es ist sexy, aber auch elegant, anders als die nuttigen Teile davor."
Ich schaue sie geringschätzig an. „Zwei der nuttigen Teile werde ich mir kaufen, Marina."
Sie bleibt vor mir stehen. „Warum?"
„Weil ich sie will", stelle ich klar.
Sie schüttelt irritiert den Kopf darüber. „Wie eine Schlampe rumzulaufen ist gar nicht dein Stil, Kati."
„Das hat gar nichts mit Schlampe zu tun", widerspreche ich ihr. „Ich finde diese Sachen toll und sie lassen mich weiblicher wirken."
„Wohl eher billiger", entgegnet sie mir kühl.
„Kannst du damit aufhören so herablassend zu sein?" Ich halte die Wut in meiner Stimme zurück.
„Es ist nicht herablassend gemeint, sondern die Wahrheit", mit den Händen deutet sie auf die Klamotten in der Kabine hinter mir. „Du siehst wie eine Hure aus in den Teilen."
„Vielleicht bin ich auch eine", gebe ich ihr trotzig zurück.
„Was ist nur los mit dir?" Entrüstet steht sie vor mir. „Seit die Ferien angefangen haben, bist du wie ausgewechselt. Du meldest dich nicht, treibst dich sonst wo rum und jetzt ziehst du dich noch dazu wie eine Schlampe an."
Ohne ein weiteres Wort gehe ich zurück in die Kabine und ziehe mich um. Sie hat keine Ahnung, wie ich derzeit meine Nächte verbringe. Kann ich Verständnis erwarten von ihr? Nein. Mich so zu kleiden ist normalerweise nicht meine Art. Mit dem Kleid, dem Oberteil, dem Rock und den beiden Paar High Heels stehe ich an der Kasse.
„Das wären dann 519 Euro", antwortet die Verkäuferin.
Ich ziehe einen Teil des Geldes, das ich am Strich verdient habe, aus meinem Portmonee und reiche es der Frau.
Sie gibt mir mein Restgeld zurück, bedankt sich für meinen Einkauf und sagt: „Bis zum nächsten Mal."
Erst als wir vor dem Geschäft stehen, schaue ich Marina wieder an. „Und jetzt?"
Sie hält kurz inne. „Keine Ahnung. Willst du noch irgendwo hin?"

„Nicht unbedingt", ich schüttle den Kopf. „Wollen wir ins Cafe gehen?"
„Muss nicht sein", sie winkt mit ihrer Hand ab. Sie ist wütend. Zu Kreuze kriechen werde ich aber jetzt nicht. Warum auch? Ich habe nichts Falsches getan oder gesagt. Ich ziehe mein Handy aus der Tasche und schaue auf die Uhrzeit. Es ist kurz nach 18 Uhr. „Gut, dann lass uns fahren."
Marina macht keine Anstalten, etwas dagegen zu sagen, sie nickt und wortlos gehen wir nebeneinander über den Marktplatz. Erst als wir auf den Parkplatz kommen, fängt sie an zu reden. „Ich muss hier rein."
„Ok", mehr bringe ich nicht heraus. „Dann wünsch ich dir noch einen schönen Abend."
„Ich dir auch", erwidert sie. „Was hast du vor?"
„Nicht viel. Wie immer", lüge ich sie an.
„Oh?", ihr Ton ist überrascht. „Du könntest auch zu Johann mitkommen. Wir treffen uns alle dort."
„Ich glaube, nach der heutigen Shoppingtour bleibe ich lieber daheim", ich versuche es witzig klingen zu lassen.
„War ja klar." Marina verdreht die Augen.
Am liebsten würde ich etwas darauf sagen, aber ich beiße mir auf die Zunge. Nicht jetzt, nicht hier, außerdem nichts zu sagen stört sie mehr, als es auszudiskutieren.
„Euch allen auf jeden Fall viel Spaß." Ich umarme sie kurz und gehe davon.
Auf dem Weg nach Hause halte ich am Discounter an und kaufe ein. Ich suche nach nichts Bestimmten und nehme alles, was mir ins Auge fällt mit. An der Kasse hole ich mein Handy aus der Tasche und schaue auf die Uhr. Es ist nach 19 Uhr und ich habe zwei neue Nachrichten.

Und ich freue mich auf dich.
Bis dahin wird es mir wie eine Ewigkeit vorkommen.
Soll ich noch etwas mitbringen?
LG T.

Nein, brauchst du nicht.
Ich kümmere mich gerade um den Rest.
Ich kann es auch nicht erwarten.
LG K.

Nachdem ich die Nachricht abgeschickt habe, klicke ich auf die Nächste. Sie ist von Sara.

Hallo!
Sehen wir uns nun heute?
Du wolltest mir doch schreiben.
Sara

Sorry, dass ich jetzt erst schreibe.
Der Tag ist zu schnell vergangen.
Ja, ich werde um halb elf am Bahnhof stehen.
Kati

„Das macht dann 69,67 Euro", sagt der junge Mann hinter der Kasse und grinst mich freundlich an. Ich hole mein restliches Geld aus meinem Portmonee und halte es ihm entgegen.
„Hier, ihr Wechselgeld", er lässt es in meine Hand fallen.
„Schönen Abend noch."
„Ebenfalls", erwidere ich, stecke mein Geld ein und schiebe den Einkaufswagen zu meinem Auto. Nachdem ich alles im Kofferraum verstaut habe und der Einkaufswagen bei den anderen steht, fahre ich aus meinem Parkplatz heraus. Im Radio werden gerade die Nachrichten angesagt, als ich meinen Wagen abstelle. Es ist 20 Uhr. Dieses Mal darf ich nicht zu spät kommen wie letztens. Eilig verräume ich meine eingekauften Sachen und höre nebenbei Musik. Es ist schon dunkel draußen, als ich in mein Zimmer komme, und mein Handy nach Nachrichten kontrolliere.

Komm um 22 Uhr zu mir
dann gehen wir gemeinsam hin.
MFG Sara.

Es ist 20:30 Uhr, als ich ihr zurückschreibe.

**Das wird etwas knapp werden,
aber ich komme auf jeden Fall zu dir.
Kati.**

Ich hole meine gekauften Klamotten aus der Einkaufstüte und betrachte sie ausgiebig. Sie sind zwar toll, aber kombiniert wirken sie auf einmal doch zu dick aufgetragen. Ich entschließe mich, das rote Oberteil und einen kurzen Faltenrock anzuziehen. Hastig mache ich mich im Bad zurecht und ziehe mich an. Es ist kurz vor der vereinbarten Zeit, als ich ins Auto steige.

Kapitel 8

Mein Wagen parkt vor ihrem Haus. Auf halben Weg zur Eingangstür kommt mir Sara entgegen.
„Guten Abend, schöne Frau", sagt sie keck.
„Kann ich nur zurückgeben." Ich umarme sie.
Sara knöpft meine schwarze Weste auf und sieht mich an.
„Du siehst Klasse aus und diese Farbe." Sie meint mein Oberteil. „Offensichtlicher ist es wohl nicht mehr gegangen?!" Sie grinst höhnisch.
Ich mache es ihr nach und ziehe den Reifverschluss ihrer Jacke auf. Sie hat ein bauchfreies, weißes Oberteil an und dazu blaue Hotpants. „Bei dir anscheinend auch nicht. Bauchfrei ist seit den 90er Jahren out", necke ich sie.
„Nicht in diesem Beruf, Schätzchen." Sie macht ihre Jacke wieder zu. Gemeinsam machen wir uns auf den Weg Richtung Bahnhof.
„Was hast du den ganzen Tag gemacht?", frage ich nach.
„Nicht viel", sie überlegt kurz. „Ich war bei dem Kerl, der über mir wohnt, zum Essen eingeladen."
Sie war bei ihrem Nachbarn zum Essen eingeladen? „Seid ihr befreundet?"
„Nein", antwortet sie mir. „Er wollte mir damit etwas Gutes tun. Mich verwöhnen, hat er gemeint."
Der letzte Satz lässt mich aufhorchen. „Geht da was zwischen euch?"
„Ich denke nicht. Wir mögen uns und wohnen seit zwei Jahren im gleichen Haus. Mehr als Austausch unter Nachbarn ist da nicht."
„Ich habe auch Nachbarn, aber keiner von denen sagt zu mir, sie wollen mich verwöhnen", entgegne ich ihr trocken.
„Da ist nichts zwischen mir und ihm", schwört sie mir.
„Trotzdem hat er dich zum Essen eingeladen", korrigiere ich sie. „Was gab es denn?"
„Er hat selbst gekocht", stellt sie klar.
„Ach wirklich", sage ich ironisch überrascht. „Und was?"

Sara wirft mir einen missbilligenden Blick zu. „Ich weiß, worauf du hinaus willst."
„Wenn ein Kerl für eine Frau kocht, dann hat das nichts mit Freundlichkeit zu tun, sondern mit Interesse an mehr."
„Wirklich?", gibt sie verschämt zurück. „Das ist mir noch nie aufgefallen."
Ihr Ton spricht Bände. „Du weißt, dass er mehr will."
Ihr Gesicht verzieht sich zu einem breiten Grinsen. „Ja."
„Du magst ihn auch", schießt es mir heraus. Sie läuft rot an.
„Oh mein Gott", rufe ich und klatsche in die Hände. „Du magst ihn, du magst ihn, du magst ihn."
Sara zieht an meinem Arm. „Muss nicht jeder gleich wissen."
Ich übergehe ihr Gerede. „Erzähl schon. Was macht er? Wie sieht er aus? Wie alt ist er?"
„Hätte ich bloß nichts gesagt", seufzt sie verlegen. „Also schön. Er heißt Nick, ist 30 Jahre und Heizungsbauer. Er ist groß, trainiert und hat blonde Haare."
„Das hört sich doch gut an."
„Ich weiß", sie mustert mich. „Wo ist deine Tasche?", wechselt sie plötzlich das Thema.
„Im Auto." Ich weiß, worauf sie hinaus will. Meine Hand greift in meine Rocktasche. „Mein Handy ist hier."
Ihr strenger Gesichtsausdruck verliert sich. „Dein Glück."
Am liebsten würde ich sie weiter ausfragen über Nick, aber mir bleibt keine Gelegenheit mehr dazu, denn unmittelbar vorm Parkplatz hält das erste Auto vor uns.
„Na ihr Süßen?", fragt ein junger, schmächtiger Mann mit blonden Haaren auf dem Beifahrersitzt. „Wie wär es mit uns?" Mein Blick fällt auf die Fahrerseite. Ein Kerl im gleichen Alter sitzt hinterm Steuer. Er hat eine Brille auf und ebenfalls blonde Haare. Ich lasse Sara den Vortritt und gehe etwas zur Seite. Sie lehnt sich gegen die Beifahrertür und fängt zu flirten an. Meine Augen streifen über den Bahnhof. Heute ist weniger los als sonst unter der Woche. Sara hatte Recht: Viele haben Angst, erwischt zu werden.
Ich ziehe mein Handy hervor und schalte das Display ein.
Eine Nachricht erscheint darauf.

Bin gespannt, was mich bei dir erwartet.
Mach dir aber nicht allzu viel Mühe.
Wo du wohnst, weiß ich ja seit Sonntag☺
LG T.

Ich drehe mich nach rechts und schaue zu den Wohnungen hinauf, wo in einer davon Thomas wohnt. In seiner brennt Licht. Hastig drehe ich mich zurück und unterbreche Sara, die immer noch mit den Kerlen redet. „Ich ziehe weiter."
Sie lässt von den Typen ab und sieht mich verwirrt an. „Was ist los?"
Mein Kopf deutet zu Thomas hinauf. „Er ist zu Hause und ich stehe hier gut sichtbar für ihn."
Sara versteht sofort, was ich meine. „Ok, ich schreibe dir."
„Ist gut und sei vorsichtig!" Ich drehe mich weg und mache mich, so schnell es geht, davon. In den vorderen Reihen der Parkplätze ist nicht viel geboten. Ich stelle mich an meinen Stammplatz. Erneut fällt mein Blick auf Thomas' Wohnung. Er kann mich von dort aus immer noch sehen. Heute werde ich wohl in den sauren Apfel beißen und mir in den hinteren Reihen einen Platz suchen. Auf den Weg dorthin gehe ich an Frauen vorbei, die ich vom Augenschein her kenne. Keine von ihnen nimmt Notiz von mir. In der vierten Reihe wandern meine Augen auf den Platz, wo ich mich von Sara getrennt habe. Weder sie noch das Auto mit den beiden Typen ist zu sehen. Ist sie mit ihnen mitgefahren? Was, wenn sie Sara schlagen oder vergewaltigen? Zu zweit haben sie leichtes Spiel. Dieser Gedanke lässt mich erschaudern. Hoffentlich passiert ihr nichts. Ein Auto hält vor mir. „Hallo!"
Ich beuge mich zu dem geöffneten Fenster hinunter und schaue einem Mann mittleren Alters und mit Glatze ins Gesicht.
„Hallo", wiederhole ich seinen Gruß.
„Und Bock?", seine Augen mustern mich intensiv.
„Kommt darauf an, ob du es dir leisten kannst", sage ich ruhig aber bestimmt.
„Was verlangst du?" Ich nenne meine Preise und warte auf

seine Reaktion. „Kann man an dem einen oder anderen noch drehen?", fragt er nach.
Wie ich diese Frage leid bin. „Nein."
„Dann nicht, das bist du mir nicht wert", beleidigt er mich und fährt los. Ich verkneife mir, ihm eine Antwort nach zu brüllen und denke mir meinen Teil. Dann such dir doch eine billige Schlampe, die das Geld so nötig hat, dass sie mit dir verhandeln muss, du Arschloch. Plötzlich bekomme ich ein schlechtes Gewissen. Eine billige Schlampe wie Sara, die mit sich verhandeln lässt, um über die Runden zu kommen. Die Situation, in der sie steckt, macht mir das Herz schwer. Arme Sara, warum trifft mich ihre fatale Lebenslage immer wieder aufs Neue wie ein Blitz?
„Entschuldigung?" Eine Hand liegt auf meiner Schulter. Verschreckt drehe ich mich um und sehe einen Mann im schwarzen Anzug. „Bist du noch frei?"
Diese Fragestellung verwirrt mich etwas. „Ähm, ja."
„Gut. Nach dir", sagt er mit ruhiger Stimme.
Ich wende mich ab und gehe vollkommen ziellos zu den vorderen Reihen. Der Fremde ist neben mir und sieht mich immer wieder an. Meine Schritte werden langsamer, als wir den Parkplatz hinter uns lassen. „Hast du kein Auto?"
„Doch, aber nicht hier", klärt er mich auf.
„Wo wollen wir dann hin?", ich schaue ihn argwöhnisch an.
„Das wirst du schon sehen", er geht die Straße entlang zu Thomas' Haus. Es brennt kein Licht mehr in seiner Wohnung. Erleichterung macht sich in mir breit.
„Hier entlang", er deutet in die Straße, von der ich mit Sara gekommen bin. Nach ein paar Schritten kommen wir an der Gasse vorbei, in der ich letzte Nacht verschwunden bin, als ich mich vor der Polizei versteckt habe.
„Da rein", der Mann deutet mit dem Finger in die Dunkelheit der Gasse. Der Unbekannte wartet und lässt mir den Vortritt. Ich gehe an ihm vorbei und verschwinde zwischen den Mauern. Unsere Schritte hallen in der Finsternis wieder. Wir sind fast mittig in der Gasse, als er mich grob an der Schulter packt. „Bleib stehen."

Sofort halte ich inne und drehe mich zu ihm um. „Hier?"
„Ja." Da mein Sehvermögen etwas eingeschränkt ist, verbessert sich mein Gehör. Ein leichtes, kurzes Klirren erfüllt die Dunkelheit. Der Typ macht gerade seinen Gürtel auf. Seine Umrisse gehen an mir vorbei und lehnen sich anscheinend gegen die Mauer. „Na los."
Ich bin vollkommen verdattert über seine Forschheit. Es ist weder über den Preis gesprochen worden, noch über das was er sich wünscht. „Was willst du überhaupt?"
„Dass du mir meinen Schwanz lutscht", sagt er trocken.
Der Befehlston in seiner Stimme ist mir zuwider. „Bevor ich irgendetwas tue, will ich erst mein Geld."
Es dauert kurz, bevor er antwortet. „Was verlangst du?" Ich sage es ihm. „Mhm", er überlegt. Plötzlich wird es hell. Er leuchtet mit seinem Handy in sein Portmonee. Meine Augen erkennen mehrere Scheine. Einer davon ist ein 50-Euro-Schein. Der Mann hält mir das Geld entgegen. Ich nehme es zur Hand und mustere es nochmal genau, ehe er sein Handy wegpackt. Schnell verstaue ich das Geld in meiner Rocktasche wo mein Handy liegt. Auf Knien sitzend ziehen meine Hände seine Shorts herunter. Meine Finger nehmen seinen Schwanz in einen festeren Griff. Sein Penis wirkt riesig. Ich lege meine Lippen um seine Eichel, bilde ein Vakuum und sauge daran. Es ist eine vollkommen neue Erfahrung für mich, nur auf mein Gehör zu achten. Diesmal ist mein Vorgehen ein anderes. Ich schiebe seinen Penis bis zum Ansatz in den Mund und muss kurz inne halten: Die Größe ist der Wahnsinn! Ein leichtes Würgen überkommt mich. Ich muss mich erst daran gewöhnen, um ihm nicht vor die Füße zu kotzen. Dem Fremden entgeht meine plötzliche Starre nicht. „Was ist los?"
Ich ziehe seinen Schwanz aus meinem Mund. „Dein Teil ist riesig."
Ich höre ein selbstgefälliges Lachen durch die Dunkelheit. „Ich weiß."
Der Stolz in seiner Stimme ist nicht zu überhören. Klar, Typen und ihre Penisgröße. Er will an die Wand zurückweichen.

Meine Hand packt seinen Schwanz fester. „Hier geblieben. Es ist nur eine Gewöhnungssache." Ohne auf seine Antwort zu warten nehme ich seinen Schwanz erneut in meinen Mund. Es fühlt sich wie eine kleine Ewigkeit an, bis ich ihn komplett in mir spüre und die Angst davor, erneut abbrechen zu müssen ist allgegenwertig. Plötzlich kitzeln seine Schamhaare meine Lippen. Erleichterung überkommt mich. „Genau, so ist es gut", keucht er. Jetzt nur nicht überheblich werden. Ich behalte die Tiefe bei und züngle um seinen ganzen Penis. Behutsam lasse ich sein Glied von meinem Rachen nach vorne rutschen, um ihn dann wieder nach hinten zu schieben. Seine Hände greifen in meine Haare. „Ich will deinen Mund ficken", er bettelt regelrecht danach. Mit sanften Zügen dringt er in meine Mundhöhle ein. Jeder neue Stoß geht tiefer. Nachdem er sich Gewissheit verschafft hat, dass ich seiner Größe standhalte, werden seine Bewegungen schneller. Es vergehen einige Minuten, bis er von meinen Haaren ablässt. „Leck meine Hoden", keucht er. Ich tue, was er verlangt und nehme sie in den Mund. Ein wohliges Geräusch von ihm durchdringt die Stille. Während ich seine Eier liebkose, wichst er seinen Schwanz. „Verdammt…", schnauft er angestrengt und drückt seinen Penis gegen mich. Ich lasse von seinen Hoden ab und nehme seinen Schwanz erneut in mir auf. Plötzlich kommen seine Bewegungen aus dem Takt. Eine salzige Flüssigkeit breitet sich in meiner Mundhöhle aus. Nachdem er das letzte Mal abgespritzt hat, lockert er seinen Griff an meinem Kopf und zieht sich aus mir zurück. „Das war echt geil", er atmet erschöpft aus. Der Geschmack von seinem Sperma in meinem Mund lenkt mich ab. Ich sage kein Wort. „Alles ok?"
„Mhm." Ich schlucke es hinunter. „Ja, alles Bestens." Ich komme von meiner Hocke hoch und starre durch den dunklen Gang der Gasse. Der Geschmack seines Spermas ist immer noch in meinem Mund. „Dann werde ich mich mal auf den Weg machen."
„Bye", höre ich nur noch von ihm.
Der Parkplatz ist leer auf meinem Weg zur Bahnhofstoilette.

Keine Autos und keine Frauen stehen dort. Das ist seltsam, wo sind die alle hin?
In der Toilette spüle ich mehrmals meinen Mund durch. Oh Mann, tut das gut! Nach einem kurzen Blick in den Spiegel, um zu überprüfen ob alles passt, bin ich bereit zu gehen. An der Tür kommen mir zwei Frauen entgegen, die mich zurückschubsen. „Bleib drin", sagt eine hastig. Ihr Gesicht kommt mir bekannt vor.
„Was ist los?", will ich wissen und stelle mich in die Mitte des Raumes.
„Pst, sei still. Geh in eine der Kabinen", befiehlt mir die andere. Ihr Gesicht sagt mir nichts. Ich bleibe irritiert stehen. Was soll das? Die beiden Frauen schieben sich an mir vorbei.
„Es sind die Bullen", sagt eine von ihnen und sucht sich mit der anderen ein Versteck in der letzten Kabine. Verdammt, das hat mir noch gefehlt! Ich verschwinde ebenfalls in einer. Ich lasse die Türe einen Spalt weit offen und stelle mich auf die Klobrille, damit man meine Füße nicht sehen kann. Mein Herz rast vor Aufregung wie irre. Bis jetzt haben sie dich noch nicht, rede ich mir Mut zu. Im Übrigen ist das der Kick, den du brauchst, die Angst erwischt zu werden, lügt meine innere Stimme mir vor. Das Warten ist unerträglich, eine Minute kann dabei ewig dauern.
„Hörst du etwas, Mädchen?", fragt eine der Frauen nach.
Ich konzentriere mich noch besser auf mein Gehör. „Nein."
„Die Luft wird wohl rein sein", vermutet die andere.
„Wartet", ich steige vorsichtig von der Toilettenschüssel herunter und komme aus meinem Versteck.
„Was ist los?", fragt eine der beiden leise. Ich spare mir die Antwort und gehe auf den Toiletteneingang zu. Meine Finger zittern als sie nach dem Türgriff fassen. Ein Streifenwagen steht keine zehn Meter entfernt vor mir. Zwei Polizisten gehen davor auf und ab. Sie schauen sich angestrengt um. Eine der Frauen kommt aus der Kabine und gesellt sich zu mir. „Was ist los?" Sie lehnt sich gegen mich. „Oh Fuck", erschrickt sie vor der unmittelbaren Nähe der Bullen und gibt mir einen Ruck, der mich lautstark gegen die Türe schlagen

lässt.
„Da ist jemand", höre ich einen der Polizisten sagen.
Ich mache die Türe zu und sehe zu der jungen Frau, die sich verschreckt die Hände vors Gesicht hält. „Tut mir Leid." Vollkommene Ratlosigkeit spiegelt sich in ihrem Gesicht wieder. „Was machen wir jetzt?"
So ein Mist!!! Die Bullen werden gleich hier sein und egal, wo wir uns verstecken, sie werden uns finden. „Verdammt. Geh zurück in dein Versteck und macht keinen Mucks." Ich wende mich von ihr ab und stelle mich vor einen der beiden Spiegel. Mein Puls rast wie irre. Sie steht weiter regungslos vor mir. „Hau ab. Verschwinde in dein Versteck", motze ich sie an. Sie erwacht aus ihrer Starre und folgt meiner Anweisung. Die Kabinentüre ist noch nicht einmal richtig verschlossen, schon kommen die Polizisten durch den Eingang herein. „Haben mich meine Ohren doch nicht getäuscht, dass ich etwas gehört habe", sagt ein älterer Polizist und kommt auf mich zu. Sein Kollege ist verdeckt von ihm.
„Guten Abend", ich versuche meine Stimme ruhig klingen zu lassen.
„Guten Abend", sagt der ältere Mann in Uniform. Seine Augen mustern mich von oben bis unten. „Was tun Sie hier?" Der zweite Bulle tritt aus seinem Windschatten und mustert mich ebenfalls. Er ist um einiges jünger und nickt mir zu.
Ich versuche Herr der Lage zu werden und zögere seine Frage hinaus. „Was meinen Sie?"
Der Mann in Uniform kommt auf mich zu und bleibt unmittelbar vor mir stehen. „Ich will wissen, was Sie hier tun?", sein Ton ist barsch.
Mein Blick fällt auf seinen Kollegen, der ebenfalls auf mich zukommt. Lass dich nicht einschüchtern von denen! „Ich mache mich frisch." Ich bemühe mich, selbstverständlich zu klingen.
„Gerade hier und in Ihrem Aufzug?", mit der Hand deutet er auf mich von oben nach unten.
Sofort versuche ich, mich wie jede normale Frau zu

benehmen und es als Beleidigung aufzufassen. „Entschuldigung? Was wollen Sie mir damit sagen?", meine Stimme klingt empört. „Werfen Sie mir vor, eine Nutte zu sein?" Der Gesichtsausdruck der beiden spricht für sich. Bevor ich sie zu Wort kommen lasse, rede ich weiter. „Ich habe eine Freundin in Regensburg besucht und auf der Rückfahrt hat mir ein Kerl seine Cola über meine neuen MaryLous geschüttet. Ich fahre eigentlich sonst nicht mit dem Zug, daher wusste ich auch nicht, dass die Toiletten am Bahnhof nur bis 18 Uhr geöffnet sind. Deswegen bin ich hier."
Das Misstrauen der Männer weicht nicht aus ihren Gesichtern. „Das sollen wir Ihnen glauben?", der Ältere von den beiden schürzt die Lippen.
„Wir können gerne zu meinem Wagen gehen, damit Sie meine Personalien checken können", sage ich lässig.
„Sie haben keinen Ausweis oder eine Tasche dabei?" Siegessicher lächelt er mich an, in dem Wissen mich ertappt zu haben.
Kurz davor aufzugeben, kommt mir ein Geistesblitz. Für die Gesellschaft sind Nutten nichts wert. Sie sind Abschaum. „Sehen Sie sich doch hier um", mein Zeigefinger dreht Kreise in der Luft. „Ich fühle mich jetzt schon unwohl, da nehme ich doch nicht noch meine Tasche samt Personalien mit. Was, wenn ich überfallen werde? Dann haben sie mein Bargeld und meine Adresse", mein Ton ist selbstgefällig.
„Und trotzdem stehen Sie hier?", bohrt der junge Polizist nach.
„Hallo? Es sind immerhin MaryLous." Meine Hand deutet auf die Schuhe an meinen Füßen. „Ich werfe nicht 400 Euro zum Fenster raus." Für einen kurzen Moment mustern beide meine Pumps. Der Jüngere löst seinen strengen Blick und geht an mir vorbei zu den Kabinen. Der Ältere betrachtet mich weiterhin eingehend. Ich halte seinem Blick stand.
„Ist noch jemand hier?", fragt der Bulle hinter mir.
Er steht bei der ersten Kabine. „Wäre ich sonst hier?", frage ich sarkastisch.
„Das ist keine Antwort", stellt sein Kollege klar.

Ich reagiere nicht auf ihn, sondern fixiere den zweiten Beamten skeptisch, als er die erste Tür aufdrückt. Was soll ich bloß tun? Ich fasse in meine Rocktasche und spüre die Autoschlüssel von meinem Wagen. Das ist es. Einem Instinkt folgend, zieht meine Hand ihn hervor und hält den Schlüssel dem Polizisten entgegen, der gerade die nächste Türe aufdrückt. „Was ist denn nun?"
Der Bulle hält inne und dreht sich zu mir um. „Was meinen Sie?"
Mit großen Schritten komme ich auf ihn zu und stelle mich ihm in den Weg. „Wollen Sie nun meinen Ausweis sehen?"
Etwas überrascht über mein Verhalten antwortet er mir nicht. Er steht nur da und sieht mich an. Bevor er mich auffordern kann, den Weg frei zu machen, wende ich mich der letzten Kabine zu und öffne die Türe einen Spalt. Die beiden Frauen stehen auf dem Toilettensitz und starren mich mit großen Augen an. Eine von ihnen hält sich den Mund vor Schreck mit der Hand zu. Ich ignoriere sie und fasse nach dem nicht vorhandenen Toilettenpapier. „So ein Mist."
Ich lasse die Türe offen und gehe an dem Polizisten vorbei, der mich neugierig mustert. „Was ist los?"
Er sieht mir nach, wie ich mich wieder vor dem Spiegel stelle. „Weder in den Kabinen noch hier...", meine Hand fasst an den Papiertuchspender, „...sind Tücher aufgefüllt. Das sind öffentliche Toiletten, dafür müssten doch eigentlich Leute, die bei der Stadt arbeiten, zuständig sein."
Der Polizist lässt von der letzten Kabine ab und kommt auf mich zu. Er stellt sich hinter mich und betrachtet mein Spiegelbild. „Diese Toilette ist eigentlich nicht mehr in Betrieb."
„Ok?" Ich setze einen verwunderten Gesichtsausdruck auf.
Ich betrachte den Polizisten im Spiegel, er nickt nur.
Einen kurzen Augenblick sagt keiner was von uns dreien.
„Was ist nun?", frage ich nach, drehe mich zu dem jungen Polizisten, der hinter mir steht um und halte erneut meinen Schlüssel hoch. Seine Augen wenden sich seinem Kollegen zu, der nichtsagend den Kopf schüttelt. „Dann wäre alles

geklärt", entgegne ich ihnen trocken.
Der junge Polizist geht auf seinen Kollegen zu. „Oder?"
„Ja", entgegnet er ihm. Ich spiele die Uninteressierte und taste meine Schuhe ab, wohl wissend, dass ihnen nichts fehlt.
„Alles in Ordnung?", will einer von den beiden wissen.
„Ja", meine Augen sind weiter auf meine Schuhe gerichtet.
„Sie haben weniger abbekommen, als ich gedacht habe."
„Das freut mich", antwortet er desinteressiert. „Kommen Sie gleich mit?"
Haut doch einfach ab, motzt mein Unterbewusstsein. „Ja."
Ich gehe auf die beiden Beamten zu und schiebe mich zwischen ihnen hindurch. Einer von ihnen hält mir die Türe auf. „Danke." Mit ihren Stimmen im Hintergrund gehe ich hastigen Schrittes meinen Weg. Plötzlich höre ich zwei Autotüren zuschlagen. Ich verlangsame meinen Gang und achte darauf, sie an mir vorbei fahren zu sehen. Nachdem der Polizeiwagen an der Kreuzung abgebogen ist, mache ich am Absatz kehrt und gehe zurück zu den Toiletten. Sie ist leer.
„Die Luft ist rein!"
Plötzlich ertönen dumpfe Geräusche im hinteren Bereich des Raumes. Die Türe geht langsam auf und eine der beiden Frauen schaut heraus. „Sie sind weg?"
„Ja", antworte ich ihr. „Vorerst, also kommt in die Gänge, Mädels."
Die Zweite kommt aus der Kabine. „Puh, das war knapp."
Die Beiden kommen auf mich zu und bleiben unmittelbar vor mir stehen. Sie sind sich ziemlich ähnlich. Beide tragen einen dunklen Rock und haben die Haare zusammen gebunden. Sie sind älter und größer als ich. „Danke", sagt die mir bekannt vorkommende Frau und richtet ihren Blick auf mich.
Die andere stimmt mit ein. „Ja wirklich, danke. Das war super von dir."
„Nicht der Rede wert", antworte ich.
„Doch ist es!", wiederspricht mir eine von Ihnen. „Du bist echt taff. Das hätte ich nicht gedacht."
„Danke...irgendwie", Kompliment und Beleidigung in einem. Sie grinst entschuldigend. Mein Gefühl sagt mir, dass

wir noch lange nicht außer Gefahr sind. Die Bullen können jederzeit zurückkommen und dieses Mal werde ich nicht so viel Glück haben. Ich weiß, dass es besser ist, das Weite zu suchen, doch meine Neugier ist stärker. „Was ist überhaupt los? Warum sind die hier?"
„Die drehen heute schon zum X-ten Mal ihre Runden.", sagt die Rothaarige, geht zum Spiegel und betrachtet sich darin. „Ist dir nicht aufgefallen, wie leer es am Parkplatz ist?"
Jetzt, wo sie es erwähnt, es ist mir als erstes aufgefallen, als ich von meinem Freier zurückgekommen bin. „Ach so und ich habe mich schon gewundert."
„Das ist doch Scheiße. Kaum meint man, man hat Ruhe vor denen, schon tanzen sie erneut an", sie ist stinksauer. „Bei jeder neuen Razzia werden es weniger Freier. Jetzt stehen gar keine mehr draußen und es ist noch nicht einmal ein Uhr."
Sie legt Lippenstift auf und lässt ihrer Wut weiterhin freien Lauf. „Alles wegen dieser scheiß Fotze und ihrer hirnlosen Anzeige. Hätten die Typen sie doch bloß umgebracht."
Ich versuche so gut wie möglich nicht hin zu hören. Der Ernst in ihren Worten ist beängstigend. Sie hat kein bisschen Mitleid mit der Frau, sie sieht sie eher noch als Verräterin.
Die andere tippt mich an die Schulter. „Danke nochmal."
„Gern geschehen." Meine Augen mustern ihr Gesicht. Diese Züge kommen mir bekannt vor. „Kennen wir uns?", platzt es aus mir heraus.
Sie grinst mich an. „Ohne meine Narben bin ich dir fremd was?"
Plötzlich gibt es mir einen Riss. „Monika?"
Sie nickt. „Ja."
„Wow!!!" Ihr Erscheinungsbild ist verblüffend. Das letzte Mal war sie mit tonnenweiße Make-up beladen und musste starke Medikamente nehmen, als ich sie hier antraf. Mein starrer Blick ist ihr unangenehm. Sie wendet sich ab und stellt sich neben die andere. Monika fängt nun auch an, sich zu schminken und Lippenstift aufzulegen.
Der Gedanke von vorhin schießt mir durch den Kopf. Die Bullen können noch einmal zurückkommen. Bevor ich durch

die Tür gehe, drehe ich mich nochmals zu Monika und der Fremden um. „Bleibt nicht zu lange, denn das war nicht das letzte Mal für heute", und weg bin ich. Meine Augen wandern durch die Gegend. Der Parkplatz wirkt einsam und verlassen. Etwas unentschlossen gehe ich hinüber. Auf die Bank in der ersten Reihe setze ich mich hin. Völlig orientierungslos schweift mein Blick durch die Nacht. Die beiden Frauen kommen aus der Toilette und verschwinden in die entgegengesetzte Richtung. Für heute sollte ich es wohl gut sein lassen. Plötzlich ist da eine raue Männerstimme. „Ja wenn haben wir denn da?" Ich schaue auf zu dem metallicgrauen Wagen. Ein Mann mit Glatze ist zum Fenster der Beifahrerseite herüber gelehnt. Er raucht eine Zigarette. Es ist der unfreundliche Kerl, dem ich vor ein paar Tagen eine Abfuhr erteilt habe. „Ich habe dein Geld dabei." Er fächert sich mit drei grünen Scheinen Wind zu. „Na wie wär es mit uns?"
Wieder ist da dieses komische Gefühl in mir. Der Typ ist mir unheimlich. „Nein danke. Heute nicht."
„Ach, warum denn nicht?", sein Ton ist beißend.
„Weil ich nicht will. Reicht dir das als Antwort."
„Nein", mault er zurück.
„Pech für dich. Eine andere wirst du von mir nicht bekommen." Ich versuche ihn zu ignorieren.
„Für eine Schlampe nimmst du den Mund ganz schön voll", droht er mir. Ich lasse mich davon nicht beirren und behandle ihn wie Luft. Es vergehen einige Sekunden, bis er nörgelnd davon fährt. Verdammt, das war knapp! Was will dieser Kerl bloß von mir? Etwas konfus hole ich mein Handy aus der Rocktasche. Eine Nachricht von Sara ist darauf.

Die Bullen sind des Öfteren heute Nacht am Bahnhof.
Sei vorsichtig und lass dich nicht erwischen.
Melde dich beizeiten.
Sara.

Hab ich gemerkt.
Sie haben uns einen Besuch abgestattet.
Am Bahnhof ist nichts mehr los.
Bin auf dem Weg in unser Stammlokal.
Kommst du wenn du fertig bist?
Kati

Unser Stammlokal ist wie immer leer. Hinter der Bar steht die Kellnerin von den letzten Abenden. Sie nickt mir freundlich zu. Ich erwidere es. Nachdem ich mir einen Platz am Ende des Raumes ausgesucht habe, hole ich mein Handy aus der Tasche und lege es auf den Tisch. Die junge Frau taucht an meinem Tisch auf und fragt nach meiner Bestellung. „Ein Glas Wasser."
„Kommt sofort", ihr Ton ist ruhig. Mein Handy blinkt auf bei ihrem Weggang.

Was meinst du mit:
Sie haben euch einen Besuch abgestattet?
Gerne, aber bei mir dauert es noch.
Ich bin erst mit einem Kerl mit.
Wartest du auf mich?
Sara

Ja ich warte auf dich.
Alles andere erfährst du dann,
wäre zu viel zu schreiben.
Kati

Ich packe mein Handy zur Seite und schaue mich gelangweilt um. Wie könnte ich mir die Zeit vertreiben bis Sara kommt? Thomas wird schlafen, Kerstin ist im Urlaub und die anderen sind bei Johannes oder sonst wo. Just in dem Moment kommt die Kellnerin mit meinem Getränk an meinen Tisch. Sie stellt es ab und lächelt mich an. „Danke", ich halte kurz inne. „Hast du vielleicht Lust, dich zu mir zu setzen?"
Die junge Frau sieht mich etwas verwirrt an, aber ihr Lächeln bleibt gleich. „Ähm…warum?"

„Meine Freundin kommt etwas später und alleine dazusitzen lässt die Zeit noch länger erscheinen", kläre ich sie auf. „Wenn du nichts vorhast, würde ich mich freuen."
Ihr Grinsen wird breiter. „Gerne." Sie dreht sich weg und verschwindet eilig hinter der Bar. Nach einigen Sekunden kommt sie zurück mit einem Getränk in der Hand. Sie setzt sich gegenüber und hält mir ihre Hand entgegen. „Ich bin übrigens Nicole."
„Kati", stelle ich mich vor. Im ersten Moment fällt mir gar kein Thema ein, über das wir reden könnten. Hilfesuchend betrachte ich die Räumlichkeiten. „Rentiert sich dieses Lokal überhaupt?"
Sie blickt von ihrem Glas hoch. „Warum fragst du?"
„Naja, immer wenn ich hier bin, ist es leer. Viel Gewinn kann es doch nicht abwerfen, oder?"
Nicole überlegt kurz. „Die Nächte sind wirklich schlecht besucht, aber während des Tages ist die Hölle los."
„Echt?", ich kann meine Verwunderung nicht zurückhalten. „Woran liegt das?"
„An unserem billigen Mittagsangebot." Nicole zeigt auf die Karte am Tisch. „Wenn ein Nudelgericht oder ein großer gemischter Salat nicht mehr als vier Euro kosten, kommen die Leute in Scharen."
„Hast du Restaurantfachfrau gelernt?", frage ich, während ich auf mein Handy tippe. Es ist halb zwei vorbei.
„Ja, habe ich, aber jetzt hole ich meine Hochschulreife nach. Das heißt unterm Tag büffeln und abends rackern", sie verdreht die Augen.
„Was willst du nach der Schule machen?" Ich nehme einen Schluck von meinem Wasser.
„Damit befasse ich mich, wenn es soweit ist."
„Ah, ok", sage ich etwas abgedroschen. Toller Plan. In der nächsten Stunde erzählt sie mir von ihrem Leben. Was ihre Eltern machen und dass sie einen Bruder hat. Zurzeit ist sie in einer festen Beziehung, aber nicht glücklich damit. Anfangs höre ich ihr noch genau zu, bis ich das Gefühl habe, dass mir die Ohren abfallen. Sie bemerkt mein Desinteresse gar nicht

und redet weiter wie ein Wasserfall. Hier und da nicke ich, als sie mir von ihren Allergien erzählt, oder verziehe mein Gesicht zu einem leichten Grinsen, wenn sie eine Anekdote aus ihrer Kindheit kundtut. Sie erzählt mir mehrmals einen Witz, doch die Einzige, die lacht, ist Nicole. Sie lacht über ihre eigenen Witze. Plötzlich leuchtet mein Handy auf. Bitte lass es Sara sein.

Ich bin in 5 Minuten da.

Wenn diese fünf Minuten nur schon rum wären. Nicole hat unterdessen permanent weiter geredet. Ich habe vollkommen den Faden verloren. Es geht um eine Babara. Keine Ahnung.
„So kann es einem ergehen", sage ich, nachdem sie aufgehört hat zu erzählen.
„Das ist wahr", erwidert sie mir. Nicole hat keinen blassen Schimmer, dass ich nicht weiß, wovon sie redet. Dieser Gedanke belustigt mich irgendwie. „Warum grinst du?"
Ich will antworten, als Sara an unserem Tisch erscheint.
„Hey Mädels!" Sie ist gut drauf.
„Hi", begrüße ich sie.
Nicole nickt ihr zu.
„Ist da noch frei?", fragt sie ironisch nach und deutet auf den leeren Stuhl.
„Klar", sagt Nicole. Ich schaue sie verwundert an.
„Dann ist es ja gut", Sara nimmt Platz und wendet sich an Nicole. „Ich hätte gern eine Cola." Im ersten Moment ist sie etwas verdattert, regungslos bleibt Nicole sitzen.
„Hallo?", Sara ist immer noch gutgelaunt.
„Klar, bring ich dir." Jetzt hat sie es begriffen. Sie steht auf und verschwindet hinter der Theke.
„Was hast du denn mit der zu schaffen?", will Sara wissen.
„Um die Zeit schneller rumzubringen habe ich mit ihr geredet", und mache mit der Hand eine abfällige Bewegung.
„Ein Fehler." Nicole kommt zurück an unseren Tisch. Plötzlich fängt Sara an zu wimmern. „Ja, er ist tot."
Ich bin vollkommen perplex. „Was?" Sara schluchzt und hält

sich die Hand vors Gesicht. Nicole bleibt bewegungslos vor uns stehen. Ich bin erschüttert über Saras Worte. „Sorry." Meine Augen wandern zu Nicole. „Das ist zu persönlich."
Sie nickt mehrmals und macht sich so schnell wie möglich aus dem Staub. Ich lege die Hand auf Saras Schultern und ziehe sie an mich. „Was ist passiert?"
„Ist sie weg?" Ihre Stimme ist ein Flüstern.
„Ja", sage ich knapp.
„Gott sei Dank." Sara nimmt die Hand von ihrem Gesicht und grinst mich über beide Ohren an. Sie wollte nur Nicole loswerden.
„Verdammt, und ich war kurz davor mit zu heulen", sage ich ironisch.
„Kann sie uns sehen?", fragt Sara nach.
Mein Blick wandert zur Theke. Nicole steht dahinter und betrachtet uns. „Mich schon."
Sara nickt. „Dann ist es ja gut. Ich könnte nicht ewig auf ein Häufchen Elend machen."
Ich schaue sie missbilligend an. „Das ist dann wohl ab jetzt mein Part."
„Hab ich ihr angeboten sich zu setzen oder du?", sagt sie selbstgerecht.
„Entschuldigung, ich warte seit über einer Stunde auf dich", maule ich sie an. „Warum hat es so lange gedauert und warum grinst du über beide Ohren?" Ich habe Sara noch nie mit so einer guten Laune gesehen.
„Erzähle ich dir gleich", sie lehnt sich zu mir rüber. „Was war bei dir los? Du hast in deiner SMS geschrieben, dass die Polizei dich erwischt hat."
„Erwischt ist das falsche Wort. Ich habe mich erwischen lassen."
Sara verzieht ungläubig das Gesicht. „Warum hast du das getan?" Ich nehme einen Schluck von meinem Getränk und fange an, alle Einzelheiten des Abends zu schildern.
„Wow! So schnell wäre mir kein Ablenkungsmanöver eingefallen", stellt Sara zufrieden fest, als ich von den Bullen erzähle. Sie grinst mich begeistert an. „Du bist echt taff." Das

habe ich heute schon einmal gehört. Sara fasst in ihre Tasche und holt ihr Handy hervor.

„Was war nun bei dir geboten?", frage ich nach, während sie an ihrem Handy rumfummelt.

Sara grinst über beide Ohren. „Die Freier waren heute sehr großzügig zu mir." Sie nimmt einen Schluck aus ihrer Cola.

„Der Abend hat sich also für dich gelohnt?"

„Mehr als das." Sie kann sich ein dümmliches Grinsen nicht verkneifen.

„Freut mich für dich." Ich wechsle das Thema. „Die Weiber auf der Toilette meinten, die Polizisten wären schon öfters heute Abend da gewesen."

„Soviel ich weiß, waren sie schon vor neun am Bahnhof und dann alle 20 Minuten erneut", klärt mich Sara auf.

„Also wären wir fast ins offene Messer gerannt", stelle ich fest.

Sara nickt. „Ja, wir hatten - insbesondere du hattest - heute echt großes Glück."

„Eine Seltenheit bei mir", ein entschuldigendes Lächeln macht sich auf meinem Gesicht breit.

„Und das ist genau das, was ich meine", ihr Ton klingt zickig. „Die Bullen kommen nur wegen der Tussi, die von den Kerlen vergewaltigt worden ist, sonst hätten wir unsere Ruhe vor denen." Sie hält kurz inne. „Gut, nicht wirklich Ruhe, aber sie würden nicht so oft ihre Runden drehen und uns bei der Arbeit stören. Schau auf die Uhr es ist zwei Uhr vorbei und kein Schwein am Bahnhof."

Ich verkneife mir eine Bemerkung über ihren abfälligen Ton der Frau gegenüber, die die Kerle angezeigt hat. Ich würde es womöglich auch tun. Dieser Gedanke beschäftigt mich für einige Sekunden. Nein, wohl eher nicht. Da ich jetzt die Hintergründe kenne. Für die meisten dieser Frauen geht es um die Existenz, um ihren Lebensunterhalt und ich könnte es nicht verantworten, ihnen den zu nehmen. „Du hast mir im Übrigen noch nicht alles erzählt von deinem Verehrer", wechsle ich zu einem freudigen Thema.

Sara verdreht die Augen. „Was willst du denn noch wissen?"

Ich sehe sie überrascht an. „Na alles." Sara läuft rot an. „Ist dir das peinlich?"
„Etwas."
Ich versuche ein Lachen zu unterdrücken. „Wie habt ihr euch verabschiedet?" Ihr Gesicht läuft mehr denn je rot an. „Mit einer wilden Schmuserei", beantworte ich meine Frage selber. Sie mustert mein Lächeln. „Damit du endlich Ruhe gibst, ja ich bin in diesen Kerl verliebt."
„Ohhhh!!" Ich bin hin und weg nach diesem Geständnis. Sara hebt drohend den Finger. „Lass es gut sein."
Ich verkneife mir, sie weiter necken zu wollen, doch eine Frage lässt sich nicht vermeiden: „Weiß er, dass du anschaffen gehst?" Ich habe ins Schwarze getroffen.
Sara sieht mich ausdruckslos an. „Nein. Er denkt, ich kellnere."
„Dann sind wir wohl beide angeschissen", deute ich unsere verfahrene Situation.
„Das kannst du laut sagen", erwidert sie. „Was mach ich bloß?"
Ich denke daran, als wir über mich und Thomas geredet haben, es bleiben nicht viele Optionen übrig. „Ich denke, für dich wäre es am klügsten, einen richtigen Job zu finden, alles andere ergibt sich dann schon", lautet mein Ratschlag. „Du musst nur weg von der Straße."
Ein schwermütiger Seufzer wiederfährt ihr. „Das…"
„Ja, ich weiß, das ist leichter gesagt als getan, aber ein Versuch ist es allemal wert", falle ich ihr ins Wort.
„Du hast Recht, ich werde nicht ewig so weitermachen können und ich will es auch gar nicht. Mit Nick hätte ich echt Chancen auf eine richtige Beziehung und die sollte ich nutzen", den letzten Teil sagt sie eher zu sich selbst als zu mir, da es nur noch ein Flüstern ist.
„Überleg dir, was du machen willst, und egal, was es sein wird, ich helfe dir dabei", meine Worte strotzen vor Aufrichtigkeit.
„Danke. Das bedeutet mir sehr viel."
„Gerne doch", ich schaue sie voller Verständnis an.

„Auf die kurze Zeit bist du für mich eine wirklich enge Freundin geworden", wirft Sara ein.
„Du für mich auch", gebe ich ihr Kompliment zurück.
Saras Augen wandern durch das Lokal. „Ich frage mich wirklich, wie sie den Laden über Wasser halten können, bei so wenigen Gästen."
„Sie haben ein tolles Mittagsangebot", meine Stimme ist voller Enthusiasmus.
„Wirklich? Woher weißt du das?"
„Von Nicole", meine Finger deuten an die Bar.
Sara verdreht die Augen. „Toll, jetzt haben wir Insiderwissen."
„Etwas mehr Begeisterung dafür", spotte ich sie.
„Mehr geht nicht", sagt sie trocken.
Plötzlich taucht Nicole an unserem Tisch auf. „Bei euch alles in Ordnung?"
„Ja danke." Ich lächle leicht.
„Bei dir auch?", fragt sie besorgt. Nicole legt ihre Hand auf Saras Schulter und lehnt sich nach vorne, um ihr ins Gesicht schauen zu können. „Geht's wieder?"
Sara ist kurz davor, in schallendes Gelächter auszubrechen.
„Ja, es geht wieder", sie beißt sich auf die Lippen, ihre Augen weiten sich, sie ist kurz davor zu explodieren.
„Wir hätten gern noch eine Cola", werfe ich hastig ein, um Nicols Aufmerksamkeit auf mich zu lenken.
Sie nimmt ihre Augen von Saras Gesicht und schaut mich an. „Wenn ihr es in einer halben Stunde leer trinkt, dann bekommt ihr noch eine Runde."
Ich schaue zu Sara, die sich immer noch um Haltung bemüht. „Das schaffen wir nie", stelle ich fest. „Wir zahlen gleich."
„Oh, ok", darüber ist sie etwas überrascht. „Eine Cola und ein Wasser, das macht 4,60 Euro."
Ich reiche ihr einen 5-Euro-Schein. „Stimmt so."
„Danke", sie grinst, nimmt das Geld an sich und geht davon.
Meine Augen richten sich auf Sara, die ihr Gesicht verzieht und kleinlaut losprustet. Ohne einen Mucks von mir zu geben warte ich, bis sie sich beruhigt hat. „Bist du jetzt endlich

fertig?", frage ich gelangweilt.
„Ja", sagt sie stolz.
„Wollen wir gehen?"
„Ja", sagt sie erneut. „Bevor sie noch zurückkommt und mir ihr Beileid ausdrückt."
„Mensch, bist du eine Bitch", ärgere ich sie.
„Du musst es ja wissen, nicht wahr?", setzt sie drauf.
„Bis zum nächsten Mal!", ruft uns Nicole nach, als wir hinausgehen. Ich winke ihr nur zu.
„Da bin ich ja gespannt, was auf uns zukommt, wenn wir wieder kommen", Sara verstaut ihr Handy in ihrer Hosentasche.
„So schlimm wird es schon nicht werden", versuche ich sie zu beschwichtigen. Gemeinsam machen wir uns auf den Weg zu ihrer Wohnung und meinem Wagen.
„So einen will ich auch mal", offenbart mir Sara kleinlaut, als wir vor meinem Auto stehen.
„Wenn du ein geordnetes Leben mit einem richtigen Job führst, wird das kein Problem sein", antworte ich ihr, um sie an unser Gespräch zu erinnern.
„Ja, ich weiß." Sie kratzt sich am Nacken. „Ich muss etwas ändern in meinem Leben und das werde ich auch."
„Halt mich auf dem Laufenden", meine Stimme ist voll von Ironie.
Sara sieht mich missbilligend an. „Klar, ich lass es dich durch Rauchzeichen wissen."
Darüber muss ich lachen. „Sehr witzig."
Sie stimmt in mein Lachen mit ein und umarmt mich. „Bist du heute Abend auch wieder hier?"
„Nein, heute nicht. Thomas und ich verbringen den Abend miteinander."
„Hallo? Gibt es da etwa was, von dem ich noch nichts weiß?", ihr Ton ist tadelnd.
„Nicht, dass ich wüsste. Wir haben uns seit Sonntag nicht mehr gesehen. Per SMS haben wir uns für heute verabredet."
„Du musst mir alles berichten", das war keine Bitte sondern ein Befehl.

„Ja Boss", ich gehe auf meine Autotür zu. „Was hältst du davon, wenn wir morgen etwas unternehmen?"
„Gute Idee, aber melde dich lieber nochmal, nicht, dass etwas dazwischen kommt." Ich nicke und steige in mein Auto.
Die Morgendämmerung zeigt sich zunehmend, während ich mein Auto in unserer Einfahrt parke. Nachdem ich zur Haustüre reingekommen bin, gehe ich ins Wohnzimmer und lasse mich auf die Couch fallen. Meine Knochen fühlen sich zwar schwer an, aber müde bin ich kein bisschen. Hastig zappe ich durch die TV-Kanäle. An einem alten Kriminalfilm bleibe ich hängen. Keine fünf Minuten, nachdem der Abspann gelaufen ist, schlafe ich ein. Ein stechender Schmerz reißt mich aus meinem Schlaf. Im ersten Moment weiß ich gar nicht wie mir Geschieht. Das Pochen in meinem Kopf wird stärker. Nein. Bitte keine Migräne heute, wo Thomas kommt! Behutsam strecke ich meine verspannten Gliedmaßen und atme tief ein. „Verdammt, nicht heute", fluche ich. Nachdem ich mir aus unserer hauseigenen kleinen Apotheke ein starkes Schmerzmittel genommen habe, lege ich mich in mein Bett. Der Schmerz wird von Minute zu Minute schlimmer. Immer wieder wechsle ich meine Position von Rücken zu Bauch. Die Tabletten müssen doch langsam wirken. Verdammt, verdammt, verdammt!
Der Wecker klingelt und weckt mich aus einem unruhigen Schlaf. Meine Hand fasst behutsam an meine Stirn, die weder schmerzt noch pocht. „Gott sei Dank, die Tabletten haben gewirkt." Ich sende ein Stoßgebet in den Himmel. Sorgsam, um die Schmerzen nicht wiederkommen zu lassen, komme ich von meinem Bett hoch und gehe in die Küche, um für mein Date mit Thomas alles vorzubereiten. Mein Blick wandert zur Uhr. Es ist kurz nach halb sieben. Ich bin viel zu spät dran. Eilig mache ich mich an das Schneiden von Salat, Tomaten, Gurken und Paprika. Ein Glücksgefühl überkommt mich bei dem Gedanken, ein Fertigdressing gekauft zu haben. Zumindest diese Arbeit bleibt mir erspart. Immer wieder wandern meine Augen zur Uhr. Der Sekundenzeiger ist im Moment mein größter Feind. Schneller als gedacht bin ich mit

dem gemischten Salat fertig und verstaue ihn im Kühlschrank. Jetzt fehlt nur noch das Dessert. Der Quark-Erdbeer-Schaum ist einfach herzustellen und dauert nicht länger als 20 Minuten. Im Endeffekt besteht er nur aus Quark, Zucker und geschlagener Sahne. Die fertige Masse wird in ein Tuch gewickelt und tropft in einem Sieb ab. Erst kurz vor dem Servieren werden die Erdbeerstückchen darunter gehoben, da sie sonst matschig werden. Nachdem alles fertig und im Kühlschrank verstaut liegt, mache ich mich über den Tisch im Esszimmer her. Die beiden Kerzenständer platziere ich mittig am Tisch und dazwischen ein Gesteck aus weißen Trockenrosen. Erst beim Eindecken der Weingläser fällt mir auf, gar keinen Wein im Haus zu haben. Mist! Ich bin dermaßen unvorbereitet. Es gibt nur eine Lösung für dieses Problem.

Hi!
Würde es dir etwas ausmachen
noch schnell eine Flasche Wein zu kaufen?
Wäre super von dir.
LG K.

Mein Handy zeigt 19:30 Uhr an. Verdammt, mir bleibt nicht mal mehr eine halbe Stunde. Mein Handy vibriert.

Dachte schon du willst mir absagen.
Klar kann ich machen.
Wird aber um eine halbe Stunde später werden.
Gerade heute musste ich länger im Büro bleiben.
Ok?

„Ja", stöhne ich freudig auf, als aus der halben Stunde eine ganze wird. „Es gibt einen Gott und er liebt mich."

Du spinnst wohl, dir absagen.
Freu mich schon den ganzen Tag darauf.
Keine Hektik. Bis gleich.

Ich versende die Nachricht und mache mich erneut über den Tisch her. Ich begutachte mein Werk. Es sieht romantisch, aber nicht kitschig aus, genau das, was mir vorschwebte. Ich gehe nebenan ins Wohnzimmer und studiere die Musikauswahl von Mum nach meinem Lieblingsalbum. Es ist mit bekannten Stücken berühmter Komponisten unterlegt, aber etwas moderner gehalten. Es dauert eine Zeit, bis ich fündig werde. Nachdem es im CD-Player liegt, mache ich mich auf ins Bad. Obwohl ich schon weiß, was ich anziehen werde, plagt mich die Hektik. Es ist kurz vor halb neun, als ich fertig angezogen und geschminkt vor meinem Schrankspiegel stehe. Meine Handflächen streifen über den feinen Stoff meines neuen Kleides. Sofort kommt mir die Shoppingtour mit Marina in den Sinn. Das Treffen mit ihr hatte so gut angefangen und jetzt?? Wird sie noch sauer auf mich sein? Die Ungewissheit macht mich irre. Ich brauche Klarheit.

Hey Marina!
Wie war es gestern noch bei Johannes?
Hattet ihr viel Spaß?
Ich hoffe es ist alles gut zwischen uns.
LG Kati

Keine Minute später klingelt mein Handy erneut. Das ging aber schnell Marina.

Ich stehe vor deiner Tür.☺

Oh verdammt Thomas ist schon da. Sofort macht sich Anspannung in meinen Körper breit. Eiligen Schrittes gehe ich die Treppe hinunter. Mir verschlägt es beinahe den Atem beim Öffnen der Haustür. Thomas sieht wahnsinnig sexy aus. Er trägt eine graue Anzughose, eine schwarze Jeansjacke und darunter ein weißes Hemd. So unwiderstehlich auszusehen ist abnormal. „Welch schöner Anblick in meinem Haus", meine Stimme haucht dieses Kompliment nur.
„Danke." Seine Stimme bricht ab, während sich seine Augen

vor Erstaunen weiten. „Wow, ich habe zwar so etwas erwartet, aber das übersteigt meine kühnsten Träume."
Ich grinse ihn flirtend an. „Gefällt es dir?" Ich drehe mich etwas, um auf mein Kleid anzuspielen.
Sein Grinsen wird spitzbübisch. „Du gefällst mir."
„Und wieder einmal treffen Sie mit ihren Komplimenten ins Schwarze, Herr Winkler", werde ich förmlich. Unter seinem musternden Blick komme ich auf ihn zu. „Obwohl ich zugeben muss: Du stiehlst mir die Show."
Ein Lächeln zeichnet sich auf seinem Gesicht ab. „Da täuschen Sie sich, Frau Stein."
Ich erwidere sein Grinsen und fasse nach dem Wein, den er in der rechten Hand hält. „Ich nehme dir was ab."
„Dann nimm doch die." Er hält mir einen Strauß aus roten Rosen entgegen. Die sind mir gar nicht aufgefallen, so hat mich Thomas Erscheinungsbild vereinnahmt. „Danke", ich nehme sie und gebe ihm einen flüchtigen Kuss auf die Wange. Ich schaue den Strauß in meiner Hand an. „Die sind wunderschön."
„Freut mich, wenn sie dir gefallen", Thomas lächelt zufrieden.
„Gefallen ist gar kein Ausdruck dafür", lobe ich ihn weiter. „Du bist ein richtiger Kavalier."
„Bei so einer Frau muss ich mich schon von meiner besten Seite zeigen", erwidert er mein Kompliment.
„Schön...", fange ich an zu reden, als Thomas mir ins Wort fällt. „Soll ich die Schuhe ausziehen?", er senkt seinen Kopf und deutet auf sie.
Nicht nur das. „Wenn es für dich ok ist, ja bitte."
„Kein Problem." Er schlüpft aus seinen Schuhen und stellt sie seitlich neben der Haustüre ab.
„Geh schon mal ins Esszimmer!", mein Finger zeigt geradeaus.
„Ok", sagt er, als ich ins Wohnzimmer gehe und auf >Play< bei der Musikanlage drücke. Sanfte Klaviermusik erfüllt sofort den Raum. Mit einer Vase für den Blumenstrauß komme ich ins Esszimmer zurück. Ich platziere ihn mittig am

Tisch neben dem Trockengesteck. Thomas hat währenddessen seine Jacke über einen der beiden Stühle gehängt und die Pizza auf den Tisch gelegt. Sein weißes Hemd zeichnet seine breite Brust ab, die sich darunter verbirgt.
Ich grinse in scheu an und gehe zur Küche durch. Mit einem Korkenzieher komme ich wieder. „Mach schon mal den Wein auf! Ich muss noch was erledigen."
Er nickt nur und nimmt mir den Öffner aus der Hand. In freudiger Erwartung, endlich mit ihm am Tisch zu sitzen, vermische ich die Gemüsesorten und mache sie mit dem gekauften Essig-Öl-Dressing an. Als ich mit der Porzellanschüssel, in die ich den gemischten Salat gefüllt habe, zu ihm zurückkomme, hat er bereits die Kerzen angezündet und uns Wein eingeschenkt. Ich stelle den Salat zwischen uns und setze mich. „Da hast du dir wirklich große Mühe gegeben", lobt er mich anerkennend und nimmt ebenfalls seinen Platz mir gegenüber am Tisch ein.
„Alles nur für dich." Meine Offenheit macht ihn etwas verlegen. Thomas schaut zur Seite auf den Pizzakarton. Er hebt den Deckel an. „Ich habe eine mit allem genommen."
Mein Blick wandert zur Pizza, die in zwei Hälften unterteilt ist. Auf der einen Seite befinden sich Salami, Schinken und Champignons, auf der anderen Parmaschinken und Rucola. Ihr schmackhafter Duft steigt mir in die Nase.
„Welche Seite willst du zuerst probieren?", fragt er und nimmt den Pizzaschneider zur Hand.
„Die mit Rucola." Thomas viertelt die Pizza und legt mein Stück auf den Teller vor mir. Er selbst nimmt sich die mit den Pilzen. Währenddessen verteile ich den Salat auf unseren Tellern. „Du magst doch welchen?"
„Natürlich", ein Anflug von leichter Ironie liegt in seiner Stimme.
Bevor wir anfangen zu essen, greife ich nach meinem Weinglas und proste ihm zu. „Auf einen schönen Abend."
„Wohl bekomms", er grinst und wir stoßen an.
„Was hast du seit Sonntag gemacht?", beginne ich unsere

Konversation und mache mich über meinen Teller her.
„Ich habe gearbeitet, war im Fitnessstudio und mit Andy was trinken." Er schiebt sich ein großes Stück Pizza in den Mund.
Ich erinnere mich an die Geschichten, die er mir über seine Freunde erzählt hat. „Ah, das Großmaul."
„So schlimm ist er nicht. Er überspannt nur manchmal den Bogen", belehrt er mich milde.
„Die einen sagen so, die anderen so." Ich lege mir Salat auf die Gabel und esse.
„Was hast du gemacht?", will Thomas wissen.
Ich überlege kurz. „Relaxen, shoppen und Cafe."
„Mit wem?", hakt er nach.
„Shoppen mit Marina und im Cafe war ich mit Sara."
„War es schön?", bohrt er weiter.
„Mit Marina hatte ich eine kleine Diskussion." Vielleicht aber auch einen Streit, wenn ich daran denke, dass sie sich die ganze Zeit über nicht mehr gemeldet hat.
„Weswegen?", fragt Thomas interessiert nach.
„Weil ich mir Klamotten gekauft habe, in denen ich wie eine Schlampe aussehe ihrer Meinung nach", sage ich geistesabwesend.
Ich beiße mir auf die Zunge, als ich seine Reaktion darauf bemerke. „Siehst du denn darin wie eine aus?"
„Das ist Ansichtssache. Es ist sexy, wenn du mich fragst."
„Das muss ich angezogen sehen, um mir eine Meinung bilden zu können", antwortet er nach kurzer Überlegung.
Ich esse weiter an meiner Pizza. Thomas mustert mich eindringlich. Oh Mann, hätte ich nicht einmal meine Schnauze halten können! Er wird sich jetzt sonst was ausmalen in seinem Kopf. Thomas muss auf andere Gedanken kommen. Ich lege mein Besteck an den Tellerrand ab und stehe auf. „Das hier habe ich mir übrigens auch gekauft." Ich fasse mit beiden Händen links und rechts an das Kleidende und hebe es etwas an.
„Das ist WOW", er betont das letzte Wort deutlich.
„Danke." Ich grinse milde auf sein Kompliment und setze mich wieder.

„Ich habe übrigens Andy von dir erzählt", wirft Thomas ein, während er kaut.
Etwas verschreckt rutscht mir die Pizza in den Rachen. Ich räuspere mich. „Und? Was hat er gesagt zu mir?"
„Er will dich unbedingt kennenlernen."
Etwas verwundert darüber hake ich sofort ein: „Was hast du ihm von mir erzählt?"
Thomas schluckt seine Pizza hinunter. „Ich habe dich nur in den höchsten Tönen gelobt."
„Toll", sage ich spöttisch und nehme mir ein etwas größeres Stück Pizza in den Mund.
„Was?", fragt Thomas, verwirrt über meinen Tonfall.
Ich tue mir etwas Salat auf. „Es wäre mir lieb, wenn du nicht so angeben würdest, das schürt nur hohe Erwartungen."
„Und das stört dich?" Thomas sitzt vor seinem leeren Teller.
Beschwichtigend winke ich mit meiner Hand ab. „Nicht jeder hat deinen Geschmack." Rasch spieße ich den letzten Rest meiner Pizza auf meine Gabel und esse sie.
„Was für eine Seite willst du jetzt?", fragt Thomas nach.
„Die mit Salami." Er legt sie mir auf meinen Teller. Nachdem nun auch er sein Stück hat, stoßen wir erneut an.
„Du bist nicht nur äußerlich ein Hauptgewinn, Kati", wirft er ein und schiebt sich eine Gabel voll Rucola in den Mund.
„Ach, nein?", scherze ich.
„Nein", wiederholt er. „Du bist in allem eine Wucht."
„Das beruht auf Gegenseitigkeit", sage ich süßlich.
Thomas grinst mich an, ich erwidere es und mache mich weiter an meiner Pizza zu schaffen. Wir reden nicht viel, aber die Blicke, die wir uns zuwerfen, reichen vollends. „Deine Eltern haben einen guten Geschmack", stellt Thomas nach längerem Stillschweigen fest.
„Ja, das haben sie", stimme ich zu und genehmige mir einen Schluck Rotwein. „Lust auf eine kleine Führung?"
„Gerne", er lächelt sanft. Thomas ist früher als ich mit dem Essen fertig. Er lehnt sich an seinem Stuhl zurück und streckt sich. „Das war echt lecker. Am besten war der Salat."
„Das war noch nicht alles."

Er macht große Augen. „Was kommt denn noch?"
„Was wohl! Der Nachtisch."
„Puh", er legt beide Hände auf seinen Bauch und lässt sie darauf kreisen. „Viel hat aber nicht mehr Platz."
„Das werden wir noch sehen." Ich nehme unsere leeren Teller vom Tisch. Thomas will auch aufstehen. „Bleib sitzen! Du kannst noch Wein nachschenken."
Seine Antwort darauf ist trocken. „Wenn du es so willst."
Als ich die Teller in die Spülmaschine stellen will, fällt mir auf, dass die Musik nicht mehr läuft. „Legst du bitte eine andere CD ein."
„Gerne." Es dauert einige Minuten, bis eine sanfte Rockballade erklingt. Mit dem fertigen Dessert komme ich zurück ins Esszimmer. Thomas erwartet mich bereits. „Das sieht lecker aus", meint er als ich die Schüssel am Tisch abstelle und ihm einen Teller reiche.
„Ist es auch", antworte ich ihm.
„Passt dir die Musik?", will er wissen.
„Ich hätte sie selber nicht besser aussuchen können.".
Mit einem Löffel in der Hand bleibe ich vor dem Tisch stehen. „Wie viel willst du?"
Thomas schaut in die Schüssel, dann zu mir und verzieht entschuldigend sein Gesicht. „Können wir nicht erst eine kleine Pause einlegen? Ich bin wirklich satt."
Hättest du das nicht früher sagen können? Jetzt sind die Erdbeeren schon drin. „Ein ganzer Kerl wie du ist doch nach einer halben Pizza und bisschen Salat nicht satt?"
„Tut mir leid", sein Blick ist immer noch gleich.
Scheiße! Ich winke mit der Hand ab. „Kein Ding. Ich stehe gern drei Stunden in der Küche für nichts und wieder nichts."
Meine Mundwinkel ziehen sich nach unten und ein Schluchzen wiederfährt mir. „Aber gut, du bist satt. Ich versteh schon." Ich senke deprimiert meinen Kopf, schluchze weiter und nehme die Schüssel vom Tisch.
Aus dem Augenwinkel nehme ich Thomas entsetzten Blick wahr. „Das war nicht so gemeint. Wirklich nicht."
Ich ignoriere seine Worte und gehe in die Küche zurück,

bevor mir ein Lachen herausrutscht. Bei der geöffneten Kühlschranktür fange ich lautstark zu weinen an. „Oh Gott, warum mag er mich nicht?"
Plötzlich ist seine Hand an meiner Taille. Verschreckt lasse ich die Türe vom Kühlschrank zu fallen. Wie angewurzelt bleibe ich stehen. Sein Kopf ist seitlich an meinem. Er küsst mein Ohrläppchen. Beherrsch dich, beherrsch dich, beherrsch dich, warne ich mich selbst. Seine Stimme ist nur ein Flüstern.
„Wenn du jetzt nicht so übertrieben geheult hättest, wäre ich darauf reingefallen."
„Ich weiß nicht, was du meinst", ich versuche unschuldig und traurig zu klingen, aber es misslingt mir vollkommen, dafür geht es mir im Moment einfach zu gut.
„Ich denke schon, dass du weißt, was ich meine", plötzlich gibt er mir einen Klaps auf meinen Hintern.
Darüber muss ich lachen. Ich drehe mich zu ihm um und schaue in seine Augen. Sie sind freundlich. „Wie kannst du nur so etwas annehmen?" Ich versuche meine Stimme verführerisch klingen zu lassen, während meine Finger von seinem Hals über seine Brust streichen. Es vergeht keine Sekunde, schon liegen seine Lippen auf meinen. Unsere Küsse sind voll Leidenschaft. Thomas zieht mich fest an sich während meine Hände auf seinen breiten Schultern liegen. Zu schnell lässt er von mir ab. „Wow", er geht einen Schritt zurück. „Ich kann mich in deiner Nähe nicht beherrschen."
„Ist das schlimm?" Seine Ansicht irritiert mich.
„Nein", stellt er klar. „Ich will nur so viel mehr als das."
Seine Worte gehen mir durch und durch. „Dann geht es dir wie mir."
Er kommt auf mich zu und nimmt mein Gesicht in seine Hände. „Das ist schön zu hören." Sanft legt er seine Lippen auf die Meinigen. Einem inneren Impuls folgend beiße ich ihm etwas fester auf die Unterlippe.
Mit dem Kopf weicht er verschreckt zurück. „Daran werde ich mich nie gewöhnen können."
Ich übergehe seine Worte. „Jetzt zeige ich dir mal mein zu Hause." Ich nehme seine Hand in meine und ziehe ihn mit.

Händchenhaltend gehen wir durch die einzelnen Zimmer des Erdgeschosses. Als wir die Treppe hinauf in den ersten Stock gehen, sieht Thomas beeindruckt die Gemälde an, die dort an den Wänden hängen. „Das ist ein Hobby meiner Mutter", beantworte ich seine nicht gestellte Frage.
Er nickt. „Was macht dein Vater in seiner Freizeit?"
„Die verbringt er mit mir und meiner Mutter", antworte ich ihm, als wir im ersten Stock angekommen sind. Die Führung ist nur kurz, da diese Etage meinen Eltern gehört. Am Treppenende des zweiten Stocks wird mir etwas mulmig zumute. Hoffentlich gefällt Thomas mein Zimmer. „Und jetzt?", fragt Thomas, als ich schweigend stehen bleibe.
Ich atme tief ein und deute in die Richtung meines Zimmers. „Das ist meins und daneben ist mein Bad."
„Na dann, Ladys first", er grinst mich an.
Als ich ihm meine Hand entziehen will, um in mein Zimmer zu gehen, packt er sie fester. „Das war nicht abgemacht."
Ein Grinsen breitet sich auf meinem Gesicht aus. „Entschuldigung, ich wusste nicht, dass es für dich so lebensnotwendig ist, meine Hand zu halten."
„Kann ja vorkommen", neckt er mich zurück.
Als wir in meinem Zimmer stehen, studiere ich sein Gesicht. Thomas betrachtet alles haargenau. Sein Blick ist interessiert, aber nicht neugierig. Ich ziehe es vor, auf meinem Sofa und nicht auf dem Bett zu sitzen, da ich nicht den Anschein erwecken will, mit ihm schlafen zu wollen. Es vergehen Minuten, in denen wir nicht reden. Thomas geht auf meinen Balkon hinaus. Sein Blick geht in die Ferne. „Eine beeindruckende Aussicht", höre ich ihn sagen. Meine Augen wandern währenddessen über meine DVD-Sammlung. Wenn wir schon da sind, können wir uns gleich einen Film aussuchen. Mein Blick bleibt bei einem Film hängen, den ich schon länger wieder sehen wollte. Plötzlich ist da ein Windhauch an meinem linken Ohr. Überrascht schrecke ich hoch. Thomas steht hinter mir. „Tut man denn das?"
„Was?" Ich bin verwirrt.
„Naja", er grinst mich an. „Bei einem Date den anderen

ignorieren? So was gehört sich nicht."
„Tu ich doch gar nicht", erkläre ich mich.
„Ach nein?" Thomas ist anscheinend zum Spielen aufgelegt.
„Nein", versichere ich ihm und blicke naiv drein. „Ich kenne die Anstandsregeln bei einem Date."
„Die wären?", will er wissen.
„Flirten", meine Stimme ist nur ein Flüstern.
Seine Augen sind wachsam. „Tust du es gerade?"
„Ja", antworte ich frech.
„Kati, Kati, Kati", er schüttelt den Kopf. „Weißt du, was dein Problem sein wird?"
„Nein", seine Frage verwundert mich.
„Dass du das Kontra nicht vertragen wirst." Sein Grinsen wird teuflisch und ehe er den Satz beendet hat, packt er mich und wirft mich aufs Bett. Keine Sekunde später ist er über mir. Mit seinen Armen links und rechts von meinem Kopf stützt er sich ab, während mich seine Augen intensiv mustern.
„Und jetzt?", frage ich gelangweilt.
„Bist du nicht überrascht gewesen?"
„Oh doch", antworte ich im trocken. „Welch Überraschung."
„Wenn das so ist, dann kann ich dir ja nichts mehr vormachen", sagt er enttäuscht, doch sein Grinsen hält stand. Gleich wird er mich küssen, denke ich mir. Thomas bemerkt meinen Gedankengang sofort, doch anders als erwartet schiebt er seine Finger unter meine Arme und fängt an, sanft meine Achselhöhlen zu streicheln.
Mich schaudert es sogleich, als ich merke was er vorhat. „Oh...nein...da...bin...ich...", ich wende mich vor lauter Lachen unter seiner Berührung. „Hör...auf." Mein Versuch mich zu wehren scheitert kläglich. Ich bin ihm ausgeliefert. Er ist einfach zu stark. Plötzlich hört er auf. „Wirst du nett sein?" Obwohl ich weiß, was auf mich zukommt, verneine ich seine Frage. So schnell gebe ich mich nicht geschlagen. Erneut kitzelt er mich. Ich biege mich wieder vor Lachen. „Hör bitte auf!"
„Nein", sagt er barsch. „Erst, wenn du dich geschlagen gibst."

„Ok, ok", sage ich außer Atem. Es ist ein unfairer Kampf. Thomas ist einfach zu stark. „Wirst du nett sein?", fragt er erneut. Seine Finger gleiten immer noch sanft an meinen Achseln umher.
Meine Arme umfassen seinen Hals und ziehen sein Gesicht zu meinem herunter. Keine zwei Zentimeter entfernt von mir halten sie inne. „Ich kann sogar sehr nett zu dir sein."
„Ach wirklich?", seine Stimme ist nur noch ein Flüstern, während seine Hände unter meinen Armen hervor kommen und ihren alten Platz neben meinem Kopf einnehmen. Die Spannung in diesem Moment zwischen uns ist elektrisierend. Seine Worte hallen in meinem Kopf wieder, er will mehr als nur Sex. Ich nutze die Gelegenheit und werfe ihn mit aller Kraft, die ich aufbringen kann, auf den Rücken, sodass er nun unter mir liegt. „Willst du es sehen?" Thomas nickt ungeduldig. Mein Gesicht ist unmittelbar vor seinem als meine Finger sein weißes Hemd aufknöpfen und es aus seinem Hosenbund ziehen. Meine Augen fixieren seine, während meine Hände langsam die Konturen seines trainierten Oberkörpers nachfahren. Thomas lässt keine Sekunde von mir ab und mustert mich eindringlich. Seine Atmung wird unregelmäßig, als ich die Linie an seinem Hosenbund über seinem Lendenbereich fast in Zeitlupe nachfahre. Meine Lippen legen sich auf die Seinigen. Seine Hände umfassen meine Hüfte und wandern unregelmäßig auf meinem Körper rauf und runter. Ich beiße ihm sanft in den Nacken. Thomas atmet vor Schreck ein und wirft mich erneut auf den Rücken. Für Sekunden sehen wir uns nur an, während er über mir und zwischen meinen Beinen liegt. Ich spüre seine Erektion an mir. Ehe ich etwas tun kann, streift er sein Hemd von den Schultern und bringt sich abermals in Position, seine Hände links und rechts wieder an meinem Kopf. Ich sehe ihm tief in die Augen während meine rechte Hand seine Hose öffnet. Der Druck seiner Hände auf meiner Matratze lässt nach. „Bleib so", meine Stimme ist leise, um noch mehr Intimität zu schaffen. Thomas verharrt in dieser Position. Die Venen an seinem Arm stechen durch den

Kraftaufwand hervor. Er verlagert sein Gewicht, als meine Hände seine Hose von den Hüften ziehen. Nun ist er über mir nur noch in schwarzen Shorts. Dieser Mann ist der pure Wahnsinn! Meine linke Hand vergräbt sich in seinen Haaren und zieht ihn zu mir herunter. Dieses Mal sind unsere Küsse wilder, sie sprießen vor Verlangen. Meine rechte Hand fasst in seine Shorts. Ein wohltuendes Stöhnen wiederfährt Thomas bei meinem festen Griff. Sein Körper zittert vor Anspannung. Ich gebe ihm das volle Programm. Meine rechte Hand wichst seinen Penis, während die linke zwischen seine Pobacken gleitet und mein Mund seine Brustwarzen liebkost. Er bekommt richtig Gänsehaut und sein Atem wird hörbar unregelmäßiger. Ich befeuchte meine Hand, die ich zuvor an seinem Hintern hatte, mit meiner Zunge und massiere seine Hoden damit. Durch den Kraftaufwand seines Körpers nimmt er meine Berührungen und Liebkosungen viel intensiver wahr. Seine Arme zittern. „Oh Mann", stöhnt er auf. „Darf ich mich bitte bewegen?", er bettelt richtig um Erlösung.

„Nein", flüstere ich. Er ist mir ausgeliefert, kann nichts tun, weil ich es so will. Der Gedanke erregt mich noch mehr. Ich lecke von seinem Bauchnabel bis hinauf zu seinem linken Ohr und knabbere daran.

„Kati", seine Atmung ist schwer und tief. „Ich komme jetzt gleich."

„Willst du in meinem Mund kommen?", sporne ich ihn an.

„Allein schon die Frage macht mich wahnsinnig", seine Stimme strotzt vor Anstrengung. Behutsam drücke ich Thomas in den Schneidersitz, während die andere Hand immer noch seinen Schwanz wichst. Thomas zuckt leicht als meine Bewegungen schneller werden. Ich stülpe meinen Mund um seinen Schwanz und höre nur noch ein erschöpftes Ausatmen seinerseits. Warme Flüssigkeit breitet sich auf meiner Zunge aus. Mit einem selbstgefälligen Grinsen komme ich vor ihm hoch. „Du bist...", er bricht erschöpft unterm Satz ab.

Mein Lächeln hält stand. „Danke, du auch." Als ich mich von

ihm abwenden will, um nach seiner Hose auf dem Boden zu greifen, packt er mich fordernd am Arm. „Wo willst du hin?"
Ich schaue ihn verwirrt an. „Willst du dich nicht anziehen und wieder runter gehen?"
„Doch", erwidert er. „Zuerst jedoch bist du dran."
„Mit was?" Was will er mir damit sagen?
Thomas spart sich eine Antwort und drückt mich auf mein Bett zurück. In Null-Komma-Nix hat er mein weißes Kleid bis zur Hüfte hochgezogen. Meine Atmung ist hörbar angespannt, denn darauf war ich nicht vorbereitet. „Entspann dich", weist mich Thomas an und sieht über meinem Schritt zu mir hoch. Ich versuche ihm den Gefallen zu tun, auch wenn es mir schwer fällt. „Kati? Entspann dich."
„Sorry." Ich räuspere mich. Was ist mein Problem? Bei meinen Freiern ist mir auch nichts unangenehm. Warum jetzt? Warum bei Thomas? Liegt es daran, dass es zu spontan von ihm war oder dass er mir mehr als nur einen Flirt wert ist? Meine Atmung setzt vor Schreck aus. Oh mein Gott! Wie konnte ich nur so blind sein? Die ganze Zeit über war mir klar, auf eine Beziehung mit Thomas zuzusteuern. Diese Sicherheit brachte mich dazu, meine Gefühle für ihn außer Acht zu lassen. Genau in diesem Moment wird mir alles klar.
ICH LIEBE THOMAS!
Mein Körper verkrampft mehr denn je nach dieser Erkenntnis.
„Ist alles in Ordnung?", höre ich Thomas Stimme durch meine Gedanken. Ich sortiere mich und sehe zu ihm hinunter. Ich liege völlig nackt und immer noch mit gespreizten Beinen vor ihm. „Ja."
„Du scheinst nicht ganz bei der Sache zu sein."
„Tut mir leid." Ich atme tief ein und aus. „Ich war nur nicht darauf vorbereitet."
„Bist du es jetzt?", seine Frage ist ernst gemeint.
Reiß dich zusammen, Kati. Du bist verliebt in Thomas, na und? Ihm geht's nicht anders mit dir. Ihr sucht und wollt beide das Gleiche. Es hat sich nichts geändert zwischen euch!
„Ja", hauche ich und versuche meine Anspannung zu lösen.

Nachdem ich es gesagt habe, spüre ich wie er mir auf meine Scham bläst. Ich schließe meine Augen und gebe mich seinen Lippen hin. Er bedeckt meinen Venushügel mit leichten Küssen, während seine Hände meine Innenschenkel massieren. Ich bin nicht überrascht über seine Technik. Thomas weiß, was er tut. Die Vorfreude packt mich. Ich lege meine Hand auf seinen Kopf und drücke in sanft zwischen meine Beine. Ein erregter Schauer wiederfährt mir, als er an meinen Schamlippen knabbert. Ich versuche meinen Kopf und die Gedanken auszuschalten und es zu genießen. Thomas zieht behutsam meine Schamlippen mit seinen befeuchteten Fingern auseinander und leckt von unten nach oben über meine komplette Vulva. Seine feuchte Zunge zwischen meinen Schenkeln ist unbeschreiblich. Gänsehaut überkommt mich, als er mit seiner Zunge meine Klitoris stimuliert. „Oh ja, das tut gut", stöhne ich auf. Plötzlich ist seine Zunge weg. Keine Sekunde später führt er zwei Finger in mich ein. Ich strecke ihm meine Hüfte entgegen. Seine andere Hand liegt auf meinem Bauch und wandert langsam an meine linke Brust hoch. Meine Atmung wird schwerer und mein Körper zittert vor Erregung. Plötzlich überkommt er mich. Ein überwältigender und wahnsinnig intensiver Orgasmus. Ausgelaugt aber vollkommen befriedigt bleibe ich regungslos liegen. Thomas gesellt sich neben mich. Er schiebt seinen Arm unter meinen Körper und zieht mich zu sich heran. Ich passe mich der Form seines Körpers an und platziere meinen Hintern in seinen Lendenbereich. Wir liegen im Löffelchen. Seine Hände bewegen sich auf meinem Körper entlang, während er selbstzufrieden aufstöhnt. „Ich könnte ewig so mit dir daliegen", flüstert er mir ins Ohr.
„Naja, solange es dir gefällt", gebe ich kleinlaut zurück.
Er hebt den Kopf von meinen Schultern und sieht mich von der Seite aus an. „Empfindest du es nicht so?"
Mein Gesichtsausdruck ist zerknirscht. „Es gibt Bessere."
„Welche?", fragt er verblüfft nach. Ich spare mir zu antworten und drehe mich zu ihm um. Unsere Körper sind aneinandergepresst und unsere Köpfe liegen nur Millimeter

voneinander entfernt. Die Nähe zu einander ist intensiver denn je. Thomas bemerkt es ebenfalls. „Du hast Recht. Diese ist wirklich besser", stimmt er zu. Er nimmt mich fester in seine Arme. Keiner sagt ein Wort. Wir lassen Hände und tiefe Blicke für uns sprechen. Ich vergesse jedes Zeitgefühl in seinen Armen. „Du bist wirklich etwas Besonderes, Kati", sagt er. „Und du gehörst mir."
Seine Ansicht darüber lässt mich über mein ganzes Gesicht strahlen. Mir fehlen die Worte, um ihm antworten zu können. Ich nicke kurz und gebe ihm einen Kuss auf den Mund. Thomas lächelt milde. Hat er meine Andeutung verstanden? Bevor ich nachfragen kann, zieht er mich schon fester an sich heran. In diesem Moment könnte ich die ganze Welt vor Glück umarmen. Mit einem wohligen Gefühl schlafe ich ein.
Ein ohrenbetäubendes Klingeln reißt mich aus dem Schlaf. Ich schlage die Augen auf und schaue verwirrt im Zimmer umher. Dieses Geräusch ist mir völlig neu. Meine Augen folgen seinem Klang und bleiben an Thomas grauer Hose am Boden hängen. Ich drehe mich zu ihm und schaue in sein schlafendes Gesicht. Thomas rührt sich kein bisschen. Hört er denn das nicht? Behutsam rütteln meine Arme an seiner Schulter, aber er räuspert sich nur. Hier könnte eine Horde Büffel durchlaufen, ohne dass er es mitbekommt. Ich halte ihm seine Nase zu. Es dauert nur Sekunden, bis er verschreckt seine Augen aufschlägt.
Halb schlaftrunken sieht er mich an. „Was ist los?"
Bist du taub? „Ich glaube dein Wecker geht?"
„Was?" Seine Augen weiten sich. „Bist du sicher?"
„Es kann auch meine biologische Uhr sein", spaße ich.
Jetzt hört auch er ihn. In Nu hat sich Thomas aus meiner Umarmung gelöst und steigt aus dem Bett. Ich betrachte seinen nackten Körper, während er den Alarm auf seinem Handy ausschaltet. Danach setzt er sich auf die Kante meines Bettes und zieht sich an. „Willst du schon gehen?"
„Schon? Es ist sechs Uhr vorbei. Ich muss in zwei Stunden anfangen zu arbeiten."
„Oh!?" Haben wir solange geschlafen? Ich steige aus meinem

Bett und greife nach seinem Hemd. Er grinst zufrieden, als ich ihm hineinhelfe und es zuknöpfe. „Daran könnte ich mich wirklich gewöhnen", sagt er fast schüchtern. Wie so oft die letzte Nacht grinse ich über seine Offenheit.
„Nicht nur du", erwidere ich und packe seine Hand, als er fertig angezogen ist. Eilig machen wir uns auf den Weg nach unten. Vor der Haustüre halte ich inne. „Zieh schon mal deine Schuhe an. Deine Jacke hole ich dir." Meine Gedanken kreisen um den Nachtisch. Wir sind nicht mehr dazugekommen, ihn zu essen, so schnell hat sich der Ablauf des Abends verändert. Mein Blick wandert auf das Dessert im Kühlschrank. Die Erdbeeren sind matschig und die Masse sieht nicht sehr einladend aus. Nicht mal meinem ärgsten Feind würde ich die geben. Ohne weiter Zeit zu verschwenden nehme ich Thomas Jacke vom Stuhl und komme zu ihm zurück.
„Schreiben wir uns?", will er wissen, als er bereit zu gehen ist.
„Natürlich", antworte ich ihm prompt. Er grinst, nimmt mich in seine Arme und küsst mich. Allzu schnell lösen sich seine Lippen von mir. „Freut mich."
Nachdem Thomas gefahren ist, überlege ich aufzuräumen. Plötzlich überkommt mich die Müdigkeit. Ich lasse alles liegen und mache mich auf den Weg in mein Zimmer.

Kapitel 9

Die Sonne scheint hell und warm durch mein Fenster, als ich aus einem Traum mit Thomas aufwache. Ich fasse nach meinem Handy. Es ist 13 Uhr vorbei und zwei neue Nachrichten sind darauf.

Hi Kati!
Klar ist zwischen uns alles in Ordnung.
Wir haben Filme geschaut und Karten gespielt.
LG Marina

Halleluja, sie ist nicht sauer auf mich.

Dann bin ich ja froh.
Ich habe mir einen bequemen Abend zu Hause gemacht.
LG Kati

Die zweite Nachricht stammt von Sara.

Guten Morgen!
Und wie war es gestern?
Hattet ihr viel Spaß?
MFG Sara

Hey!
Der Abend war toll. Thomas war toll.
Wäre zu viel zum Schreiben.
Hast du vielleicht Lust, nachmittags ins Cafe zu gehen?
MFG Kati

Nachdem ich sie verschickt habe, kreisen meine Gedanken um letzte Nacht. Thomas ist das Beste, was mir passieren konnte und ich liebe ihn. Dieses Empfinden ist neu und unbeschreiblich. >Und du gehörst mir< hallen seine Worte in meinen Ohren wieder. Meine Reaktion darauf kommt mir in den Sinn. Ich sagte nichts dazu. Ist das der Grund, warum er sich noch nicht gemeldet hat wie sonst? Eilig verfasse ich eine Nachricht an ihn.

Hey Thomas!
Danke nochmal für den tollen Abend.
Muss die ganze Zeit an dich denken.
Vermisse dich.
LG K.

Ich versende die SMS und gehe ins Bad. Frisch geduscht komme ich in mein Zimmer zurück. Sofort geht mein Blick auf mein Handy.

Hi!
Hab dir auch einiges zu erzählen.
Sagen wir um 15 Uhr im Zenit?
Sara

Es ist 14 Uhr. Das wird eng.

Was hältst du von 15:30 Uhr?
Wird mir etwas knapp werden ansonsten.
Kati

Keine zwei Minuten später erhalte ich Saras Antwort.

Ok.
MFG Sara

Bis ich mich auf den Weg zu Sara mache, drehen sich meine Gedanken nur um Thomas. Warum schreibt er nicht? Ist er sauer? Hab ich etwas Falsches getan?
Kurz vor halb vier stehe ich am Parkplatz vorm Zenit. Sara erwartet mich bereits, als ich ins Cafe komme.
„Hi!", grüßt sie mich gutgelaunt.
„Hey!", erwidere ich und hole mein Handy aus meiner Tasche.
„Na?", fragt sie erwartungsvoll. „Wie war es?"

„Es war toll, nein der Wahnsinn. Es war gigantisch."
Mit großen Augen sieht sie mich an. „Erzähl schon."
Bevor ich anfangen kann zu erzählen, kommt ein junger Mann an unseren Tisch. „Hallo! Wisst ihr es schon?"
Sein Blick ist auf Sara gerichtet. „Eine Cola bitte."
Er notiert es sich auf seinem Schreibblock und richtet seine Aufmerksamkeit auf mich. „Dasselbe bitte."
„Kommt sofort", sagt er und entfernt sich von unserem Tisch.
Ich drücke auf mein Handy. Immer noch keine Nachricht von Thomas.
„Hallo? Jemand zu Hause?", fragt Sara, als ich keinen Ton von mir gebe.
„Sorry." Ich lege mein Handy zur Seite und wende mich ihr zu. „Also ich habe gekocht für ihn, mehr oder weniger."
Sie unterbricht mich sofort. „Mehr oder weniger?"
„Ich habe den Salat und das Dessert gemacht, er hat die Pizza mitgebracht."
„Oh, ok", sagt sie. „Weiter!"
Ich fange an, ihr von meinem Abend mit Thomas zu erzählen.
„Wir waren in meinem Zimmer und haben rumgemacht", sage ich etwas leiser, als der Kellner an unseren Tisch tritt und die Getränke abstellt.
„Das ist ja nichts Neues", antwortet sie gelangweilt.
„Wir hatten keinen Sex", stelle ich klar.
„Nicht?", sie wirkt irritiert darüber.
„Nein. Wir haben alles andere gemacht, aber nicht das."
„Das hört sich doch gut an", sagt sie verwirrt.
„Was ist?" Ihr Gesichtsausdruck verwundert mich.
„Du siehst nicht glücklich aus", stellt sie fest und nimmt einen Schluck von ihrem Getränk.
„Naja, sonst meldet er sich immer danach, aber heute? Nichts." Pure Enttäuschung schwingt in meinen Worten mit.
„Vielleicht bin ich auch selber schuld."
„Warum?", wirft sie ein.
Ich erzähle von seinen Anspielungen und meiner Reaktion darauf. Sara schüttelt unmissverständlich ihren Kopf. „Und? Du hast es doch erwidert."

„Kann sein, dass es ihm nicht gereicht hat, dass er es hören wollte", meine Stimme ist traurig darüber.
„Glaub ich nicht", meint sie gewissenhaft. „Er hat deine Nachricht womöglich noch gar nicht gelesen. Muss er nicht arbeiten?"
„Um acht Uhr hat er angefangen, aber trotzdem: Er hat sich immer nach unseren Dates gemeldet.".
„Kommt schon noch", versucht sie mich zu beruhigen.
„Das hoffe ich", der Ton in meiner Stimme klingt leer. Die Ungewissheit macht mich fertig. „Lass uns das Thema wechseln. Wie war es bei dir?"
Obwohl Sara meine Enttäuschung mitfühlt, kann sie sich bei meiner Frage ein leichtes Grinsen nicht verkneifen. „Es war ein Traum."
Ihre Worte verwirren mich. „Warst du nicht am Bahnhof?"
„Nein", verwundert über meine Frage schaut sie mich an. „Ich habe mich mit Nick getroffen."
„Woher soll ich das wissen? Der letzte Stand war, dass du gefragt hast, ob ich heute zum Parkplatz komme."
„Stimmt", gibt sie nach kurzer Überlegung zu und erzählt weiter. „Er hat an meine Tür geklopft am frühen Abend und mich zum Kino eingeladen."
„Und?", bohre ich erwartungsvoll nach.
„Wir haben während der Vorstellung Händchen gehalten und danach waren wir noch in einer Bar", sie klingt vollkommen zufrieden.
„Und?"
Sie weiß, worauf ich hinaus will. „Er kam dann noch mit zu mir. Es war aber ganz harmlos. Wir haben auf der Couch gelegen und gekuschelt."
„Nur gekuschelt?" Ihre Worte irritieren mich.
„Ja", antwortet sie trocken. „Mehr wollte ich nicht."
„Warum?", frage ich scherzhaft.
„Wie soll ich dir das erklären?" Für einen kurzen Augenblick überlegt sie. „Es war nicht richtig. Er ist der erste Mann seit langem, für den ich wirklich was empfinde." Ich will nachfragen, doch sie hält mich zurück. „Ich bin es gewohnt,

Sex für Geld zu haben. Es gibt keine Gefühle, es bedeutet nichts. Ich mache diesen ›Job‹ schon solange, dass es mir fast unwirklich vorkommt, wenn einer mehr als das sucht. Wäre ich jetzt gleich mit ihm ins Bett, dann hätte es alles kaputt gemacht, was wir uns bis dahin aufgebaut haben." Mit eindringlichem Blick schaut sie mich an. „Weißt du, was ich meine?"
Ich nicke. „Du bist so an deine Freier gewöhnt, dass es für dich Neuland ist."
„Genau", sagt sie zufrieden über meine Auffassungsgabe.
Meine Gedanken kreisen um ihre Worte. „Wann wirst du mit ihm Sex haben können?"
Sie zuckt ahnungslos mit ihren Schultern. „Keine Ahnung, wenn ich dafür bereit bin. Das erste, was ich tun muss, ist mir einen anständigen Job zu suchen."
„Das ist ein guter Anfang", bestärke ich sie in ihren Überlegungen. „Wenn du Hilfe brauchst, kannst du auf mich zählen."
„Lieb von dir", gutmütig lächelt sie mich an.
„Weißt du schon, wann du anfängst, Bewerbungen zu schreiben?", fragte ich.
Sara grinst über die Hektik in meinen Worten. „Zuerst sollte ich ein passendes Jobangebot finden."
„Guter Plan." Ich nehme einen Schluck von der Cola und tippe auf mein Handy. Immer noch nichts von Thomas. Ich bin missmutig gestimmt. „Hast du schon welche gefunden?"
„Nein, leider nicht", gibt sie deprimiert zu. „Regensburg würde gut zahlen, aber die Wohnungen dort sind auch dementsprechend teurer als hier."
„Und etwas anderes machen kommt für dich nicht in Frage?"
Sara schüttelt den Kopf. „Nein. Ich will wieder als Verkäuferin arbeiten."
„Warum auf einmal?" Ich denke an unser letztes Gespräch zu diesem Thema. Sie wollte nicht zurück in ihren Beruf, da er so schlecht bezahlt wird. „Woher kommt der Sinneswandel?"
„Meine Sichtweise hat sich geändert", sie setzt einen höhnischen Blick auf. „Du bist auch nicht ganz unschuldig

daran."

„Wer ich?" Schockiert lege ich die rechte Hand auf meinen Brustkorb.

„Ja, du. Deine Ansichten zu vielen Dingen, über die wir gesprochen haben, brachten mich zum Nachdenken", sie hält kurz inne. „Du bist ziemlich reif für dein Alter."

„Ja, bin ich", stelle ich zufrieden fest. Wieder drücke ich auf mein Handy. Verdammt! „Was ist mit deinen Eltern?"

Sara sieht mich irritiert an. „Was meinst du?"

„Naja, du könntest doch anfangs bei deinen Eltern unterkommen, oder nicht?"

Sie wirkt zerknirscht. „Ich habe mit meinen Eltern seit Jahren nicht mehr geredet."

„Warum das?" Ich nippe an meinem Getränk.

Sie ringt mit sich selbst, ob sie es mir erzählen soll oder nicht. „Mein Vater ist kein guter Mensch", flüstert sie.

„Wie darf ich das verstehen?"

Sie schaut zur Seite. Ihr Blick wirkt leer. Als sie zu reden anfängt, ist ihre Stimme tonlos. „Er wollte immer einen Jungen und das hat er mich spüren lassen. Er hat all seine Enttäuschung und Wut darüber an mir ausgelassen." Sie räuspert sich abfällig. „Und meine Mutter ist daneben gestanden und hat zugesehen."

Am liebsten möchte ich wissen, was Saras Vater getan hat, aber der gequälte Ausdruck in ihrem Gesicht, als die Erinnerungen sie übermannen, lassen mich verstummen.

„Wir müssen nicht darüber reden."

Sie nickt zustimmend. „Es gibt darüber auch nicht viel zu sagen. Er war schon immer Alkoholiker und prügelte gerne auf mich ein." Sie lächelt wehmütig darüber. „Ich sei nur ein Mädchen, zu mehr tauge ich nicht." Sie verändert dabei ihre Stimme.

„Hat das dein Vater gesagt?" Ich bin geschockt.

„Ja." Sie trinkt von ihrem Glas. „Lass uns bitte das Thema wechseln." Wortlos stimme ich zu und tippe wieder auf mein Handy. Nichts. „Er schreibt schon. Mach dich nicht irre", versucht sie mich zu trösten.

„Hoffentlich", meine Stimme klingt ungläubig.
„Das trifft dich wirklich enorm", stellt Sara fest.
Ich versuche, ein mildes Grinsen aufzubringen. „Ich bin verliebt in ihn."
„Das sieht man", sagt sie nüchtern.
„Scheiße, warum mag er mich nicht?"
„Wie kommst du darauf?" Sie ist verwundert.
„Sonst würde er sich doch melden." Mein Ton ist zickig.
„Mach aus einer Mücke nicht gleich einen Elefanten, Kati. Warte ab", versucht sie mich zu beschwichtigen.
„Scheiß Männer. Warum bin ich keine Lesbe?"
Darüber muss Sara lachen. „Weil es ohne Schwanz nun mal nicht dasselbe ist."
Ich stimme in ihr Lachen mit ein. „Naja, die meisten können ja nicht mit ihrem umgehen."
„Große Töne können sie aber spucken." Ihre Stimme ist tief, als sie anfängt, einen Kerl nachzuäffen. „Hey Baby! Willst du mal ein dickes Rohr in dir spüren? Ich kann deine kühnsten Träume erfüllen."
„Und nach zwei Minuten ist alles vorbei", unterbreche ich sie. Ich versuche ebenfalls, wie ein Kerl zu klingen, und spanne meine Muskeln an. „Und Baby, wie war ich?" Ich setze Glubschaugen auf und versuche wie ein kleines Mädchen zu wirken. „Oh, du warst wunderbar." Meine Stimme ist übertrieben überwältigt.
„Das wollen sie immer hören", sagt Sara zwischen ihrem Gelächter.
„Manche Prolls merken den Unterton gar nicht. Denn eigentlich will man ihnen zu verstehen geben, dass sie scheiße waren." Ich versuche, mein Lachen im Zaum zu halten und sage trocken: „Oh, du hast meine Welt verändert. Ich werde keinen anderen mehr so gut finden wie dich."
„Ich muss gleich heulen vor Lachen", scherzt Sara.
„Mir geht's ähnlich", pflichte ich ihr bei.
Die ausgelassene Stimmung hält noch einige Minuten an.
„Puh, das tat richtig gut." Ich fasse nach meinem Glas, nachdem ich mich wieder einigermaßen im Griff habe.

„Was machst du heute Abend?", wirft Sara ein.
„Keine Ahnung. Du?"
Sie schaut mich irritiert an. „Das, was ich fast jeden Abend tue."
„Hätte sein können, dass du ein Date mit Nick hast", sage ich und genehmige mir nochmal einen Schluck.
„Der ist ab heute auswärts", klärt mich Sara auf. „Die Firma, in der er arbeitet, hat einen Auftrag in München. Er wird bis Montag ausbleiben."
„Vermisst du ihn schon?" Ich schaue sie wachsam an.
„Ja und nein", sagt sie und nippt an ihrer Cola. „Kommst du heute nicht auf den Parkplatz?"
„Ich denke schon, und wenn Thomas sich nicht meldet, erst recht, sonst werde ich zu Hause irre." Meine Augen wandern zum Handy, das weder aufleuchtet, noch vibriert. Ich hasse ihn. „Hattest du schon mal was mit einer Frau?"
„Wie kommst du jetzt darauf?"
„Interessiert mich einfach", sage ich belanglos.
„Nein", antwortet sie knapp. „Du?"
„Nur küssen", erwidere ich. „Ich und meine beste Freundin Kerstin wollten voneinander wissen, ob wir es können."
„Ok?" Das verwirrt sie etwas. „Hat es dir gefallen, eine Frau zu küssen?"
„Einer Frau? Kerstin und ich waren gerade mal 12 Jahre alt." Ich winke ab. „Es war ok, mehr nicht."
Sie schaut aufgebracht zur Seite. „Keine Angst, ich mache dich schon nicht an", versichere ich bissig auf ihre Reaktion.
Sie übergeht meine Worte. „Kati, du bekommst einen Anruf."
Ungläubig schaue ich auf mein Handy. Es ist Thomas. Aufgeregt greife ich danach. Bevor ich drangehe, signalisiert mir Sara, ruhig zu bleiben. Ich nicke. „Ja?"
„Hi Kati!" Seine Stimme zu hören tut so gut.
„Hallo Thomas! Schön von dir zu hören. Was ist los?"
„Tut mir leid, dass ich nicht geschrieben habe. Es ging mir zu viel durch den Kopf, seitdem ich heute Morgen von dir weggefahren bin." Ein Rauschen stört unser Gespräch.
„Sitzt du gerade im Auto?"

„Ja. Ich fahre gerade nach Hause. - Hast du gehört, was ich gesagt habe?"
„Ja, hab ich. Du hast nachgedacht." Ich verziehe mein Gesicht. Das hört sich nicht gut an.
Sara sieht mich fragend an. „Was ist?" Ich übergehe sie.
„Genau", er wirkt abgelenkt. „Hast du heute Abend Zeit, zu mir zu kommen?"
Ich bin so überrumpelt, dass ich einfach „Ja" sage.
„Um acht?", will er wissen.
„Ok." Seine resignierte Art bringt mich aus dem Konzept.
„Ok, bis dann. Freu mich", und weg ist er.
„Was ist denn los?" Saras Stimme strotzt vor Besorgnis.
„Ich glaube, es ist vorbei", sage ich enttäuscht.
„Was?" Vollkommen entrüstet legt sie ihre Stirn in Falten.
„Denke ich zumindest." Ich versuche meine Anschauung in Worte zu fassen. „So kühl und abweisend war er noch nie."
„Bildest du dir das nicht nur ein?", versucht sie meine Zweifel zu zerstreuen. „Er könnte auch Stress in der Arbeit gehabt haben."
„Nein. So hat Thomas mit mir noch nie geredet. Er war kurz angebunden, als ob er es gar nicht erwarten konnte, das Gespräch zu beenden."
„Warte einfach ab." Saras Blick zufolge glaubt sie mir nicht.
„Was anderes bleibt mir eh nicht übrig", stelle ich deprimiert fest. „Wie spät ist es eigentlich, wenn er schon von der Arbeit heimfährt?"
„Er fährt nach Hause?", wiederholt sie meine Worte. „Kein Wunder, dass er kurz angebunden war." Ich übergehe ihr Gerede und schaue auf mein Handy. Es ist 18 Uhr vorbei. Mist, ich muss schon in zwei Stunden bei ihm sein. Ich drehe mich zu unserem Kellner um und winke ihn heran.
„Passt bei euch noch alles?"
„Nein", sage ich etwas barsch. „Wir würden gerne zahlen."
„Gerne", der junge Mann schaut auf unseren Tisch. „Das waren zwei Colas, das macht dann 4 Euro 80."
Ich reiche ihm einen 5-Euro-Schein und sage. „Passt."
Er nimmt das Geld und verstaut es. „Danke."

„Warum hast du es so eilig?", hakt Sara säuerlich ein, als der Kellner weg ist.
„Sorry, aber Thomas will sich um acht mit mir treffen und es sind bis dahin gerade noch zwei Stunden." Ich werfe mein Handy in die Tasche und stehe auf. „Ich mach es wieder gut. Versprochen."
„Ich versteh dich schon." Sara kommt von ihrem Platz hoch. „Dann sehen wir uns heute wohl nicht mehr." Ihre Stimme klingt enttäuscht.
„Sei dir da mal nicht so sicher."
Sie legt ihren Kopf schief und schaut mich voller Ironie an. „Wir werden sehen." Ich schenke es mir, ihr einen selbstgefälligen Blick zuzuwerfen und gehe hastig aus dem Lokal. Vor meinem Auto umarme ich sie. „Wünsch mir Glück."
Sara drückt mich fester. „Das hast du gar nicht nötig."
Ohne Weiteres steige ich ins Auto und lasse den Motor an.
Sara klopft gegen das Fahrerfenster. „Schreib mir, wenn du weißt, was los ist." Ihre Miene drückt Besorgnis aus über den Ausgang des heutigen Abends, was Thomas und mich betrifft.
„Mach ich. Bis dann!" Ich fahre los.
Unter der Dusche gehe ich in Gedanken meinen Kleiderschrank durch. Meine Wahl fällt auf ein weißes Sommerkleid, das mir bis zu den Knien geht, dazu passende weiße Pumps und eine schwarze Weste. Später mustere ich mein Outfit im Spiegel. Zufrieden darüber verschwinde ich im Bad und schminke mich. Es ist kurz vor acht, als ich ins Auto einsteige. Die Anspannung, die meinen Körper durchläuft, ist nervenaufreibend. Was ist, wenn er Schluss machen will?
Mit schwerem Herzen und der Tasche unterm Arm gehe ich in Richtung seines Wohnblocks. Meine Augen wandern auf den Bahnhof. Im Moment wirkt er nicht so gefährlich wie sonst. Kein Wunder es ist noch zu früh. Die Haustüre surrt nach meinem Läuten. Ich komme in das Stockwerk, wo Thomas wohnt. Er steht wie letztens im Türrahmen und

wartet auf mich. „Hi!", ruft er mir zu, als er mich sieht.
„Hey!", ich versuche optimistisch zu klingen.
Er breitet seine Arme aus und umschlingt mich damit. „Du hast mir gefehlt."
Seine Worte treffen mich wie ein Blitz. Verdammt, Sara hatte Recht. „Du mir auch." Mit einer Hand lässt er von mir ab, während die andere nach meiner Linken fasst. Mit Thomas voran gehen wir in seine Wohnung. Ich ziehe die hohen Schuhe aus und stelle sie seitlich ab. Thomas wartet auf mich und als ich zu ihm trete, fasst er wieder nach meiner Hand und führt mich in Richtung Wohnzimmer. „Setz dich", sagt er. „Willst du was trinken?"
„Wasser, bitte", antworte ich teilnahmslos. Er macht sich auf in Richtung Küche, während ich zu seinem Sofa gehe und mich setze. Mit zwei Gläsern und einer Flasche Wasser kommt er zurück, setzt sich neben mich und schenkt jedem von uns ein. Ich winkle meine Beine an, lehne mich gegen seine Couch und stütze meinen Kopf auf meinem linken Arm ab. Meine Augen sind auf ihn gerichtet. Nachdem er soweit ist, lehnt nun auch er sich zurück. Er ist mir zugewandt. „Wie war dein Tag?" Er wirkt nervös.
„Er war ok", sage ich knapp.
„Was hast du gemacht?"
„Ich habe bis eins geschlafen und danach war ich mit Sara im Cafe." Thomas spielt nebenbei mit seinen Fingern. Er wirkt wahnsinnig angespannt. „Wie war es auf Arbeit?"
„Die Hölle", er verdreht die Augen. „Zu viel Arbeit, zu wenig Zeit, aber alles soll fehlerfrei über die Bühne gehen." Er fasst sich mit der linken Hand an sein rechtes Schulterblatt. „Und damit es richtig lustig wird, habe ich mir noch die Schulter verrenkt."
„Wie wäre es mit einer Massage?", schlage ich vor.
Thomas überlegt kurz, bevor er antwortet. „Dazu sage ich nicht nein." Sofort lockert sich seine Anspannung.
In diesem Moment würde Thomas wohl alles tun, um die Sache, die er mit mir bereden will, hinauszögern zu können.
„Dann dreh dich um", weise ich ihn an. Er wendet sich von

mir ab und hält mir seinen Rücken entgegen. Ich fasse mit meinen Händen an seine Schultern und beginne, ohne viel Druck meine Finger darauf kreisen zu lassen. „Alles in Ordnung?" Die Stille ist für mich unerträglich.
„Ja", sofort spüre ich, wie Thomas sich erneut verkrampft.
„Warum fragst du?"
„Nur so", ich verziehe eine selbstgefällige Miene, wohlwissend, dass er sie nicht sieht.
„Oh, ok", antwortet er bloß. Dieser Kerl macht mich noch ganz verrückt! Wieder herrscht vollkommene Stille zwischen uns. Meine Hände drücken etwas fester, um zu signalisieren, dass ich auch noch da bin und er ja mit mir reden wollte.
„Aua." Er lehnt seinen Oberkörper von mir weg.
„Sorry", sage ich mit gespielter Unschuld, als er sich zu mir umdreht.
„War nicht so schlimm", gibt er zu und fasst sich an die Schultern. „Geht schon wieder."
„Dann ist es ja gut". Ich setze ein weiches Lächeln auf.
Thomas sieht mich in diesem Moment nur an. „Scheiß drauf. Ich muss es jetzt loswerden", meint er auf einmal.
Irritiert lege ich meine Stirn in Falten. „Was?"
„Ich habe den ganzen Tag über dich und mich nachdenken müssen."
„Und?", frage ich bloß.
Thomas greift nach seinem Glas und trinkt einen kräftigen Schluck davon. „Was empfindest du für mich?"
„Warum willst du das wissen?"
Thomas überlegt kurz. „Ich kenne mich bei dir nie aus. Du sendest widersprüchliche Signale. Wie gestern: Du hast nichts gesagt zu dem, was ich gesagt habe." Wusste ich es doch! Thomas musste es hören, um Gewissheit zu haben, es ihm zu zeigen, reichte nicht aus. „Und?", höre ich seine Stimme.
„Was?", ich schaue zu ihm auf.
„Was empfindest du für mich?" Er klingt unsicher.
Blöde Frage. Ich liebe dich, du Idiot! Plötzlich ist da ein Kloß in meinem Hals. Diese Worte habe ich noch nie gesagt. „Ich will es dir sagen, aber ich kann nicht. Nicht jetzt, nicht vor

dir. Rede du zuerst."
Thomas räuspert sich, er sucht vergebens nach Worten. Erneut nimmt er einen Schluck von seinem Wasser. „Schon bei unserer ersten Begegnung bist du mir nicht mehr aus dem Kopf gegangen. Du bist jung und hübsch, aber anders als die anderen Mädchen. Du bist witzig, zickig, so voller Leben aber auch reifer. So jemanden habe ich noch nie getroffen. Ich vermisse dich, wenn ich abends alleine im Bett liege, ich denke an dich, wenn ich morgens frühstücke und meine Blicke auf deinen Platz fallen, wo du gesessen hast, als ich für dich gekocht habe." Thomas atmet tief ein. „Kati, ich liebe dich."
Ich sitze vollkommen regungslos da. Seine Worte hallen in meinem Kopf wieder. Er liebt mich. Thomas liebt mich! Es ist ein überwältigendes Gefühl, diese Worte aus seinem Mund zu hören. Thomas sitzt angespannt vor mir. Seine Miene ist finster geworden durch mein langes Schweigen.
„Thomas", ich suche in meinem Kopf nach den richtigen Worten. „Ich mag alles an dir. Du bist perfekt, das ist mir schon an unserem ersten Abend in deiner Wohnung aufgefallen. Aber seit gestern...", ich halte inne. Das wird schwierig für mich. Thomas Gesicht wird ausdruckslos und bleich, je länger ich keinen Ton von mir gebe. Jetzt bemerke ich, dass es sich nach einer Abfuhr anhört. Ich werfe meine Hemmungen über Bord und rede weiter. „Gestern ist mir bewusst geworden, dass ich wirklich, bis auf die Knochen, ohne Zweifel...", *mach dem ein Ende*, mault mich mein Unterbewusstsein an. „Dass ich verliebt in dich bin." Jetzt ist es raus. „Thomas, ich liebe dich." Ein vollkommen neuer Ausdruck macht sich auf Thomas Gesicht breit. Sein Blick wirkt so, als ob er einen Geist gesehen hätte.
„Ist das dein Ernst?", fragt er ungläubig nach.
Ich nicke. „Noch nie habe ich etwas so ernst gemeint."
Thomas grinst über beide Ohren. Er umarmt und drückt mich fest an sich. Komisch, mein Ex-Freund hat trotz der Jahre nie solche Spuren hinterlassen, wie Thomas nach ein paar Tagen. Meine Gefühle waren nie so stark wie die von Kerstin für

Tobi. Ich glaubte schon, dass ich niemals jemanden finden würde.
Thomas drückt mich sanft in sein Sofa. „Das fühlt sich gut an", stöhnt Thomas als er anfängt mich zu küssen.
„Was hat sich denn jetzt daran geändert?", keuche ich erregt.
„Die Gewissheit, dass du jetzt mir gehörst." Seine Stimme ist nur ein Flüstern. Ich vergrabe meine Hände in seinen Haaren und ziehe ihn an mich heran. Der Moment könnte nicht perfekter sein, würde sich nicht auf einmal mein schlechtes Gewissen melden. Hast du ihm nicht etwas zu beichten, Kati? Ich versuche, es zu ignorieren, doch ohne Erfolg. Es muss sein. Ich muss es tun. Wenn er mich wirklich mag, vergibt er mir. Eine Beziehung auf Lügen aufzubauen, ist nicht meine Art. Meinem inneren Impuls folgend drücken meine Hände Thomas weg von mir. „Thomas..." Seine Lippen suchen gierig nach Meinen. Ich bemühe mich erneut, diesmal mit mehr Druck gegen seine Schultern. „Thomas...", ich lege meinen Kopf zur Seite. „Thomas, hör bitte auf!"
Er lässt sofort ab von mir. „Was ist los?"
Wie soll ich nur anfangen? Ich trinke einen Schluck Wasser. Er sieht mich verwundert an. „Kati, was ist los?"
„Ich muss dir etwas sagen, aber ich weiß nicht wie."
„Ok", seine Stimme klingt verständnisvoll. Seine Hand liegt auf Meiner.
In meinem Kopf suche ich nach Worten, die die Situation entschärfen könnten, doch mir fallen keine ein. „Weißt du noch, wann wir uns kennengelernt haben?"
Ohne zu überlegen antwortet er mir. „Es war an einem Freitag vor knapp zwei Wochen."
„Weißt du noch, wo?", stelle ich weiter meine Fragen.
„Unten", er deutet mit seinen Fingern in die Richtung, wo der Bahnhof liegt. „Am Parkplatz beim Bahnhof."
Ich atme tief durch. „Weißt du noch, weswegen ich dort war?"
Er grinst abfällig. „Als ob ich das je vergessen könnte."
Ich gehe auf seine Reaktion nicht ein. „Weswegen?"
Sein Lächeln verschwindet. Misstrauisch sieht er mich an.

„Du wolltest anschaffen gehen." Plötzlich verlässt mich der Mut. Ich sitze stumm vor ihm. Thomas Blick wird wachsam. „Das bist du ja nicht." Er nimmt seine Hand von meiner weg. „Kati?"
Reiß es ab wie ein Pflaster, das ist am besten. „An diesem Abend nicht, aber an den anderen."
Thomas schaut mich verwirrt an. „Wie meinst du das? An diesem Abend nicht, aber an den anderen?"
„Ich will damit sagen. Seit wir uns kennen, bin ich fast jeden Abend dort anschaffen gegangen." In den ersten Momenten sitzt er nur vor mir. Seine Miene ist undefinierbar. „Sag doch etwas!"
Plötzlich wird sein Blick eiskalt. „Du hast herumgehurt?"
„Diese Bezeichnung klingt abfällig. Ja ich war anschaffen."
„Oh! Entschuldigung! Ich wollte deine Gefühle nicht verletzen." Seine Stimme ist hart. Er steht von der Couch auf und tritt vor den kleinen Glastisch. „Du hast dich von fremden Kerlen ficken lassen?" Seine Wut hält mich davon ab, ihm ins Gesicht zu sehen oder zu antworten. Ich nicke nur. Ein abfälliges Stöhnen entfährt ihm. „Mit wie vielen?"
„Was?", ich schaue zu ihm auf.
„Mit wie vielen hast du gevögelt, Kati?", er versucht sich zu beherrschen.
„Keine Ahnung, vielleicht zehn." Mir ist bewusst, dass ich nicht mit jedem Typ Sex hatte, aber Thomas wird es egal sein, ob es Sex war oder nur ein Blowjob. Er wird mich für beides zur Schnecke machen.
„Du hast mit zehn Typen gefickt?", keift er mich an.
„Ja", mehr bringe ich nicht heraus.
„Dass du mir damit wehtun wirst, war dir nicht klar?" Er ballt seine Hand zur Faust. „Oder war es dir egal?"
„Es war mir nicht egal...", setze ich an, als er mir ins Wort fällt. „Und dass du mich liebst, ist dann gelogen?"
„Nein, natürlich nicht", versichere ich ihm.
„Dann hättest du nicht mit Fremden gevögelt", motzt er.
„Ich habe nach Antworten gesucht", versuche ich ihm mein Handeln zu erklären.

„Nach Antworten?"
„Ja." Mir fehlen die Worte, um es besser auszudrücken. „Ich wollte dich nicht verletzen. Das musst du mir glauben."
Wutentbrannt geht er aus dem Zimmer. Scheiße, wo will er denn hin? Es dauert nicht lange, bis er mit seinem Portmonee zurückkommt. „Wie viel kostet mich das?"
„Thomas!", meine Stimme ist nur noch ein Flehen. „Tu das nicht. Behandle mich nicht so."
„Ich tue nur das, wofür du hier bist!" Er lässt seiner Wut freien Lauf.
„Ich habe dich nie als einen von denen betrachtet", versuche ich klarzustellen.
„Ich durfte umsonst drüber rutschen?", stellt er verärgert fest.
„Nein. Thomas ich liebe dich. Das ist die Wahrheit." Ich bettle direkt darum, dass er mir glaubt. Er wendet sich von mir ab und schlägt seine Hände fassungslos über seinen Kopf zusammen. Ich stehe auf und gehe mit lautlosen Schritten auf ihn zu. „Thomas…"
„Hau ab", unterbricht er mich, immer noch mit dem Rücken zu mir stehend.
„Was?" Ich lege meine rechte Hand auf seine Schulter.
Er dreht sich prompt zu mir um. „Du sollst abhauen, hab ich gesagt."
Völlig erstarrt bleibe ich vor ihm stehen. „Thomas…"
Er packt mich herrisch an meinem linken Oberarm. „Verschwinde Kati, sonst kann ich für nichts garantieren." Ich rühre mich keinen Schritt. Thomas zieht mich grob mit sich aus seinem Wohnzimmer.
„Was tust du…?" Ich bin vollkommen benommen, über seine eiskalte Art.
Vor der Eingangstür lässt er mich los. „Zieh deine Schuhe an und verschwinde."
„Nein." Ich halte seinem Blick stand.
„Kati, jetzt gerade bin ich zu allem fähig", droht er mir.
„Glaubst du, ich habe Angst vor dir?", versuche ich ihm die Stirn zu bieten.
Er wendet seinen Blick ab von mir und öffnet seine

Eingangstür. „Ich sage es nicht noch einmal."
Mit verschränkten Armen bleibe ich in seinem Flur stehen. Thomas bückt sich nach meinen Schuhen und wirft sie vor seine Wohnungstür. Wieder packt er mich grob am Arm und schubst mich, dieses Mal nicht ganz so heftig, aus seiner Wohnung. Ehe ich einen klaren Gedanken fassen kann, fällt seine Apartmenttüre ins Schloss. Ohne jede Reaktion stehe ich vor seiner Wohnung. Ich bin vollkommen erschüttert über sein Verhalten. Meine Vernunft meldet sich zu Wort und verteidigt ihn. Das war alles zu viel für ihn. Thomas hat gesagt, er liebt dich, er tut es immer noch. Er ist nur enttäuscht und braucht Zeit, um sich zu beruhigen. Alles, was du tun kannst, ist warten.
Ich mache mich auf den Weg die Treppe hinunter. Auf dem Parkplatz vor seinem Mietshaus wandern meine Augen zu den Fenstern seiner Wohnung. Thomas steht im Rahmen. Wie eine Statue schaut er auf mich hinunter. Ich wende mich ab von ihm und gehe auf die offene Straße. Mit einem miesen Gefühl komme ich am Bahnhof vorbei. Der Parkplatz ist vollkommen leer. Ich fasse nach meinem Handy in meiner Tasche. Es ist kurz nach 22 Uhr. Sara wird wohl noch zu Hause sein. Plötzlich überkommt mich der innerliche Drang reden zu müssen. Sara ist die Einzige, die über alles Bescheid weiß. Hastig wähle ich ihre Nummer. Sie hat wohl auf meinen Anruf gewartet, denn nach dem ersten Läuten ist da schon ihre Stimme. „Ja, Kati!"
„Hey, Sara", ich versuche meine Stimme normal klingen zu lassen. „Wo bist du?"
„Noch zu Hause. Warum?"
„Nur so", entgegne ich ihr.
Sara bemerkt sofort den Unterton in meiner Stimme. „Kati? Was ist los? Ist alles in Ordnung?"
„Mit Thomas ist es vorbei", falle ich mit der Tür ins Haus.
„Was?" Sie ist geschockt. „Du bist so schnell wie möglich bei mir. Hast du verstanden?"
„Aber…", werfe ich ein.
„Kein aber", setzt sie nach. „Komm sofort zu mir."

„Okay", meine Stimme ist tonlos. Ich lege auf.
Sara erwartet mich bereits, als ich den Weg zu ihrem Haus entlang komme. Plötzlich überwältigen mich meine Emotionen. Ich schlage mir die Hände vor mein Gesicht und heule los.
Sara schlingt ihre Arme um mich. „Was ist denn passiert?"
Ich bin zu aufgebracht, um ihr zu antworten. Für mich sind solche starken Gefühle neu. Ich habe vor zwei Wochen einen Typen kennen gelernt, mich in ihn verliebt und jetzt ist er weg. Kein Wunder, dass ich mich nicht beherrschen kann.
Ihre Umarmung wird fester. „Ganz ruhig. Es ist meistens nicht so schlimm, wie es einem vorkommt."
Ich lockere mich aus ihrem Griff und fixiere ihre Aufmachung: Sara trägt einen rot-schwarzen Faltenrock, Pumps und ein ausgeschnittenes Oberteil. Sie hat sich für den Strich fertig gemacht. Ich halte sie davon ab, Geld zu verdienen. Dieser Gedanke lenkt mich von Thomas kurzzeitig ab. „Du solltest gehen."
„Was?", sie schaut mich verwirrt an.
„Du solltest gehen. Es wird sonst zu spät für dich werden. Bestimmt ist am Parkplatz schon einiges geboten."
„Das ist mir jetzt gerade ziemlich egal", stellt sie klar.
„Aber mir nicht", halte ich dagegen. „Mit mir ist gerade nicht viel anzufangen. Ich brauche jetzt wohl etwas Zeit, um alles zu verdauen. Ich erzähle dir später alles."
„Erzähl es mir jetzt", beharrt sie weiter darauf. „Willst du hinein gehen?" Ich verneine ihre Frage. Die frische Luft tut mir gut. In ihrer Wohnung würde ich nur zu einem Häufchen Elend zusammenbrechen. „Ok." Sie packt mich am Arm und zieht mich auf die Holzbank vor der Eingangstür. Fürsorglich legt sie meine Hände in ihre. „Erzähl und lass nichts aus."
Ich atme tief durch, um meine Emotionen zurückzuhalten. Nach kurzem Schweigen berichte ich ihr von dem Abend mit Thomas. Wie verheißungsvoll er begonnen und wie schmerzlich er geendet hat. Im Lauf meiner Geschichte muss ich immer wieder unterbrechen, da mir Tränen in die Augen steigen.

„Hier!" Sara reicht mir ein Päckchen Taschentücher.
Ich nehme es dankend an und rede weiter.
„Denkst du, es ist wirklich vorbei?", fragt Sara nach, als ich fertig bin mit Erzählen. Ich liege wieder in ihren Armen.
„Wer weiß?" Ich putze mir meine Nase mit einem frischen Taschentuch. „Ich musste es ihm sagen. Wie es weitergeht, liegt an ihm."
„Das wird schon. Er muss nur den Schock verdauen", versucht mich Sara zu beruhigen.
Ich zucke mit meinen Schultern. „Wer weiß."
Sie grinst mich mitfühlend an. „Hab Geduld. Kann ich dir etwas Gutes tun? Brauchst du etwas?"
Ich erwidere ihr Lächeln notgedrungen. „Da du schon fragst." Meine Augen wandern über ihre Aufmachung. „Du solltest zum Bahnhof gehen." Sie will sofort widersprechen, als ich weiterrede. „Ich brauche jetzt Zeit für mich, um alles zu verdauen. Danke für dein offenes Ohr, aber ab jetzt muss ich alleine durch."
„Kann ich verstehen." Sie fasst nach ihrem Handy in der Rocktasche. Es ist kurz vor Mitternacht. „Kommst du wirklich alleine zurecht?"
Ich nicke. „Natürlich." Ich stehe auf. „Ich schreibe dir, wenn es etwas Neues gibt."
„Oder, wenn du etwas brauchst", setzt sie noch nach.
„Oder, wenn ich noch etwas brauche", wiederhole ich. Ich umarme sie. „Danke für alles."
Sara räuspert sich. „Nicht der Rede wert."
Nachdem ich mich von ihr verabschiedet habe, begebe ich mich zu meinem Auto. Mein Wagen findet den Weg nach Hause von alleine. Ich bin zu beschäftigt damit, an Thomas zu denken. Es ist kurz vor halb eins, als ich in mein Zimmer komme. In meinem Kopf kreist immer noch alles um Thomas. Die Geschehnisse der letzten Stunden halten mich wach. Ich suche nach einer Serie aus meiner DVD-Sammlung, um mich abzulenken. Bis es Mittag wird, habe ich mir elf Folgen davon angesehen. Meine Hand fasst nach der Fernbedienung, um das TV-Gerät auszuschalten, da meine Netzhäute schon

glühen. Ich gehe unter die Dusche. Jetzt, wo ich wieder mit mir und meinen Gedanken alleine bin, trifft mich der vorherige Abend aufs Neue wie ein Blitz. Deprimiert und vollkommen erledigt falle ich auf mein Bett und schlafe ein. Ein Klingeln reißt mich aus meinem Schlaf. Ich fasse nach meinem Handy.

Ist alles in Ordnung mit dir Kati?
Was treibst du?
Wollen wir heute Abend etwas unternehmen?
LG Sara

Alles bestens.
Nicht viel.
Nein danke. Ich will zu Hause und für mich sein.
LG Kati

Meine Augen wandern zur Uhr. Es ist kurz nach fünf. Ich stehe auf und gehe die Treppe hinunter. Im Esszimmer fällt meine Aufmerksamkeit sofort auf den gedeckten Tisch vom Abend mit Thomas. Scheiße! Daran habe ich gar nicht mehr gedacht. Eilig mache ich mich ans Werk und räume ihn ab. Immer wieder kommen mir die Erinnerungen an diese schönen Stunden mit ihm hoch. Nachdem ich fertig bin mit Aufräumen und Abspülen, setze ich mich ans Tischende. Mein Blick bleibt an den Rosen von Thomas hängen, die in voller Pracht auf dem Tisch stehen. Sie sind mir die ganze Zeit über nicht aufgefallen. Die Blumen stehen nur am Tisch. Sie regen sich kein bisschen, aber trotzdem nehmen sie meine volle Aufmerksamkeit ein. Meine Gedanken sind wieder vollkommen auf Thomas fixiert. Wie konnte das alles nur so enden? Wieder sammeln sich Tränen in meinen Augen und ich sacke über dem Tisch zusammen. Lass es raus, jetzt bist du allein. Es dauert eine gefühlte Ewigkeit, bis ich allmählich die Fassung wiederfinde. Plötzlich spüre ich Wut in mir aufsteigen. Ich war ehrlich und er hat mich verurteilt. Ich weine wegen einem Kerl, der mich nicht zu schätzen weiß. Meinem inneren Impuls folgend schlage ich mir gegen die

Wange, um mich vom Weinen abzulenken. „Sei kein Baby, Kati", maule ich mich selbst an. Wieder schlage ich zu aber dieses Mal mit mehr Druck auf meinen Handflächen, als ich erneut zu wimmern anfange. Er hat dich nicht verdient. Du bist zu gut für ihn. Thomas hat mich wie eine Schlampe behandelt. „Das kann er haben", sage ich trotzig zu mir selbst. Wie von Sinnen komme ich von meinem Stuhl hoch und gehe in mein Zimmer. In meinem Kleiderschrank suchen meine Hände nach den nuttigsten Teilen, die ich habe. Meine Augen fallen auf die gekauften Sachen, in denen mich Marina eine Nutte genannt hat. Ich lege mir den Lederrock und mein rotes Oberteil auf mein Bett und verschwinde im Bad. Frisch geduscht und geschminkt komme ich in mein Zimmer zurück. Hastig ziehe ich mich an. Mit den höchsten Schuhen, die ich auf meinem Kleiderschrank finden konnte, und einer schwarzen Lederjacke, in der ich mein Handy verstaut habe, gehe ich zum Auto. Es ist kurz vor halb elf, als ich am gewohnten Parkplatz mein Auto abstelle. Mein Zorn um Thomas macht mich rasend. Schnellen Schrittes gehe ich in Richtung Bahnhof. Es ist schon einiges geboten dort. Die kurzen blonden Haare von Sara fallen mir sofort auf. Ich versuche, unbemerkt an ihr vorbei zu gehen, um mich in die hinteren Reihen zu stellen.
„Kati?" Da ist ihre Stimme schon. Mist.
Wiederwillig drehe ich mich zu ihr um. „Sara."
„Was tust du hier?", fragt sie verwundert.
„Huren gehen", antworte ich ihr abgedroschen.
Meine Wortwahl verwundert sie noch mehr. „Du wolltest doch zu Hause bleiben."
„Manchmal ändern sich die Dinge", sage ich unbeeindruckt.
Sie schüttelt missbilligend den Kopf. „Hör auf! Vergiss nicht, wer du bist und wozu du eigentlich hergekommen bist, Kati."
Ein abfälliges Schnaufen widerfährt mir. „Als ob ich das vergessen könnte. Ich bin eine Nutte wie du."
Sie übergeht meine Beleidigung. „Du bist keine von uns. Du bist hier, um Antworten zu suchen."
„Das war einmal", meine Stimme ist trotzig.

„Du weißt ja nicht, wovon du redest", weist sie mich zurecht.
„Geh nach Hause."
„Nein", widerspreche ich boshaft.
Sara packt mich am Arm. „Geh nach Hause, Kati. Ich sage es nicht noch einmal."
Ihr Befehlston schürt nur noch mehr mein Hassfeuer. „Fass mich nicht an." Ich winde mich aus ihrem Griff. „Du hast mir gar nichts zu sagen." Mein Zorn steht mir ins Gesicht geschrieben.
Sie kramt in ihrer Tasche und holt einen Schlüssel hervor.
„Geh zu mir! Ich komme so schnell wie möglich."
„Nein danke, ich will hier bleiben und huren."
„Das kannst du gerne haben, Baby", höre ich eine Männerstimme aus einem Auto, das neben uns stehen bleibt, rufen. Ich erkenne nicht viel vom Fahrer und es interessiert mich auch nicht. Heute Abend würde ich mich von der Pest ficken lassen. Ich setze einen Schritt auf den Wagen zu, als Sara mir an den Oberarm fasst. Sie dreht sich zu dem Kerl neben uns. „Man schieb ab, bevor ich mich vergesse."
„Dämliche Scheißkuh", höre ich den Typen schimpfen, als er Gas gibt und losfährt.
„Was sollte das?", keife ich sie entrüstet an. „Das ist meine Sache, mit wem ich mitgehe und wen ich drüber lasse."
„Kati", ihre Stimme ist ruhig. „Ich weiß, du bist wütend und enttäuscht von Thomas, aber das", sie lässt ihren Finger um den Parkplatz kreisen. „Das ist keine Lösung. Damit wird es nicht besser."
Allein seinen Namen zu hören, bringt mich noch mehr auf die Palme, und dass Sara meine Aufpasserin spielt, lässt das Fass überlaufen. „Du bist nicht meine Mutter, also hör auf über mich zu bestimmen. Wer gibt dir das Recht dazu? Du bist nur eine Schlampe, die sich sogar für Kleingeld ficken lassen würde", sage ich mit eiskaltem Ton.
Sara lässt ab von mir. „So siehst du mich?" Meine Worte haben ins Schwarze getroffen. Ein Gefühl von Reue steigt in mir hoch. Sofort tut mir mein Gerede leid. Ich lasse keine Sekunde mehr verstreichen und gehe hastig von ihr weg.

Wenn ich mich jetzt entschuldige, falle ich wieder zu einem Häufchen Elend zusammen. Das will ich nicht. Ich brauche die Gefahr, das Adrenalin, um über alles hinweg zu kommen. Ich brauche einen Kerl. Einen richtigen, keine halbe Portion. Jemanden, der mich ablenkt von allem. Ich drehe meinen Kopf zu Sara um. Sie steht immer noch da und schaut mir nach. Es tut mir leid. Du konntest am wenigsten dafür, denke ich mir, als die Schuldgefühle über mich kommen. Ich wehre mich entschieden gegen meine innere Vernunft, am Absatz kehrt zu machen und zurück zu Sara zu gehen. Ich gehe an einem gelben Kleinwagen vorbei, als ich die Stimme von einem Typen höre. „Hi!" Völlig benommen über mein schlechtes Gewissen was Sara betrifft, gehe ich zur Beifahrertür. Ein junger Mann mit Brille und Kurzhaarschnitt mustert mich. Genauso einen will ich heute nicht. „Was verlangst du?", fragt er freundlich.
„300, sofort auf die Hand", antworte ich forsch.
Irritiert über meinen Ton sieht er mich an. „Ähm, ok." Er holt seine Geldbörse aus dem Seitenfach seines Wagens und hält es mir entgegen. „Steig ein."
Ich nehme das Geld an mich. Wieder wandert mein Blick zu Sara. Sie steht immer noch da und sieht mich an.
Ich lasse von der Beifahrertüre ab und lehne mich nochmal hinunter ans Fenster. „Sorry, aber heute brauche ich jemand anderen. Hat nichts mit dir zu tun." Sara kommt mir in den Sinn. Wenn ich mich schon nicht entschuldigt habe, könnte ich ihr wenigstens einen gutzahlenden Freier überlassen. „Siehst du die Frau mit den kurzen blonden Haaren dort vorne?" Meine Augen sind auf ihn gerichtet, während mein Zeigefinger in Saras Richtung deutet.
„Ja", sagt er etwas verwirrt.
„Fahr zu ihr und biete ihr deine 300 Euro an. Nicht weniger klar?", mein Ton ist fordernd.
Der Mann ist vollkommen verwirrt. „Ok?" Er legt den Gang ein und gibt Gas.
„Sag ihr, dass es mir leid tut", schießt es aus mir heraus, bevor er wegfährt. Ich schaue ihm nach, als er vor Sara anhält.

Sie lehnt sich gegen die Fensterscheibe. Mit einer ihrer Hände fasst sie durch das Beifahrerfenster. Er hat es so gemacht, wie ich es ihm gesagt habe, stelle ich fest, als Sara das Geld in ihre Tasche steckt. Durch das grelle Licht der Straßenlampen erkenne ich im Wageninneren Umrisse seiner hochgehaltenen Hand. Plötzlich schaut mich Sara an. Der Fremde hat wohl auf mich gedeutet und ihr meine Entschuldigung ausgerichtet, schießt es mir durch den Kopf. Ich halte ihrem Blick stand, wartend, was sie jetzt tun wird. Sara winkt mir zu. Sie hat sie angenommen. Keine Sekunde später wendet sie sich von mir ab und steigt in den Wagen. Als sie losfahren, sind die Gedanken an Thomas wieder in meinem Kopf. Seine Worte und sein Verhalten spornen mich erneut an. Hastigen Schrittes gehe ich an den Wagen und ihren Fahrern vorbei. Keiner sagt mir zu. Ich übergehe ihre Rufe und Anmachen. Heute brauche ich einen richtigen Kerl. Einen, der mir nicht sagt, dass ich hübsch bin oder nicht weiß, wie er mit mir umgehen soll. Ich brauche jemanden, der in mir nur die Hure sieht, nicht mehr und nicht weniger. Ohne Emotionen, ohne Sympathie.

Kapitel 10

Meine Augen fallen auf den metallicgrauen Wagen ganz hinten am Ende der Schlange. Der Fahrer darin ist mir gut bekannt. Es ist der Kerl mit den Tätowierungen und der Glatze. Nach meinen ständigen Absagen ist heute sein Glückstag. Heute kann er mich haben. Ich gehe ohne Weiteres an seine Fahrertür. Das Fenster ist zur Hälfte runter gefahren.
„Willst du mich immer noch ficken?"
Der Kerl mustert mich eindringlich, während er an seiner Zigarette zieht. „Jetzt auf einmal? Davor war ich dir Schlampe doch nicht gut genug."
Ich übergehe seine Bemerkung und frage erneut. „Ich habe nicht die ganze Nacht Zeit. Ja oder nein?"
„Wie viel verlangst du noch mal?" Er bläst mir seinen Rauch ins Gesicht.
„300", ich versuche dem Dunst auszuweichen.
„200 mehr zahle ich nicht."
„Darüber verhandle ich nicht", antworte ich zickig. Ich verkaufe mich nicht unter Wert, egal wie nötig ich die Abwechslung habe, um über Thomas hinwegzukommen. Er ist nicht der Einzige hier. Stillschweigend zieht er an seiner Zigarette, wartend darauf, dass ich einlenke. „Du willst es wirklich wissen, was?", seine Augen weiten sich vor Interesse.
Ich gehe auf seine Frage nicht ein. „Also?"
Er nimmt einen letzten Zug von seinem Glimmstängel und schnippt ihn haarscharf an mir vorbei. „Steig ein."
Ich vergeude nicht unnötig Zeit und steige zu ihm in den Wagen. Ohne ein Wort fahren wir los. Während der Fahrt stiert er immer wieder auf meinen Ausschnitt. Als wir an einer roten Ampel zu stehen kommen, fasst er mir an den Busen. Ich schlage seine Hand weg. „Bis jetzt hast du noch nicht gezahlt."
Die Ampel zeigt immer noch rot, als er sein Portmonee aus der Hosentasche holt und mein Geld darin sucht. „Dir kann

es ja Wurst sein, wie du es bekommst, Hauptsache es ist Geld", beleidigt er mich.
Ich gebe mich unbeeindruckt von seinen Worten. Soll der Typ doch denken, was er will über mich. „Nur Bares ist Wahres. Ob es nun von einem reichen Typen kommt oder einem Schwein wie dir."
Er packt mich grob am Kinn. Seine Augen wüten vor Zorn. „So widerspenstige Nutten wie du sind mir am liebsten."
Ich versuche gelassen zu bleiben. „Kann ich mir vorstellen."
Ein ungutes Gefühl macht sich in mir breit. Die Ampel springt auf Grün. „Es ist Grün."
Er lässt ab von mir, lehnt sich hinter sein Steuerrad zurück und gibt Gas. Auf einmal spüre ich die Unsicherheit in mir. War es richtig, mit ihm zu fahren? Habe ich den Bogen nicht überspannt? Ich versuche mich zu fassen. Ganz ruhig. Du bist keine, die große Töne spuckt und dann kneift. Der Typ neben dir ist herrisch und unfreundlich, das ist nicht deine erste Begegnung mit so einem.
„Hallo? Jemand zu Hause", grollt seine Stimme durch meine Gedanken. „Oder hast du es so nötig, dass ich für jedes neue Wort einen Euro nachwerfen muss?"
„Selbst, wenn du es tun würdest, könntest du nie mein geistiges Niveau erreichen", meine Stimme ist trocken.
„Kleine Fotze", er lächelt zwar, aber seine Beschimpfung war ernst gemeint. Meine Augen richten sich auf die Straße. Ich erkenne die Stadt im Rückspiegel. „Wo fahren wir hin?"
„Das wirst du gleich sehen", sagt er kalt. „Wie heißt du gleich nochmal?"
„Sag mir deinen Namen und ich sag dir meinen."
„Deiner wird eh gelogen sein", mault er mich an.
„Genau wie deiner", kontere ich. Er atmet scharf ein. Meine freche Art gefällt ihm gar nicht. So wie man in den Wald hinein schreit, so kommt es zurück. Wir kommen an einer kleinen Ortschaft mit fünf Häusern vorbei, als er plötzlich den Blinker setzt. „Nenn mich Manson."
„Marlene."
„Hört sich nach Gut und Böse an", sagt er geistesabwesend.

Ich will gar nicht nachzufragen, wer von uns was ist. Wir kommen am letzten Haus an. Manson lenkt in den Schotterparkplatz ein und stellt sein Auto ab. Ich betrachte das zweistöckige, baufällige Haus vor uns. Es wirkt nicht gerade einladend auf mich. Wieder ist da diese Wut in mir. Ich steige aus dem Wagen und folge Manson durch die Haustür. Der Flur ist kahl und leer. Das ganze Haus wirkt kalt und tot. Es ist keine Liebe darin zu finden. Manson geht die Holztreppe hinauf. Hastig folge ich ihm. Sein Schlafzimmer ist verkommen. An den Wänden stehen Schachteln und vom Kleiderschrank fehlt eine Tür. Ich schaue auf das Bett in der Mitte des Schlafzimmers. Das graue Laken ist zerknittert. Ein modriger Geruch liegt auf dem Zimmer.
„Hier, nimm", höre ich Manson. Er hält mir ein schmutziges Glas entgegen. Kurz riecht meine Nase daran. Es ist Hochprozentiges. „Nein danke", sage ich abweisend.
Er gibt nicht nach. „Du wirst es noch brauchen."
Manson nimmt sein Glas zu Hand und prostet mir zu. Hastig nehme ich einen Schluck. Das Zeug ist noch stärker, als ich gedacht habe. Ein spöttisches Geräusch widerfährt ihm.
„Wenn ich die 300 Euro in eine Gummipuppe investiert hätte, wäre ich wohl besser dran gewesen."
„Kein Wunder, dass du so denkst. Die gibt dir kein Kontra und du kannst deine jämmerliche Männlichkeit an ihr auslassen." Siegessicher drehe ich mich ab von ihm, gehe auf die Kartons zu und stelle mein Glas darauf ab. Als ich dabei bin, kehrt zu machen, steht Manson vor mir. Er zieht mich mit festem Griff Richtung Bett und wirft mich darauf. Seine Hände drücken meine in die Matratze. Seine Augen lodern vor Zorn. „Wer ist jetzt jämmerlich?" Ich lache beißend auf. Sofort unterbricht er mich. „Lach nicht, Schlampe. Du weißt nicht, zu was ich fähig bin."
Ich versuche mich zusammen zu reißen, um ihn nicht noch mehr anzuspornen. „Sorry."
Meine unfreiwillige Entschuldigung interessiert ihn kein Stück. Eilig schiebt er meine Hände zusammen und hält sie mit einer von seinen, während die andere mein Oberteil über

meine Brüste hinaufzieht. Er zerrt an meinem BH, bis er ihn heruntergerissen hat. Ich setze an zu protestieren als er mich scharf zurückweist. „Halt dein Maul." Angst überkommt mich. Ich tue, was er sagt. Seine Hände grapschen an meine Brüste. Es tut weh, so stark drückt er sie. Seine Hand lässt ab von meinen Nippeln und fährt mir zwischen die Beine. Er packt meine Unterwäsche und reißt auch diese ohne Weiteres herunter. Ich versuche mich zu wehren, als er mich voller Hass ansieht. „Tu das nicht." Ich bin ihm ausgeliefert. Dieser Gedanke füttert noch mehr meine Angst. Ich bleibe regungslos unter ihm, während seine Finger grob in mich eindringen. Manson spürt meine Anspannung. Ein gemeiner Ausdruck macht sich in seinem Gesicht bemerkbar. „Weißt du", seine Worte sind drohend und seine Augen leer. „Meine Mutter hat immer gesagt, Frauen sind schlecht und Huren. Ihr seid nur für eine Sache gut und die könnt ihr meistens nicht mal richtig."
„Dann sollte ich wohl besser gehen."
Ein spöttisches Lachen überkommt ihn. „Ach sieh mal einer an? Jetzt hast du keine so große Schnauze mehr wie vorhin."
Ich versuche mich seiner Kraft entgegenzusetzen, als er mir leicht gegen die Schläfe meines Kopfes schlägt. „Ich habe gesagt, du sollst das nicht tun."
„Lass mich los", keife ich ihn an.
Manson spuckt mir ins Gesicht. „Einen Dreck werde ich tun."
Sein Speichel auf meiner Haut fühlt sich ekelhaft an. Ich muss hier raus! Meine Beine liegen zwischen seinen. Mit einem festen Ruck trete ich ihm in seinen Schritt. Seine Hand lockert den Griff auf meine, als er sich über mir zusammenkrümmt. Mit aller Gewalt schiebe ich ihn zur Seite. Ich muss weg von diesem Kerl so schnell es geht. Als ich vom Bett hochkomme, höre ich Manson auf dem Fußboden aufschlagen. Ich lasse keine Sekunde mehr verstreichen und habe den Ausgang im Blickfeld. Bei der Tür spüre ich seine Hand an meiner Schulter. Er dreht mich so gewaltsam zurück, dass ich mit dem Rücken gegen die Tür falle. Manson ballt seine Hand zur Faust und zieht auf.

„Schlag mir nicht ins Gesicht", schreie ich atemlos auf und lege meine Hände schützend davor. Ein kräftiger Faustschlag erschüttert mich. Meine Hände gleiten vor Schmerz von meinem Gesicht ab. Ich bin so voller Adrenalin, dass ich den zweiten Schlag auf mein Gesicht gar nicht kommen sehe. Er trifft mich qualvoll an meinen Wangenknochen. Mein Kopf fällt vor Wucht seitlich. Eine leichte Schwellung macht sich in meinem Gesicht bemerkbar und ich habe das Gefühl, dass meine Nase blutet. Außerstande mich zu beherrschen, lasse ich meinen Kopf nach vorne fallen. „Ach, du hast noch nicht genug", stellt er aufmüpfig fest. Ein dritter Schlag trifft mich. Ich verliere die Kontrolle über meinen Körper und sacke zusammen. Ehe ich am Boden aufschlage, spüre ich seine Hände um mich. „Ich bin noch nicht fertig mit dir", sagt er belustigt und schiebt mich grob zum Bett zurück.
Ich falle ohne Gegenwehr mit meinem Rücken auf seine Matratze. Mein Kopf fällt zur Seite. Lähmende Angst plagt meinen Körper und die Schläge machen sich in meinem Gesicht bemerkbar. Es kommt mir wie ein Albtraum vor. Erst als er mit seinem Schwanz hart in mich eindringt, bin ich wieder im Hier und Jetzt. Ich versuche aufzuschreien, aber Manson presst seine Hand auf meinen Mund und hindert mich daran. Ich beiße ihn in die Finger. „Verdammt", er nimmt seine Hand von meinem Mund und begutachtet sie. Völlig verängstigt starre ich ihn an. „Du Drecksstück", mit der blanken Handfläche verpasst er mir eine Ohrfeige. Ich bin so benommen, dass ich seine Stöße gar nicht richtig wahrnehme. Seine Bewegungen sind hart und schmerzhaft, aber erträglich. Es ist bald vorbei. Es ist bald vorbei. Es ist bald vorbei. Ohne Regung lass ich mich von ihm ficken. Ich spüre Tränen in meinen Augen und ein Gefühl von Hilflosigkeit. Spritz endlich ab, denke ich mir.
„Ich glaube deine Fotze ist schon so ausgeleiert, dass du mich gar nicht mehr spürst", erniedrigt er mich. „So geht das nicht. Du sollst ja auch deinen Spaß daran haben." Er zieht seinen Schwanz aus mir zurück. Das Schlimmste wird vorbei sein, doch zu früh atme ich auf. Manson wirft mich auf den Bauch.

Plötzlich macht sich ein brennendes Gefühl in meinem Unterleib bemerkbar. Mein Körper zuckt vor Schmerzen zusammen. Ich schreie vor Qualen auf. „Ahhh, jetzt spürst du ihn", sein Ton strotzt vor Boshaftigkeit, als er anal in mich eindringt. Manson packt mich erneut an meinen Haaren und drückt mich in die Matratze. Brutal fickt er mich in meinen Hintern. Meine Finger verkeilen sich im Bettlaken vor Schmerzen. „Hör auf!" Manson nimmt mich nicht wahr. Völlig enthemmt macht er sich weiter an mir zu schaffen. Jeder neue Stoß fühlt sich wie ein Messerstich an. Mein ganzer unterer Bereich glüht vor Schmerzen und ich fühle mich wund an. Tränen fließen mir über die Wangen, als ich an meine aussichtslose Situation denke. Meine Haut brennt von den Schlägen nach, aber das ist kein Vergleich zu den Qualen im unteren Bereich meines Körpers. „Hör auf, bitte." Manson packt erneut meinen Kopf und drückt mein Gesicht gegen die Matratze. Meine Schreie werden dadurch gedämpft. Ich spüre ein Gefühl der Ohnmacht über mich kommen. In der Ferne, wie es mir scheint, höre ich nur noch Mansons Stimme, die mir ins Ohr flüstert. „Jetzt bin ich gleich fertig mit dir."
Ich weiß nicht, wie viel Zeit vergangen ist, als ich allmählich wieder zu mir komme. Es dringen Stimmen an mein Ohr. Ich versuche meine Augen aufzumachen, doch die Schmerzen, die ich dabei verspüre, lassen nur ein Zucken zu. Drei Frauen stehen um mich herum. Eine von ihnen hält ihre Hand gegen meine Wange. „Verdammt Mädchen, was ist mit dir passiert?" Meine Augen wandern ziellos umher. Es dauert nur kurz, bis mir klar wird, in der Toilette am Bahnhof zu sein. Wieder ertönt ihre Stimme. „Was ist mit dir passiert?"
Ich reagiere auch beim zweiten Mal nicht. Das Pochen in meinem Gesicht lenkt mich zu sehr ab. Wie bin ich hierher gekommen? Ich versuche aufzustehen, als mein Unterleib vor Schmerzen zusammen zuckt. Unmittelbar wird mir der heutige Abend bewusst. „Bleib sitzen, Mädchen", weist mich immer noch die gleiche Frau an. Sie drückt ihre Hand leicht gegen meine Schultern. Ich habe kaum Kraft, um mich

dagegen zu stemmen.
„Sara muss gleich da sein", meint eine andere.
Ihr Name lässt mich aufhorchen. Ich schaue zu der jungen Frau mit den braunen Haaren auf. „Was?"
„Sie weiß Bescheid", versichert sie mir und lächelt milde.
„Wie lang bin ich schon hier?" frage ich sie verwirrt.
„Keine Ahnung. Etwas über eine Stunde?", versucht sie zu erraten. „Wie geht's dir?"
Ein abfälliges Räuspern widerfährt mir. „Ich hatte schon bessere Tage." Das brennende Gefühl zwischen meinen Beinen macht sich bemerkbar. „Oh verdammt!" Plötzlich höre ich eine Tür zufallen. Die Frauen drehen sich allesamt um. Ich folge ihren Blick zum Eingang der Toilette. Sara steht vor uns. Sie ist kreidebleich. „Kati?" Sie hechtet auf mich zu und geht in die Knie. Ihre Arme fassen an meine Schultern. „Was ist mit dir passiert?"
Ich versuche es hinunter zu spielen. „Nicht viel. Es war nur ein schlechter Abend für mich."
„Nur ein schlechter Abend? Sieh dich doch bloß an", der Schock ist ihr ins Gesicht geschrieben.
„Wenn ich das tun würde, müsste ich kotzen." Ich versuche, es lustig klingen zu lassen. Meine Worte lassen sie unglaubwürdig drein schauen. Auch mir fällt jetzt auf, dass ich bis auf die Schmerzen ziemlich ruhig bin. Der Gedanke, dass ich überhaupt noch lebe, könnte daran schuld sein. Ein kalter Schauer läuft mir den Rücken hinunter, bei den Erinnerungen der vergangenen Stunden. Es ist vorbei. Schlimmer kann es nicht mehr werden.
„Kannst du aufstehen?", fragt Sara voller Besorgnis.
Ich stütze mich auf meiner linken Hand ab und versuche es. „Ja." Unter Saras scharfen Blick komme ich die Wand entlang hoch und halte inne, als mich meine Kräfte zu verlassen drohen. Sofort will Sara ihre Hand stützend um mich legen. Ich schlage sie mit aller Kraft, die ich aufbringen kann, weg von mir. „Ich schaffe es alleine. Lass es mich nur probieren!" Ihre Arme weichen zwar zurück, doch sie sind weiterhin wachsam. Als ich vollends auf der Höhe bin, stütze ich meine

Hand gegen die Wand, um mich an mein eingeschränktes Gleichgewicht zu gewöhnen. Die drei Frauen sehen mich verschreckt an. „Bitte geht", sage ich erschöpft. Meine Augen wandern zwischen ihnen hin und her. „Hier gibt's nichts mehr zu sehen für euch. Trotzdem danke für alles."
Eine der Frauen schaut zu Sara. Sie nickt nur. „Ist schon in Ordnung."
Sie werfen alle nochmal einen kurzen Blick auf mich und machen sich dann aus dem Staub. Nur noch Sara und ich sind übrig. „Soll ich dir wirklich nicht helfen?"
„Sara, ich schwöre bei Gott, wenn du mich noch einmal fragst, dann vergesse ich mich." Ich schließe meine Augen und versuche mich zu beherrschen.
„Ich will dir nur helfen", ihr Ton klingt entrüstet.
„Das ist mir klar, aber trotzdem will ich es allein schaffen."
Sie schüttelt ungläubig den Kopf. „Dass du ein Übermensch bist, ist dir bewusst?"
Irritiert schaue ich sie an. „Was meinst du damit?"
„Trotz allem, was du heute Abend durchgemacht hast, versuchst du immer noch, alles allein zu bewältigen. Ohne Hilfe." Verhöre ich mich oder schwingt da eine Spur Stolz mit in ihren Worten? Ich lache schwach auf. Sie erwidert mein Grinsen notgedrungen. „Soll ich dir wirklich..., ach vergiss es."
„Gib mir noch einen Moment", bitte ich sie um Zeit.
„Solange du brauchst", versichert sie mir. Ich versuche sie auszublenden und konzentriere mich nur auf meine Schmerzen.
Es vergehen Minuten, bis ich einen vorsichtigen Schritt zur Tür und an Sara vorbei setze. „Wie spät ist es eigentlich?"
Sie holt ihr Handy aus der Tasche und schaut nach der Uhrzeit. „Es ist kurz nach vier Samstagmorgen. Hast du deins noch?"
Behutsam fasse ich in meine Jackentasche. Ich ziehe mein Handy hervor und einen grünen Geldschein. „Dieses Schwein", schimpfe ich als mir bewusst wird, dass mir der Kerl für die ganze Tortur nur 100 Euro gegeben hat.

„Das ist doch jetzt egal. Hauptsache du lebst noch", rückt sie mir den Kopf zu recht. „Das ist wichtiger als alles andere."
Es dauert eine halbe Ewigkeit, bis ich aus der Toilette komme. Draußen ist alles ruhig, der Parkplatz vom Bahnhof ist leer. Ich gehe schweren Schrittes gerade aus. Sara ist stets in meiner unmittelbaren Nähe, um mich aufzufangen, falls meine Beine nachgeben sollten.
„Komm, lass uns hier entlang gehen", mit ihrem Kopf deutet sie nach links am Bahnhof vorbei.
Ich schaue in die Richtung und sofort fällt mir das Haus auf, wo Thomas ein Apartment bewohnt. „Nein. Ich will nicht, dass er mich sieht."
Verwirrt folgt sie meinem Blick. „Er arbeitet freitags als Barkeeper, da kommt er so schnell nicht nach Hause und selbst wenn nicht, würde er um diese Zeit noch schlafen", stellt sie klar, als sie meinen Einwurf verstanden hat.
Stimmt! Thomas ist gar nicht zu Hause.
„Lass uns hier entlang gehen", wiederholt sie erneut. Wortlos ändern meine Füße die Gehrichtung. Ich fasse mir an die Wange, da mein Gesicht sich geschwollen anfühlt. „Sehe ich schlimm aus?"
Sara wirft mir einen wehleidigen Blick zu. „Gerade ja, aber wenn du erst geduscht bist und geschlafen hast, wird's schon werden."
„Ok." Panik überkommt mich. Was passiert, wenn mich meine Eltern oder Freunde so sehen? Was, wenn Narben bleiben?
„Kati." Saras Stimme ist ruhig. „Du hast Blut im Gesicht und dein Make-up ist vollkommen verwischt. Du siehst jetzt gerade...", sie hält kurz inne.
„Ja????"
„Ich will ehrlich mit dir sein", sie sieht mich entschuldigend an, „du siehst Scheiße aus, aber wenn du geduscht bist, ist es nicht mehr so schlimm, glaub mir. Also hör auf, dir deinen Kopf darüber zu zerbrechen."
Ich verwerfe meine Gedanken. Es bringt nichts, sich jetzt verrückt zu machen. Meine Schritte sind langsam und klein.

Ich denke an die Strecke zu Saras Wohnung. Die Toilette ist keine 100 Meter von uns entfernt. Ein sarkastisches Lachen dringt zwischen meinen Lippen hervor. „Wie spät ist es noch gleich?"
Verwundert schaut mich Sara an. „Es ist kurz vor 5 Uhr. Was ist los?"
Mein Lachen wird spöttisch. „Wenn ich daran denke, dass wir knapp eine Stunde für 100 Meter gebraucht haben und dass noch ein halber Kilometer vor uns liegt, sollten wir gleich hier bleiben, denn es wird gewiss Abend werden, bis wir in deiner Wohnung sind."
„Zumindest du kannst darüber blöde Witze machen", mault sie mich trocken an. „Soll ich ein Taxi rufen?"
Ich nicke. „Ja bitte."
Sie greift nach dem Handy in ihrer Tasche, während ich mich von ihr abwende und mich an einer mir zur Hüfte gehenden Gartenmauer festhalte. Diese verdammten Schmerzen. „Geht's Kati? Ja. Hallo?", höre ich Sara hinter mir ins Telefon sagen. Plötzlich wird es hell. Ein Auto fährt an uns vorbei. Ich sehe kurz auf, aber schenke dem silbernen Wagen nicht weiter Beachtung. „Und zwar wir bräuchten ein Taxi vom...", sie hält inne. „Oh Scheiße!!"
Ihre Wortwahl lässt mich aufhorchen. Verwirrt darüber drehe ich mich um. „Wie nett. Der holt uns gewiss ab, bei solch lieblichen Worten." Sara steht starr vor mir. Ihr verschreckter Gesichtsausdruck ist auf den Wagen gerichtet, der keine zehn Meter vor uns gehalten hat. Im ersten Moment ist es mir gar nicht klar, wer darin sitzen könnte, als ein junger Mann mit grauem T-Shirt und breiten Schultern aussteigt. Seine Haare sind aufgestellt. „Fuck, nein", fluche ich. Es ist Thomas! Mein Kopf wendet sich sofort ab. „Vielleicht sieht er uns ja nicht."
„Bestimmt, Kati", ihre Worte klingen hoffnungslos und beißend sarkastisch. Ich sende ein Stoßgebet an Gott. Er soll uns nicht sehen.
„Kati?" Da ist seine Stimme schon. Sie hört sich entsetzt an. Ich übergehe seinen Ruf und verharre mit dem Rücken zu ihm. Hau doch einfach ab. Keine Sekunde später ist er in

meinem Blickfeld. „Kati? Verdammt, was ist mit dir passiert?" Sein Gesicht verliert jede Farbe und wird bleich. Ich muss ja furchtbar aussehen!
„Kati? Sag doch was?", er zieht an meinem Oberarm. Durch die ruckartige Bewegung muss ich einen meiner Füße versetzen, um nicht hin zu fallen. Ein stechender Schmerz aus meinem Unterleib durchdringt meinen Körper. „Ahhh!!" Schwer atmend falle ich in Thomas Arme.
„Pass doch auf, du Idiot", schimpft ihn Sara.
„Tut mir leid", seine Stimme zittert vor Ungewissheit. „Was ist mit ihr passiert?"
Sie übergeht seine Frage. „Kati, alles okay?" Ihre Hand liegt auf meiner Schulter. Das Brennen ist schlimmer geworden. Ich fühle mich untenrum wie ausgeweidet. Nur ein kaum merkbares Nicken überkommt mich. „Das Taxi ist sofort da", versichert sie mir.
„Taxi?" Thomas Stimme ist herrisch. „Du spinnst wohl. Ich fahre euch."
„Nein danke", antwortet sie bockig. „Der Fahrer ist schon auf dem Weg."
„Selbst, wenn er vor uns stehen würde, wäre es mir egal. Ich fahre euch", sein Ton lässt keinen Wiederspruch gelten.
„Ach, jetzt auf einmal kümmert es dich", geht sie ihn barsch an.
„Was meinst du?", seine Stimme wirkt schrill bei ihrem Vorwurf.
„Sara…", werfe ich ein, um sie zum Schweigen zu bringen.
„Sorry. Tut mir Leid. Komm wir gehen." Sie versucht mich aus Thomas Armen zu lösen.
„Ich sage es dir nicht noch einmal, Sara", droht er ihr. „Fordere mich nicht heraus."
Ich weiß nicht, was gerade zwischen den beiden los ist, aber es fällt für Sekunden kein einziges Wort zwischen ihnen.
„Gut. Fahr uns in meine Wohnung", gibt sie nach.
„Deine Wohnung?", Thomas ist vollkommen entsetzt. „Hast du sie dir mal angesehen? Sie muss ins Krankenhaus und die Polizei einschalten, um Anzeige zu erstatten."

„Nein", keuche ich. Ich kenne genügend Leute im Krankenhaus durch meinen Vater. Ich bin wie ein bunter Hund für die alle. Mein Vater würde sofort Bescheid wissen.
„Keine Bullen, kein Krankenhaus."
„Kati?" Er versucht verständnisvoll zu klingen.
„Nein", sage ich mit mehr Nachdruck. „Ich will in kein Krankenhaus und auch keine Anzeige erstatten." Ich denke an die Frauen am Bahnhof. Das wäre das dritte Mal in zwei Wochen, dass so etwas geschieht. Die Frauen wären vor den Bullen nicht mehr sicher.
„Fahr uns jetzt bitte in meine Wohnung", sagt Sara erneut.
Thomas hebt mich behutsam hoch und trägt mich auf seinen Armen zu seinem Auto. „Wir fahren zu mir."
„Nein", sage ich mit aller Willensstärke, die ich aufbringen kann.
„Kati", er schaut mich verständnislos an.
„Nein", sage ich erneut. „Fahr uns zu Sara und dann verschwinde." Ich schließe meine Augen, um seinem Blick zu entgehen. Seine Anwesenheit macht mir zu schaffen.
Es vergeht eine kleine Ewigkeit, bis wir in Saras Wohnung sind. „Kati?", Saras Stimme ist nur ein Flüstern.
Ich öffne meine Augen. Thomas trägt mich immer noch auf seinen Armen. „Ja?"
„Wir legen dich jetzt in die Badewanne, ok?", erklärt sie mir. „Dann kannst du dich ausziehen und wir helfen dir beim sauber machen." Ich will widersprechen, als sie mir ins Wort fällt. „Oder du machst es, und wenn du Hilfe brauchst, komme ich."
„Einverstanden." Ich nicke und mein Kopf fängt sofort zu schmerzen an. „Ahh", ich atme wehleidig ein.
„Bleib ruhig", Sara tätschelt mir den Kopf. „Es wird alles gut werden. Mach nur keine ruckartigen Bewegungen."
„Ok", hauche ich nur noch. Sara geht aus dem Badezimmer, während Thomas mich mit größter Vorsicht in die Wanne legt. Für einen kurzen Augenblick rühre ich mich keinen Millimeter. „Soll ich dir wirklich nicht helfen."
„Nein, danke", gebe ich ihm tonlos zurück.

Sara kommt zurück. In ihrer Hand hat sie ein Glas. „Hier nimm die und schluck sie mit Wasser runter." Sie hält mir Tabletten aus ihrer anderen Hand entgegen.
„Für was sind die?", frage ich verdutzt nach.
„Gegen Schmerzen", klärt sie mich über deren Wirkung auf. „Sie sind aber ziemlich stark und machen müde. Falls du noch eine brauchst, nimm sie erst nach dem Baden."
„Okay." So fertig, wie ich bin, schlafe ich von allein ein, doch gegen die Schmerzen wird wohl eine nicht ausreichen. Ich nehme die Tablette ein und spüle sie mit dem Leitungswasser, das mir Sara gebracht hat, runter.
„So ist es gut", erwidert Sara in mütterlichen Ton und nimmt mir mein Glas ab. Bedacht darauf, keine ruckartigen Bewegungen zu machen, ziehe ich mich vorsichtig aus. „Die Badezimmertür bleibt einen Spalt offen, falls du etwas brauchst", erklärt Sara und schaut zu Thomas auf. Er ist immer noch geschockt über meinen Zustand. „Thomas?" Sie zieht an seinem Arm.
Geistesabwesend schüttelt er seinen Kopf. „Ja, ich komme."
Nachdem ich alleine im Bad zurückbleibe, fange ich an, mich aus meinen Klamotten zu schälen. Mein Oberteil ist mit Blut und schwarzen Flecken übersät. Der schwarze Lederrock sieht zwar etwas mitgenommen aus, aber im Großen und Ganzen fehlt ihm nicht viel. Ich lege meine Sachen und die Schuhe neben die Wanne zu meiner Jacke und drehe den Wasserhahn auf. Die Wassertemperatur brennt und schmerzt. Nachdem die Wanne halbvoll ist, liege ich regungslos im Wasser in der Hoffnung, dass meine Wunden sich an die Wärme gewöhnen und aufhören zu brennen. Durch den Spalt der Tür dringen Saras und Thomas Stimmen an mein Ohr.
„Wie, du weißt auch nicht mehr?", keift er.
„Ich habe sie erst wieder in der Toilette gesehen, als alles vorbei war, aber…", eine Pause erfüllt den Raum. Ihr Ton macht mich neugierig. Ich lehne mich langsam über die Wanne, um alles besser verstehen zu können.
„Aber?", Thomas wirkt aufgebracht.
„Ich vermute, sie ist nicht nur geschlagen worden." Ihre

Stimme wird immer kleinlauter. Ich spitze noch besser die Ohren.
„Sondern?" Der Ton in Thomas Stimme ist kühl und eisig.
Es dauert, bis Sara ihm antwortet. „Als ich sie vor knapp zwei Stunden auf dem Toilettenboden sah…"
„Ja? Sag schon, was war da?", mault er sie an.
„Der Anblick war furchtbar. Sie hatte Blut zwischen den Beinen und Schürfwunden. Sie ist vergewaltigt worden. Soviel ist sicher."
Daran habe ich gar nicht gedacht. Ich schaue an mir hinunter. Mein Oberkörper ist heil geblieben, meine Arme weisen nur leichte rote Striemen auf, aber mein Unterleib ist übersät von blauen Flecken und Schürfwunden.
Ich schlage entsetzt meine Hände vors Gesicht. Prompt machen sich die Schmerzen darauf bemerkbar. Manson hat mir drei Mal mit der Faust ins Gesicht geschlagen, kommt meine Erinnerung zurück. Ich schaue erneut die blauen Flecken zwischen meinen Oberschenkeln an. Wenn es da schon so schlimm ist, wie wird dann erst mein Gesicht aussehen?
„Wir müssen unbedingt zur Polizei", stellt Thomas klar.
„Du hast es doch gehört, sie will nicht", entgegnet Sara.
„Und warum?", motzt er sie weiter an. „Weil sonst ihr alle darunter leiden müsst?" Ich versuche ihre Diskussion auszublenden und stütze mich mit beiden Händen am Beckenrand der Wanne ab. Langsam kommt mein Körper aus dem Wasser hoch. Ich drehe mich zu dem Spiegel, der neben mir an der Wand hängt. Ich kneife die Augen zusammen, als ich vermute, dass sie mir einen Streich spielen wollen. Eine aufgedunsene, blutende und Make-up-verschmierte Hackfresse starrt mich aus dem Spiegel an. Fassungslos greifen meine Finger an mein Gesicht. Ich streiche sanft meinen rechten pochenden Wangenknochen entlang. Ist das eine Narbe? Tränen sammeln sich in meinen Augen. „Oh mein Gott!", schreie ich verzweifelt auf und lasse mich gegen die Wand fallen vor Schreck. Der Aufprall an meinen Hinterkopf, meine entstellte Visage und das Brennen durch

meine schnelle Bewegung sind zu viel für mich. Thomas und Sara stehen in der Tür, als ich daran bin, mein Bewusstsein zu verlieren. Ich spüre nur noch starke Arme, die mich umklammern, als ich zusammenbreche.
Es ist dunkel, als ich die Augen aufschlage. Einzelne Umrisse zeichnen sich darin ab, die mir nichts sagen. Wo bin ich? Es ist nicht mein Zimmer, in dem ich geschlafen habe. Ein Schatten huscht durch die Dunkelheit. Mein Atem wird vor Angst ungleichmäßiger. „Wer ist da?"
„Keine Panik, Kati, ich bin es nur." Das Licht geht an und Thomas steht vor mir. Die lila Wand sagt mir etwas. Erleichterung überkommt mich. Mein Blick schweift durch Saras Schlafzimmer. Von ihr fehlt jede Spur. „Wo ist Sara?"
„Sie ist arbeiten gegangen", antwortet Thomas abfällig.
Ich komme auf meinen Armen hoch und lehne mich mit dem Rücken gegen die Wand. Meine rechte Hand fasst an meinen Kopf. „Wie lange habe ich geschlafen?"
„Gute 18 Stunden", schätzt Thomas. Diese Anzahl verwundert mich. Solange habe ich noch nie geschlafen. Mein Blick geht ins Leere, vorbei an Thomas, der mich anstarrt. „Wie geht es dir?"
„Passt schon", antworte ich ohne ihn anzusehen. Mir kommt ein Gedanke in den Sinn, den ich sofort ausspreche: „Was machst du noch hier?"
Meine Frage verwundert ihn. „Wie meinst du das?" Er setzt sich auf einen Stuhl, der in der Ecke des Schlafzimmers steht.
„Naja, es ist Saras Wohnung und nicht deine. Sie ist nicht da, also was machst du noch hier?" Meine Worte hören sich ungewollt kalt an.
„Ich bin wegen dir geblieben." Thomas wirkt aufgebracht.
Missbilligend räuspere ich mich. Seine Worte hallen in meinem Kopf wieder. „Wenn man rumhurt, muss man auf alles gefasst sein", flüstere ich, eigentlich sage ich es nur zu mir selbst.
„Was?", Thomas hat jedes Wort verstanden.
„Nichts", entgegne ich ihm.
„Hatte Sara Recht? War alles meine Schuld? Alles, was

passiert ist?", seine Stimme strotzt vor Verzweiflung.
Thomas tut mir leid. Er hat damit nichts zu tun. Es wäre nicht fair von mir, ihm diese Last aufzubürden. Sein Verhalten und seine Worte waren der ausschlaggebende Punkt, aber ich hätte auch andere Entscheidungen treffen können. Ich wollte es und muss jetzt die Verantwortung dafür übernehmen. Ich wende mich an ihn und versuche ein Lächeln aufzubringen. „Mach dich nicht lächerlich, Thomas."
Thomas und ich sehen uns für unsagbare Zeit nur an. Keiner sagt ein Wort. Ein mulmiges Gefühl macht sich in mir breit. Etwas Komisches liegt in unserem Blick. Früher haben mir Thomas Augen Geborgenheit und Wärme gegeben, jetzt ist nichts darin. Sie haben keine Wirkung mehr auf mich. Die Geschehnisse in der letzten Nacht haben nicht nur körperliche, sondern auch seelische Narben an mir hinterlassen. Ich versuche es zu überspielen und wende meine Augen von ihm ab. Meine Hand massiert meinen steifen Nacken, als ich einen schwarzen Bademantel an mir feststelle. „Wo sind meine Klamotten?"
„Die sind noch in der Waschmaschine", erwidert Thomas.
„Wie bin ich zu dem Bademantel gekommen?"
„Ich habe ihn dir übergezogen, nachdem du zusammengebrochen bist", klärt er mich traurig auf. Plötzlich ist da wieder dieses Bild von meinem entstellten Gesicht vor meinen Augen. Meine Aufmerksamkeit richtet sich auf Saras Kleiderschrank mit der Spiegelfront. Ich versuche hinunter zu rutschen, um mich darin sehen zu können. Thomas bemerkt meine Absicht. „Nein, tu das nicht", er steht von seinem Platz in der Ecke auf und kommt auf mich zu. Ich schrecke zurück bei seiner hastigen Bewegung. Mit ergebender Geste hält er seine Hände hoch. „Tut mir leid. Ich wollte dich nicht erschrecken."
„Hast du nicht", lüge ich. Erneut versuchen meine Hände, meinen Körper vor Saras Spiegel zu bringen.
„Kati?" Thomas geht fast in Zeitlupe auf mich zu.
„Ich muss es sehen", stelle ich verzweifelt fest.
„Dann lass mich dir einen anderen Spiegel bringen, damit du

dich nicht so quälen musst", schlägt er vor. Ich überlege kurz und nicke zustimmend. „Ok." Er geht ein paar Schritte rückwärts. „Ich bringe dir sofort einen." Nachdem er aus dem Zimmer verschwunden ist, lehne ich mich wieder gegen die Wand. Es dauert nicht lange, schon kommt Thomas mit einem Handspiegel zurück. Er setzt sich behutsam neben mich aufs Bett. Ich rücke etwas zur Seite, damit er Platz darauf findet. „Passt schon", versichert er mir. „Zu allererst es ist nicht so schlimm, wie du denkst. Im Badezimmer hast du nur das gesehen, was noch von vorher übrig war. Wir haben dich danach gewaschen."

„Ok." Ich fasse nach dem Spiegel.

Er zieht seine Hand zurück. „Lass mich das machen." Ich spare mir, etwas zu sagen und warte darauf, dass er ihn mir entgegen hält. Bedacht darauf, mich nicht zu überfordern, hält er den Spiegel langsam vor mein Gesicht. Eine junge Frau mit aufgequollenem Gesicht und leichten Kratzern taucht darin auf und seitlich links am Kinn zeigt sich ein heller Bluterguss. Ich fasse mir an die Wange. Sie tut nicht mehr so stark weh wie vorher. Das muss wohl von den starken Tabletten kommen, die mir Sara gegeben hat. Ich sehe wirklich besser aus, als ich mir vorgestellt hatte. Drei Mal hat er mir ins Gesicht geschlagen, jeder neue Schlag war mit mehr Wucht. Der Gedanke daran lässt Tränen in meine Augen treten. Schluchzend lege ich meinen Kopf seitlich und halte mir die Hand vor mein Gesicht. Ich habe mich noch nie so gefühlt wie jetzt. Es kommt mir vor, als ob ein schwarzes Loch sich in mir ausbreitet und alles mit sich zieht, was mich ausmacht.

„Kati", Thomas Stimme ist voller Sorge. Seine Hand liegt auf meinen Schultern.

Seine Nähe ist zu viel für mich. „Fass mich nicht an."

Thomas lässt sofort ab von mir. „Kati…ich…wollte…", stammelt er.

„Du solltest jetzt gehen." Das war keine Bitte von mir.

Meine ablehnende Art spiegelt sich in seinem Gesicht wieder. „Kati. Das alles tut mir so unendlich leid", bricht es aus ihm

heraus. „Ich wollte nicht, dass es so kommt. Du weißt, ich würde dir nie etwas antun. Ich liebe dich doch."
Am liebsten würde mein Herz einen Salto machen, aber es geht nicht. Es ist einfach alles zu viel für mich im Moment. Es ist zu früh, glücklich darüber zu sein. Ich brauche Zeit für mich alleine, um alles zu verdauen. „Du solltest jetzt wirklich gehen", setze ich nochmals nach.
„Nein." Unsicherheit schwingt in seiner Stimme mit. Meine abgebrühte Art verunsichert ihn. „Ich werde dich nicht allein lassen."
Es hat keinen Sinn, mit ihm zu verhandeln. Er tut doch nur das, was er für richtig hält. „Dann geh bitte ins Wohnzimmer und lass mir zumindest im Schlafzimmer meine Ruhe."
„Willst du mich nicht bei dir haben?" Er wirkt total aufgelöst über diese Vorstellung. Als ob meine Antwort ihn töten könnte.
Dafür ist es zu früh. Ich will und kann ihn jetzt nicht bei mir haben. „Ich will gar nichts mehr von dir", mein Ton ist eisig. Ohne auf seine Reaktion zu warten, strecke ich ihm meinen Rücken zu und lege mich aufs Bett. Regungslos sitzt Thomas hinter mir. Mein inneres Gefühl sagt mir, dass er um Fassung ringt. Es vergehen noch einige Minuten, bis der Druck seines Gewichts auf die Matratze nachlässt. Ich lege mich auf meinen Rücken, als er aus dem Zimmer verschwunden ist. Keine zwei Minuten später kommt er wieder zurück. In seiner Hand hat er eine Tube. Er sieht mitgenommener aus als zuvor. „Die soll ich dir geben", seine Stimme ist kaum hörbar, als er sie mir reicht.
Verwundert mustere ich sie. „Für was ist die?"
„Du sollst damit den unteren Teil deines Körpers einreiben damit die Schmerzen gemindert werden. Die Creme hat eine kühlende Wirkung darauf", seine Stimme zittert. Er schaut auf den Boden.
Ich versuche so gut es geht die Gebrauchsanweisung darauf zu lesen. Großzügig im Intimbereich auftragen. Kühlende Wirkung lindert den Schmerz. „Kannst du mir bitte Feuchttücher oder Küchentücher bringen?", frage ich

Thomas, nachdem ich verstanden habe, wie die Creme aufzutragen ist.
Ohne weiteres geht Thomas aus dem Zimmer. Mit der Tube in meiner Hand löse ich den Knoten meines Bademantels.
Thomas kommt mit einer Rolle Klopapier zurück. „Ich habe nur das gefunden." Ich nehme ihm die Rolle ab und lege sie neben mich aufs Bett. Ich warte darauf, dass er geht. „Gib Bescheid, falls du was brauchst. Ich bin da." Er legt eine 180 Grad Drehung hin und geht zur Tür hinaus, die er einen Spalt weit offen lässt. „Gute Nacht."
„Gute Nacht", antworte ich ihm trocken. Nachdem er weg ist, schiebe ich den Bademantel zur Seite sodass ich nackt daliege. Ich nehme die Tube zur Hand, drücke einen großen Klecks auf meine Handfläche und verteile die Paste großzügig zwischen meinen Beinen. Ein wohltuendes und kühlendes Gefühl macht sich bemerkbar. Vorsichtig winkle ich meine Beine an, um besser an meinen Hintern zu kommen. Wieder gebe ich einen Klecks in meine Handfläche. Mit noch größerer Vorsicht reibe ich meinen Analbereich damit ein. Die Medikamente wirken wohl immer noch, da mir nicht wirklich auffällt, ob die Creme hilft. Sie kühlt und brennt bloß etwas. Das wird schon alles seine Richtigkeit haben! Als ich fertig bin, drehe ich den Verschluss auf die Kappe und wische meine Hände mit dem Toilettenpapier ab. Nachdem die Creme eingezogen ist, lege ich mich seitlich und schließe meine Augen in der Hoffnung etwas Schlaf finden zu können. Allein mit meinen Gedanken kommen die Erinnerungen an Manson wieder. Sie treffen mich härter denn je. Ich versuche zu atmen, doch Angst schnürt mir die Kehle zu. Ich klopfe mir gegen den Brustkorb, da mein Herz wie irre rast und versuche an schöne Momente in meinem Leben zu denken. Die Nacht, in der Thomas bei mir war und sagte, ich gehöre ihm, fällt mir ein. Meine Anspannung verfliegt bei diesem Gedanken. Es dauert noch eine Zeit, bis mir die Augen zufallen. Ich habe einen unruhigen Schlaf. Mein Traum handelt von der Dunkelheit. Ich sehe nichts und erkenne nichts. Plötzlich ist da Mansons Gesicht vor mir. Ich reiße

meine Augen auf und schreie vor Schock.

„Kati?" Sara sitzt neben mir auf ihrem Bett und rüttelt an meinen Schultern. Mein Schrei verebbt, als Sara mir schwört: „Du bist in Sicherheit. Es ist alles in Ordnung." Sie nimmt mich in ihre Arme und tätschelt mir den Kopf. „Alles in Ordnung. Ich bin ja da Kati. Es war nur ein böser Traum." Nachdem ich mich beruhigt habe, reicht sie mir ein Glas Wasser. „Trink." Hastig nehme ich einen Schluck davon.

Sie nimmt mir mein Glas ab und stellt es wieder auf seinen Platz zurück. Ihre Augen mustern mich eindringlich. „Du siehst schon viel besser aus", bemerkt sie beiläufig. „Wie geht es dir? Brauchst du noch eine Tablette?"

Ich winke ab. „Nein danke. Es geht auch ohne."

„Freut mich zu hören. Wie ich sehe, hat dir Thomas die Salbe gegeben." Sie fasst nach der Tube neben mir. „Wirkt sie?"

Ich konzentriere mich auf die Empfindungen im unteren Bereich meines Körpers, um ihr antworten zu können. Da ist nur ein leichtes Brennen mehr nicht. „Denke schon, außer die Tabletten halten immer noch an."

Sara lehnt sich zum Nachtschränkchen hinüber. Sie betrachtet die Tablettenreihe in ihrer Hand. „Kann nicht sein. Die letzte hast du vor eineinhalb Tagen genommen."

„Wie spät ist es denn?"

Sie schaut auf ihr Handy. „Es ist Sonntag, kurz nach 17 Uhr." Sie tippt eilig mit ihren Fingern auf ihrem Handy.

Ich habe fast das ganze Wochenende verschlafen. Eine andere Frage brennt auf meiner Zunge. „Wo ist Thomas?"

„Er ist heute Morgen gegangen. Ich soll ihm schreiben, wenn du wach bist." Sie schüttelt ihr Handy, um mir zu signalisieren, dass sie gerade dabei ist.

„Er ist fort?" Ich versuche meine Enttäuschung darüber zu überspielen.

„Ja", antwortet sie. „Er hat dieses Wochenende wenig Schlaf abbekommen aus Sorge um dich." Sie lächelt mich an. „Ach hätte ich nur auch so ein Glück mit Kerlen."

„Pass auf mit deinen Wünschen, sonst siehst du bald auch so aus wie ich", gebe ich ihr trocken zurück.

Missbilligend legt sie ihren Kopf schief. „Sehr witzig Kati. Das ist mein Ernst. Thomas ist dir, nachdem du weggetreten bist, nicht mehr von der Seite gewichen."
Seine verzweifelten Worte hallen in meinem Gedächtnis wieder. >War es meine Schuld< „Hast du zu ihm gesagt, dass ich seinetwegen mit diesem Kerl mitgegangen bin? Das alles nur wegen ihm passiert ist?", will ich wissen.
„Nein", ein verwunderter Ausdruck tritt in ihr Gesicht. „Natürlich nicht. Wir haben gestritten und da ist es mir rausgerutscht: Du hättest anders sein sollen zu ihr."
„Das hat anscheinend gereicht, um ihm den Rest zu geben", keife ich sie an. „Warum hast du das gesagt?"
„Weil es die Wahrheit war. Du bist wegen ihm Freitag am Bahnhof erschienen", erinnert sie mich.
„Worüber habt ihr gestritten?", hake ich nach.
„Das ist nicht so wichtig", stellt sie klar. „Sei froh, ihn nicht so gesehen zu haben wie ich." Ihre Worte irritieren mich.
„Thomas war außer sich vor Wut wegen dem Arschloch. Mit bloßen Händen hätte er ihm die Schädeldecke eingeschlagen", sie schwärmt direkt dabei.
„Echt?" Ein schlechtes Gewissen überkommt mich, wenn ich an meine gleichgültigen Worte denke.
„Ja wirklich. Thomas war das ganze Wochenende hier. Er konnte weder schlafen noch essen. Alle fünf Minuten hat er nach dir gesehen und die Kühlbeutel ausgewechselt", erzählt sie mir. Kühlbeutel? Wofür habe ich die gebraucht? Bevor ich nachfragen will, fällt mir mein geschwollenes Gesicht und die blauen Flecken zwischen meinen Beinen ein.
„Und ich war so gemein zu ihm", ich bin zerknirscht.
„Das habe ich mir gedacht. Als ich heute früh zurückkam, hatte ich schon eine Vorahnung", sagt sie altklug. „Er lag auf dem Sofa völlig neben der Spur und zu keiner Erklärung bereit. Du warst wach, hat er mir erzählt, mehr nicht. Was hast du denn zu ihm gesagt?"
Ich schüttle meinen Kopf. „Ich will nicht darüber reden."
Saras Handy vibriert. Sie tippt darauf. Etwas bedrückt sieht sie mich an. „Thomas lässt dir einen lieben Gruß ausrichten

und ob du ihn sehen willst?"
Mein Blick wandert von ihr zum Fenster. Ich würde ihn gern sehen wollen, aber nicht so. „Ist mein Handy irgendwo?", übergehe ich ihre Frage.
„Ja", sie steht auf und geht zum Stuhl hinter ihr, auf dem Thomas gesessen hat. Auf der Sitzfläche liegen meine Klamotten und obenauf mein Handy. Sie kommt damit zurück und gibt es mir. „Lässt du mich einen Moment alleine?"
Sara nickt verständnisvoll und geht aus dem Zimmer. „Wenn du fertig bist, reibst du dich wieder mit der Creme ein." Die Tür fällt zu. Mein Finger schwebt über Thomas Nummer. Was habe ich ihm zu sagen? Was will ich ihm überhaupt sagen? Letzte Nacht war ich in keiner guten Verfassung. Wie soll es nur mit uns weitergehen? Meine innere Stimme meldet sich zu Wort: Sag ihm, was du denkst und wie es dir geht. Sei ehrlich mit ihm und vor allem nett. „Ok!" Nach dem ersten Klingeln ist Thomas schon in der Leitung. „Ja?"
„Hallo!", sage ich mit entschuldigendem Ton in der Stimme.
„Hey! Was ist los? Wie geht's dir?", fragt er sofort nach.
„Es wird zunehmend besser", antworte ich zuversichtlich.
„Es tut gut, deine Stimme zu hören." Stille erfüllt die Telefonleitung. „Thomas, hast du mich gehört?"
Ein erleichtertes Schnaufen macht sich in meinem Ohr bemerkbar. „Das ist schön zu hören. Nach gestern dachte ich schon, dich verloren zu haben."
„Gewiss nicht. Es ist momentan einfach zu viel für mich."
„Kann ich verstehen", lenkt er ein. „Weißt du, die letzten Tage waren unerträglich für mich, seitdem du meine Wohnung verlassen hast."
„Verlassen?", mein Ton ist spöttisch. „Eher rausgeworfen."
„Dafür entschuldige ich mich von ganzem Herzen", seine Stimme bebt vor Aufrichtigkeit. „Ich war nicht mehr Herr der Lage. Es hat mich einfach zu hart getroffen" Er macht eine kurze Pause. „Verzeihst du mir?"
„Das ist gar nicht nötig. Ich bin nicht unschuldig daran."
„Trotzdem", will Thomas mir widersprechen.

„Lass es doch einfach gut sein. Das ist vorüber."
Für einen kurzen Moment gibt er keinen Ton von sich.
Als ich zu reden anfangen will, wirft er ein. „Wie gesagt, die letzten Tage waren unerträglich für mich."
„Klar", sage ich ironisch.
„Ich meine es ernst, Kati", seine Stimme ist tadelnd. „Ich war wie weggetreten. Einfach neben der Spur. Dass du Anschaffen warst, hat mir den Boden unter den Füßen weggezogen. Ich habe einige Stunden gebraucht, bis ich eingelenkt habe. Du warst nur ehrlich zu mir, aber das war mir nicht bewusst."
„Ich wollte nicht, dass es so ausgeht", sage ich kleinlaut.
„Und Samstagmorgen hat mir dann den Rest gegeben. Erst dich in diesem Zustand zu sehen und dann der Spruch von Sara, dass ich nicht unbeteiligt daran bin." Er schnauft verachtend aus. „Ich habe mich richtig gehasst dafür."
„Hör auf. Es war nicht dein Fehler. Ich wollte mich ablenken. Mir war alles egal. Ich wäre mit dem Teufel mitgegangen", gestehe ich ihm.
„Normalerweise gibt es gesündere Ablenkungen als die. Mit Freunden ausgehen oder shoppen. Das ist dir nicht in den Sinn gekommen?", rügt er mich.
„So eine Frau bin ich nicht", stelle ich klar. „Ich brauchte etwas anderes als zu shoppen."
„War es die Sache zumindest wert?", spottet er.
„Thomas!?" Seine Worte entsetzen mich.
„Tut mir leid, aber wenn mir die Bilder hochkommen, würde ich den Scheißkerl am liebsten umbringen." Sein Ton lässt keinen Zweifel daran. Er meint es ernst.
„Jetzt hör schon auf. Ich will diese Nacht nur vergessen."
Für Sekunden sagt keiner ein Wort. „Darf ich dich besuchen kommen?"
Genau das war der Grund meines Anrufes. „Nein."
„Warum denn nicht?" Thomas klingt aufgebracht.
Diese Antwort wird ihm nicht gefallen. „Bekomm das jetzt nicht in den falschen Hals, aber ich brauche Abstand von allem, um mich zu sammeln."

„Abstand?", wiederholt er. „Von mir?"
„Von allem einfach."
„Willst du Schluss machen mit mir?"
„Um das tun zu können, hätten wir erst eine Beziehung haben müssen", weise ich ihn auf unsere komplizierte Verbindung hin.
„Also ist es vorbei", stellt er fest.
„Thomas. Meine Gefühle zu dir haben sich nicht geändert. Ich mag und brauche dich, aber nicht jetzt. Nicht so. Ich kann mich im Moment selbst nicht leiden oder mit der Situation umgehen. Ich brauche Zeit, um alles zu verarbeiten. Zeit, die du mir geben musst. - Ich frage nicht danach, sondern erwarte von dir, dass du sie mir gibst."
„Unter einer Bedingung", stellt er klar.
„Welcher?", mein Ton ist etwas zickig.
„Du gehst nicht mehr auf diesen Parkplatz..."
Ich falle ihm sofort ins Wort. „Hatte ich eh nicht vor."
„Lass mich ausreden, Kati", seine Stimme ist eisig. „Wenn ich dich noch einmal dort mit einem Typen sehe, dann schwöre ich dir, ich werde ihn so windelweich schlagen, dass man ihn stückchenweise zusammensetzten muss. Hast du mich verstanden?" Obwohl seine Worte hart sind und eine Drohung darin liegt, macht es mich stolz.
Er kümmert sich um mich, wie ein Ritter in schimmernder Rüstung. „Ja. Ich habe es verstanden."
„Ok..." meint er abgehakt. Ich merke, dass ihn noch etwas beschäftigt, aber er kämpft dagegen an.
„Bis dann, Thomas." Ich warte auf seinen Abschiedsgruß.
„Bis bald, Kati. Ich liebe dich."
Tut mir Leid Thomas, für mich ist es dafür noch zu früh. Ohne Weiteres lege ich auf. Ziellos wandert mein Blick umher. Meine Augen bleiben auf der Salbe hängen.

Kapitel 11

Nachdem die Creme eingezogen ist, muss ich aufs Klo. Vorsichtig bewege ich meinen Körper aus dem Bett. Meine Knochen fühlen sich vollkommen steif an. Sara kommt mir entgegen, als ich die Schlafzimmertüre öffne. „Alles ok?"
„Ich muss nur aufs Klo", mein Ton ist zuversichtlich.
„Ok", sie geht wieder zurück in die Küche. Nach meinem Toilettengang mustere ich mein Gesicht im Spiegel. Es sieht wirklich nicht so schlimm aus. Etwas geschwollen und leichte rote Striemen prangen darauf. Nichts, was die Zeit nicht heilen könnte. Mein Erscheinungsbild erleichtert mich um einiges. Ich komme aus dem Bad und folge den Stimmen. Sara sitzt im Wohnzimmer und schaut sich einen Film an.
„Setz dich", sie deutet auf die freie Fläche neben ihr.
„Danke." Vorsichtig nehme ich Platz auf dem Sofa.
„Wie geht's dir?", fragt sie.
„Gut", ich bringe ein leichtes Lächeln auf.
„Und mit Thomas? Alles in Ordnung zwischen euch?"
„Alles Bestens." Meine Aufmerksamkeit wandert auf den Fernseher. „Was schaust du dir an?"
„Einen Heimatfilm. Sonst kommt ja nichts", sagt sie enttäuscht. „Aber er ist nicht schlecht. Hast du Hunger?"
Ich schaue vom Fernseher zu ihr. „Nein, danke."
„Ok." Sie lächelt kurz und wendet sich wieder dem Film zu.
„Wie war es am Bahnhof?", frage ich, nachdem der Abspann des Films läuft.
Sara holt die Fernbedienung unter ihrem Tisch hervor und schaltet den Fernseher ab. „Es war komisch."
„Warum das?", hake ich nach.
„Die letzten Tage ist einfach zu viel passiert. Zuerst hat es Monika erwischt, dann die Neue und jetzt dich. Das hinterlässt bei allen ihre Wirkung."
„Welche Wirkung zeigt sich denn?" Ich nehme einen Schluck aus dem Glas, das mir Sara während des Films gebracht hat.
„Wir werden alle vorsichtiger. Gestern habe ich zu drei

Typen `Nein` gesagt, weil sie mir nicht gefallen haben. Die Angst ist ständig mit einem." Ihr Blick ruht auf mir.
„War es das davor nicht auch schon?", erinnere ich sie. „Du hast selbst solche Erfahrungen machen müssen."
Sie nickt zustimmend. „Ich weiß, aber…keine Ahnung."
„Die Menschen vergessen einfach zu schnell und werden dadurch unvorsichtig", grüble ich.
„Da ist etwas Wahres dran", stimmt sie mir zu. „Ich hol mir was zu essen. Willst du nicht doch etwas?"
Mein Magen knurrt. „Hast du vielleicht einen Joghurt oder so? Nur eine Kleinigkeit."
„Klar", sie zwinkert mir zu. Sara kommt zurück und reicht mir einen Becher mit Löffel. Sie selbst hat sich einen Müsliriegel geholt. Beide sitzen wir wortlos auf der Couch. Ich schaue auf mein Handy nach der Uhrzeit. „Es ist 20 Uhr vorbei? Ich habe das ganze Wochenende verpennt."
„Kein Wunder bei deinem Zustand", erinnert mich Sara. „Übrigens: Macht es dir was aus, wenn ich heute zum Bahnhof gehe? Kommst du alleine zurecht?"
Ich bin verwirrt. „Nein. Warum sollte es? Ich werde es auch bald packen und heimfahren."
„Auf keinen Fall. Du bleibst hier."
Ich bin überrumpelt. „Warum denn? Es ist alles in Ordnung."
Sie schüttelt ablehnend den Kopf. „Nein. Das ist mir egal. Du bleibst heute Nacht noch hier."
„Aber…", setze ich an.
„Kein aber", unterbricht sie mich. „Du bleibst hier. Es ist zu früh, um dich alleine in eurem Haus schlafen zu lassen. Hier sind noch drei andere Parteien, wie du weißt."
„Zwei", widerspreche ich ihr.
„Was zwei?", sie hat keine Ahnung, worauf ich anspiele.
„Nick ist doch beruflich unterwegs." Ich kann mir bei seinem Namen ein dümmliches Grinsen nicht verkneifen.
Resigniert verzieht Sara ihr Gesicht. „Immer noch zwei mehr, als bei dir daheim. Du bleibst. Morgen sehen wir weiter."
„Von mir aus." Es ist mir sogar lieber, hier zu sein, denn die Gedanken an Manson kommen immer schubweise und

treffen mich brutal. Meine Gedanken kreisen um das schwarze Loch in mir. „Werde ich mich je daran gewöhnen, was passiert ist?" Ich rede weiter, nachdem mich Sara fragend ansieht. „Werde ich es jemals vergessen?"
„Vergessen?" Ihre Augen weiten sich, als sie es verstanden hat. „Nein, nicht zu hundert Prozent, aber du wirst dich daran gewöhnen und mit der Zeit lässt die Angst nach. Du wirst glauben, es zu vergessen, aber die Erinnerungen kommen immer wieder." Sie redet anscheinend von ihren eigenen Erfahrungen. „Du musst damit leben Kati, wie wir alle."
„Kommen deine immer wieder?", meine Stimme ist tonlos.
Sie wartet kurz, bevor sie antwortet. „Ja. Das Einfachste ist, sich mit der Angst auseinanderzusetzen, denn sonst droht sie, dein Leben zu beherrschen." Sie nimmt das letzte Stück ihres Riegels in den Mund. „Du bist anders, als ich es war. Das ist mir schon am ersten Tag aufgefallen. Du bist härter im Nehmen als ich. Ich verkroch mich in mein Schneckenhaus und habe die Welt und alle darin verflucht. Es ging bergab mit mir. Ich habe die Opferrolle bis ins kleinste Detail ausgelebt."
„Ich bin kein Opfer und werde nie eins sein", protestiere ich. Diese Bezeichnung gefällt mir nicht.
„Genau das meine ich. Du bist zu stolz, um deine komplette Fassung zu verlieren. Um dich aufzugeben", setzt sie nach, als sie meinen grimmigen Blick bemerkt.
„Ja, das bin ich", gebe ich zu. „Aber du hast auch das Beste daraus gemacht. Sieh dich an. Du bist ein guter Mensch und eine gute Freundin. Ich kann mich glücklich schätzen, dich in meinem Leben zu haben."
„Oh!!! Das hast du jetzt aber schön gesagt." Sie freut sich über mein Kompliment.
„Ich habe jedes Wort ernst gemeint", versichere ich ihr.
Sie umarmt mich. „Ich bin auch froh, dich zu haben."
Als ich sie loslasse, wird mein Blick ernst. „Eins musst du mir aber versprechen: Pass auf dich auf."
„Das werde ich", schwört sie mir. „Dann war es das für dich

also? Du wirst nie wieder zum Bahnhof zurückkehren?"
Ihr Ton verwirrt mich. „Wir werden trotzdem Freunde bleiben und dein Plan war es, wieder in deinen Beruf einzusteigen."
„Das ist mir schon klar. Ich wollte auf etwas anderes hinaus", sie beißt sich auf die Unterlippe.
„Auf was?" Meine Stirn liegt in Falten.
„Hast du deine Antwort bekommen, die dich dorthin gebracht hat?" Ihre Mine wirkt interessiert. Das habe ich glatt vergessen. Ich war nicht ohne Grund dort die letzten Tage. Die Ereignisse haben sich so drastisch überschlagen, dass ich daran gar nicht mehr gedacht habe, bis jetzt. Ich durchforste meinen Kopf nach der Erleuchtung, die ich unter all meinen letzten Erinnerungen vermute. Es ist nichts da. Ich habe immer noch keine Antwort gefunden auf mein Warum? Ich spüre mehr denn je die Leere in meinem Leben. Ich fühle mich noch unwichtiger als am ersten Tag.
„Nein. Da ist nichts. Ich habe keine bekommen." Pure Enttäuschung schwingt in meinen Worten mit.
„Du musst viel verarbeiten, vielleicht kommt sie ja noch", versucht Sara mich aufzumuntern.
„Es wird wohl besser so sein. Wer weiß, wo mich das hingeführt hätte", gebe ich zu.
Sara schaut auf ihr Handy. „Dann werde ich mich langsam mal fertig machen. Ist es wirklich in Ordnung für dich?"
„Solange du vorsichtig bist, ja", erinnere ich sie an ihren Schwur.
Sie macht ein Kreuz-Zeichen auf ihre Brust. „Versprochen."
Sie steht von ihrem Sofa auf und nimmt ihr Glas in die Küche mit. „Willst du dich nicht ins Bett legen", will sie wissen, als ich es mir auf der Couch bequem mache.
„Nein, danke. Ich bleibe hier."
„Ok. Ich bin im Bad."
„Gut zu wissen." Ich grinse leicht.
Sie erwidert es und geht aus dem Wohnzimmer. „Es ist schön, dich wieder lächeln zu sehen." Ich verkneife mir, etwas darauf zu sagen und zappe durch die Fernsehkanäle.

Ich bleibe bei einer Dokumentation über Naturkatastrophen hängen. Gerade werden die Auswirkungen eines Erdbebens gezeigt, das Jahre zurückliegt. Bis Sara zurückkommt, habe ich bereits mehrmals den Kanal gewechselt.
„Was sagst du?" Sie geht in die Mitte des Zimmers und dreht sich. Sara trägt ein schwarzes Trägertop, kurze Jeansshorts und halbhohe blaue Schuhe. Die blonden Haare sind unverändert und ihr Make-up ist dezent aufgetragen.
Ich mustere sie eingehend. „Du siehst toll aus." Meine Stimme klingt etwas schläfrig.
„Was ist mit dir?" Sofort ist ihre gute Stimmung hinüber.
„Nichts. Ich bin nur müde." Ihr Gesicht bleibt unverändert. „Ich habe mich getäuscht, was deine Garderobe angeht", versuche ich sie abzulenken.
„Was stört dich dran?" Sie streift ihr Oberteil glatt.
„Nur meine Wortwahl. Du siehst nicht toll, sondern geil aus. Ich würde dich am liebsten ficken." Ich fasse mir wie ein Kerl in den Schritt, bedacht darauf, es nur anzudeuten.
Sie legt ihren Kopf schief und sieht mich argwöhnisch an.
„Tolle Performance. Du solltest Eintritt verlangen."
„Warte nur, bist du zurück bist", tue ich geheimnisvoll.
„Solange du meine Wohnung nicht in ein Puff umwandelst und ich Eintritt zahlen muss, ist es mir egal." Sie streckt mir die Zunge raus. „Bäh."
Darüber muss ich lachen. „Vielleicht bringe ich eine Pokerrunde zustande, bis du wieder kommst."
„Als ob du Pokern könntest", scherzt sie.
Ich grinse sie verschwörerisch an. „Ich habe viele Talente, Sara. Ich zeige sie bloß nicht sofort."
„Eingebildet bist du gar nicht."
Ich merke, wie die Müdigkeit überhand nimmt. „Geh endlich Geld verdienen. Mutter braucht ein neues Auto."
„Das musst du mir kein zweites Mal sagen und die Mutter bin hoffentlich ich. Du hast ja einen Wagen." Sie geht aus dem Zimmer. Ich höre, wie ihre Schritte leiser werden und die Wohnungstür aufgeht. „Vergiss nicht die Salbe aufzutragen."
„Werde ich schon nicht", gebe ich lautstark zurück.

Die Türe fällt ins Schloss. Für eine Weile bleibe ich noch auf dem Sofa liegen. Die Geräusche von den restlichen Parteien im Haus wirken beruhigend auf mich. Es tut gut, sich nicht alleine zu fühlen. Entspannt schließe ich meine Augen und döse vor mich hin. Nachdem nur noch Nachrichten und Dauerwerbesendungen kommen, schalte ich das TV-Gerät ab. Ich gehe durch Saras Wohnung. In der Küche fällt mein erster Blick auf das Geschirr im Spülbecken. Sara hat so viel Gutes für mich getan, da kann ich ihr auch unter die Arme greifen. Es dauert nicht lange, bis ich alles weggespült und die Küchenzeile abgewischt habe.
Ich mache mich auf den Weg ins Schlafzimmer, um mir die Tube zu holen. Meine Aufmerksamkeit fällt auf die Unordnung darin. Sara hat ihren Kleiderschrank zerlegt, um ein Outfit für heute zu finden. Ihre Klamotten liegen stapelweise auf dem Bett und die Schuhe stehen kreuz und quer vor den geöffneten Schranktüren. Ich fange an damit, die Oberteile und Hosen wieder an ihrem Platz zu verstauen. Danach suche ich die passenden Schuhe zusammen und ordne sie ins unterste Regal des Schrankes ein. Sorgsam verschließe ich die Türe. Völlig unerwartet taucht mein Spiegelbild vor mir auf. Ich öffne meinen Bademantel und betrachte mich. Die blauen Flecke und die Schürfwunden zwischen meinen Beinen sind immer noch zu erkennen. Vorsichtig gleiten meine Finger darüber. Es tut nicht weh. Langsam wandern meine Augen hoch zu meinem Gesicht. Mein Antlitz ist wirklich besser, als in meinen Erinnerungen, bevor ich bewusstlos geworden bin. Eilig greifen meine Hände nach der Tube und cremen meinen Unterkörper erneut ein. Danach mache ich mich auf den Weg ins Bad und wasche mir meine Hände und mein Gesicht. Ich komme ins Wohnzimmer zurück und mache es mir auf der Couch bequem. Die Geräusche der übrigen Mieter haben eine beruhigende Wirkung auf mich. Ich fühle mich nicht allein. Es dauert nur kurz, bis ich in einen traumlosen Schlaf sinke.
Die Sonne scheint und es ist warm, als ich meine Augen aufschlage. Ich verrenke meinen steifen Hals und dehne

meine Muskeln. Orientierungslos wandert mein Blick im Zimmer umher. Es ist Mittag. Nachdem ich auf der Toilette war, mustere ich mein Antlitz im Spiegel. Die Schwellung ist abgeklungen und die Flecken werden langsam heller. Ein Gefühl von Erleichterung überkommt mich. Als ich vom Bad hinausgehe, fällt mir der Spalt zu Saras Schlafzimmer auf. Sie liegt auf dem Bett mit ihrem Rücken zur Tür. Auf leisen Sohlen schleiche ich mich hinein, um mir die Tube zu holen. Dabei nehme ich meine Klamotten vom Stuhl mit. Erneut gehe ich ins Bad und schließe die Türe ab. Hastig streifen meine Hände den Bademantel ab und fangen an, die Paste auf mir zu verteilen. Nach einer guten Stunde komme ich angezogen ins Wohnzimmer zurück. Sara sitzt auf der Couch und trinkt Kaffee. „Morgen!"
„Guten Morgen!", erwidere ich ihren Gruß.
„Na? Alles gut?", fragt sie sofort nach.
„Kann nicht klagen und bei dir? Hat sich die Nacht gelohnt für dich?"
Sara winkt gelangweilt ab. „Nein. Es war nicht der Rede wert. Genauso wie die Nacht zuvor."
„Das tut mir leid", antworte ich darauf.
„Muss es nicht."
„Du siehst die ganze Sache ziemlich locker, fällt mir auf. Woher kommt das auf einmal?"
Sara denkt darüber nach. „Keine Ahnung. Es stört mich überhaupt nicht. Ich weiß nicht, warum." Sie hält mir eine Tasse entgegen. „Kaffee?"
„Nein danke."
„Wie war die Nacht? Hast du schnell eingeschlafen oder gab es Probleme?" Sara nimmt ihre Tasse und trinkt.
„Ganz in Ordnung. Ich habe mich noch etwas beschäftigt und mich dann hingelegt."
„Das habe ich gesehen." Ein Lächeln tritt auf ihr Gesicht. „Danke fürs Aufräumen und Abspülen."
„Wenn ich an die letzten Tage denke, muss ich mich bei dir bedanken", widerspreche ich.
„Nicht der Rede wert", meint sie. „Deine blauen Flecke

verheilen schon langsam."
„Habe ich auch schon gemerkt." Die Tatsache stimmt mich glücklich.
„Setzt dich doch", weist sie mich an.
„Nein danke. Ich will jetzt nach Hause fahren."
„In dem Aufzug?" Ihre Hand deutet auf meine Klamotten. Ihr Ausdruck bringt mich zum Schmunzeln. „Ja."
„Willst du nicht Sachen von mir anziehen?", bietet sie mir an.
„Nicht nötig. Bin ja gleich zu Hause."
Sara gibt nach. „Ok. Wenn du es so haben willst." Sie steht auf und folgt mir aus dem Wohnzimmer.
Ich ziehe meine Pumps an und umarme sie. „Danke für alles."
„Gern geschehen und melde dich, falls du was brauchst." Sie sieht mich eindringlich an.
„Ich habe mir die Creme mitgenommen", kommt mir in den Sinn. Ich lege meine Hand auf die Seitentasche meiner Lederjacke, wo ich sie verstaut habe. Sara nickt zustimmend.
Ich verabschiede mich von ihr und gehe aus der Wohnung.
Es dauert keine halbe Stunde, schon kommt mein Auto auf unserer Auffahrt zum Stehen. Vor Schreck bleibe ich vor der offenen Haustür stehen. Habe ich sie so zurückgelassen? Drei Tage lang? Etwas unsicher gehe ich ins Haus hinein. „Hallo?"
„Da ist sie ja", ist da die Stimme meines Vaters. „Kati?"
„Ja." Vor lauter Aufregung der letzten Tage, habe ich vergessen, dass meine Eltern vom Urlaub zurückkommen.
Ich komme ins Esszimmer, als mein Vater ohne Vorwarnung mich in die Arme nimmt. „Mensch, Kati, wo warst du denn?" Er drückt sich fest an mich. „Wir waren schon krank vor Sorge um dich, seit dem wir gestern angekommen sind."
„Schätzchen?" Die Hand von Mum liegt auf meinen Schultern. „Wo warst du denn?"
„Ich habe bei einer Freundin übernachtet." Meine Eltern wieder um mich zu haben, ist ein angenehmes Gefühl. Sie haben mir wirklich gefehlt. Ich winde mich aus ihren Umarmungen. „Ihr erdrückt mich ja", sage ich spaßig und gehe einen Schritt zurück.

„Kati?" Mum verzieht entsetzt ihr Gesicht. „Was ist dir passiert? Wie siehst du denn aus?"
Ihre Fragen irritieren mich. „Was meinst du?"
„Dein Gesicht, Schatz!", klärt mich mein Vater auf.
Plötzlich fällt es mir wie Schuppen von den Augen. Ich stehe vor ihnen mit meinen noch immer sichtbaren Schürfwunden. „Das ist nichts", spiele ich die ganze Sache herunter. „Ich habe mich mit einem Mädchen in die Haare bekommen, deren Freund mich angemacht hat", lüge ich.
„Oh mein Gott!" Meiner Mutter stockt der Atem. „Tut es sehr weh?"
„Nein." Jetzt nicht mehr.
„Du siehst ja furchtbar aus", stellt mein Vater bestürzt fest.
„Danke. Genau das wollte ich hören", sage ich mit gespielter Ironie. Fassungslos starren meine Eltern mich an. „Es ist alles in Ordnung", versichere ich ihnen. „Die Tussi war einfach eifersüchtig." Ich lege mir die rechte Hand selbstzufrieden auf meine Hüfte. „Kann ich verstehen."
„Liebes, darüber macht man keine Witze", weist mich meine Mutter zurecht. „Das ist eine ernste Sache. Dir hätte sonst etwas passieren können."
„Ist es aber nicht", ich versuche erneut ein Grinsen aufzubringen, um die angespannte Situation zu entschärfen. „Mir geht es gut, also lasst uns von etwas anderem reden."
Meine Eltern schauen besorgt drein, ohne ein Wort zu sagen.
„Wie war der Urlaub?", wechsle ich das Thema.
Mein Vater übergeht die Frage. „Brauchst du etwas dafür? Eine Creme, damit alles schneller verheilt?"
„Nein. Ich habe alles. Macht euch keine Sorgen." Ich gebe mich genervt. „Mir geht es gut." Ich starte einen neuen Versuch. „Wie war euer Urlaub?" Meine Eltern tauschen einen besorgten Blick aus. „Erzählt schon", setze ich nach, damit sie nicht nochmal anfangen, über meinen Zustand zu reden.
„Er war...", meine Mutter schaut mich mitleidig an. „Ok."
„Ok?", wiederhole ich.
„Ja, ok", ihre Stimme ist tonlos.

„War das alles? Was habt ihr gemacht? Wie war das Hotel? Die Leute und die Bars? Hat es geregnet?" Ich setze absichtlich eine Welle von Fragen in Gang, um Normalität aufzuzeigen.

Mein Vater räuspert sich, bevor er zu Reden anfängt. „Das Hotel war super. Die Zimmer komfortabel und das Essen hätte nicht besser sein können. Die Hälfte der zwei Wochen hat es geregnet, typisches Londoner Wetter eben." Er verdreht die Augen.

„Das Nachtleben war der Wahnsinn!", wirft meine Mutter ein. „Kleine versteckte Pubs an jeder Ecke. Ich habe mich mehr als nur amüsiert." Sie zwinkert mir verschwörerisch zu.

„Ach wirklich?", sage ich mit gespielter Aufregung.

„Sie hat mit zwei Männern getanzt", sagt mein Vater trocken.

„Du wolltest ja nicht", lamentiert sie.

„Zahlen durfte ich aber schon?"

„Bist du ein Gentleman oder nicht, Georg?" Sie grinst nur.

„Ruhig, ruhig Kinder, nicht dass ihr euch noch wehtut", scherze ich. „Habt ihr auch die Sehenswürdigkeiten angeschaut oder nur die 14 Tage in Bars verbracht?"

„Junge Dame, reiß dich am Riemen", rügt mich meine Mutter mit gespieltem Tadel. „Wir waren überall. Im Tower, im Charles Dickens Haus, vorm Buckingham Palace, Big Ben, einfach überall."

„War anstrengend, was?", hake ich ein.

„Auf alle Fälle", sie macht eine kurze Pause. „Und als ob das nicht reichen würde, kommen wir nach Hause und keine Spur von dir."

„Sorry. Ich habe ganz vergessen, dass ihr heute kommt." Ich setze eine zerknirschte Miene auf.

„Gestern", belehrt mich mein Vater.

„Gut, gestern. Auf alle Fälle ist es mir entfallen."

„Wie nett von dir, Kati. Solche Worte hört eine liebende Mutter gerne", versucht sie mir ein schlechtes Gewissen zu machen. Ich nehme erneut beide in meine Arme. Wie haben sie mir doch gefehlt!

„Was hast du die ganze Zeit über getrieben?", fragt meine

Mutter.
Ich löse mich aus ihren Umarmungen. „Ich? Ich war viel unterwegs, beim Shoppen oder zu Hause."
„Wie letzte Nacht zum Beispiel?", setzt mein Vater argwöhnisch nach. „Woher kommst du nochmal?" Sein Blick fällt auf meine Klamotten. „Was hast du überhaupt an?"
Er redet von meinen nuttigen Sachen. Hätte ich doch nur Saras Angebot angenommen und etwas von ihr angezogen. Ich gebe mich ahnungslos. „Die Klamotten sind neu. Gefallen sie euch?" Ich drehe mich.
„Naja", meine Mutter sucht nach Worten. „Es sieht etwas zu freizügig aus. Wenn du das anhattest, wundert es mich nicht, wenn du Ärger bekommen hast."
„Das hatte ich an diesem Abend gar nicht an, sondern eine zerrissene Jeans und eine weiße Bluse."
„Oh, dann ist es was anderes." Wieder tritt ein besorgter Ausdruck auf ihr Gesicht. „Ist wirklich alles in Ordnung?"
„Ja." Meine Stimme versucht, mit aller Macht überzeugend zu klingen. „Es geht mir gut."
Mum will darauf reagieren, als mein Vater einwirft. „Von woher kommst du in diesem Aufzug?"
„Von Chris", sage ich unüberlegt.
„Da haben wir schon angerufen. Er sagte, dass ihr euch seit Tagen nicht gesehen habt", bringt mich meine Mutter auf den neusten Stand. Misstrauisch sieht sie mich an. „Hast du nicht gerade noch gesagt, du hast bei einer Freundin übernachtet?" Scheiße, sie hat den Braten gerochen. Sie weiß, dass ich ihr etwas verheimliche. „Können wir später darüber reden? Ich würde mich gerne umziehen und frisch machen."
„Nein", ihr Ton ist forsch. „Nicht, bevor du uns erzählt hast, woher du kommst!" Ich wende mich hilfesuchend an Dad.
Seine Miene versichert mir, dass ich auf mich selbst gestellt bin. „Nein Schatz du bleibst hier. Wir haben uns sonst etwas ausgemalt, wo du bist, und jetzt stellen wir fest, dass du dich geprügelt hast und lügst. Das sind wir nicht gewohnt von dir. Wo warst du?"
Ich atme schwer aus. „Um eines klar zu stellen: Ich habe mich

nicht geprügelt. Das Mädchen verpasste mir eine. Ich habe mich nur gewehrt. Das ist alles." Ich halte kurz inne, um die Reaktion meiner Eltern zu deuten. Beide nicken verständnisvoll. „Was eure Frage betreffend letzter Nacht angeht..." Ich denke an das Erstbeste, was mir in den Sinn kommt. „Ich war bei einem Jungen." Die Augen meiner Mutter weiten sich vor Überraschung. Sie setzt zu reden an, als ich ihr zuvor komme. „Ich habe ihn am letzten Freitag kennengelernt, bevor ihr in den Urlaub gefahren seid. Er ist 25 und wirklich süß. Wir haben uns die letzten Tage öfter getroffen. Ich habe ihn sehr gerne und er mich. Ich wollte euch noch nichts sagen, da die Zeit dafür noch nicht reif ist."
„Hat er einen Namen", will Dad wissen.
„Thomas. Thomas Winkler."
„Aber das ist nicht der Kerl von dem Mädchen, das auf dich losgegangen ist?", er mustert mich eindringlich.
„Natürlich nicht", sage ich selbstgefällig. „Der Typ hatte keinen Stil und kein Benehmen, anders als Thomas. Er kann kochen und arbeitet nebenbei noch als Barkeeper im Lenoxx." Ich komme richtig ins Schwärmen. „Ein toller Mann, der mich auf Händen trägt."
Ich weiß, was jetzt kommt, denke ich mir, als meine Mutter ihre Stimme wiederfindet. „Scheint, als sei es eine ernste Sache mit euch, so wie du über ihn redest." Okay, ich habe mich getäuscht. Das habe ich nicht erwartet. „Wann lernen wir ihn kennen?"
„Immer langsam mit den wilden Pferden, Mum. Bis jetzt sind wir noch nicht zusammen, aber wenn es soweit ist, werdet ihr ihn kennenlernen." Ich wende mich ab.
Meine Mutter packt mich am Handgelenk. „Versprochen?"
„Ich schwöre. Kann ich jetzt rauf gehen und mich umziehen?"
„Klar, Kleines", meint Dad. Mum nickt nur. Als ich zur Treppe hinaufgehe, kommt mein Vater eilig nach. „Was hast du heute noch vor?"
Ich zucke mit meinen Schultern. „Keine Ahnung." Insgeheim will ich den Tag zu Hause verbringen. Die letzten Tage waren zu hart und Zeit für mich zu haben, tut mir gewiss gut.

„Warum?"
„Ich und deine Mutter sind vom Flug und dem ganzen Stress ziemlich erschöpft. Wir werden heute nicht mehr viel machen, aber morgen wollten wir mit dir einen Ausflug unternehmen. Es geht früh los. Was hältst du davon?"
Ich bin begeistert. „Gute Idee. Bin dabei."
„Freut mich." Er umarmt mich. „Dann können wir ausgiebig über alles reden und du bekommst dein Souvenir", flüstert mir Dad ins Ohr. Meine Mundwinkel ziehen sich nach oben. Meine Eltern haben mir aus ihrem Urlaub etwas mitgebracht. Wäre ich nicht so erledigt, würde ich sofort darauf bestehen, es zu bekommen, aber meine Gedanken kreisen nur ums Duschen und mein Bett. Ich löse mich aus Dads Umarmung.
„Darauf bin ich ja mal gespannt." Ich grinse ihn an, während ich die Stufen zu meinem Zimmer weiter hinauf gehe. Ich komme in mein Schlafzimmer und kontrolliere mein Handy nach Nachrichten.

Guten Morgen Kati!
Deine Eltern haben bei mir zu Hause angerufen.
Ist alles in Ordnung? Melde dich.
Chris

Hastig schreibe ich ihm zurück.

Hi!
Es ist alles in bester Ordnung.
Danke und bei dir?

Ich drücke auf senden und öffne die nächste SMS.

Guten Morgen Kati!
Ich bin froh heute in die Arbeit zu müssen.
Die Abwechslung tut mir gewiss gut.
Wie geht's dir?
Ich musste die ganze Nacht an dich denken und an unser Telefonat.
Ich weiß, du wolltest Abstand von allem haben, aber ich

würde mich freuen, wenn du mir zumindest schreiben würdest...
Damit ich weiß, ob es dir gut geht.
LG Thomas

Ein Kribbeln macht sich in meinem Bauch bemerkbar. Er ist aufrichtig zu mir und meint es ehrlich.

Hi Thomas!
Tut mir leid, dass dein Wochenende für die Katz war.
Mir geht's von Stunde zu Stunde besser.
Warum musstest du über unser Telefonat nachdenken?
Ok, mach ich.
LG Kati

Erst nachdem die SMS versendet ist, stelle ich fest, wie plump sie geschrieben ist. Ob es Thomas auffällt??

Genau deswegen.
Du wirkst distanziert.
Als ob du mit uns schon abgeschlossen hast.
LG Thomas
PS: Das Wochenende war nicht für die Katz, aber wenn ich es mir aussuchen könnte, hätte ich es anders mit dir verbracht.

Mist. Ich unterschätze Thomas immer. Ich will nicht, dass er so denkt. Mir kommt eine zündende Idee.

Wenn es so wäre, dann hätte ich heute wohl kaum meinen Eltern von dir erzählt.
LG K.

Wieder dauert es nur Sekunden bis Thomas antwortet.

Du hast ihnen von mir erzählt?
Du nimmst mich auf den Arm.
LG Thomas

Wenn du das glaubst, dann wird es wohl so sein☺
Meine Version ist eine andere.
LG Kati

Ich lege mein Handy zur Seite und gehe unter die Dusche. Es ist kurz nach 18 Uhr, als ich in mein Zimmer zurückkomme. Ich nehme mein Handy zur Hand.

Wirklich?
Du hast ihnen von mir erzählt?
LG Thomas.

Ich gehe an meinen Kleiderschrank und suche nach etwas Bequemen. Meine Augen fallen auf den Stapel Pullover im unteren Bereich. Ich habe Mansons Geld dort noch nicht versteckt. Eilig durchsuche ich die Taschen meiner Jacke und finde die 100 Euro. „Dieses miese Schwein!", schimpfe ich im Flüsterton vor mich hin. Nachdem das Geld verstaut ist, hole ich mir eine kurze Hose und ein Top aus dem Schrank. Bevor ich mich zum Schlafen hinlege, creme ich erneut meinen Unterleib ein. Der erste Gedanke, als ich mich ins Bett lege, gilt Manson. Wieder sind da sein Gesicht und die harten Worte, die er zu mir sagte. Angst breitet sich in meinem Körper aus. Ich muss mich ablenken. Ich stehe auf und lege klassische Musik ein. Laut genug, um meine Gedanken zu zerstreuen, aber leise genug, um mich nicht am Schlafen zu hindern. Es vergehen drei Tracks, bis mir die Augen zufallen. Es ist dunkel um mich herum, als ich meine Augen wieder aufschlage. Die CD spielt nicht mehr. Bevor wieder die Erinnerungen an Manson zurückkehren, stehe ich vom Bett auf und schalte das Licht ein. Mein Blick wandert auf mein Handy. Elf Anrufe in Abwesenheit und vier Nachrichten.

Hey Kati!
Hab jetzt endlich Feierabend und du wirst es nicht glauben, mein erster Gedanke gilt dir. Was hast du den ganzen Tag gemacht? LG T.

Wo bist du?
T.

Warum gehst du nicht an dein Handy?
T.

????????
GEH ENDLICH AN DEIN HANDY

Meine Augen wandern zur Uhr. Es ist kurz vor Mitternacht. Die letzten drei Nachrichten kamen im Minutentakt vor knapp 10 Minuten an. Ich schaue auf die Anruferliste. Der erste Anruf ist keine halbe Stunde her. Es muss was passiert sein! Hoffentlich nichts mit Thomas. Mit zitternden Fingern und einem ungutem Gefühl tippe ich auf das Anrufzeichen. Schon beim ersten Klingeln geht er ran. „Verdammt Kati, warum meldest du dich jetzt erst?"
Verwundert über seine schroffe Art antworte ich ihm. „Ich habe es jetzt gerade erst gesehen. Was ist denn los?"
Er übergeht meine Frage. „Wo bist du?"
„Zu Hause. Was ist denn los?"
„Lüg mich bitte nicht an. Wo bist du?", er klingt mehr als nur aufgebracht.
Ich mache es ihm nach und reagiere ebenfalls nicht auf seine Frage. „Was ist los?"
„Kati! Verdammte Scheiße, antworte mir", seine Stimme ist wutentbrannt.
„Wenn du es nicht tust, warum sollte ich es tun? Gleiches Recht für alle."
„Das ist kein Witz, zur Hölle!", setzt er drauf.
„Hörst du mich lachen? Ich frage dich jetzt zum vierten Mal: Was ist los?"
Er schnauft angestrengt aus. Als er anfängt zu reden, ist seine Stimme ruhiger. „Bitte Kati, sag mir wo du bist."
Obwohl es mir widerstrebt, gebe ich nach. „Das habe ich dir schon gesagt. Ich bin zu Hause."
„Warum bist du nicht an dein Handy gegangen?"
„Ich habe geschlafen. Die letzten Tage waren zu viel für

mich", stelle ich klar. „Was ist los?" Ich höre nur sein Atmen durch die Leitung. „Thomas? Was ist los?" Wieder kommt nichts von ihm. Wütend fauche ich ihn an. „Weißt du was? Lass es gut sein. Tschüss."
Mein Finger schwebt schon über der Auflege-Taste. „Kati!?" Hastig lege ich mir mein Handy wieder ans Ohr. „Was?"
„Bevor ich irgendetwas sage, musst du mir versprechen, dass du nichts tun wirst", seine Stimme ist ruhig und tonlos.
„Ähm...was?", frage ich irritiert nach.
„Du sollst mir versprechen, nichts zu unternehmen", wiederholt er.
„Warum sollte ich das tun?"
„Versprich es mir einfach, bitte", er bettelt direkt darum.
„Klar. Okay. Ja ich verspreche es."
Meinem Gehör nach zu urteilen ringt Thomas um Fassung.
„Es ist etwas passiert."
„Und was?", mein Ton klingt angespannt.
„Das weiß ich selbst nicht, aber...", plötzlich bricht seine Stimme weg.
„Aber?", setze ich nach.
Er atmet tief ein. „Aber am Parkplatz stehen Blaulichter."
„Was?", ich weiß nicht, was er meint.
„Die Polizei steht am Bahnhof", erklärt er mir.
„Und? Die stehen öfter dort und kontrollieren den Parkplatz." Meine Anspannung verfliegt etwas.
„Du verstehst mich nicht Kati. Das ist keine Kontrolle. Es sind drei Streifenwagen und ein Krankenwagen vor Ort. Die Straßen sind abgesperrt. Da ist etwas Größeres passiert."
Im ersten Moment weiß ich gar nichts mit dieser Information anzufangen, bis es mir dämmert. Sie haben wieder eine Frau misshandelt aufgefunden. Meine Gedanken kreisen sofort um Sara. Mir läuft es eiskalt die Schulter hinunter. „Verflucht, Sara!", bricht es aus mir heraus. „Thomas ich muss auflegen."
„Kati?", erwidert er blitzschnell.
„Ich muss auflegen, Thomas, und Sara anrufen. Sie ist dort." Ich lege auf. Eilig durchsuche ich meine Kontakte nach Saras Nummer. Ihr Handy ist an, als das erste Piepen ertönt.

Ungeduldig gehe ich im Zimmer hin und her. Plötzlich geht ihre Mailbox dran. Ich lege auf und rufe erneut an. Wieder geht sie nicht an ihr Handy. Vielleicht ist sie gerade mit einem Freier zugange und weiß von allem nichts. Doch was ist alles? Ich weiß selber nichts, außer die paar Brocken von Thomas. Prompt schreibe ich eine Nachricht an sie.

Sara!!!!
Thomas hat mir gerade gesagt,
dass etwas am Bahnhof passiert ist.
Genaueres weiß ich selbst nicht.
Melde dich bei mir sofort, wenn du meine Nachricht liest.

Erneut versuche ich sie anzurufen, als ein eingehender Anruf von Thomas angezeigt wird. Ich drücke ihn weg. Verdammt Sara, wo steckst du? Ist dir etwas passiert? Mein Handy leuchtet auf. Wieder ist es Thomas. Mein Daumen drückt ihn zum zweiten Mal weg. Ich habe jetzt keine Zeit zu reden, dafür bin ich zu aufgeregt. Die Ungewissheit bringt mich noch um. Was soll ich tun? Ich kann nicht hier bleiben und im Dunkeln tappen. Das geht nicht. Ich muss zurück zum Bahnhof. Flink mache ich mich auf den Weg ins Bad, bürste mir die Haare und lege etwas Puder auf, um die immer noch sichtbaren Flecken zu verdecken. Keine zwei Minuten später gehe ich an meinen Kleiderschrank und ziehe das Erstbeste daraus hervor. Es ist ein schwarzes Trägertop und eine dunkelblaue Jeans. Vorsichtig schlüpfe ich in beides hinein und nehme mir die Lederjacke vom Haken. Mit Turnschuhen und meinem Handy bepackt renne ich die Stufen der Treppe hinunter, vorbei an meiner Mum, die aus dem Badzimmer kommt. „Kati?"
Nur widerwillig halten meine Füße inne. „Ja?"
Sie kommt auf mich zu. „Wo willst du jetzt noch hin?"
„Ähm?" Mir fällt keine passende Ausrede darauf ein. „Ich will einfach raus."
Ein misstrauischer Ausdruck tritt auf ihr Gesicht. „Das ist keine Antwort, Kati."
„Mum!" Ich bin so aufgebracht dass ich keinen klaren

Gedanken fassen kann. „Es tut mir leid, aber mehr kann ich jetzt dazu nicht sagen. Ich muss gehen."
„Ist alles in Ordnung?", ruft sie mir nach, als ich weiter die Stufen hinunter laufe. Nein, ist es nicht, umsonst gehe ich nicht nach Mitternacht in diesem Aufzug aus dem Haus. „Ja natürlich." Ich schlüpfe in meine Schuhe. Mein innerer Impuls verrät mir, dass Mum immer noch am gleichen Fleck steht und mich wachsam mustert. Es ist mir egal. Ich darf nicht noch mehr Zeit verlieren. „Gute Nacht!!"
Bevor ich die Haustüre schließe, höre ich sie noch, „Gute Nacht, Kati, und sei vorsichtig!", rufen.
Meine Hände zittern, als ich hinter dem Steuer meines Wagens sitze. Ich unternehme einen letzten Versuch, Sara zu erreichen, ohne Erfolg. Thomas hat währenddessen erneut angerufen. Ich werfe mein Handy auf den Beifahrersitz und lasse den Motor an. Mein Wagen fährt schneller als erlaubt, doch es interessiert mich nicht. Alles, was ich will, ist, am Parkplatz zu sein.

Kapitel 12

Nach knapp zehn Minuten kommt mein Auto in der altbekannten Seitenstraße zum Stehen. Ich nehme mein Handy und steige aus meinem Wagen. Eiligen Schrittes gehen meine Füße die bekannte Straße hinunter zum Bahnhof. Schon von Weitem sind die Blaulichter zu sehen. Thomas hatte Recht. Mehrere Polizeiwagen und ein Krankenwagen stehen vor Ort.
Verdammt, was ist da los? Ich beschleunige meinen Gang und starte zum widerholten Male einen Versuch, Sara zu erreichen. Orientierungslos wandern meine Augen durch die Nacht bis ich gut 30 Meter entfernt zwei Frauen stehen sehe, die das Szenario betrachten. Sie scheinen mir bekannt vorzukommen, Sara ist jedoch keine von ihnen. Ich beende meinen Anruf und gehe auf sie zu. Die beiden sind so fixiert auf den Parkplatz, dass sie mich gar nicht bemerken.
„Was ist denn hier los?" Keine von ihnen schenkt mir ihre Aufmerksamkeit oder würdigt mich auch nur eines Blickes. Mein Augenmerk geht in ihre Richtung. Abgesehen von den Polizeiautos und dem Krankenwagen haben sich eine Menge Leute am Parkplatz versammelt. Sie blockieren mir die Aussicht. „Was ist passiert?"
„Sie haben eine von uns erwischt", antwortet die junge Frau neben mir.
„Erwischt? Was soll das bedeuten?", frage ich verwundert.
Sie atmet schwer aus. „Das bedeutet, sie haben eine von uns angefahren."
„Oh mein Gott", mir stockt der Atem. „Ist es schlimm?"
„Wäre sonst der Krankenwagen hier", mault mich die andere trocken an.
Ich schaue auf mein Handy. Immer noch kein Lebenszeichen von Sara. „Weiß man, wer es ist?"
Die Frau neben mir hält sich ihre Hand vor den Mund. Sie wimmert auf vor Fassungslosigkeit. „Es ist Sara!"
„Was?" Ich schreie es fast vor Schock.

Beide sind so verschreckt, dass sie sich mir zuwenden.
„Marlene", sagt die außen Stehende zu mir. Ich kenne sie. Sie wirkt erschüttert. „Es tut mir leid."
Ungläubigkeit macht sich auf meinem Gesicht breit. „Nein!" Ich atme tief ein. „Das kann nicht euer Ernst sein. Ihr müsst euch täuschen." Die Frau, die ich von der Toilette her kenne, macht einen Schritt näher auf mich zu. Ich weiche zurück. „Nein." Fassungslos starre ich sie an. „Nein." Ich schüttle meinen Kopf. „Bitte nicht."
Sie nickt. „Doch, Marlene."
Ich wende mich ab und schaue entsetzt zum Parkplatz.
„Das Auto ist aus dem Nichts gekommen und hat sie frontal erwischt", sagt die andere. „Was ich gehört habe, soll sie über..." Die mir Bekannte wendet sich ab von mir. „Halt deinen Mund, Tina."
Ich reagiere nicht. Der Schock sitzt zu tief. Das kann doch nicht sein! Ich war heute Morgen noch bei ihr. Das muss ein Irrtum sein. Ich versuche aus der Entfernung etwas zu erkennen. Es ist unmöglich. Die Ungewissheit nagt an mir.
„Hey! Bleib hier", ruft mir eine der beiden nach, als ich auf den Bahnhof zugehe. Ein Gefühl der Hilflosigkeit kommt in mir hoch, das mich vollkommen einnimmt. Sara? Nein, tu mir das nicht an! Bitte tu mir das nicht an! Meine Schritte sind schwer. Ich habe Angst davor, was mich hinter der Menschenmenge erwartet. Ich komme vor ihr zu stehen. Meine Augen versuchen eifrig, einen Blick zwischen den Köpfen zu erhaschen. Alles, was ich sehe, ist Blut. Es ist einfach zu viel Gewirr und Hektik, die mich daran hindern, etwas zu erkennen.
„Es war nur eine Nutte", höre ich einen alten Mann vor mir zu einem anderen sagen. Allein diese Aussage lässt Wut in mir hochkommen! Das ist ein Mensch aus Fleisch und Blut! Nicht nur eine Nutte. Absichtlich stoße ich den grauhaarigen Kerl an und schiebe mich an ihm vorbei.
Sein Gemaule interessiert mich kein Stück. Nach drei weiteren Personen komme ich vor einem Polizisten zu stehen, der mit ausgebreiteten Armen die Menschenmenge in Schach

hält. „Bleiben Sie bitte zurück." Ich drücke mich gegen ihn, während meine Augen versuchen, einen Blick hinter ihn zu erhaschen.

Zwei Sanitäter sind über einen leblosen Menschenkörper gebeugt, der am Boden liegt. Der eine links der andere rechts. Einer von ihnen verdeckt mir mit seinem Rücken die Sicht. Alles, was ich sehe, sind Beine, die unnatürlich ineinander verdreht sind. Meine Füße wollen einen Schritt zur Seite gehen, als der Mann, der mir gerade noch die Sicht versperrt hat, aufsteht. Was ich jetzt sehe, raubt mir den Atem. Eine Frau liegt bewegungslos vor mir. Ihre Nase scheint gebrochen, das Gesicht ist mit Blut und Dreck vom Asphalt verschmiert. Sie ist so entstellt, dass ich nicht erkennen kann, wer es ist. Ich erkenne nur noch eine blonde Strähne von ihrer Kurzhaarfrisur. „Oh mein Gott, Sara!!!" Der Polizist will mich zurückdrängen, als meine Füße einen Schritt auf Sara zugehen. „Bleiben Sie bitte, wo Sie sind!" Ich setze mich mit all meiner Kraft zur Wehr. Der Mann ist so überrascht, dass er zur Seite geht.

Völlig benommen falle ich vor Saras regungslosen Körper auf die Knie. „Sara?" Mir steigen Tränen in die Augen. „Nein. Sara. Bitte nicht." Ich fange entsetzt zu schluchzen an.

Der zweite Sanitäter sieht mich erschrocken an.

Ich spüre eine Hand auf meiner Schulter. „Junge Frau, bitte gehen Sie zurück."

„Nehmen Sie ihre Hände von mir!!", schreie ich und winde mich aus seinem festen Griff. „Sara?" Tränen laufen mir über die Wange, als ich mich über ihr entstelltes Gesicht beuge. Ich bin so entsetzt, dass mich nicht einmal ihr Anblick schockiert. Ich packe sie an den Schultern und rüttle sie in der Hoffnung ein Lebenszeichen von ihr zu erkennen. Ein Blinzeln oder ein Aufstöhnen würde mir schon genügen. „Sara?" Sie rührt sich kein bisschen. Ich wische mir mit meinem Handrücken die Tränen, die mir keine klare Sicht ermöglichen, aus meinen Augen. Es kommt mir so vor, als ob jemand meinen Namen ruft. Ich ignoriere es. Ich sacke über ihrer Brust zusammen und weine. Totunglücklich verliere ich völlig meine Fassung.

„Bitte, bitte, bitte tu mir das nicht an", flehe ich, mein Kopf auf ihrer Brust liegend. Ein weiteres Mal höre ich jemanden „Kati!!" rufen. Ich schrecke hoch und sehe in die Menge. Die Meute sieht mich entsetzt an. Das ist alles zu viel für mich. Ich schließe meine Augen vor seelischen Schmerzen und schlage die Hände hoffnungslos vor mein Gesicht. Das kann doch nicht wahr sein. In diesem Moment der Verzweiflung spüre ich jemanden neben mir. „Fassen Sie mich nicht an!"
„Junge Frau, ich bitte Sie: Lassen Sie mich meine Arbeit machen und Ihrer Freundin helfen." Es ist der Sanitäter von gerade, der mich mitleidig ansieht.
Ich schaue abwechselnd zu ihm und zu seinem Kollegen mir gegenüber. „Nein. Ich gehe nicht weg. Ich bleibe hier."
„Ich bitte Sie inständig", er bettelt regelrecht.
Meine Verzweiflung lässt mich erstarren. „Nein." Tränen laufen mir über die Wangen. „Nein, ich kann nicht. Sie hat nur mich." Meine Stimme ist nur noch ein Flüstern. Plötzlich sind da zwei Hände unter meinen Armen, die mich hochziehen. Ich wehre mich mit aller Kraft dagegen. „Lassen Sie mich los!"
Eine vertraute Stimme hallt in meinen Ohren wieder. „Kati ich bin es." Thomas will mich wegziehen, als ich auf meinen Füßen stehe. Ich versuche, gegen ihn anzukommen, doch es ist zwecklos. Er ist einfach zu stark.
„Warte", keife ich ihn an, als er meine Hand packt und mich weiter von Sara wegzerren will. Er mustert mich eindringlich. „Bitte." Ehe er meine Hand loslässt, drehe ich mich schon zu den Sanitätern um und fasse dem Mann, der neben mir ist, an die Schulter. „Bitte helfen Sie ihr. Sie ist nicht nur eine Nutte."
„Das werden wir. Versprochen", schwört er mir. Mein Blick fällt auf Sara. Wieder wische ich mir meine Tränen aus den Augen. „Gehen Sie jetzt bitte!", weist mich sein Partner an.
Erneut sind Thomas Hände an mir. Behutsam, aber mit festem Druck, zieht er mich hoch und dann mit sich.
Die Frauen und Männer in der Menge starren mich an. Ich versuche, ihre Blicke zu übergehen, doch als wir an dem alten Mann von gerade vorbei kommen, packt mich die Wut. Sein

Ausdruck wirkt gelangweilt. Er ist nur ein Schaulustiger. Es kümmert ihn einen Dreck, wer dort liegt. Hauptsache, er ist vor Ort und mitten im Geschehen. Neben meinem Gefühl der Verzweiflung macht sich Hass darüber breit. Wie kann er nur so herablassend sein in dieser Situation? Er empfindet kein Mitgefühl für die arme Frau, für Sara, für meine Freundin. Ich gebe meinem inneren Impuls nach und spucke ihm ins Gesicht.
„Kati?" Thomas ist entsetzt über mein Handeln.
Sein Ton ist mir gleichgültig. „Ich verfluche Männer wie dich, denn ihr seid der Grund, warum so etwas passiert. Ich hoffe, du verreckst in der Hölle." Der Mann wischt sich meine Spucke aus dem Gesicht. Zornentbrannt will er etwas sagen, doch mein drohender Blick lässt ihn verstummen.
Thomas kommt hinter mich und fasst mir an die Oberarme. „Komm Kati, der ist es nicht wert. Lass es gut sein." Sein Ton ist ruhig, aber bestimmend. Ich tue, was er sagt und gehe mit ihm. Immer wieder drehe ich mich zu Sara um, im Glauben, dass sie aufwachen wird. Doch nein. Sie liegt nur da, ohne Bewusstsein, ohne Anzeichen von Leben in ihr.
Erst als wir die Meute hinter uns haben, wendet sich Thomas zu mir um. Er breitet seine Arme aus. „Komm her."
Ich lasse mich in seine Arme fallen und weine von neuem los. „Oh mein Gott, Sara!"
Thomas tätschelt mir leicht den Kopf. „Lass es raus."
Ich vergrabe mein Gesicht in seiner Brust und schluchze los. „Warum gerade sie? Sie war ein guter Mensch, besser als die meisten, die ich kenne, besser als ich." Thomas sagt nichts dazu. Ich lasse meinen Emotionen freien Lauf. „Verdammt", fluche ich und lege meine Arme um seine Taille.
Thomas drückt mich fester an sich.
„Bis jetzt wissen wir noch nichts. Wenn ihre Situation aussichtslos wäre, hätten sie schon längst aufgehört, ihr zu helfen", versucht er, mich zu beruhigen.
Ein Wimmern widerfährt mir. „Das Leben ist Scheiße."
„Ja, das ist es", gibt er zu. Er vergräbt seinen Mund in meinen Haaren und gibt mir einen Kuss. Eine Zeitlang stehen wir wie

angewurzelt da. Es kommt mir wie Stunden vor, bis ich mich etwas beruhigt habe.
„Entschuldigung?", ist da eine Männerstimme hinter mir.
Ich drehe mich hastig um. Der Polizist von gerade steht mir gegenüber. „Tut mir leid, Sie zu stören, aber ich hätte ein paar Fragen", gibt der ältere Mann in Uniform und mit Vollbart von sich. Obwohl ich mich etwas gefasst habe, bin ich immer noch zu benommen, um zu reden.
„Muss das gerade jetzt sein?" Thomas Stimme ist tonlos.
„Leider ja", der Mann wirkt zerknirscht darüber. Er setzt sofort nach: „Wer ist diese Frau?" Der Polizist sieht mich eindringlich an. Ich bringe keinen Ton heraus. Ich wende mich von ihm ab. Voller Fassungslosigkeit schlage ich mir meine Hände vors Gesicht. Verdammt, Sara, du hast mir versprochen, vorsichtig zu sein!
„Junge Frau", sagt der Polizist etwas lauter, als ich mich ein paar Schritte entferne.
Ich höre Thomas Stimme im Hintergrund. „Hören Sie, vielleicht kann ich Ihnen helfen. Sie ist auch eine Freundin von mir." Ich versuche mein Gehör komplett abzuschalten. Thomas weiß, was zu tun ist, und ich bin ihm dankbar dafür, meine Ruhe zu haben. Mein Gesicht ist auf den Boden gerichtet. Um mich etwas abzulenken, gehen meine Füße an den Linien der Pflastersteine entlang. Nach etwa zehn Metern machen sie kehrt und versuchen es erneut. Plötzlich ist da eine Hand auf mir. Thomas steht vor mir und mustert mich. „Alles in Ordnung?" Ich nicke nur und schaue über seine Schultern zu der versammelten Menschenmenge. Thomas packt mich am Arm und dreht mich weg. „Du musst dir nicht das ganze Paket geben."
„Was hast du zu dem Polizisten gesagt?"
„Nur das, was ich weiß", antwortet er mir. „Das ist nicht viel."
„Haben sie einen Verdächtigen?", bohre ich weiter nach.
Thomas schüttelt nur den Kopf. „Nein." Sein Gesichtsausdruck ist bestürzt. „Es ging nur ein Anruf bei der Polizei ein, dass jemand angefahren worden ist."

Diese Tatsache macht mich zornig. Erst jemanden anfahren und dann abhauen. „Und jetzt?"
„Jetzt heißt es warten", gibt er deprimiert zu. Er legt seine Arme um meine Hüften und zieht mich fest an sich. Mein Handy vibriert in meiner Hosentasche. Ich hole es eilig heraus. Ein Anruf von zu Hause wird mir angezeigt. Ich löse mich von Thomas und gehe einen Schritt zurück.
„Was ist los?", fragt er vollkommen verwirrt.
„Sei still", weise ich ihn an. Du musst an dein Handy gehen, Kati. Deine Eltern machen sich gewiss schon Sorgen, meint meine innere Stimme. Ich achte darauf, kontrolliert einzuatmen, versuche die Verzweiflung in meiner Stimme zu verstecken und drücke auf >Annehmen<. „Ja?"
„Kati? Schatz? Bist du es?" Höre ich am anderen Ende der Leitung meine Mutter.
„Ja ich bin es. Hallo Mum!" Ich kehre Thomas den Rücken zu, da mich seine verschreckte Miene irritiert. „Was ist los?"
„Das wollte ich dich fragen", sie ist in Sorge.
„Mich?" Meine Stimme wirkt gespielt ahnungslos.
Meine Mutter wartet einen kurzen Moment. „Wo bist du?"
„Unterwegs." Mein Blick fällt auf die Menschenmenge einige Meter vor mir. Sara liegt dort und sie kämpft ums Überleben. Ich versuche krampfhaft, meine Gefühle im Zaun zu halten. Sara bitte überlebe! Mir ist egal, was danach passiert. Du sollst nur weiter leben! Tränen sammeln sich in meinen Augen.
„Ist alles in Ordnung, Schatz?", setzt meine Mutter misstrauisch nach.
Ihre Frage trifft mich wie ein Messerstich. Ich halte mir die Hand vor Entsetzen vor den Mund und schließe meine Augen. Sei stark Kati. „Ja", ich beiße mir auf die Zunge, um ein Wimmern zu unterdrücken. „Es ist alles Bestens."
„Wirklich?", sie gibt nicht auf.
„Ja."
„Dann ist es gut. Wir waren schon krank vor Sorge. Du warst vollkommen durch den Wind, als du weg bist." Ihrer Stimme nach, glaubt sie mir.

„Da spricht die Mutter aus dir", necke ich sie, um den Anschein zu erwecken, dass es mir gut geht.
„Kann sein. Ist eben ein harter Job, wenn man eine Tochter hat, die ohne eine Vorwarnung mitten in der Nacht verschwindet", witzelt sie. Ich nehme mein Handy vom Ohr. Der belanglose Smalltalk ist in diesem Moment unerträglich für mich. „Kati?"
„Ich muss jetzt auflegen, Mum. Gute Nacht."
„Gute Nacht, Schatz, auch von Dad", höre ich nur noch und weg ist sie. Ich drehe mich zu Thomas um, der mich mit großen Augen mustert. „Das war der Wahnsinn!"
„Was?", hake ich nach und verstaue mein Handy in meiner Hosentasche.
„Na, das eben", er fuchtelt mit seinen Händen rum.
„Was ist mir anderes übrig geblieben?"
„Du bist einfach der Wahnsinn, mehr wollte ich damit nicht sagen", stellt er klar. Unser kurzes Gespräch hat mich etwas abgelenkt. Ich gehe einen Schritt auf ihn zu und sinke in seine Arme.
Ich schaue zu Thomas auf, dessen Blick auf den Parkplatz hinter mir gerichtet ist. Er sieht zu mir hinunter und versucht, ein kleines Lächeln aufzubringen. Ich starre ihn nur an. Mir ist nicht danach zu lächeln. Im Moment spüre ich überhaupt nichts. Das Empfinden, das sich nach dem Abend mit Manson in mir ausgebreitet hat, ist dagegen ein Witz. Ich dachte, das Gefühl wäre schlimm. Jetzt stellt sich heraus, es geht noch schlimmer. Vor Tagen habe ich geglaubt, nie wieder glücklich zu werden, jetzt will ich am liebsten sterben. Abgesehen von Thomas, war Sara mein Dreh- und Angelpunkt in den letzten zwei Wochen. Sie war wie eine Schwester für mich. Sie hat mich in allem unterstützt. Sie war mein Fels in der Brandung. Ich schluchze bei diesen Gedanken verzweifelt auf. Thomas' Umarmung wird automatisch fester. „Wollen wir nicht zu mir gehen? Hier können wir auch nichts tun."
„Nein. Ich will hier bleiben."
Thomas versucht erst gar nicht, mich umzustimmen. Er

nimmt seine Hand, legt sie unter mein Kinn und zieht mein Gesicht sanft an seins heran. „Wenn du es so willst, dann machen wir es so." Er küsst mich. „Wie geht's dir? Hast du dich schon etwas beruhigt?", fragt er nach, als sich seine Lippen von meinen lösen. Ich nicke nur. Es vergehen weitere Minuten.

„Kati! Sie fahren jetzt." Ich drehe mich um. Die Menschenmenge hat sich verkleinert. Nur noch eine Handvoll steht da und schaut zu, wie die beiden Sanitäter Sara auf einer Trage in den Krankenwagen heben. Zwei der Polizeiwagen sind schon weg und der Dritte macht sich gerade auf den Weg. Ich winde mich aus Thomas Umarmung und gehe zurück. Er ist dicht hinter mir.

Einer der beiden Männer bleibt bei Sara im Versorgungsraum des Krankenwagens, während der andere die Türe zuschlägt und vorne einsteigt. Ich tippe mit dem Finger gegen die Fensterscheibe der Fahrertür. Der Mann lässt sie runterfahren. Er wartet auf keine Frage, sondern erklärt sofort: „Ihr Zustand ist kritisch. Wir bringen sie jetzt ins Krankenhaus. Alles Weitere wird sich dort ergeben."

„Danke." Der Mann nickt mir zu und verabschiedet sich. Für einen kurzen Augenblick stehen ich und Thomas nur da und schauen dem wegfahrenden Krankenwagen hinterher.

„Und jetzt?", will Thomas wissen, als das Fahrzeug außer Sichtweite ist.

„Jetzt fahre ich ins Krankenhaus", sage ich bestimmt.

„Wir fahren ins Krankenhaus", korrigiert er mich.

Meine Aufmerksamkeit wandert zu ihm. „Du musst nicht mitfahren."

„Ich will aber", stellt er klar und tritt neben mich. Er nimmt meine Hand in seine. „Wollen wir?"

„Was ist mit deiner Arbeit? Musst du nicht früh raus?"

„Es gibt Wichtigeres als das", antwortet er prompt.

„Ok." Ich atme erleichtert auf. Es tut gut, ihn an meiner Seite zu wissen. Gemeinsam machen wir uns auf den Weg. Meine Augen schweifen auf den Teil der Straße, wo vor Kurzem noch Sara lag. Nur noch ein dunkler Fleck ist zu erkennen.

Das ist alles, was übrig ist. „Oh Sara!"
„Es wird alles gut werden", beschwichtigt mich Thomas und nimmt mich unter seinen Arm. Ich sage nichts dazu und hoffe im Stillen nur das Beste. Wortlos gehen wir zu seinem Wagen und fahren die kurze Strecke zum Krankenhaus hoch. An einem Parkplatz davor stellt Thomas sein Auto ab. Ich steige eilig aus und warte auf ihn an meiner Seite des Wagens. Er geht um sein Auto rum und fasst abermals nach meiner Hand. Wir gehen durch die Tür der Notfallaufnahme. Ich drehe und wende meinen Kopf, um Ausschau nach einer Krankenschwester zu halten. Der Empfang ist unbesetzt. Ich lasse Thomas' Hand los und schaue in die Flure. Eine junge Frau meines Alters kommt den Gang entlang.
„Hallo!", sage ich, als die Frau mir entgegen kommt. Sie würdigt mich keines Blickes und geht hastig an mir vorbei. Sie setzt sich auf den Stuhl hinter dem Stationsposten. Ich komme ihr nach. „Entschuldigung?"
Sie sieht zu mir auf. „Ja?", ihre Stimme wirkt gereizt.
Ich übergehe ihren Ton. Lass sie leben, Kati. „Eine junge Frau muss gerade bei Ihnen eingeliefert worden sein."
„Name?", ihre Stimme ist schroff.
„Sara", mein Ton ist leicht zornig.
„Wie noch?", bohrt sie überheblich nach.
„Ähm?" Scheiße ich weiß gar nicht ihren Nachnamen.
„Ja?" Mit geweiteten Augen sieht sie mich an.
„Tut mir leid, mehr weiß ich nicht", gebe ich kleinlaut zu.
„Aha", ihr Blick ist abfällig. „Ich kann Ihnen leider nicht weiterhelfen ohne Namen."
Wie so oft in den letzten Minuten verliere ich meine Beherrschung. „Jetzt hören Sie mal zu. Die Frau hatte einen Autounfall vor nicht mal zwei Stunden. Ihr Gesicht ist kaum zu erkennen und sie ist bewusstlos. Sie muss, kurz bevor wir eingetroffen sind, mit dem Sanitätswagen angekommen sein. So schwer wird das wohl nicht zu verstehen sein, selbst für Sie. Also ich will jetzt wissen, was mit ihr ist und wie es mit ihr weiter geht."
Das Gesicht der Krankenschwester ist rot vor Wut. „Sind Sie

eine Familienangehörige?"
„Nein." Verdammt, das habe ich vergessen.
„Und er?" Sie deutet mit ihrem Kugelschreiber in der Hand auf Thomas.
„Nein, er auch nicht", äffe ich sie nach.
„Dann hoffe ich, Sie haben Verständnis dafür, dass ich an Nichtfamilienmitglieder keine Informationen heraus geben darf", antwortet sie selbstgerecht.
Thomas zieht an meinem Arm. „Lass uns einfach warten, Kati."
Ich übergehe ihn. „Und ich hoffe, Sie sind nicht auf Ihr Arbeitszeugnis angewiesen, wenn Sie gefeuert wurden."
„Entschuldigung?" Ihr Gesicht nimmt einen fragenden Ausdruck an.
„Ich muss nur meinen Vater anrufen und ihm davon erzählen." Ich pokere ziemlich hoch für die Tatsache, im Unrecht zu sein.
„Und, wer ist Ihr Vater?", fragt sie misstrauisch nach.
„Doktor Georg Stein, er ist Chirurg und praktiziert in diesem Krankenhaus", sage ich arrogant.
Allein bei dem Namen fällt ihre angespannte Miene ab. „Sie sind Doktor Steins Tochter?"
„Ja."
„Abgesehen davon...", ihre Stimme ist auf einmal freundlicher, „...ist es mir untersagt. Vorschrift ist Vorschrift. Sie gehören nicht zur Familie. Ich kann Ihnen nicht weiterhelfen, egal wie gern ich möchte."
Geht doch. Ich habe sie etwas weichgeklopft. „Dann muss ich wohl auf anderem Wege an die Informationen kommen." Ich ziehe mein Handy aus meiner Hosentasche.
„Was haben Sie vor?", sie wirkt verwirrt.
„Nichts", und wende mich ab von ihr. „Ich rufe nur meinen Vater an. Er hat zwar noch Urlaub diese Woche, aber wenn es sein muss, dann muss es sein." Ich tue so, als ob ich seine Nummer wähle und halte mein Handy an mein Ohr. Es gibt keinen Ton von sich.
„Warten Sie!" Die junge Frau wirkt aufgebracht.

„Ja?" Immer noch mit meinem Handy am Ohr drehe ich mich zu ihr um. Stumm steht die Krankenschwester vor mir. Es vergehen Sekunden. „Ja, Dad? Bist du es?"
Plötzlich macht die Frau vor mir eine abwehrende Bewegung mit ihren Händen. „Legen Sie auf."
„Oh, sorry Dad, falscher Alarm, mein Auto springt wieder an", sage ich zu mir selbst. „Trotzdem tut mir leid, dich geweckt zu haben. Ich habe dich auch lieb." Ich nehme mein Handy vom Ohr und tue so, als ob ich auflegen würde. Mein Blick wandert zu der Krankenschwester. „Was?"
Sie steht von ihrem Stuhl auf und kommt hinter der Station hervor. „Ich schaue, was ich für Sie tun kann, Frau Stein." Sie lächelt kurz und geht den Korridor entlang, von dem sie gekommen ist.
„Zicke", flüstere ich ihr bei ihrem Weggang nach.
Thomas Arme umfassen meine Hüften von hinten. „Das sagt die Richtige."
Ich drehe mich zu ihm um. „War ich nicht toll?"
„Überragend", spornt er mich weiter an. „Für den ersten Moment dachte ich wirklich, du rufst deinen Vater an."
Ich grinse belustigt darüber. Meine Anspannung lässt weiter nach. „Achtung", er flüstert verschwörerisch. „Sie kommt zurück. Ich versuche, mein Gesicht wieder unter Kontrolle zu bekommen.
„Entschuldigung", wirft die Frau kleinlaut ein, als sie neben uns steht.
„Ja?" Mein Kopf neigt sich in ihre Richtung. „Waren Sie erfolgreich?"
Sie wirkt geknickt. „Mehr oder weniger. Ihre Freundin ist komatös. Sie hat schwere innere Verletzungen. Doktor Schweigel und ein Assistenzarzt nehmen sich ihrer an. Mehr kann ich zum jetzigen Zeitpunkt nicht sagen."
Der Name Schweigel ist mir bekannt. Mein Vater und er sind außerhalb der Arbeit gut befreundet. „Dominik ist der behandelnde Chirurg?"
„Ja, Herr Schweigel", erwidert sie fasziniert.
„Er ist ein toller Chirurg." Erleichterung überkommt mich.

Dominik weiß, was er tut.

„Genau wie Ihr Vater", schleimt sich die Krankenschwester bei mir ein.

Ich bringe ein gezwungenes Lächeln auf. „Vielen Dank für Ihre Hilfe." Meine Augen fallen auf die Sitzgelegenheiten im Warteraum. „Wir bleiben hier. Bitte halten Sie uns auf dem Laufenden."

„Natürlich", sagt sie übertrieben freundlich und geht hinter die Station an ihren Platz.

Ich packe Thomas bei der Hand und ziehe ihn mit mir zu den Stühlen. Als wir sitzen, küsst Thomas sanft meine Hand, die weiterhin seine umschließt. „Ich weiß gar nicht, wen ich lieber mag: die dominante oder die liebe Kati?"

Ich grinse ihn verschämt an. „Vielleicht hast du Glück und du triffst einmal beide zur selben Zeit."

Missbilligend sieht er mich an. „Sehr witzig."

„Ich meine ja nur."

In der Ferne kommt ein Mann auf die Station zu. Sofort sind meine Gedanken wieder bei Sara. Bitte lass sie überleben. Der Mann im weißen Kittel geht wieder weg.

„Was ist los?" Thomas Stimme ist besorgt.

„Nichts", flunkere ich ihm vor.

Sein Griff wird fester. „Es wird alles gut werden."

Seine Worte tun gut, aber mein Gefühl ist da anderer Meinung. Du hast sie gesehen. Sie war fast tot. Wie ein Häufchen Elend sacke ich auf dem Stuhl zusammen. „Alles ok?" Thomas Augen sind auf mich gerichtet.

„Soweit ja", versichere ich ihm.

„Das wird schon", spricht er mir Mut zu.

„Wir werden sehen." Ich weiß nicht, warum, aber ich fühle etwas Schlimmes auf uns zukommen.

Mein Kopf lehnt sich an Thomas Schulter. Wieder überkommt mich pure Verzweiflung. In meinen Augen sammeln sich erneut Tränen, doch ich versuche, mir vor Thomas nichts anmerken zu lassen. Das Warten ist unerträglich. Aus Sekunden scheinen Minuten zu werden und aus Minuten Stunden. Thomas räuspert sich. „Es ist 4

Uhr vorbei."

„Wenn du gehen willst, dann geh", versuche ich seinen Gedanken auszusprechen. „Du musst in drei Stunden schon wieder aufstehen."

Thomas grinst leicht. „Nein, ich bleibe." Er gähnt.

Ich nehme meinen Kopf von seinen Schultern. „Ich hole dir einen Kaffee."

Thomas packt mich sanft am Handgelenk. „Das kann ich auch tun."

Meine rechte Hand streift sanft über seine rechte Wange. „Du hast heute schon genug getan." Er schließt die Augen bei meiner Berührung. Ich nutze meine Chance und ziehe meinen Arm aus seinem Griff.

„Hey!", mault er entrüstet.

„Bleib sitzen. Bin sofort wieder da" und mache mich auf den Weg zum Automaten, der am anderen Ende des Raumes steht.

Während der Kaffee in den Plastikbecher fließt, höre ich Schritte hinter mir. Ein Mann steht bei der Nachtschwester. Er gesellt sich danach zu Thomas in den Warteraum. Mit meinem vollen Becher komme ich zu meinem Platz zurück.

„Hier" und halte Thomas den Becher hin.

„Danke", erwidert er grinsend. Ich setze mich und schaue auf den Mann, der zwei freie Plätze neben mir sitzt. Er sieht verschlafen aus. Seine Miene wirkt gequält.

„Alles ok?", schießt es aus mir gedankenlos hervor.

Er blickt mich ausdruckslos an. „Nein."

„Was ist los?", frage ich weiter.

„Das weiß ich selbst nicht. Meine Nachbarin hat mich gerade eben aus dem Bett geholt und gemeint, meiner Freundin wäre etwas passiert. Jetzt komme ich her und höre nichts." Er macht eine abfällige Handbewegung zu der Frau hin, mit der auch ich kämpfen musste. „Ich weiß nicht einmal, ob sie hier liegt oder ob sie weiter weg gebracht wurde."

„Wie lange seid ihr schon zusammen?" Ich will ihn nicht ausfragen, aber in solchen Momenten sollte keiner allein sein.

„Genau genommen sind wir noch nicht zusammen. Ich kenne

sie aber über zwei Jahre." Mit seiner Hand wägt er den Zeitraum ab. „Sie wohnt unter mir." Sein letzter Satz macht mich stutzig. Meine Augen mustern ihn eindringlich. Die Beschreibung von Sara stimmt nicht genau überein mit dem, was ich sehe. Der Mann ist ungepflegt und nicht rasiert. Unsicher frage ich weiter nach. „Hatte sie einen Arbeitsunfall?"
„Nein", er räuspert sich. „Ein Auto hat sie angefahren."
„Nick!", stelle ich prompt fest.
Völlig verdattert sieht er mich an. „Ja?"
„Oh mein Gott...", mir stockt der Atem.
Thomas zieht sanft an meinem linken Arm. „Woher kennst du ihn?"
Ich übergehe seine Frage. „Du bist wegen Sara hier."
Er ist vollkommen verwirrt. „Ja. Genau."
„Wir auch." Ich deute auf Thomas und mich.
Diese Erkenntnis scheint ihn vollkommen zu überraschen. „Wer seid ihr?"
Thomas reicht ihm die Hand, nachdem ich nicht reagiere und ihn nur anstarre. „Thomas und das ist meine Freundin Kati."
„Freut mich", antwortet er ihm. „Nick."
„Freut mich ebenfalls, auch wenn es unter diesen Umständen ist." Er hebt seinen Zeigefinger und lässt ihn kreisen.
„Wisst ihr mehr? Die Tussi dort kann mir keine Auskunft geben." Er ist wütend darüber. „Sie sind kein Familienmitglied", äfft er sie nach.
„Jaja, das hat sie zu uns auch gesagt", redet Thomas weiter. Ich bin noch zu perplex dafür. Das ist Nick. Der Mann, für den Sara ihr Leben ändern wollte. In den sie verliebt ist.
„Ihr wisst also auch nicht mehr?", versucht Nick zu erahnen.
„Dank ihr hier schon", er lächelt liebevoll in meine Richtung. Nick richtet erwartungsvoll seinen Blick auf mich. „Kati?"
Thomas gibt mir einen kleinen Schubs.
„Ähm...", ich versuche mich zu sammeln. „Sara hat schwere innere Verletzungen. Zwei Ärzte nehmen sich ihrer an."
Meine Worte lassen ihn Böses erahnen. „Sie hat schwere innere Verletzungen?"

Ich nicke. „Ja."
Ungläubig schüttelt er seinen Kopf. „Wie konnte das nur passieren? Ich meine, was hatte sie so spät abends noch auf der Straße zu suchen?"
Thomas verkrampft sich neben mir. Er setzt zu reden an. „Naja, was wohl? Sie…"
Ich unterbreche ihn in seinem Satz. „Soviel ich weiß, war sie mit Freunden unterwegs?"
„Freunde?", wiederholt Nick verwirrt. „Welche Freunde? Ich kenne sie seit zwei Jahren und sie hat nie etwas von Freunden erzählt."
„Ach nein?" Ich spiele die Überraschte.
„Nein", stellt er klar. „Sie war tagsüber zu Hause und nachts hat sie in einer Bar gekellnert. Sie machte immer ein großes Geheimnis aus sich. Erst in den letzten Wochen taute sie mehr auf." Ich verkrampfe innerlich. Wenn Nick nun die Wahrheit wüsste? Wie würde er reagieren? Sara schämte sich, anschaffen zu gehen. Sie war nie stolz darauf. Ich erinnere mich an unsere Gespräche. Sie kam mit Träumen und Vorstellungen hierher und wurde bitter enttäuscht.
„Und du bist eine Freundin von ihr?", fragt Nick nach.
„Ich bin niemand. Wir kennen uns durch die Arbeit. Ich bin Stammkunde in ihrer Bar."
„Ach wirklich? Wo arbeitet sie denn?", hakt er interessiert nach. „Mir hat sie nie einen Namen gegeben."
Das hat seine Gründe, denke ich mir. „Wenn sie es schon nicht getan hat, werde ich es auch nicht tun. Sie will doch geheimnisvoll bleiben." Über meine Worte muss er grinsen. Nick lehnt sich in seinen Stuhl zurück und schaut ziellos umher. Ich wende meinen Blick ab von ihm und schaue zu Thomas, der mich misstrauisch mustert. Es vergeht wieder eine kleine Ewigkeit des Wartens. Je länger wir im Unklaren sind, desto angespannter wird die Situation.
Nick rutscht unruhig auf seinem Platz hin und her. „Das Warten macht mich irre."
Ich versuche, verständnisvoll drein zu schauen. „Geht mir genauso."

Er steht auf und holt ein Päckchen Zigaretten aus seiner Jackentasche. „Kommt ihr mit?"
Thomas und ich schütteln den Kopf. „Nein danke", sage ich.
Nick dreht sich ab und geht hinaus.
„Warum hast du gesagt, du wärst ein Niemand? Du bist kein Niemand und das weiß er auch", wirft Thomas sofort ein, als Nick außer Hörweite ist.
Mein Kopf geht in seine Richtung. „Weil er von alledem nichts weiß und ich werde bestimmt nicht diejenige sein, die ihm das sagt. Das gehört sich nicht."
„Aber du bist hier, wie er auch, also bist du mehr als ein Niemand. Warum hast du nicht gesagt, dass du eine Freundin bist? Das ergibt doch keinen Sinn", klärt er mich auf.
„Weil er mich sonst ausgefragt hätte. Es ist mir egal, ob es einen Sinn ergibt oder nicht. Manchmal ist es besser weniger zu wissen." Ich lehne mich an meinen Stuhl und stütze meinen Kopf mit meinem rechten Arm ab.
„Vielleicht hast du Recht. Es ist besser so", gibt er nach.
Thomas gähnt erneut. „Ich glaube, eine Zigarette wäre jetzt wirklich nicht schlecht."
„Sehr witzig." Ich verdrehe die Augen.
„Das war mein Ernst. Das Warten bringt mich noch um und ich kann kaum die Augen offen halten." Er gähnt erneut.
„Dann fahr doch nach Hause, Thomas", gebe ich ihm als Wahlmöglichkeit zurück.
„Nein." Er nimmt einen Schluck von seinem Kaffee.
„Dann geh. Das ist aber eine Ausnahmesituation. Lass es nicht zur Gewohnheit werden."
„Bestimmt nicht", antwortet er und hält mir seinen Becher hin. „Willst du den Rest?"
Meine Hand greift danach. „Ja."
Thomas steht von seinem Platz auf, gibt mir einen flüchtigen Kuss auf die Wange und geht zu Nick vor den Eingang der Notfallstation. Ich nehme einen Schluck aus dem halbvollen Becher und verziehe mein Gesicht. Der Kaffee schmeckt fürchterlich. Es vergehen weitere Minuten bis sich ein junger

Mann zu der Krankenschwester hinter der Station gesellt. Mit wachsamen Blick schaue ich auf die beiden. Der Ausdruck auf dem Gesicht des Mannes verheißt nichts Gutes. Er deutet mit seinem Zeigefinger in meine Richtung.
Ich setze mich kerzengerade auf und verkrampfe innerlich, als er um die Station geht. Ich atme erleichtert auf, als der junge Mann in die Richtung zurückgeht, von der er gekommen ist. Ich ziehe mein Handy aus der Jackentasche und schaue auf die Uhr. Es ist 05:35 Uhr. Mein Blick fällt auf Thomas und Nick, die ich durch die Glasfront sehe. Die beiden scheinen gut miteinander auszukommen. Anscheinend reden sie über Autos, da sie einem Sportwagen zugewandt sind. Jeder geht auf seine Weise mit solchen Situationen um. Die einen grübeln darüber, wie unfair das Leben sein kann, während die anderen sich ablenken und über banale Dinge wie Autos reden. Ich trinke meinen Becher leer und denke an Sara. Ich möchte gern glauben, dass alles wieder in Ordnung kommt, aber die Chancen dafür sind eher gering. Wieder sind da die Bilder in meinem Kopf, als sie auf der Straße lag. Sie war mehr als nur am Ende. Ich will nicht so denken, aber meine innere Stimme sagt mir, dass meine größten Ängste heute Realität werden. Sie wird sterben, Kati. Sara stirbt und du kannst nichts tun, außer es akzeptieren! Ich denke an unsere erste Begegnung und an die tiefgehenden Gespräche, die wir geführt haben. Ich habe viel von ihr gelernt und sie von mir. Sie war zu jung. Sie war eine Kämpferin und musste sich doch geschlagen geben.
In diesem Moment wird mir klar, dass ich mich von Sara innerlich verabschiede. Warum reagiere ich so? Warum ist meine innere Stimme so überzeugt davon, dass sie sterben wird? Thomas sieht das ganz anders. Er hat noch Hoffnung auf ein gutes Ende. Warum ich nicht? Es scheint so, als ob ich ihr den Tod wünschen würde und das tue ich nicht. Ich würde sofort mit ihr tauschen, wenn ich könnte.
Vielleicht habe ich keine Hoffnung mehr, weil ich sie gesehen habe. Ihr zerfetztes Gesicht…
„Sie sind Doktor Steins Tochter?", unterbricht eine

Männerstimme meine Gedanken.
Ich sehe zu dem jungen Mann im weißen Kittel auf. Es ist derselbe, der bei der Krankenschwester stand. „Ja. Ich bin Katarina Stein."
Er hält mir seine Hand hin. „Freut mich, Josef Feilsch." Seine Stimme ist tonlos. „Ich bin Assistenzarzt und habe mit Doktor Schweigel Ihre Freundin behandelt."
„Und?", frage ich prompt nach und wische mir die Tränen aus den Augen.
Der junge Mann setzt sich neben mich. Er legt seine Hand auf die Meinige und ringt um Worte. „Frau Stein. Es tut mir leid, Ihnen mitteilen zu müssen, dass wir Sara um 05:56 Uhr verloren haben." Ich ziehe meine Hand unter seiner zurück und starre ihn verschreckt an. Mir fehlen die Worte vor Schock. „Wir haben unser Bestes gegeben, doch ihre inneren Verletzungen waren zu schwerwiegend", redet er weiter. „Fast alle lebenswichtigen Organe waren betroffen."
Plötzlich ist Thomas Stimme zu hören. „Was ist los?"
Ich wende mich von dem jungen Arzt ab und schaue zu ihm. Nick steht vor Thomas, völlig regungslos wartend auf eine Antwort von mir. Ich versuche meine Fassung zu bewahren, stelle meinen leeren Becher am Boden ab und komme von meinem Platz hoch. Ich gehe Nick entgegen, der mit seinen Tränen kämpft. Er weiß, was es geschlagen hat. Unmittelbar vor ihm bleibe ich stehen. „Es tut mir leid, Nick." Ich schaue ihm in die Augen und wähle meine Worte mit Bedacht. „Heute Nacht haben wir beide einen geliebten Menschen verloren."
„Nein", er schüttelt ungläubig seinen Kopf. „Sag das nicht."
„Es tut mir so leid." Meine Stimme ist nur noch ein Flüstern.
„Oh bitte nicht", stöhnt Nick unglücklich auf. Er setzt sich auf einen der Stühle neben ihm und vergräbt die Hände in seinen Haaren. „Bitte nicht."
Ich schaue zu Thomas, der ebenfalls glasige Augen hat. Er kommt auf mich zu und umarmt mich. „Verdammte Scheiße!"
„Frau Stein?", fragt der Arzt.

„Ja?" Ich wende mich an ihn.
„Wissen Sie, ob Ihre Freundin irgendwelche Familienangehörige hat, die wir informieren können?", seine Stimme ist ruhig.
„Nein, im Moment nicht." Ich denke an das Zerwürfnis zwischen ihr und ihren Eltern. „Vielleicht weiß Nick etwas." Ich deute auf ihn, der neben mir sitzt.
„Danke", er nickt mir zu und geht zu Nick.
Nick zuckt nur mit den Schultern. „Sie ist zwar mit ihren Eltern zerstritten, aber ihre Nummer hat sie."
Ich blende das Gespräch aus und ziehe Thomas fester in meiner Umarmung. Beide verharren wir in dieser Stellung noch eine Zeitlang. Ich schwelge in Erinnerungen, die Sara betreffen. Sie war jung und voller Leben, selbst in den beschissensten Situationen konnte sie noch Witze darüber reißen. Der Klang ihres Lachens hallt in meinem Kopf wieder. Ich schluchze auf. „Das hat sie nicht verdient."
„Nein", stimmt Thomas zu. „Das hat sie wirklich nicht."
Der junge Arzt tritt neben uns. „Also ich wünsche Ihnen alles Gute", er streckt mir seine Hand entgegen. „Nochmals mein herzlichstes Beileid und grüßen Sie ihren Vater von mir."
Ich erwidere seinen Händedruck. „Das werde ich." Der Mann will von uns weggehen, als ich meinen Griff auf seine Hand verstärke. Er bleibt irritiert vor mir und Thomas stehen. „Kann ich noch etwas für Sie tun Frau Stein?"
Ich halte kurz inne, um mein Anliegen richtig zu Sprache zu bringen. „Könnte ich sie ein letztes Mal sehen?", meine Stimme ist ein Flehen. „Ich weiß, dass es mir als Nichtfamilienmitglied untersagt ist, aber sie hatte nur uns drei. Meine letzte Erinnerung war sie blutend auf der Straße zu sehen. Ich habe ihr noch etwas zu sagen."
Der Ausdruck auf seinem Gesicht zeigt mir, dass ich eine Abfuhr erhalten werde. „Bitte. Es dauert nicht lange. Ich muss das tun. Bitte. Tun Sie mir den Gefallen."
Sein Blick wandert von mir zu Thomas bis hin zu Nick, um letztendlich wieder auf mir zu landen. „Aber nur Sie."
Nick sitzt nur da. Sein Gesicht ist starr vor Trauer.

„Sie wissen gar nicht, was mir das bedeutet", meine Stimme ist voller Dankbarkeit.
„Dann folgen Sie mir." Er geht voran.
Als ich ihm nachgehen will, hält mich Thomas zurück. „Willst du das wirklich tun? Meinst du nicht, es reicht für heute?" Mir fallen Saras Worte ein, in Bezug auf mein Benehmen in heiklen Situationen. „Nein. Ein Übermensch wie ich schafft das schon." Verwundert über meine Worte lasse ich ihn zurück und folge dem Assistenzarzt, der sich kurz mit der Krankenschwester an der Station unterhält.
„Ich warte", ruft mir Thomas nach, als wir den langen Korridor entlang gehen. Vor einer weißen Tür mit schwarzem Griff kommen wir zum Stehen. Es ist die Zimmernummer 36.
Der junge Arzt sieht mich fragend an. „Wollen Sie das wirklich?" Ich nicke nur mehrfach. „Ok." Er drückt den Griff hinunter. „Fünf Minuten."
Ich gehe an ihm vorbei durch die geöffnete Tür. Es ist schon Morgen, daher ist der Raum nicht ganz so dunkel. Ich erkenne Umrisse. Meine Hände suchen seitlich nach dem Lichtschalter. Die Wände des Zimmers sind bis auf ein Kreuz und eine Uhr kahl. Mittig im Raum steht ein Bett auf dem Sara liegt. Sie ist bis zum Hals eingehüllt in einer graugrünen Decke. Ich gehe langsam auf sie zu. Es fühlt sich unwirklich an, aber es erschüttert mich nicht mehr so stark wie zuvor. Ihr Gesicht ist von Narben und Blutergüssen gezeichnet. Ich erkenne sie jedoch besser, als vor Stunden am Bahnhof. Meine Hand kriecht unter die Decke und fasst nach ihrer. In Sekundenschnelle ziehe ich sie zurück, denn ihre Hand ist eiskalt und starr. Plötzlich spüre ich mehr denn je den Tod um mich herum. Noch nie war er so gegenwärtig wie jetzt. Meine Augen ruhen auf Saras Gesicht.
Wäre sie nicht so bleich und kalt, könnte man annehmen, sie schläft. Ein Ticken bringt mich dazu, von Sara abzulassen. Ich schaue zur Wanduhr. Es ist 06.35 Uhr und der Sekundenzeiger dreht unaufhörlich weiter seine Runden auf seinem Zifferblatt. Vor 39 Minuten ist Sara gestorben. Sie hat aufgehört zu atmen, ihr Herz ist einfach stehen geblieben,

doch die Welt dreht sich weiter auch ohne sie. Es fühlt sich so unwirklich an. Es gibt Momente im Leben eines jeden Menschen, da bricht für ihn alles zusammen. Nichts ist beständig, nichts ist sicher. Ich stehe hier vor Saras Bett. Sie ist tot, während andere ahnungslos aufstehen oder schon frühstücken. So ist es nun mal, so ist das Leben. Meine Gedanken stimmen mich unendlich trübe. Ich wische mir mit meinem Handrücken die Tränen aus den Augen und streiche sanft mit der anderen Hand über ihr Gesicht. „Sara", setze ich an und schluchze. „Es tut mir leid."
Die Zimmertür geht auf und eine Stimme ertönt hinter mir. „Die fünf Minuten sind um, Frau Stein." Es ist der Assistenzarzt. Tränen laufen mir über die Wange, als ich tief einatme und ohne mich ihm zuzuwenden sage: „Ich bin noch nicht so weit."
„Trotzdem...", fängt er an zu reden, als ich nachsetze. „Ich verspreche Ihnen, es dauert nicht mehr lange." Die Tür fällt zu und ich bin wieder alleine mit Saras Leichnam. Ich versuche, einen klaren Gedanken zu fassen. „Weißt du, was mir klar geworden ist? Du hast mich vor einigen Tagen einen Übermenschen genannt. Ich habe darüber nicht weiter nachgedacht, aber jetzt ist mir klar geworden, dass du mehr als ich einer warst. Du bist durch die Hölle gegangen in der Hoffnung, Erlösung zu finden. Du hast nie aufgehört, an ein besseres Leben zu glauben. Du hattest so wenig und konntest doch so viel geben. Letzten Endes war dir ein Happy End, das du dir so sehr gewünscht hast, nicht vergönnt. Ich bedaure keine Sekunde, die ich mit dir verbracht habe. Das Einzige, was ich bedaure ist, dass wir uns nicht früher kennengelernt haben. In deinem ganzen Wesen und deiner Art bist du für mich ein Vorbild. Wenn auch ein Tragisches." Ich schluchze auf. „Ich hoffe, dass die Welt, in der du jetzt bist, besser ist als die, die du verlassen hast. Ich werde dich nie vergessen und meine Gedanken werden immer bei dir sein." Bei meinen letzten Worten laufen mir wieder Tränen über mein Gesicht. Ich stöhne verzweifelt auf über die Tatsache, dass ich sie jetzt zum letzten Mal sehen werde. „Sara, ich liebe dich." Ich lege

meine rechte Hand bestürzt über meine Augen. „So sehr, dass es wehtut, dich hier zu sehen."
Ich spüre eine Hand auf meiner rechten Schulter. „Katarina, komm es ist Zeit." Ich kenne diese Stimme. Doktor Schweigel steht hinter mir. Regungslos ruhen meine Augen auf Sara. Wie ein Mensch nach so kurzer Zeit einem alles bedeuten kann. Dominik drückt seine Finger sanft in meine Schulter. „Katarina, ich bitte dich."
„Ja" ich versuche meine Stimme wieder zu finden. „Ich komme schon." Ich lehne mich über Saras Gesicht und gebe ihr einen sanften Kuss auf die Stirn. „Ich werde dich nie vergessen."
Dominik nimmt mich väterlich zur Seite und zieht mich mit sich. Ich wende mich immer wieder zu Sara um, bis die Türe zufällt. Das war es jetzt. Ich habe sie zum letzten Mal gesehen.
„Wie geht's dir, Katarina?", fragt Dominik besorgt.
„Es ging mir schon besser." Ich bringe ein leichtes Lächeln zustande. „Aber auch schon schlechter." Ohne weitere Worte gehen wir den Flur zurück zum Warteraum.
„Soll ich deinen Vater anrufen?" bietet er mir an. Am Ende des Korridors sehe ich Thomas auf mich warten. „Nein."
Dominik folgt meinem Blick. „Ah, verstehe." Als wir vor Thomas stehen bleiben, hält er ihm die Hand hin. „Guten Morgen. Ich bin Dominik Schweigel."
Thomas greift nach seiner. „Morgen. Thomas Winkler." Kurz mustern sich die beiden.
„Ich hoffe doch, dass Sie Katarina gut nach Hause bringen", Dominiks Augen wandern kurz zu mir.
„Ja, selbstverständlich", antwortet Thomas.
„Doktor Schweigel?" Der junge Assistenzarzt kommt hinter uns.
„Ja, ich komme. Mein Beileid nochmal Katarina und auch Ihnen Herr Winkler", und macht am Absatz kehrt.
„Wie war's?", will Thomas mit kleinlauter Stimme wissen.
„Es tat gut, sie nochmal zu sehen."
Er zieht mich an sich und vergräbt sein Gesicht in meinen

Haaren. Im ersten Moment denke ich, er tut es für mich, als ich bemerke, dass er zittert. Heute Nacht habe nicht nur ich eine Freundin verloren, sondern auch Thomas. Ich halte ihn minutenlang in den Armen. Es tut gut, auch einmal für ihn da sein zu können. „Das habe ich nicht erwartet."
Ich versuche mich zusammenzureißen. „Ich weiß." Obwohl seine Umarmung schmerzt, sage ich nichts dazu. Er braucht mich jetzt. „Lass dir Zeit."
Plötzlich löst er seine Arme von mir. „Lass uns gehen."
Ich nicke und spähe in den Warteraum. „Wo ist Nick?"
„Er ist kurz, nachdem du weg warst, gegangen. Es hat ihn sehr mitgenommen."
„Der Arme." Nick hat mein tiefes Mitleid. Ich fasse nach Thomas Hand und ziehe ihn mit mir zu seinem Wagen. Wir steigen ein und fahren los. Im Auto ist nichts zu hören außer den Geräuschen von außen. „Fährst du mich zu meinem Auto?" Ich deute mit meinem Finger in die entgegengesetzte Richtung.
Thomas verkrampft sich neben mir. „Ich dachte, du würdest bei mir bleiben?"
Verwundert schaue ich ihn an. „Du musst in weniger als einer halben Stunde in deiner Arbeit sein."
Er macht eine ablehnende Handbewegung. „Heute nicht. Ich rufe gleich an und lasse mir einen Tag Urlaub eintragen. Den kann ich wirklich gebrauchen." Erleichterung überkommt mich. Thomas ist der Einzige im Moment, dem es ähnlich wie mir geht. Ihn jetzt zu verlassen und alleine mit mir zu sein, wäre unerträglich. Ich brauche ihn genauso, wie er mich.
„Bitte", seine Stimme ist nur ein Flehen. „Ich will nicht alleine sein."
„Ok. Lass uns zu dir fahren."
Er greift nach meiner Hand und küsst meinen Handrücken. Als wir am Parkplatz zum Stehen kommen und aussteigen, wandert mein Blick zum Bahnhof. Ich starre den dunklen Fleck auf der Straße an, wo Sara gelegen hat. Das ist alles, was übrig geblieben ist. Mehr nicht. Wieder überkommt mich endlose Trauer.

Thomas kommt auf meine Seite und legt seinen Kopf gegen meinen. „Daran wird man sich nie gewöhnen."
Ich stöhne abfällig auf. „Leider doch. Die Zeit heilt alle Wunden, aber nicht die Erinnerungen."
Thomas ist trübsinnig gestimmt. „Lass uns rein gehen."
„Ja." Die Nacht hat ihre Spuren hinterlassen. Ich fühle mich wie hundert Jahre, als wir die Treppe zu seiner Wohnung hinauf gehen. Wie in Trance ziehe ich meine Schuhe aus und gehe in sein Wohnzimmer. Ich lasse mich erschöpft auf seine Couch fallen. Thomas ist im Nebenzimmer und telefoniert mit seiner Arbeit.
„Willst du etwas frühstücken oder zum Trinken?", fragt er, als er vor mir steht.
„Nein danke", ich zwinge mich zu einem Lächeln.
Er kommt um sein Sofa herum und nimmt neben mir Platz. „Wer könnte auch jetzt etwas essen?!", stellt er ironisch fest. Seine Stimme klingt traurig. Er legt seinen Arm um meine Schultern und zieht meinen Kopf an seine Brust. „Was für eine Nacht." Ich sage nichts dazu. Für heute habe ich genug von alledem. „Soll ich den Fernseher einschalten zur Ablenkung?", schlägt Thomas vor. Ich zucke desinteressiert mit den Schultern. Ich will nicht reden. Er versetzt leicht seinen Körper und zieht die Fernbedienung vom Tisch. Das Erste, was am Bildschirm auftaucht, ist eine Dokumentation über die Tiefen der Meere. Hastig zappt Thomas durch die Kanäle, bis er bei einer Sitcom stehen bleibt. „Das können wir jetzt gebrauchen", gibt er von sich. „Oder?" Er rüttelt mit seinem Arm sanft an meiner Schulter. Mir ist es egal, was wir uns ansehen. Anfangs versuche ich noch, den Geschehnissen im TV zu folgen, aber mit der Zeit blende ich immer mehr alles um mich herum aus. Ich bin zu erledigt, um auf irgendetwas zu reagieren, aber auch zu wach, um einschlafen zu können. Es vergeht eine gute Stunde, bis Thomas sanft neben mir zu schnarchen anfängt. Wie ich ihn darum beneide. Ich winde mich aus seiner Umarmung und komme von seinem Sofa hoch. Auf leisen Sohlen gehe ich aus dem Zimmer in Richtung Bad. Ich mustere millimetergenau mein

Antlitz im Spiegel. Die Narben von Manson sind schon mehr als vier Tage alt und kaum mehr sichtbar. Meine Hand tastet durch die Jeanshose meinen Intimbereich ab. Es schmerzt nichts. Ich mache einen großen Schritt. Es tut nichts weh. Ich betrachte erneut mein Spiegelbild. Die letzten Stunden haben mich gezeichnet. Mein Gesicht sieht verweint und fertig aus. Ich drehe den Wasserhahn auf und wasche mir mein Gesicht. Als ich vom Bad herauskomme, gehe ich in die Küche und nehme mir ein Glas, das ich mit Leitungswasser fülle. Ohne ein Ziel wandere ich durch Thomas Wohnung. Er liegt immer noch auf seinem Sofa und schläft. Ich fasse nach der Fernbedienung und schalte den Fernseher aus, wo gerade Werbung gezeigt wird. Ich stelle mein Glas auf den Couchtisch ab, falls er Durst bekommen sollte, und hole mir ein neues. Im Schlafzimmer wandert mein Blick Richtung Fenster. Die ersten Sonnenstrahlen kitzeln sanft meine Haut. Es wird bis Mittag wieder ein heißer Tag werden. Von meiner Position aus sieht man den kompletten Bahnhof mit seinen Parkplätzen und der Straße. Es herrscht reger Verkehr. Männer mit ihren Aktentaschen und Frauen mit ihren Kindern laufen hektisch hin und her. Ein Zug fährt gerade ein. Komisch, von letzter Nacht ist nichts übrig geblieben. Die Menschen haben keine Ahnung, was für ein Drama sich vor weniger als einem halben Tag abgespielt hat. Ich fühle mich elend bei diesem Gedanken. Ich gehe einen Schritt zurück und setze mich auf Thomas Bett. Es wird ein heißer Tag werden, doch Sara wird in nicht miterleben. Sie wird keinen einzigen mehr miterleben können. Ich lege mich seitlich in die Kissen und lasse meiner Verzweiflung freien Lauf. Mit Tränen in den Augen schlafe ich ein.
In meinem Traum gehe ich einen endlos langen Flur entlang, der am Ende ein helles Licht aufweist. Ich komme an offenen Türen vorbei, in denen nichts außer Dunkelheit zu erkennen ist. Es herrscht vollkommene Stille. Meine Schritte hallen lautstark wieder. Plötzlich macht sich ein knallendes Geräusch bemerkbar. Ich fahre herum und blicke hinter mich. Weit entfernt gehen im Korridor die Lichter aus. Das

Geräusch hört sich wie ein Pistolenschuss an. Wieder erlischt eine weitere Lichtquelle. Ich schaue in die Finsternis, die immer näher kommt. Sie wirkt bedrohlich, zerstörerisch, fast schon tödlich. Wieder geht ein Licht aus. Ich folge meinem inneren Impuls und laufe weg. Ich versuche mit aller Macht dem drohenden Etwas zu entkommen, das sich darin verbirgt, doch ich bin zu langsam. Das finstere Loch ist unmittelbar hinter mir. Angst überkommt mich, als das Licht über mir ausgeht und Dunkelheit mich umgibt. Auf einmal ist alles verschwunden. Ich spüre weder Boden unter meinen Füßen, noch Wände, als ich nach ihnen greifen will. Plötzlich erfüllt ein schriller Schrei die Dunkelheit. Ich wende mich in jede Richtung, als ich ein dumpfes Geräusch höre, das näher kommt. Auf einmal wird es hell. Sara steht vor mir. Sie sieht so schön aus, wie bei unserer ersten Begegnung. Ich will nach ihr fassen als sie mir die Hand vor Wut wegschlägt. „Du hast mich vergessen", ihre Stimme ist ohrenbetäubend.
„Nein, habe ich nicht", antworte ich ihr. Tränen laufen ihr über die Wange. Sie wendet sich ab von mir und weint. Es ist ein entsetzliches Geräusch. Ich lege meine Hand auf ihre Schulter. „Sara, ich habe dich nicht vergessen."
Auf meine Berührung hin fängt sie unmenschlich zu zucken an. „Sara!!", schreie ich und weiche verschreckt zurück.
Wie ein Geist dreht sie sich zu mir um. Ihr Gesicht ist blutverschmiert, die Nase gebrochen. Sie sieht genauso aus, wie ich sie am Bahnhof in ihren letzten Stunden gesehen habe. Ich weiche noch weiter von ihr zurück aus Angst.
Plötzlich kommt sie auf mich zu. Sie scheint zu fliegen. Unmittelbar vor meinem Gesicht hält sie inne. Der Anblick ist furchterregend. Sie mustert mich eindringlich. „Vergiss nicht, weswegen du dort warst", sagt sie und setzt einen qualvollen Schrei nach. Ich schlage die Augen auf und bin starr vor Schreck. Es ist immer noch hell draußen. Ich spüre einen Luftzug hinter mir und eine Hand, die mein Becken umfasst. Vorsichtig drehe ich meinen Kopf seitlich und stelle fest, dass Thomas hinter mir liegt, er schläft. Ich bin immer noch in seiner Wohnung. Ich habe geträumt, es war ein Albtraum.

Schwer atme ich aus. Es dauert einen Augenblick, bis ich ruhiger bin. Saras Worte dringen wieder in mein Bewusstsein.
>Vergiss nicht, weswegen du dort warst<
Ich grüble darüber nach. Ich habe nach Antworten gesucht, deswegen war ich dort am Bahnhof. Ich habe eine Leere in meinem Leben gespürt und keinen Sinn darin. Ich hatte alles im Leben und war trotzdem unglücklich. Das hat mich zum Bahnhof geführt. Deswegen stand ich dort auf dem Parkplatz. Ich denke an die Frauen, die ich dort kennengelernt habe. Ich kenne keine von ihnen richtig. Vereinzelt die Namen, aber das war es auch schon. Sara sagte zu mir, hier gibt es keine Freundinnen. Hier heißt es, friss oder werde gefressen. Jede neue Nutte ist eine zu viel. Ich denke daran, wie mich Manson vergewaltigt hat, und wie sich die Frauen meiner angenommen haben, besonders Sara. Ich denke an die Typen, mit denen ich mitgegangen bin. Manche waren gut zu mir andere nicht. Manche haben mich berührt, andere würde ich nicht wieder erkennen, wenn ich sie sehen würde. Sara kannte das alles und war zu Opfern bereit. Ich denke an Thomas. Er sollte mein erster Freier sein, doch jetzt ist er so viel mehr für mich. Ich kann mir ein Leben ohne ihn nicht mehr vorstellen. Sara hielt von ihm viel. Er ist ein toller Mann. Sara. Sara. Sara. All meine Erinnerungen laufen auf sie hinaus. Sie hat mich in ihre Welt gelassen. Mich beschützt und berührt. Zu mir gehalten. Wer hätte gedacht, dass ich an solch einem Ort einen Menschen wie sie antreffe. Gerade mal in zwei Wochen habe ich eine Freundin gewonnen und auf tragische Weise verloren. Es kommt mir so vor, als wäre es gestern gewesen, dass ich ihr mein Geld gegeben habe, in dem Schnellrestaurant, das bald zu unserem Ritual wurde. Wir haben in dieser kurzen Zeit Höhen und Tiefen durchlebt. Man könnte sagen, ich habe ein ganzes Leben in diesen zwei Wochen gelebt. Ich habe erfahren, wie es ist, geliebt und gehasst zu werden. Mir wurde bewusst, wie es sich anfühlt, von der Gesellschaft wie Dreck behandelt zu werden, wenn ich an den Taxifahrer denke. Ich fühlte mich frei und zu allem bereit. Ich habe Mitleid empfunden mit dem jungen Mann,

dem ich umsonst einen gewichst habe. Ich denke an meine Opfer, die ich erbringen musste, an meine Narben. Als ich sie vor Stunden im Spiegel betrachtet habe, waren sie kaum noch sichtbar. Die Zeit heilt alles, auch die Wunden. So ist es nun mal. So ist das Leben. Es ist viel zu kurz. Je fester ich versuche, sie aufzuhalten, desto schneller vergeht sie. Nichts ist beständig im Leben. Nichts von Dauer. Man kann noch so ein guter Mensch sein. Wenn man einmal einen Fehler gemacht hat, hängt das einem ewig nach. Glück ist nicht jedem vergönnt. Manche leben in den Tag hinein und klammern sich an Vergangenes, diese Zeit war und wird nie wieder kommen. Oft genug habe ich mich alleine gefühlt. Jetzt wird mir klar, ich bin immer allein. Ich werde allein geboren, ich lebe allein und ich werde allein sterben. In diesem Moment wird es mir bewusst. Heute Nacht habe ich meine Antwort gefunden. Leben ist vergänglich. Man trifft Menschen, die einen berühren und einen verletzen. Jeder neue Tag sollte genutzt werden, denn der Tod ist allgegenwärtig und sitzt jedem von uns im Nacken. Man hinterlässt keine Spuren nach seinem Tod, nur Erinnerungen. Die Leere, die ich all die Jahre gespürt habe, ist weg. Ich habe verstanden, dass es um mehr im Leben geht und jede Chance ergriffen werden muss. Ich habe meine Antwort gefunden. Das Traurige ist nur, dass dafür erst ein Leben geopfert werden musste.
Mir laufen Tränen über die Wange vor Freude und vor Trauer.
Ich wische sie mit dem Handrücken aus dem Gesicht und drehe mich zu Thomas um. Durch meine Bewegung wird auch er wach. Mit verschlafenen Augen sieht er mich an. „Ist alles in Ordnung?"
„Ja", antworte ich erleichtert und streiche sanft über sein Gesicht. Thomas zieht mich näher an sich heran und gibt mir einen flüchtigen Kuss. „Dann ist es ja gut." Er räuspert sich. „Ich liebe dich."
Auch etwas, was ich gelernt habe in den letzten Tagen. Wie oft wollte ich diese Worte sagen, wollte sie leben und habe es

letztendlich doch nicht getan. Offen diese Worte sagen zu können, ohne einen Kloß im Hals zu haben, schien undenkbar. Es könnte auch daran liegen, dass ich noch nie so für einen Mann empfunden habe, wie für ihn. „Ich liebe dich Thomas", sage ich und schließe meine Augen.

Große Gefühlswelten, Wortwitz und menschliche Dramen
Bücher von S. G. Maxwell

Wortgefechte, Streitigkeiten und Zickenkrieg!
Auch im zweiten Roman, der 2017 erscheint, schenken sich Kati und Thomas innerhalb ihrer Beziehung nichts.
Wird Kati zudem herausfinden wer ihre Freundin getötet hat?

Zauberhaft, dramatisch und ergreifend.
Novellin nimmt Marie mit auf eine Reise durch die Zeit, deren Ende nicht absehbar ist.
Bitte einsteigen in den Zug der Wunder.

ISBN 9 783741 297472
224 Seiten

Alle Bücher im Internet und im örtlichen Buchhandel bestellbar.
Auch als E-Book erhältlich.